노르타 왕국 및 주변 지역들

레드본 호수
퀸스 레이크
그레이트 우즈
캐리온 리버
렌캐서
마시 코스트
아데로나크
리젠트 스테이트
킹 스테이트
시라카스
캔코르다
아이언 로드
서머튼
리젠트 리버
스틸츠
캐피탈 리버
웨스트레이크
하버베이
오리엔프래티스
노르타
로얄 로드
비콘
프린스 리버
포트 로드
헤이븐
마치 리버
아케온
반 아일랜드
내얼시
델피
델피
바다

레드 퀸 : 유리의 검 I

RED QUEEN #2
GLASS SWORD
by Victoria Aveyard

레드 퀸 : 유리의 검 I

빅토리아 애비야드 | 김은숙 옮김

황금가지

여기저기에 계신 제 조부모님께 바칩니다.

여러분들은 항상 제 집입니다.

노르타 왕국 및 주변 지역들

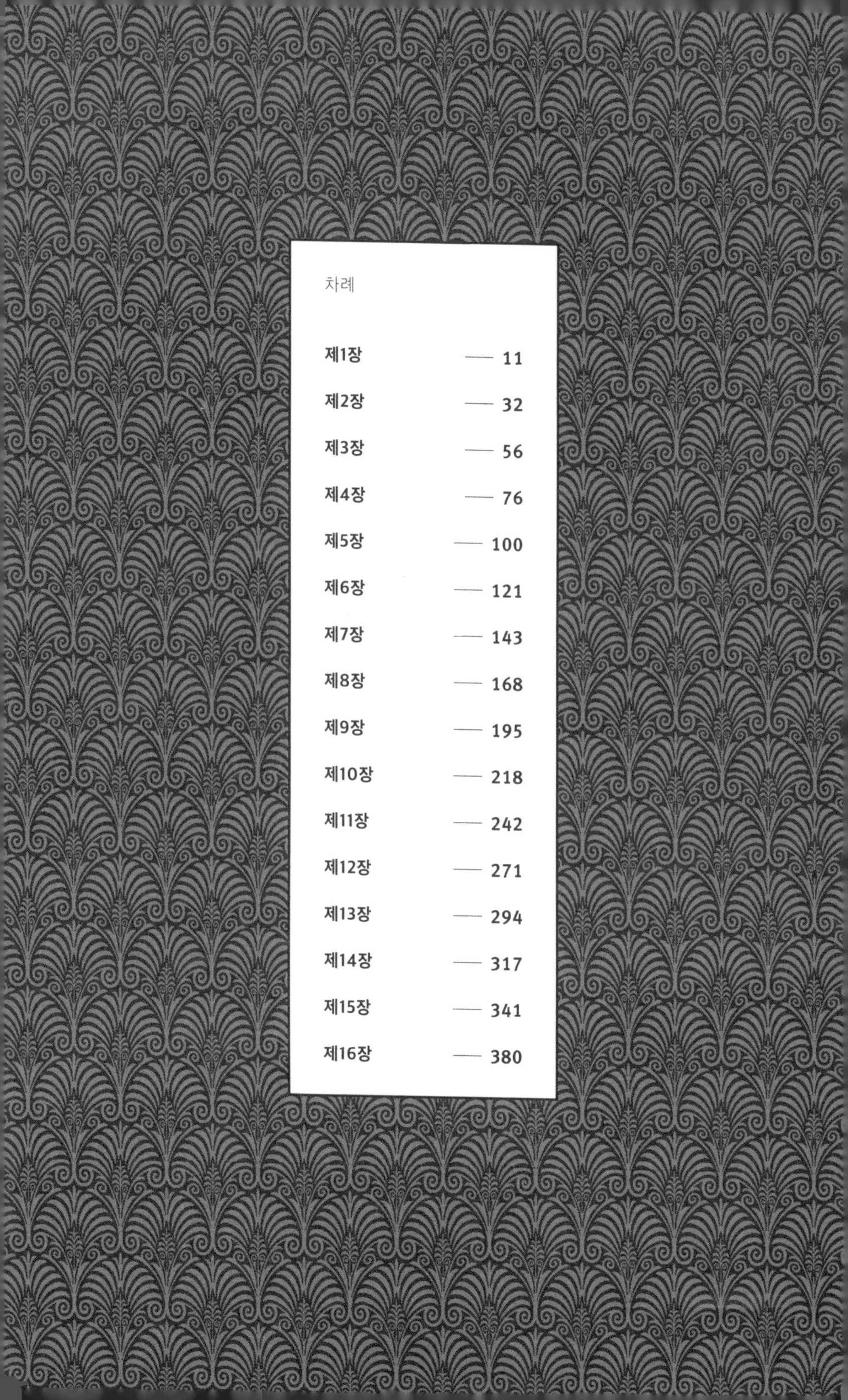

차례

제1장

나는 움찔한다. 그녀가 내게 준 누더기는 깨끗하지만, 여전히 피 냄새 비슷한 것이 난다. 신경 쓰지 않아야 할 것이다. 이미 내 옷 전체에 피가 잔뜩 묻어 있으니. 붉은색의 피는 당연하게도 내 것이다. 은색의 피는 많은 다른 사람들의 것이고. 에반젤린, 프톨레무스, 님프 경, 경기장에서 나를 죽이려고 했던 모든 사람들. 옷에 묻은 피 중에는 아마 칼의 것도 일부 있을 것이다. 원래 우리에게 사형을 집행하려고 했던 사람들 덕분에 그는 모래 위에 거침없이 피를 흘리고, 베이고, 멍이 들었다. 지금 그는 내 맞은편에 앉은 채 자신의 발을 내려다보고 있다. 그가 입은 상처들은 자연스럽게 느릿느릿 회복될 것이다. 나는 내 팔에 난 수많은 베인 상처들을 흘긋 바라본다. 아마도 에반젤린이 낸 것일 터이다. 아직 채 아물지도 않은 상처들은 꽤 깊어서 흉터가 남을 것 같다. 그 생각에 조금 기쁘다. 들쭉날 쭉 베인 이 상처들은 더 이상 힐러가 차가운 손으로 마법처럼 지워 줄 수 없다. 칼과 나는 이제 은혈들의 세계에 있지 않다. 살면서 당연히 생길 흉터들조차 간단하게 지워 버리는 그곳. 우리는 그곳에서부터 탈출해 왔다. 아니 적어도, 나는 탈출했다. 칼이 차고 있는 사슬을 고려해 볼 때 그가 지금 억류 상태라는 것은 명확하니까.

팔리가 내 손을 쿡 찌르는데, 그 손길이 놀라울 정도로 부드럽다.

"얼굴을 숨겨, 번개 소녀. 그들이 찾는 게 그거니까."

처음으로, 나는 시킨 대로 행동한다. 다른 사람들도 붉은색 천을 들어 입과 코를 덮으며 뒤를 따른다. 칼은 마지막까지 얼굴을 드러내고 있지만, 그리 길게는 아니다. 그는 팔리가 자신의 얼굴에 마스크를 씌울 때도 저항하지 않고, 이내 그는 우리 중 하나처럼 보인다.

정말로 그럴 수만 있다면.

전기가 떨리는 소리가 내 피에 불을 붙이고, 언더트레인의 끽 하는 소리와 맥박이 떠오른다. 언더트레인은 가차 없이 앞으로 달려, 한때 피난처였던 도시로 우리를 데려다 준다. 기차는 은혈 스위프트(빠른 속도로 달리는 능력자—옮긴이)가 뻥 뚫린 땅 위를 달려 나가듯이 오래된 트랙 위를 비명을 지르며 달린다. 나는 차가운 고통이 뼛속 깊이 자리하는 것을 느끼며 삐걱거리는 금속음에 귀를 기울인다. 경기장에서 가졌던 분노와 힘은 그저 오래 전의 기억들처럼 느껴지고, 이제는 오직 고통과 공포만이 남아 있다. 칼이 어떤 생각을 하고 있을지 나는 간신히 상상해 볼 수만 있다. 그는 모든 것을 잃었다. 그가 항상 소중히 해 온 모든 것들을. 아버지를, 형제를, 왕국을. 그가 어떻게 정신을 똑바로 붙들고 있는 것인지, 어떻게 그저 기차의 흔들림에 몸을 맡긴 채 그토록 침착하게 있는 것인지 나는 알 수가 없다.

우리가 서두르고 있는 이유에 대해 누가 굳이 설명해 줄 필요는 없다. 팔리와 '방위군'들은 칭칭 감긴 철사처럼 긴장하고 있고, 그것만으로도 내게는 충분한 설명이 된다. *우리는 여전히 도주 중이다.*

메이븐은 이 길을 전에 와 본 적이 있으니, 다시 올 것이다. 이번에는 흥분한 군인들과 그의 어머니, 그리고 새롭게 얻은 왕위까지도 함께 따라오겠지. 어제 그는 왕자였는데, 오늘 그는 왕이다. 나는 그가 내 친구이자 약혼자라고 생각했지만, 이제는 더 잘 알고 있다.

한때 나는 그를 믿었다. 이제 나는 그를 미워해야 하고, 그를 두려워해야 한다. 그는 왕위를 위해서 아버지의 살해를 도왔고, 왕위를 위해서 형에게 그 죄를 뒤집어 씌웠다. 그는 파괴된 도시를 둘러싸고 있는 방사능이 거짓말이며 속임수라는 것을 알고 있고, 기차가 어디로 향하는지도 알고 있다. 팔리가 세워둔 성역은 더 이상 우리에게는 안전하지 않다. *너에게 안전하지 않은 거겠지.*

우리는 이미 덫을 향해서 빠른 속도로 들어가는 중인지도 모른다.

내 불편한 기분을 알아채고는, 팔 하나가 나를 단단히 감싸 안는다. *쉐이드 오빠.* 여전히 오빠가 살아서 여기 있다는 사실을 믿을 수 없다. 가장 적응이 안 되는 것은, 오빠가 나 같은 부류라는 사실이다. 적혈이면서 은혈…… 그리고 그들 모두보다도 더 강한 존재.

"다시는 그놈들이 너를 데려가게 두지 않을 거야."

오빠가 중얼거리는 소리가 너무 낮아서, 나는 간신히 오빠의 말을 알아들을 수 있다. 아마도 진홍의 군대에서는 군대를 제외한 누구에게도, 심지어 그것이 가족일지라도 충성심을 가지는 게 허락되지 않는 모양이다.

"약속할게."

오빠의 존재는 안심을 주어서, 나는 옛 생각에 잠긴다. 오빠가 징병되던 날, 우리가 아직 아이인 척 할 수 있었던 바로 그 비 오던 봄날로. 진흙과 마을, 그리고 미래를 무시하던 어리석은 습관들을 빼면 아무것도 없던 시절. 이제 미래만이 내가 생각하는 전부이고, 나는 그저 내 행동들이 우리를 어떤 어두운 길로 밀어 넣고 만 것인지가 궁금할 따름이다.

"이제 우리 어쩌면 좋지?"

질문은 팔리에게 던졌지만, 내 눈은 킬런을 찾는다. 턱을 꽉 다물고 피에 물든 붕대를 한 채로 그는 순종적인 보호자처럼 그녀의 어깨께에 서 있다. 킬런이 어부의 견습생이었던 것은 그다지 오래 전의 일도 아닌데. 쉐이드 오빠처럼 킬런은 이곳에 어울리지가 않고 이 모든 일들이 일어나기 전의 과거에서 흘러온 유령 같다.

"항상 어디라도 달아날 데란 있는 법이야."

팔리가 다른 모든 것보다도 칼에게 주의를 집중하며 대꾸한다.

그녀는 그가 싸우고 저항하기를 기대하는 모양이지만 그는 어떤 것도 하지 않는다.

"네 동생 계속 꼭 잡고 있어."

팔리가 한참 후에 쉐이드 오빠를 돌아보면서 말한다. 오빠는 고개를 끄덕이고, 오빠의 손바닥이 무겁게 내 어깨를 내리누르는 게 느껴진다.

"걜 잃을 수는 없지."

나는 장군도, 모사가도 아니지만 그녀의 추리를 명확히 읽을 수 있다. 나는 작은 번개 소녀다. 살아 있는 전력이자 인간 형태를 하고 있는 천둥번개. 사람들은 내 이름, 내 얼굴, 그리고 내 능력들을 알고 있다. 나는 유용하고, 강력하며 메이븐은 내가 반격해 오는 것을 막기 위해서는 무엇이라도 할 것이다. 아무리 오빠가 나와 같은 종류라고 해도, 또한 오빠가 내가 지금까지 본 어떤 존재보다도 더 빠르다고 해도, 어떻게 오빠가 속이 뒤틀린 왕에게서 나를 지켜 줄 수 있을지 모르겠다. 하지만 그것이 기적처럼 보인다고 할지라도 믿어야만 한다. 어쨌든 지금까지 수없이 많은 불가능한 일들을 보아 왔다. 또 한 번 달아나는 일쯤은 그것들에 비하면 아무 것도 아니다.

진홍의 군대가 준비를 갖추느라 총열이 철컥대면서 미끄러지는 소리가 기차 아래로 울린다. 킬런은 나를 내려다볼 수 있는 위치로 이동하고, 가볍게 몸을 흔들며 가슴을 가로질러 느슨하게 매달아 둔 라이플을 단단하게 쥔다. 아래를 흘끗 바라보는 그의 표정은 부드럽다. 그는 나를 웃게 만들려고 히죽대는 웃음을 지으려고 애쓰지만, 밝은 녹색 눈동자는 심각하고 겁에 질려 있다.

대조적으로 조용히 앉아 있는 칼은 거의 평화로워 보일 지경이다. 사슬에 묶인 채 적들에게 둘러싸여서 자신의 친동생에게 추적당하고 있는 지금, 누구보다도 더 큰 공포에 시달려야 마땅한 칼은 오히려 고요해 보인다. 놀랍지는 않다. 그는 군인으로 태어나 군인으로 자라 왔다. 전쟁은 그가 잘 이해하고 있는 주제이며, 지금 우리는 분명 전쟁 중인 것이다.

"그대들이 맞서 싸우려는 계획은 아니었으면 좋겠군. 달아날 궁리였으면 좋겠어."

그가 한참 만에 처음으로 말을 한다. 눈은 나를 향하고 있지만 그 말은 팔리를 향한 것이다.

"그냥 입 다물고 있어, 은혈. 우리가 뭘 해야 하는지는 잘 알고 있으니까."

그녀가 어깨를 쫙 편다.

나는 그저 말이 튀어나오는 것을 막지 못한다.

"그건 칼도 마찬가지야."

팔리는 몸을 돌려 불타는 듯한 시선을 던지지만, 나는 이미 더한 눈빛도 많이 겪어 봤다. 나는 팔리의 눈빛에 움찔하지도 않는다.

"칼은 그들이 어떻게 싸우는지 알고 있어, 그들이 우리를 멈추기 위해서 무얼 할지 알고 있다고. 그를 이용해."

이용당하니까 어떤 기분이 들어? 그는 보울 오브 본즈 아래의 감옥에서 내게 그 말들을 뱉었고, 나는 그 말에 죽고만 싶었다. 지금은 아프지도 않다.

그녀는 아무 말도 하지 않지만, 그걸로도 칼에게는 충분한 대답이 된다.

"그들은 스냅 드래건(금어초, 관상용으로 심는 여러해살이 풀—옮긴이)들을 이용할 거야."

그가 으스스하게 내뱉는다.

킬런이 큰 소리로 웃음을 터뜨린다.

"꽃 말이야?"

칼의 눈에 불쾌감으로 인한 불꽃이 튄다.

"에어젯들을 부르는 이름이야. 주황색 날개에 은색 몸통을 하고, 파일럿은 한 명만 탈 수 있는 기종에 조종이 쉽고 도심 공격에 완벽히 걸맞지. 각각 4개의 미사일을 탑재할 수 있어. 비행 중대로 계산해 보면, 총 48개의 미사일 범위 바깥으로 달아나야만 한다는 뜻이다, 거기에 가벼운 탄약들은 물론이고. 그걸 감당할 수 있겠나?"

그의 앞에 침묵만이 내려앉는다. *아니, 우리는 감당할 수 없을 것이다.*

"그리고 드래건들은 걱정거리로 치면 아무것도 아니지. 그것들이야 그저 주변을 빙빙 돌며 방어하면서 지상 부대가 도착할 때까지 우리를 한곳에 묶어 두기만 하니까."

그는 눈을 아래로 향하며 재빨리 생각에 잠긴다. 그는 자신이 지금 적의 입장이라면 무엇을 계획할지 곰곰이 생각하는 중이다. 자신이 메이븐 대신에 왕의 자리에 있다면.

"그들은 우리를 포위한 다음에 조건을 제시할 거야. 나머지를 놓아주는 대가로 메어와 나를 요구하겠지."

또 다른 희생. 느리게, 나는 숨을 훅 들이쉰다. 오늘 아침, 어제, 이 모든 미친 짓이 일어나기 전, 나는 그저 킬런과 우리 오빠를 구할 수 있다면 자신을 기쁘게 바칠 수 있을 거라고 생각했다. 하지만 이제…… 이제 나는 내가 특별하다는 사실을 안다. 이제 나에게는 다른 지킬 이들이 있다. 이제 나는 잃어서는 안 될 존재가 되었다.

"그런 조건에 동의할 수는 없어요."

나는 말한다. 씁쓸한 진실. 킬런의 시선이 무겁게 내려앉지만, 나는 올려다보지 않는다. 나는 그의 비판을 견딜 수 없다.

칼은 그렇게까지 가혹하지 않다. 그는 고개를 끄덕이며 내 말에 동의한다.

"왕은 우리가 항복하리라고 생각하지 않을 거야. 에어젯들은 우리를 파멸로 몰고 갈 테고, 나머지는 생존자들을 소탕하겠지. 대학살이 일어날 거야."

자부심으로 똘똘 뭉친 생명체인 팔리는 심각하게 걱정하고 있는 지금조차 자신답다.

"그래서 네 제안은 뭔데? 몽땅 투항이라도 하자고?"

그녀가 그에게 몸을 구부리면서 묻는다. 그녀의 말에서 업신여김이 묻어난다.

혐오 비슷한 무언가가 칼의 얼굴을 스친다.

"그래도 메이븐은 그대들을 죽일 거야. 감옥 안에서든 전쟁터 위에서든, 메이븐은 우리 중 누구도 살려두지 않을 거다."

"그렇다고 하면 싸우다 죽는 편이 낫겠네."

킬런의 목소리는 평소보다 더 강하게 들리지만, 그의 손가락이 떨린다. 나머지 반란군들처럼 대의를 위해서는 기꺼이 무엇이라도 할 듯이 보이지만, 내 친구는 여전히 두려운 것이다. 여전히 소년이고, 18살도 채 안 되었으며, 아직 살날이 죽을 이유보다는 더 많다.

칼은 킬런의 억지스럽고 뻔뻔한 선언을 비웃지만, 그럼에도 다른 말을 하지 않는다. 그는 다가온 죽음의 장면을 눈에 보일 듯 묘사하는 것이 누구도 돕지 못한다는 것을 알고 있다.

팔리는 그와 감상을 나누지 않고 손을 흔들며 그들 두 사람의 의견을 대놓고 묵살한다. 내 뒤에 선 오빠 역시 그녀와 똑같은 결정을 내린 듯 행동한다.

그들은 우리가 모르는 뭔가를 알고 있다. 아직 말해 주지 않은 무언가를. 일찍이 메이븐이 신뢰의 대가가 오직 부적절함뿐이라는 것을 우리에게 가르쳤지 않은가.

"오늘 죽을 사람이 우리는 아니야."

그게 기차의 앞을 향해서 당당하게 걸어가기 전에 팔리가 말한 전부다. 금속 바닥 위로 그녀의 부츠는 망치로 두드리는 듯한 소리를 내고, 그 소리는 꼭 그녀의 단단한 결심을 보여 주는 듯하다.

나는 내가 깨닫기도 전에 기차가 속도를 줄이는 것을 감지한다. 기차가 지하역으로 들어서는 동안 전기가 줄어들고 약해진다. 우리가 하늘 위를 올려다봤을 때 무엇을 보게 될지, 그것이 하얀 안개일지 주황색 날개를 가진 에어젯일지 모르겠다. 나머지 사람들은 신경도 쓰지 않는 듯한 태도로 언더트레인에서 내린다. 무장하고 가면을 쓴 채 침묵하고 있는 진홍의 군대는 겉으로는 제대로 된 군인들처럼 보이지만, 나는 진실을 알고 있다. 그들은 앞으로 다가올 일에는 상대가 되지 않을 것이다.

"준비해."

내 귓가에 스치듯 속삭이는 칼의 목소리에 나는 몸을 떤다. 그의 음성은 아주 오래 전, 달빛 아래에서 춤을 췄던 날들을 떠올리게 만든다.

"그대가 얼마나 강한지 기억하고."

내 힘과 능력이야말로 내가 지금 확신할 수 있는 전부라고 칼에게 대꾸하기도 전에 킬런이 내 옆으로 움직이며 어깨를 밀고 들어와서 우리를 갈라놓는다. 혈관을 타고 흐르는 전기야말로 이 세계에서 내가 믿을 수 있는 유일한 것일 터인데.

진홍의 군대의 능력을 믿고 싶고, 또한 분명히 쉐이드 오빠와 킬런을 믿고 있지만, 나는 나 자신을 믿을 수가 없게 되었다. 메이븐을 믿고 *눈이 멀었던* 나 자신이 우리 모두를 이 모든 엉망진창인 상황으로 밀어 넣은 지금에 와서는 도무지. 그리고 칼은 함께하기 불가능한 대상이다. 그는 죄수이며, 은혈이고, 자신이 그럴 수만 있다면…… 그러니까 자신이 달아날 다른 장소가 있기만 하다면 우리를 배신할 수 있는 적이다.

하지만 여전히, 어쨌든, 나는 그를 향한 끌림을 느낀다. 내가 아무것도 아니던 시절에 내게 은화를 주었던, 너무 많은 짐들을 지고 있던 소년을 기억한다. 그 한 번의 행동으로 그는 내 미래를 바꿨고, 자신의 것을 파괴했다.

그리고 우리는 동맹으로 묶여 있다, 피와 배신으로 엮인 불안정한 동맹으로. 메이븐을, 우리를 기만했던 모든 이들을, 스스로를 찢어발기고 있는 세계를 적대하기에, 우리는 서로 연결된 채 함께하고 있는 것이다.

* * *

침묵이 우리를 기다리고 있다. 회색의 축축한 안개가 내얼시(전쟁으로 파괴된 옛 도시. '루인즈 시티'라는 이름으로도 불리며, 방사능으로 뒤덮여 있다고 알려져 있으나 그것은 진홍의 군대가 은혈들을 상대로 펼친 연막전술이었다—옮긴이)의 폐허 위로 내려앉아 있고, 하늘은 내가 만져볼 수 있을 것 같이 낮게 깔려 있다. 변화와 죽음의 계절인 가을의 한기가 밀려와 춥다. 아직 아무것도 하늘 위로 쫓아오지 않은 듯하다. 이미 파괴된 도시의 위로 또 한 번 파괴를 비처럼 내릴 에어젯들은 아직 보이지 않는다. 팔리는 활발하고 기운 넘치는 속도로 넓고 버려진 거리로 향하는 길을 안내한다. 기억하는 것보다 훨씬 더 잿빛에 부서진 상태의 잔해들이 협곡처럼 입을 벌리고 있다.

우리는 길을 따라 동쪽으로 급히 걸어서 감춰져 있는 부둣가로 향한다. 높고 반쯤 무너져 가는 구조물이 우리 위로 기울어져 있고, 건물마다 난 창들은 눈처럼 우리가 지나는 것을 지켜보고 있다. 진홍의 군대를 죽이기 위해 은혈들이 부서진 구멍들과 그늘진 아치형 구조 사이에 숨어서 대기하고 있을지도 모른다. 메이븐은 자신이 반란군들을 한 명씩 한 명씩 쓰러트리는 모습을 내가 지켜보도록 할 수도 있다. 그는 깨끗하고 빠른 죽음이란 호사를 내게 허락하지 않을 것이다. *아니면 더 최악은, 내가 죽지도 못하게 할 수도 있다는 점이다.*

그 생각에 은혈 쉬버(얼리는 능력자—옮긴이)가 만지기라도 한 것처럼 피가 차갑게 식는다. 비록 메이븐이 내게 거짓말을 했지만, 그의 마음속 작은 한 부분을 나는 여전히 알고 있다. 그가 감옥의 창살 너머로 손가락을 떨며 나를 붙들던 것을 여전히 기억한다. 그리고 그가 짊어지고 있는 이름을, 그의 안에도 여전히 심장이 뛰고 있음을 상기하게 되는 그 이름을 기억한다. *그의 이름은 토마스였지. 난*

그가 죽는 걸 보았다. 메이븐은 그 소년을 구할 수 없었다. 하지만 그는 자기만의 뒤틀린 방식으로 나를 구할 수는 있다.

안 돼. 결코 그에게 그런 식의 만족을 주지는 않을 것이다. 차라리 죽음을 택하겠다.

하지만 애를 쓰면 쓸수록, 내가 그의 모습이라고 생각했던 그림자를, 그 잊히고 길을 잃은 왕자를 잊을 수가 없다. 나는 그 사람이 진짜였기를 소망한다. 그가 내 기억만이 아닌 어디 다른 곳에 여전히 존재하기를 소망한다.

내열시에서는 메아리조차 이상한 방식으로 변형되어, 도시는 원래 그래야 하는 것보다 훨씬 더 조용하다. 깜짝 놀라며 나는 깨닫는다. *이곳에 머물던 난민들이 사라졌다.* 산을 이루고 있던 재를 쓸던 여자, 배수구에 숨던 아이들, 내 적혈 형제자매들의 그림자들이…… 그들이 모두 사라졌다. 우리를 제외하고는 남아 있는 이들이 없다.

"네가 팔리에게 바라는 것이 무엇인지 잘 생각해, 하지만 그녀가 멍청이가 아니라는 것도 잘 기억하고."

쉐이드 오빠가 내가 질문을 던질 기회를 잡기도 전에 내 질문에 대답하듯 말한다.

"팔리는 지난밤에 이곳을 싹 비우도록 명령을 내렸어, 자신이 아케온에서 탈출한 후에. 그녀는 너나 메이븐이 고문을 받으면 입을 열 수도 있다고 생각했거든."

팔리의 생각은 틀렸다. 메이븐을 고문할 필요도 없었다. 그는 자신의 정보와 생각을 마음껏 풀어놓았다. 그는 머릿속을 자기 어머니에게 열어 보였고, 그의 어머니는 그곳에 앞발을 들여 놓고 모든 것

을 자신이 거기 있던 것처럼 들여다보았다. 언더트레인, 비밀의 도시, 목록. 이제 그 모든 것은 그녀의 것이 되었다, 그가 늘 그녀의 것이었듯이.

진홍의 군대 사람들이 우리 뒤로 줄지어 쭉 늘어서고, 무장한 남자와 여자들이 시끌벅적하게 체계적이지는 않은 무리를 이룬다. 붉은 스카프를 두른 모습이 꼭 악몽의 현신처럼 보인다. 하지만 이제 우리는 아주 조금만이 남았을 뿐이고(아마도 30명 정도쯤) 모두가 걸어다니는 부상자일 뿐이다. 너무나 적은 수만이 살아남았다.

"반란을 지속하기에 이 숫자는 충분하지 않아, 심지어 우리가 계속 달아나야 한다면 말이야."

나는 오빠에게 속삭인다. 낮게 깔린 안개가 내 목소리를 죽이지만, 오빠는 여전히 내 말을 알아듣는다.

오빠의 입 한구석이 비틀리는 게, 미소를 짓고 싶은 모양이다.

"그건 네가 걱정할 바가 아니야."

내가 오빠를 꽉 잡기도 전에, 우리 앞에 선 군인이 멈추어 선다. 그가 멈춘 유일한 사람은 아니다. 줄의 맨 앞쪽에서 팔리가 주먹을 쥐고 회색과 푸른색이 도는 하늘을 응시한다. 나머지도 그녀를 따라서, 우리가 볼 수 없는 무언가를 찾아본다. 오직 칼만이 시선을 바닥에 고정하고 있다. 그는 이미 우리의 최후가 어떨지 알고 있다.

먼 곳에서 인간의 것이 아닌 비명이 안개를 뚫고 뻗어 온다. 이 소리는 기계에서 나는 것으로, 멈추지 않고 우리의 머리 위를 맴돈다. 그리고 그 소리는 하나가 아니다. 12개의 화살 모양을 한 그림자가 하늘을 뚫고 내달리고, 그들의 주홍색 날개가 구름 사이로 나왔다 사라진다. 나는 지금까지 에어젯을 제대로 본 적이 없다. 이토록 가까운 거리에서 본 적도, 어둠을 틈탄 모습이 아닌 때에 본 적도 없어서, 에어젯들이 시야에 들어오자 입이 떡 벌어지는 것을 막을 도리가 없다. 팔리는 진홍의 군대를 향해 명령을 부르짖지만 나는 그녀의 말을 듣지 못한다. 하늘을 바라보느라, 날개 달린 사신이 머리 위로 호를 그리는 것을 지켜보느라 정신이 하나도 없다. 칼의 오토바이처럼 그 비행 기계들은 아름답고, 존재할 것 같지 않을 듯한 곡선을 이루고 있는 금속과 유리로 되어 있다. 마그네트론(금속을 다루는 능력자—옮긴이)들이 저 구조물에 뭔가를 한 것이 틀림없다. 달리 어떤 방법으로 금속이 날 수 있단 말인가? 푸른색이 도는 엔진이 날개 아래에서 불꽃을 튕기는 모양이, 전기를 이용하고 있다는 숨길 수 없는 신호다. 간신히 에어젯으로부터 나오는 찌르르르한 감각을 느낄 수 있는데, 거의 피부에 대고 부는 숨결 같다. 하지만 에어젯에 영향을 미치기엔 너무 거리가 멀다. 나는 그저 공포에 질려 바라볼 뿐이다.

에어젯들은 끼익 소리와 함께 결코 원형 진을 무너뜨리지 않은 채 내얼시 섬을 휘감으며 돈다. 그것들이 아무 해도 끼치지 않을 거라고, 그저 술에 취한 반역도 잔당을 호기심으로 구경하러 왔을 뿐이라고 믿는 척도 할 수 있을 것 같다. 다음 순간, 회색 금속으로 된 작은 화살이 머리 위로 미끄러지듯 날아온다. 꼬리에서 연기를 뿜는데 너무 빨라서 보이지 않을 정도다. 그것은 길을 따라 서 있는 건물에 부딪히며 부서진 창문을 통해서 사라진다. 눈 깜짝할 사이의 시간이 흐른 뒤, 다홍색의 꽃이 폭발하며 이미 허물어지고 있던 건물의 전 층을 파괴한다. 건물은 스스로 산산조각나고, 천 년은 되었을 지지대들이 이쑤시개처럼 딱 소리가 나며 부러진다. 구조물 전체가 기울어지는 광경이 현실이 아닌 것처럼 느린 속도로 무너져 내린다. 건물이 거리를 들이받자 우리 앞의 길이 가로막힌다. 가슴 안쪽에서 깊이 우르릉거리는 느낌이 든다. 연기와 먼지 구름이 정면에서 우리를 때리지만, 나는 몸을 숙이지 않는다. 이제 나를 겁주려면 더한 것들이 필요할 것이다.

회색과 갈색의 연무 사이로, 칼이 그를 붙잡고 있던 이들이 모두 쭈그리고 있음에도 내 옆에 똑바로 서 있다. 우리의 눈이 한순간 마주치고, 그의 어깨가 한풀 꺾인다. 그것이 그가 내게 보여 준 유일한 패배의 신호다.

팔리는 가장 가까운 곳의 방위군을 붙들고 일어선다.

"흩어져라!"

그녀는 우리의 양쪽으로 보이는 골목들을 가리키며 소리친다.

"북쪽 방향으로, 터널들로!"

그녀는 동시에 자신의 부관들을 향해 어디로 갈지 지시한다.

"쉐이드, 공원 방향으로!"

오빠는 그녀의 말이 무슨 의미인지 이해하고 고개를 끄덕인다. 또 다른 미사일이 근처의 건물로 날아와 박히는 소리에 그녀의 말이 들리지 않는다. 하지만 그녀가 무슨 말을 외쳤을지는 뻔하다.

뛰어.

한 걸음도 물러서지 말고 맞서 싸울까 하는 생각도 일부 든다. 자백색 번개 때문에 나는 분명히 좋은 목표물이 될 테니, 에어젯들의 관심을 달아나는 다른 사람들에게서 돌리기 좋을 것이다. 어쩌면 비행기 한둘도 나와 함께 데려갈 수도 있으리라. 하지만 그래서는 안 된다. 나는 나머지 이들보다도 더, 붉은 가면과 두건들보다도 더 가치 있다. 쉐이드 오빠와 나는 살아남아야만 한다. 대의를 위해서만이 아니라, 다른 이들을 위해서라도. 목록에 있는 수백의 우리 같은 이들…… 잡종, 변칙, 괴짜, 적혈이자 은혈인 불가능한 존재들은 우리가 실패한다면 분명히 죽을 것이다.

쉐이드 오빠는 나만큼이나 이 점을 잘 알고 있다. 내 팔에 팔짱을 끼는 오빠의 힘이 너무 세서 멍이 들 것만 같다. 오빠와 보조를 맞추어 달리는 것, 넓은 길을 벗어나 거리로 쏟아져 나오다시피 한 회녹색의 제멋대로 자란 나무들이 엉망으로 얽힌 틈으로 이끄는 오빠를 뒤따르는 것은 누워서 떡먹기다. 더 깊이 들어갈수록 나무들은 더 굵어지고, 기형인 손가락처럼 옹이 지고 비틀려 있다. 천 년의 시간 동안 방치된 이 작은 장소는 죽음의 정글로 바뀌었다. 나무들은 에어젯들이 점점 더 가까이 빙글빙글 도는 소리만 들릴 때까지 우리를 하늘로부터 보호해 준다. 잠시 동안 나는 우리가 고향으로 돌아가서 스틸츠 마을 안을 거닐며 재미있는 문젯거리를 찾는 중이 아닐까 하는 생각마저도 든다.

우리가 찾는 것처럼 보이던 전부가 문젯거리다.

쉐이드 오빠가 마침내 미끄러지며 멈추어 서자, 오빠의 발뒤꿈치는 우리 아래의 먼지 위로 흉터를 남긴다. 나는 그제야 주변을 둘러볼 기회를 얻는다. 킬런이 우리 옆에서 멈추어 서며 자신의 라이플을 무의미하게 하늘 방향으로 겨냥하지만, 다른 아무도 우리를 뒤따르지 않는다. 심지어 더 이상 거리도 보이지 않고, 붉은 깃발이 폐허 위로 날리는 모습도 보이지 않는다.

오빠는 나뭇가지 사이를 응시하면서, 에어젯들이 시야 밖으로 날아갈 때까지 지켜본다.

"우리 어디로 가는 거야?"

나는 숨을 몰아쉬면서 오빠에게 묻는다.

킬런이 대신 대답한다.

"강으로, 그 다음엔 바다로. 데려가 줄 수 있어, 형?"

킬런은 마치 쉐이드 오빠의 피부 위로 능력을 볼 수 있다는 듯이 오빠의 손을 흘깃 바라본다. 하지만 오빠의 능력은 내 것처럼 묻혀 있다. 자신이 드러내겠다고 결심할 때까지는 보이지 않는다.

오빠는 고개를 젓는다.

"한 번의 점프로는 안 돼, 너무 멀다고. 차라리 뛰어 가는 편이 낫겠어, 내 힘을 아끼려면."

오빠의 눈이 어두워진다.

"정말로 필요한 상황이 되기 전까지는 말이야."

나는 동의하며 고개를 끄덕인다. 나는 능력이 닳는다는 것이 어떤 것인지, 뼛속까지 지친다는 것이 무엇인지, 거의 움직일 수도 없는 상태에서 혼자 힘으로 싸워야 한다는 것이 어떤 것인지 직접 느낀 바 있다.

"사람들이 칼을 어디로 데려간 거야?"

내 질문에 킬런이 움찔한다.

"지옥이든 뭐든 내가 알게 뭐야."

"너야 그러시겠지."

목소리가 망설임으로 떨리지만 나는 쏘아붙인다. *그래, 킬런이 옳아, 관심을 갖지 않는 편이 낫지. 너도 그러면 안 돼. 왕자가 사라지면, 너는 그를 그냥 보내줘야 하는 거야.*

"칼은 우리가 이 일을 헤쳐 나가도록 도울 수 있어. 그는 우리와 *함께* 싸울 수 있어."

"그는 기회만 얻는다면 달아나거나 우리를 1초만에 죽일 거야."

킬런이 딱 잘라 말하며 자신의 두건을 찢어 버리고 그 아래로 성난 얼굴을 드러내 보인다.

머릿속으로 나는 칼의 불꽃을 그려본다. 그 불꽃은 자신이 가는 길에 있는 것은 금속부터 살까지 모두 태워 버린다.

"칼은 예전에 너를 죽일 수도 있었어."

나는 말한다. 그 말이 과장이 아님을 킬런도 안다.

"어쨌든 난 너희 둘 다 이제 나이 들어서 그런 논쟁은 그만두었을 거라고 생각했지 뭐야."

쉐이드 오빠가 우리 사이를 떼어 놓으며 말한다.

"나도 참 멍청했구먼."

킬런은 이를 악물고는 사과의 말이라도 뱉어 보려고 하지만, 나는 전혀 사과할 생각조차 없다. 나는 비행기에 관심을 돌려, 그것들의 전기적인 심장 박동을 내 것과 맞춘다. 그 느낌은 매초 약해지고, 점점 더 멀리 사라진다.

"에어젯들이 우리에게서 멀리 날아가고 있어. 어디로 가야 한다면, 지금 가는 게 좋겠어."

오빠와 킬런 둘 다 나를 이상스레 바라보지만, 둘 다 따지고 들지 않는다.

"이쪽이야."

쉐이드 오빠가 나무들 사이를 가리키며 말한다. 작고 거의 보이지 않는 길이 그 사이로 구불구불 나 있고, 길 위의 먼지를 쓸어 내어 그 아래의 아스팔트와 보도블록이 드러나 있다. 다시 쉐이드 오빠는 내 팔에 자신의 팔을 끼고, 킬런은 스위프트의 속도를 내며 우리가 뒤따르도록 앞으로 달려 나간다.

가지에 몸이 부딪히고 긁힌다. 달리는 것이 불가능할 정도로 좁은 길 양옆으로 나뭇가지들이 구부러져 있다. 하지만 나를 놓아주는 대신에, 쉐이드 오빠는 더욱 심하게 나를 쥐어짜듯 꽉 붙든다. 다음 순간 나는 나를 쥐어짜는 것이 오빠가 아니라는 사실을 깨닫는다. 그것은 공기, *세계*다. 모든 것이, 무엇이든 맹렬하고 캄캄한 순간 동안 나를 조인다. 다음 순간 눈 깜짝할 사이에, 우리는 나무 맞은편에 서서 킬런이 회색 숲에서 빠져나오는 모습을 보고 있다.

"하지만 재가 우리 앞에 있었는데."

나는 쉐이드 오빠와 길 사이에서 앞뒤를 번갈아 보며 큰 소리로 웅얼거린다. 우리는 길을 반쯤 한가운데까지 건넜고, 머리 위 하늘에는 연기가 떠돌고 있다.

"오빠가……."

쉐이드 오빠가 미소를 짓는다. 그 행동은 먼 곳에서 들리는 에어젯의 굉음과 어우러지니 영 이 장소에 걸맞지 않은 것처럼 보인다.

"그러니까 내가…… 점프를 했다고나 할까. 네가 나한테 꽉 매달려 있으면, 너도 함께 이동할 수 있어."

오빠는 서둘러 다음 골목으로 들어가기 전에 대꾸한다.

방금 *순간 이동*을 했다는 깨달음에 심장이 줄달음치고, 그 생각에 우리가 궁지에 몰려 있다는 것조차 거의 까먹을 지경이다.

하지만 에어젯들 덕분에 재빨리 나는 다시 현실로 돌아온다. 또 다른 미사일이 북쪽을 향해 폭발하며 건물 하나를 지진이 난 듯한 진동과 함께 무너뜨린다. 먼지가 물결처럼 골목을 따라서 쏜살같이 밀려오고, 우리는 회색 가루를 피부 위로 한꺼풀 뒤집어쓴다. 연기와 불꽃은 이제 내게는 너무 익숙한 탓에 심지어 재가 눈처럼 내리기 시작할 때야 나는 간신히 냄새를 맡는다. 우리는 그 아래로 발자국을 남긴다. 아마도 그 발자국들이 우리가 남긴 최후의 흔적이리라.

쉐이드 오빠는 어디로 갈지, 어떻게 달아나야 할지 잘 알고 있다. 킬런은 라이플의 무게가 꽤나 부담스러울 텐데도 처지지 않고 잘 따라온다. 지금까지, 우리는 거리까지 크게 한 바퀴를 돌아왔다. 동쪽으로는 소용돌이치는 햇빛이 먼지 사이로 내리쬐며 바닷바람의 짭짤한 숨을 전해 준다. 서쪽으로는 처음 공격을 받은 건물이 쓰러진 거인처럼 누워 언더트레인으로 돌아갈 수도 없게 막고 있다. 깨진 유리와 건물의 철제 뼈대들, 처음 보는 빛바랜 하얀 화면 조각들이 쌓여서 우리 주변으로 잔해들로 이루어진 궁전을 만든다.

이건 뭐였을까? 나는 막연히 궁금증을 품는다. *줄리언이라면 알 텐데.* 그의 이름을 생각하는 것만으로도 마음이 아파서, 나는 그 느낌을 얼른 밀어낸다.

온통 잿빛인 공기 사이로 몇 안 되는 붉은 넝마들이 흩날리고, 나는 익숙한 윤곽을 찾아본다. 하지만 칼은 어디에도 보이지 않고, 그 사실에 나는 끔찍할 정도로 공포에 질리고 만다.

"그가 없이는 떠나지 않을 거야."

쉐이드 오빠는 내가 누구를 말하는지 물어볼 생각조차 안 한다. 오빠는 이미 알고 있다.

"왕자는 우리와 함께 갈 거야. 약속할게."

"오빠 말 안 믿어."

튀어나온 나의 대꾸에 나조차 상처를 입는다.

쉐이드 오빠는 군인이다. 오빠의 삶은 결코 쉽지 않았고, 고통은 오빠에게 낯설지 않다. 그럼에도 불구하고 내 선언은 오빠를 깊게 상처 입힌다. 나는 오빠의 얼굴에서 그 사실을 볼 수 있다.

나중에 사과할 거야. 나는 혼자서 생각한다.

만약 나중이라는 것이 오기만 한다면.

또 다른 미사일이 머리 위로 날아들고 얼마 떨어지지 않은 거리에 부딪힌다. 먼 거리에서 들려오는 폭발로 인한 천둥소리조차 더 귀에 거슬리고 더 무서운 소음이 사방에서 들려오는 것을 막을 방법이 없다.

천 명은 되는 이들이 행군하는 발자국 소리가 내는 리듬이 들린다.

제2장

재의 망토를 둘러 걸쭉해진 공기가 우리에게 다가올 최후를 가만히 내려다볼 몇 초의 시간을 벌어 준다. 북쪽에서부터 길을 따라 내려오는 군인들의 윤곽이 보인다. 그들의 총은 아직 보이지 않지만, 은혈의 군대는 총이 필요치 않다.

다른 방위군들은 우리보다 먼저 도망쳐, 거리를 제멋대로 내달려 사라진다. 분명 달아나야 할 상황은 맞지만, 하지만 어디로 간단 말인가? 갈 곳은 강뿐이고 그 너머는 바다다. 갈 곳은 어디에도 없고, 도망갈 곳도 없다. 군대는 이상하게도 발을 질질 끌며 걷는 수준의 속도로 느릿느릿 행진해 다가온다. 나는 먼지 사이로 눈을 찡그리고 그들을 제대로 보기 위해 안간힘을 쓴다. 다음 순간 나는 이것이 무엇인지, 메이븐이 무슨 일을 한 것인지 깨닫는다. 그 깨달음이 주는 충격에 내 안에서 불꽃이 튀고, 그것이 나를 *관통하자* 그 힘에 쉐이드 오빠와 킬런이 뒤로 펄쩍 뛰어 물러난다.

"메어!"

쉐이드 오빠가 반쯤 놀라고 반쯤 화가 난듯 소리친다. 킬런은 제자리에서 불안정하게 몸을 떠는 나를 바라보며 아무 말도 하지 않는다. 내 손이 그의 손 가까이에 있지만 그는 움찔하지도 않는다. 내 스파크는 이미 사라졌고, 킬런은 내가 그를 해치지 않을 것임을 안다.

"봐."

나는 가리키며 말한다.

군인들이 올 거라는 것은 우리도 알고 있었다. 칼이 우리에게 메이븐이 에어젯 다음에는 지상 부대를 보낼 거라고 *경고했었다.* 하지만 심지어 칼조차 이 점은 예측하지 못했다. 오직 메이븐처럼 그렇게 뒤틀린 정신의 소유자만이 이런 악몽을 감히 꿈꿀 수 있으리라.

맨 앞줄에 흐릿하게 보이는 사람들은 칼이 힘들게 훈련시키던 은혈 군인들처럼 흐린 회색 옷을 입고 있지 않다. 그들은 심지어 군인이라고 할 수도 없다. 그들은 붉은 외투, 붉은 숄, 붉은 튜닉, 붉은 바지를 입고 붉은 신을 신고 있는 하인들이다. 어쩌면 꼭 피를 흘리고 있는 것 같은 너무나 선명한 붉은색. 그리고 그들 발 주위로 땅에 부딪히며 절그럭대고 있는 것은 다름 아닌 쇠사슬이다. 사슬이 바닥에 긁히는 소리가 너무나 강해서 에어젯과 미사일이 내는 소리가 사라지는 느낌이다. 심지어 붉은 벽 뒤에 숨은 채로 명령을 부르짖는 듣기 싫은 은혈 장교들의 목소리조차 사라진다. 사슬 소리만이 내가 들을 수 있는 전부다.

킬런이 발끈하며 으르렁거린다. 그는 한 발 앞으로 나서며 라이플을 쏘기 위해 들어 올리지만 그의 손 안에 든 총은 정신없이 흔들린다. 군대는 여전히 거리 맞은편에 있기에, 인간 장벽이 *없다* 한들 어떤 전문가라도 뭔가를 쏘아 맞추기는 무리다. 이제 사태는 불가능한 것보다도 더 나빠진다.

"계속 움직여야만 해."

쉐이드 오빠가 중얼거린다. 오빠의 눈에는 분노가 치솟지만, 오빠는 계속 살아남기 위해서는 반드시 끝내야만 하는 일이 무엇인지, 어쩔 수 없이 *무시*해야만 하는 일이 무엇인지 잘 알고 있다.

"킬런, 지금 우리랑 같이 가지 않으면 널 두고 갈 거야."

오빠의 말은 너무나 쓰라려서, 나는 공포로 질린 멍한 상태에서 깨어난다. 킬런이 움직이지 않아서 나는 그의 팔을 잡고 귓가에 대고 속삭이며, 내 속삭임이 사슬의 소리를 떠내려 보낼 수 있기를 소망한다.

"킬런."

오빠들이 전쟁터로 끌려갔을 때 엄마에게 쓰곤 했던 목소리, 아빠가 호흡 곤란 증세를 보이실 때에, 모든 것이 산산조각 났을 때에 쓰곤 했던 목소리를 낸다.

"킬런, 저 사람들을 위해 우리가 할 수 있는 일은 아무것도 없어."

킬런은 이를 악문 채로 낮게 대꾸한다.

"전혀 그렇지 않아."

그는 어깨 너머로 나를 흘깃 바라본다.

"너는 *뭔가*를 해야만 해. 너는 저 사람들을 구할 수 있……."

이 일을 영원히 부끄러워하게 되겠지만, 나는 고개를 젓는다.

"아니, 난 못해."

우리는 계속 달아난다. 그리고 킬런은 우리를 뒤따른다.

더 많은 미사일이 폭발하고, 시간이 흐르면 흐를수록 폭발은 더 빠르고 가까워진다. 귀가 쾅쾅 울리는 바람에 소리를 거의 들을 수가 없다. 강철과 유리들이 바람에 흔들리는 갈대처럼 움직이며 구부러지고 부러지다가 우리 위로 은색의 비가 되어 떨어지며 우리를 물어뜯는다. 곧, 뛰는 것조차 너무 위험해지자 나를 잡고 있는 쉐이드 오빠의 손아귀 힘이 강해진다. 오빠는 킬런도 꽉 붙들고 우리 셋은 세상이 붕괴하는 순간 함께 점프한다. 어둠이 다가오면서 내 위장이 뒤틀리고, 시시각각 붕괴되는 도시가 가까이 다가온다. 재와 콘크리트가 만든 먼지가 시야를 질식시키고 숨 쉬기 어렵게 만든다. 유리가 번쩍이는 폭풍 안에서 산산조각 나며 얼굴과 손에 얕은 상처들을 남기고, 내 옷을 갈가리 찢는다. 킬런은 나보다 더 상태가 안 좋아 보인다. 그의 붕대는 새로 흐른 피로 붉게 물들었지만 그는 계속 움직이며 우리를 앞지르지 않기 위해서 주의를 기울인다. 오빠의 손아귀 힘은 결코 약해지지 않지만, 오빠는 지치기 시작하고 새로운 점프를 할 때마다 점점 더 창백해진다. 나는 무력하지만은 않다. 스파크를 이용해서 오빠가 미처 우리를 점프시키지 못하는 순간에 날아드는 삐죽삐죽한 금속 파편들의 방향을 바꾼다. 하지만 우리의 능력은 충분치 못하다. 우리 자신을 구하기에도 부족하다.

"얼마나 더 남았어?"

내 목소리는 작고, 전쟁의 조수에 떠밀려 사라진다. 희부연 안개 때문에 일이 미터 이상은 분간할 수가 없다. 하지만 나는 여전히 느

낄 수 있다. 날개들, 엔진들, 머리 위로 비명을 지르고 있는 *전기*의 힘이 점점 더 급강하해 오는 것이 느껴진다. 우리는 땅 위에서 매가 우리를 낚아채기를 기다리고 있는 쥐들이라는 편이 맞겠다.

쉐이드 오빠는 잠깐 멈춰 선다. 오빠의 벌꿀색 눈동자가 이리저리 흔들린다. 아주 잠깐 나는 오빠가 길을 잃은 건지도 모른다는 생각에 겁에 질린다.

"기다려."

오빠가 말한다. 우리가 모르는 뭔가를 아는 것이다.

오빠는 위쪽을, 한때는 거대한 건축물이었으나 이제는 뼈만 남은 구조물을 바라본다. 그 건물은 거대하고, '태양의 홀'에 있던 가장 높은 첨탑보다도 더 크고 아케온의 '시저의 광장'보다도 더 넓다. 그것이 *움직이고 있다*는 것을 깨달은 순간 떨림이 척추를 따라 흐른다. 앞뒤로, 양옆으로, 수백 년간 방치된 세월에 의해 이미 뒤틀린 버팀목 위로 건물은 미끄러지고 있다. 우리가 지켜보는 동안 그것은 기울어지기 시작해 처음에는 느리게 풀썩 내려앉는다. 마치 늙은 이가 의자에 천천히 자리를 잡는 것 같다. 다음 순간 그 속도는 점점 더 빨라져서, 벽처럼 우리를 둘러싸고 떨어진다.

"내 옆에 딱 붙어."

오빠가 우리 두 사람을 고쳐 쥐면서 소음 너머로 외친다. 오빠는 내 어깨에 팔을 두르고 내 몸이 오빠에게 부딪힐 정도로 세게 끌어당긴다. 견디기 힘들 정도로 강하다. 이제 곧 점프를 할 때의 그 불쾌한 감각이 찾아오리라 예상하지만, 그 느낌은 나지 않는다. 대신, 더 친숙한 소리가 나를 환영한다.

총성.

이제 내 목숨을 구하는 것은 쉐이드 오빠의 능력이 아니라 오빠의 살이다. 나를 노리고 쏜 총알은 오빠의 위팔 부분의 살을 맞추고, 나머지 하나가 낮게 날아 오빠의 다리를 공격한다. 오빠는 괴로움에 고함을 지르고, 갈라진 대지의 틈 사이로 거의 떨어질 뻔 한다. 오빠를 관통한 총격을 느끼지만, 내게는 고통스러워 할 시간조차 없다. 더 많은 총알들이 공기 중을 가르며 날아오고, 그것들은 너무 빠르고 맞서기에는 너무나 어마어마하게 많다. 우리는 오직 달려갈 수 있을 뿐이라서, 무너져 내리는 건물들과 다가오는 군대 양쪽에게서 뛰어 달아난다. 비틀린 강철이 우리와 군대 사이로 떨어져 내리면, 하나가 나머지 하나를 없애줄 것이다. 적어도, 그렇게 됐어야 했다. 중력과 화재에 건물이 쓰러졌지만, 마그네트론들의 힘이 건물이 우리 주변에 보호막을 형성하는 것을 막는다. 돌아보자, 은색 머리카락에 검정색 갑옷을 입은 한 다스는 되어 보이는 사람들이 떨어지는 철골과 강철 버팀목들을 몽땅 치워 버리고 있는 모습이 보인다. 얼굴을 볼 정도로 충분히 가깝지는 않지만, 사모스 하우스라는 것은 명명백백하다. 에반젤린과 프톨레무스가 자신의 가문을 이끌며 군대가 계속 전진할 수 있도록 거리를 청소하고 있다. 그래서 자신들이 시작했던 일을 마무리하고 우리 모두를 죽일 수 있도록.

칼이 경기장에서 프톨레무스를 죽이기만 했더라면. 에반젤린이 내게 베풀었던 딱 같은 수준의 친절을 나 역시 그녀에게 베풀기만 했더라면. 그랬더라면 우리에게도 기회가 있었을지 모른다. 하지만 우리의 자비는 대가를 치루고, 그 대가는 아마도 우리의 목숨이 될 것이다.

나는 오빠를 붙들고, 할 수 있는 한 오빠를 떠받친다. 킬런이 대부분의 무거운 무게를 감당하고 있다. 킬런은 오빠의 몸무게 대부분을 받친 채로 여전히 연기가 나고 있는, 충돌로 생긴 큰 구멍을 향해서 오빠를 반쯤 질질 끌고 간다. 우리는 총알 폭풍으로부터 숨을 피난처를 찾아서 그 아래로 기쁘게 뛰어내린다. 하지만 충분하지 않다. 그리 길게 숨지는 못하리라.

숨을 헐떡대는 킬런의 눈썹 위로 땀방울이 구슬처럼 맺혀 있다. 그는 자신의 소매 한쪽을 찢어내어 쉐이드 오빠의 다리 위로 붕대처럼 묶는다. 천은 금방 피로 물든다.

"점프할 수 있어?"

오빠는 고통뿐만이 아니라 자신의 능력을 느끼며 눈썹을 찌푸린다. 나는 그것을 충분히 잘 이해할 수 있다. 느리게 머리를 젓는 오빠의 눈이 어두워진다.

"아직은 안 돼."

킬런은 작은 소리로 욕설을 뱉는다.

"그럼 무얼 해야 해?"

킬런이 오빠가 아니라 나를 향해 질문을 던졌다는 사실을 깨닫는데 잠깐 시간이 걸린다. 우리보다 더 전투에 대해 잘 알고 있는 군인이 아니라, 내게. 하지만 또한 그가 정말로 내게 질문을 던진 것은 아니다. 스틸츠 마을의 메어 배로우, 도둑이자 그의 친구에게는 아니다. 킬런은 지금 또 다른 누군가를 보고 있으며, 나는 궁전의 홀에서 그리고 경기장의 모래 위에서 바로 그 사람이 되었다.

그는 번개 소녀에게 질문을 던진 것이다.

"메어, 우리 뭘 해야 해?"

"날 두고 가, 그게 너희들이 할 일이야!"

쉐이드 오빠가 앙다문 이 사이로 으르렁거리며 내가 입을 열기도 전에 대답한다.

"너희는 강으로 뛰어가서, 팔리를 찾아. 할 수 있는 한 최대한 빨리 나도 너희들에게 점프해 볼게."

"거짓말쟁이에게는 거짓말 안 통해."

나는 떨지 않으려고 최선을 다하며 대꾸한다. 오빠는 이제 막 내게 돌아왔다. 죽음에서 되살아난 유령이 되어. 오빠를 다시는 내 손 사이로 놓치지 않을 것이다. 어떤 일이 있더라도.

"우리는 여기서 다함께 탈출할 거야. 우리 모두 함께."

군대가 진군하는 소리가 땅을 울린다. 구멍의 경계 부분을 흘깃 한번 바라보니 군대가 적어도 100미터보다 더 가까이 있다는 것을 알 수 있다. 군대는 점점 더 빨리 진군한다. 붉은색의 선 안쪽의 틈 사이로 은혈들도 보인다. 보병들은 군대의 흐릿한 회색 옷을 입고 있지만, 몇몇은 갑옷을 입고 있고 그들의 갑옷에 가문의 색으로 무늬를 새겼다. '하이 하우스'에서 온 전사들이다. 파랑, 노랑, 검정, 갈색 등등이 점점이 보인다. 님프(물을 조종하는 능력자—옮긴이)들과 텔키(구조물을 손대지 않고 움직이는 능력자—옮긴이)들과 실크(바람을 조종하며 빠르고 조용한 움직임을 보인다—옮긴이)들과 스트롱암(강력한 힘을 가진 전사—옮긴이)들, 은혈들이 우리를 향해 내놓을 수 있는 가장 강력한 싸움꾼들이다. 그들은 칼이 왕을 시해했다고 생각하고,

나는 테러리스트라고 여기며, 우리를 없애기 위해서 도시 전체를 무너뜨릴 것이다.

칼.

오빠가 흘리는 피와 킬런의 고르지 않은 숨소리가 간신히 내가 구멍 밖으로 박차고 나가는 것을 막는다. 나는 그를 찾아야만 한다. *그래야만 한다.* 나 자신을 위해서가 아니라면, 대의를 위해서라도, 이 후퇴를 끝까지 해내기 위해서라도. 그는 100명의 훌륭한 군인만큼의 가치가 있다. 그는 순금 방패이다. 하지만 그는 아마도 지금쯤 풀려나서 달아났을 거고, 아마 손목의 사슬을 녹이고 도시가 흔들리기 시작하기도 전에 도망갔을 것이다.

아니야, 칼은 달아나지 않았을 거야. 그는 결코 군대에게서, 메이븐에게서, 아니면 나에게서 달아나지 않을 거야.

내가 틀리지 않았기만을 바란다.

그가 이미 죽은 사람이 아니기만을 바란다.

"오빠를 일으켜 줘, 킬런."

태양의 홀에서, 고인이 된 레이디 블로노스는 내게 왕자비처럼 말하는 방법을 가르쳤다. 차갑고, 단호하며, 이의를 제기할 여지를 남기지 않는 목소리.

킬런은 내 말에 따르지만, 쉐이드 오빠는 여전히 대항할 마음이 남아 있다.

"나는 너희들 속도를 늦추기만 할 거야."

"그건 나중에 사과하도록 해."

나는 오빠가 한 발로 껑충껑충 뛰도록 도우면서 대꾸한다. 하지만 나는 오빠와 킬런에게 관심을 거의 기울이지 못한다. 내 정신은 다른 곳에 집중하고 있다.

"움직여."

"메어, 우리가 널 두고 갈 거라고 생각한다면……."

킬런에게 몸을 돌렸을 때, 내 손에는 스파크가 일고 내 마음에는 결정이 선 상태다. 그는 입술 위로 말을 멈춘다. 그는 내 뒤로, 매 시간이 흐를 때마다 점점 더 다가오는 군대를 향해 시선을 던진다. 텔키들과 마그네트론들이 길에서부터 잔해를 긁어내느라 돌 위로 금속이 부딪히는 소리가 난다. 이전에 어땠는지 흔적도 남지 않은 새 길이 나는 중이다.

"뛰어."

다시, 그는 내 말에 복종하고 쉐이드 오빠도 절뚝거리는 것 외의 다른 것은 하지 못한 채 나를 뒤에 남긴 채 떠난다. 그들이 구멍 밖으로 기어올라 나가서 서쪽으로 힘겹게 이동하는 동안, 나는 동쪽으로 계산된 발걸음을 딛는다. 군대는 나 때문에 멈춰 설 것이다. 틀림없이 그럴 것이다.

공포에 질린 한순간이 흐르고, 적혈들이 느려지고, 그들이 멈추는 동안 발치의 사슬들이 절그럭거린다. 그들 뒤로, 은혈들이 마치 아무것도 아니란 듯이 자신들의 어깨 위로 검정색 라이플들을 들어올린다. 전투 차량들, 접지 타이어를 단 거대한 기계들이 군대 뒤쪽 어딘가에서 멈추기 위해 끼익 소리를 내면서 바닥을 긁는다. 나는 기계들의 힘이 내 혈관을 타고 둥둥 울리는 것을 느낀다.

이제 장교들이 명령을 부르짖는 소리를 들을 수 있을 정도로 군대는 충분히 가깝다.

"번개 소녀다!"

"줄을 지켜라, 제자리에 서!"

"정조준하라!"

"사격 중지!"

최악은 가장 최후에 온다. 갑작스럽게 조용해진 거리 위로 소리가 울린다. 분노와 증오가 가득한 프톨레무스의 목소리는 친숙하다.

"왕을 위한 길을 열라!"

그가 외친다.

나는 깜짝 놀라 휘청하며 물러선다. 메이븐의 군대를 보리라곤 예상했지만, 메이븐 본인을 볼 거라곤 예상하지 못했다. 메이븐은 그의 형과는 달리 군인이 아니고, 군대를 지휘하는 것과는 거리가 멀다. 하지만 여기에 그가 있다. 발치에 프톨레무스와 에반젤린을 달고, 갈라선 부대 사이로 으스대면서 걸어 나온다. 적혈들의 줄 뒤에서부터 그가 걸어 나오는 순간, 무릎이 거의 풀릴 뻔 한다. 그의 갑옷은 번쩍이는 금색이고, 그의 망토는 핏빛이다. 전장에는 전혀 어울리지 않음에도 그는 여전히 자신의 아버지의 것이었던 화염의 왕관을 쓰고 있다. 그가 자신이 거짓말로써 이겼다는 것과 자신이 훔쳐낸 거대한 보상이 무엇인지를 세상에 대고 보여 주고 싶었을 거라는 생각이 든다. 이토록 멀리 떨어진 거리에서조차, 메이븐의 열기 어린 시선과 날뛰는 분노를 느낄 수 있다. 그 열기와 분노가 나를 속속들이 불태운다.

에어젯들이 휘파람 소리를 내며 머리 위로 날아간다. 그것이 지금이 세상에서 들을 수 있는 유일한 소리다.

"그대가 여전히 용감하다는 건 알겠군."

메이븐이 거리 너머로 들릴 정도로 목소리를 키우며 말한다. 그 소리는 폐허 사이로 메아리치며 나를 조롱한다.

"또한 어리석고."

경기장에서 그랬듯, 나는 이번에도 그에게 내 분노와 공포를 보여 만족을 줄 생각은 없다.

"사람들이 그대를 작은 조용한 소녀라고 불러야겠는걸."

메이븐이 차갑게 웃자, 그의 군대들이 그와 함께 소리 내어 웃는다. 적혈들은 침묵을 지킨 채, 땅에 시선을 고정하고 있다. 그들은 앞으로 일어날 일을 지켜보고 싶지 않은 것이다.

"음, 조용한 소녀여, 그대의 쥐새끼 친구들에게 이제 끝이라고 알리도록. 그들은 포위되었다. 그들더러 나오라고 외친다면, 모두에게 훌륭한 죽음이라는 선물을 선사하도록 하지."

만약 내가 그런 명령을 내릴 수 있다고 한들, 결코 하지 않으리라.

"이미 전부 다 떠났어."

거짓말쟁이에게는 거짓말이 안 통하는데. 그런데 메이븐은 최고로 대단한 거짓말쟁이잖아.

그럼에도 불구하고, 그는 확신하지 못하는 듯 보인다. 진홍의 군대는 이미 너무 여러 번 달아난 경력이 있다. 시저의 광장에서, 아케온에서. 아마도 그들은 심지어 이번에도 달아날 수 있을지 모른다. 그럼 얼마나 큰 골칫거리가 될까. 그의 치세에 있어서 엄청나게 형편없는 시작이 될 텐데.

"반역자도 말인가?"

그의 목소리가 날카로워지고, 에반젤린이 그에게로 더 가까이 움직인다. 면도칼의 날처럼 반짝이는 그녀의 은색 머리카락은 자신이 입고 있는 도금 갑옷보다도 더 밝게 빛난다. 하지만 그는 그녀에게서 떨어져 물러서면서, 고양이가 장난감에나 할 법하게 그녀를 옆으로 밀친다.

"내 비참한 형제, 추락한 왕자는 어디에 있지?"

그는 결코 내 대답을 듣지 못한다. 내게 딱히 대답할 말이 없기 때문이다.

메이븐은 다시 한 번 소리 내어 웃는데, 이번에는 그 웃음이 내 가슴을 칼로 쑤시는 듯하다.

"그가 그대 역시 버리고 갔는가? 달아났어? 우리의 아버지를 죽이고 내 왕좌를 강탈하려고 했던 겁쟁이가, 고작 슬그머니 도망가서 숨었단 말인가?"

그가 발끈하며 귀족들과 군인들 때문에 가식을 떤다. 그들 때문에, 그는 여전히 비극적인 아들인 것처럼, 한 번도 왕관을 노려 본 적 없는 것처럼, 그저 죽은 자를 위한 정의를 실현하는 것 외에는 아무것도 바라지 않는 것처럼 보여야만 한다.

나는 도전하듯 턱을 치켜든다.

"칼이 그런 짓을 했으리라고 생각한단 말이야?"

메이븐은 멍청한 것과는 거리가 멀다. 그는 사악하지만 어리석지는 않고, 자신의 형이 현존하는 누구보다도 뛰어나다는 것을 알고 있다. 칼은 겁쟁이가 아니며 앞으로도 결코 겁쟁이가 되지 않으리

라. 그의 국민들에게 거짓말을 한다고 해서 그 사실이 변하지는 않는다. 메이븐의 눈은 자기 마음을 배반하고 전쟁으로 찢겨진 거리로 향한 모든 길과 골목들을 힐끔 곁눈질 한다. 칼이 그 길 중 하나에 숨은 채로 반격을 기다리고 있을 수도 있다. 나는 심지어 덫이자 내가 한때 약혼자이자 친구라고 불렀던 족제비를 끌어내기 위한 미끼일 수도 있다. 그가 고개를 돌리자, 그의 왕관이 미끄러진다. 그의 머리에 너무 큰 것이다. 심지어 금속조차도 자신이 메이븐에게 걸맞지 않음을 알고 있는 모양이다.

"나는 그대가 혼자뿐이라고 생각한다, 메어."

그가 부드럽게 말한다. 그가 내게 저지른 모든 일에도 불구하고 그의 입에서 나오는 내 이름에 나는 몸이 떨리고, 이제는 사라져 버린 날들을 떠올리고 만다. 한때 그는 친절과 애정을 담아 내 이름을 불렀다. 이제 그의 입에서 나오는 그 말은 저주 같이 들린다.

"그대의 친구들은 이미 사라졌군. 그대는 남겨진 거야. 그리고 그대는 정말 가증스러운 존재야, 그대의 비참한 종족 중에서 유일하지. 이 세상에서 그대를 제거하는 것은 세상에 베푸는 자비가 될 것 같군."

그것이 또 다른 거짓말이라는 것을 우리 모두 알고 있다. 나는 그의 차가운 웃음소리를 똑같이 따라한다. 잠시 동안, 우리는 다시 친구인 것처럼 보인다. 이보다 더 진실에서 먼 것은 없으리라.

에어젯 하나가 머리 위로 미끄러지듯 지나가고, 그것의 날개가 거의 근처의 폐허 꼭대기를 긁을 뻔 한다. 너무 가깝다, *심하게 가깝다.* 나는 그것의 전기 심장을 느낀다. 어떻게 해서 그런지는 몰라도 기계를 하늘 높이 띄울 수 있는, 윙 하는 소리와 함께 돌아가는 엔진을 느낀다. 나는 이전에 수도 없이 해 보았던 것처럼 할 수 있는 한 최선을 다해서 그것에 내 능력을 뻗어 본다. 전등처럼, 카메라처럼, 내가 번개 소녀가 된 이후로 해냈던 모든 전선과 회로처럼, 나는 그것을 붙잡아서…… *꺼 버린다.*

에어젯은 앞코를 아래로 한 채 떨어지면서도 무거운 날개를 이용해서 잠시 동안 난다. 그것의 원래 궤도는 거리 위로 나는 것이었을 테고, 왕을 지키면서 부대 위로 높이 날았어야 했을 것이다. 이제 그것은 머리부터 먼저 군대를 향해 떨어지고, 적혈들의 선을 넘어서 수백 명의 은혈들과 충돌한다. 사모스 마그네트론들과 프로보스 텔키들은 그 에어젯이 거리를 들이받으면서 아스팔트를 튕기고 몸체가 튀어 오르는 것을 막을 정도로 충분히 빠르지 못하다. 에어젯이 폭발하면서 울려 퍼진 커다란 소리는 나조차도 깜짝 놀랄 지경이고, 나는 멀찌감치 밀려난다. 폭발은 귀청이 터질 듯하고 방향 감각을 잃게 만들며, 고통스럽다. *고통을 느낄 시간이 없어.* 나는 머릿속으로 반복한다. 굳이 메이븐의 군대에 일어난 혼란을 지켜볼 필요야 없다. 나는 이미 달아나고 있고, 내 번개가 나와 함께한다.

자백색의 불꽃이 내 등을 보호하고, 나를 들이받으려고 하는 스위프트들에게서 나를 안전하게 지켜 준다. 몇 명이 내 번개에 부딪치며 뚫고 들어오려고 한다. 그들은 피부에서 연기를 내고 뒤틀린 뼈무더기가 되어서 나가떨어진다. 그들의 얼굴을 보지 못한 것이 다행이다. 얼굴을 보았다면 분명 꿈에서 나중에 그들을 보게 되었을 것이다. 다음에는 총알이 날아오지만, 갈지자로 뛰며 달리는 나는 맞추기 힘든 타깃이다. 몇 안 되는 총알이 가까이 닿지만 보호막에 닿자마자 날카로운 소리와 함께 분해된다. 내가 퀸스트라이얼에서 전기 보호막 위에 떨어졌을 때 내 몸이 원래 그렇게 됐어야 했던 것처럼 말이다. 그때가 벌써 한참 전인 것만 같다. 머리 위로는 에어젯들이 다시 시끄러운 소리를 지르고, 이번에는 자신들의 거리를 유지하려고 주의한다. 그들의 미사일은 그렇게까지 예의바르지는 않다.

내얼시의 폐허는 수천 년이 넘는 세월동안 버텨 왔지만, 오늘만큼은 살아남을 수 없을 것 같다. 건물들과 거리들이 허물어지고, 은혈들의 능력과 미사일들에 의해 똑같이 파괴된다. 모두가 모든 것을 해방했다. 마그네트론들은 강철 버팀대 기둥들을 비틀고 툭 자른다. 그동안 텔키와 스트롱암 들이 잿빛 하늘 너머로 돌멩이들을 거칠게 집어던진다. 물이 하수관들에서부터 철철 흘러나오는 것이, 님프들이 도시를 침수시킬 기세다. 그 바람에 우리 아래의 터널 안에 숨어 있던 마지막 방위군들이 쏟아져 나온다. 군대 속의 윈드위버들의 손에 의해 바람이 울부짖으며 허리케인처럼 강해진다. 물과 돌멩이들이 내 눈을 찌르고, 돌풍이 너무 날카로워서 눈을 거의 뜰 수 없다. 오블리비언(손을 댄 물체를 폭파시킬 수 있는 능력자—옮긴이)이 일으킨 폭발이 내 밑의 땅을 흔들어서 발을 헛디디며 혼란에 빠진다. 나는 결코 넘어지는 법이 없다. 하지만 지금 나는 얼굴을 아스팔트에 대고 긁고, 내가 지나간 자리에는 핏자국이 남는다. 다시 일어서는데 밴시(소리를 질러 청력을 공격하는 능력자—옮긴이) 하나가 유리가 깨지는 듯한 비명 소리를 질러서, 나는 철푸덕 엎어지면서 애써 귀를 막는다. 더 많은 피가 나고, 피는 손가락 사이로 점점 더 빨리 떨어지며 끈끈해진다. 하지만 나를 납작 엎드리게 만든 그 밴시는 뜻하지 않게 나를 구했다. 내가 넘어지는 동시에 또 다른 미사일 하나가 머리 위에서 폭발하고, 어찌나 가까운지 공기에 일어나는 파문을 느낄 수 있을 정도다.

미사일이 너무 가까이에서 폭발한 탓에, 내가 급하게 친 전기 보호막을 뚫고 열기가 파동을 일으킨다. 희미하게 혹시 속눈썹 없이 죽게 되면 어떨지 궁금해진다. 하지만 열기는 나를 활활 불태우지 않고 안정적으로 머문다. 편안하지는 않지만 그렇다고 못 참을 정도는 아니다. 강하고 여기저기 멍든 손이 나를 꽉 붙들어 일으켜 세우고, 화재의 불빛 속에서 금발 머리카락이 빛난다. 물어뜯을 것 같은 폭풍 속에서도 그녀의 얼굴만큼은 알아볼 수 있다. *팔리*. 총은 사라지고, 옷은 다 찢어지고, 온몸의 근육을 떨고 있으면서도, 그녀는 내가 쓰러지지 않도록 떠받쳐 준다.

그녀의 뒤로, 키가 크고 익숙한 사람의 검은 그림자가 폭발을 막는다. 그는 쭉 뻗은 한 손으로 폭발을 막아낸다. 그의 족쇄는 사라졌다. 그것이 녹았든 누가 그것을 제거해 줬든 간에. 그가 몸을 돌리자, 불꽃들은 점점 자라며 하늘과 파괴된 거리를 핥지만, 결코 우리를 건드리지는 않는다. 언제나 정확하게 자신이 무엇을 하는지 알고 있는 칼은 불꽃 폭풍이 우리 주변을 돌 주변의 물처럼 감싸도록 한다. 경기장에서처럼 그는 거리를 가로막는 불타는 벽을 만들어서, 우리를 자신의 동생과 그 너머의 군대로부터 보호한다. 하지만 지금 그의 불꽃은 산소와 분노를 먹고 자라 그때보다 더욱 강력하다. 불길은 공기를 먹어치우고, 너무 뜨거운 나머지 중심부가 유령처럼 푸른 빛을 띤다.

더 많은 미사일이 떨어지지만, 또 다시 칼은 미사일의 힘을 억누르고 그것을 자신의 능력을 키우는 먹이로 이용한다. 그가 긴 팔로 호를 그리고 틀면서 일정한 리듬으로 보호막을 펼치는 모습을 지켜보니 아름답다는 생각마저 든다.

팔리는 나를 끌어내려고 애를 쓰면서 나를 제압한다. 불꽃이 우리를 방어하는 사이, 나는 100미터 정도 떨어진 강을 보러 몸을 돌린다. 절뚝거리며 소위 안전을 향해서 달려가는 킬런과 오빠의 거대한 그림자조차 볼 수 있다.

"이리 와, 메어."

내 멍들고 약해진 몸을 반쯤 질질 끌면서 팔리가 으르렁거린다.

잠시 동안, 나는 그녀가 끌고 가는 힘에 몸을 맡긴다. 분명하게 생각을 하기에는 몸이 너무나 아프다. 하지만 한번 뒤돌아보는 순간 그녀가 뭘 하려는 건지, *내가* 무엇을 하게 만들려는 건지 순식간에 이해가 된다.

"그가 없이는 떠나지 않을 거야!"

나는 오늘 들어 두 번째로 그 말을 외친다.

"왕자는 자기 스스로 알아서 잘할 거라고."

그렇게 대꾸하는 그녀의 푸른 눈에 불길이 반사된다.

한때 나도 그녀처럼 생각했다. 은혈들은 천하무적이며, 이 땅 위의 신이자, 누군가가 그들을 죽이기에는 너무나 강력한 존재들이라고. 하지만 나는 바로 오늘 아침에 그들을 세 명이나 죽였다. 아벤, 람보스 스트롱암 그리고 님프인 오사노스 경. 어쩌면 번개 폭풍으로 더 많은 수를 죽였을지도 모른다. 그리고 그 일에 대해서라면, 그들이 나를, 그리고 칼을 거의 죽일 뻔 했기 때문이었다. 경기장에서 우리는 서로를 구해야만 했다. 그리고 우리는 다시 한 번 그렇게 해야만 한다.

팔리는 나보다 덩치가 있고 키가 크며 힘이 세지만, 나는 그녀보다 더 날렵하다. 심지어 심하게 다치고 반쯤 귀가 먼 지금조차 그렇다. 한 번 발목을 잽싸게 움직이고 한 번 타이밍을 잘 맞춰 떠민 것만으로, 그녀는 뒤로 비틀거리며 발이 걸리고 나를 놓아 준다. 나는 같은 동작으로 돌아서서 손바닥을 쭉 뻗고 필요한 것을 느낀다. 내 얼시는 아케온보다 아니 심지어 스틸츠보다도 더 전기가 적은 곳이지만 지금의 나는 힘을 뽑아내기 위해서 다른 어떤 것을 필요로 하지 않는다. 나는 내 스스로 만들어 낸다.

님프의 물이 만들어 낸 첫 번째 폭풍은 해일이 밀려오는 위력으로 화염을 마구 두드린다. 대부분의 물은 번쩍 하고 수증기가 되어 끓어오르지만 남은 물 일부가 벽 위로 떨어지면서 거대한 불꽃의 혀를 꺼트린다. 나는 내가 만들어 낸 전기로 공기 중에서 구부러지며 두드려대는 파도를 겨냥하여 응수한다. 물길 뒤에서, 은혈의 부대가 앞으로 전진하며 우리를 향해 달려든다. 적어도 사슬로 묶인 적혈들은 뒤로 밀려난 모양인데, 아마도 맨 뒷줄로 강등된 듯하다. 메이븐의 짓이겠지. 메이븐은 그들이 진군 속도를 늦추게 내버려 둘 수 없었을 것이다.

그의 군인들은 뻥 뚫린 야외 대신에 내 번개를 마주치고, 그 뒤로 칼의 불이 잉걸불에서 다시 크게 타오르며 회복한다.

"뒤로 천천히 움직여."

칼이 손을 벌리고 가리켜 보이며 말한다. 나는 그의 계산된 발걸음을 그대로 따라하면서 다가오는 파멸에서 눈을 돌리지 않도록 애를 쓴다. 우리는 함께 번갈아 앞뒤로 움직이며 서로의 후퇴를 보호해 준다. 그의 불길이 잦아들면 내 번개가 힘을 내는 식으로. 함께, 우리는 기회를 얻는다.

그는 몇 가지 명령들을 낮게 내뱉는다. 언제 발을 뗄지, 언제 벽을 높게 세우고, 언제 낮출지. 그는 내가 알고 지낸 어떤 때보다도 더 지쳐 보이고, 창백한 피부 아래로 보이는 혈관은 검푸른 빛을 띠고 눈 주변에는 다크서클이 생겨 있다. 내 꼴 역시 만만치 않으리라. 하지만 그는 거리를 걸음 수로 정확하게 가늠해서 우리의 힘이 완전히 바닥나지 않도록 하는 동시에 꼭 필요한 순간에 우리의 힘이 조금씩이나마 돌아오게 한다.

"정말 조금만 더 가면 돼."

팔리가 외치는 목소리가 뒤쪽에서부터 메아리친다. 하지만 그녀는 달아나지 않고 있다. 그녀는 우리와 함께 남아 있다. 그녀가 고작 인간에 불과한 존재임에도 말이다. *팔리는 내가 믿었던 것보다도 더 용감한 사람이다.*

"어디까지 조금만이라는 건데?"

나는 이를 악문 채로 으르렁거리면서 전기로 만든 또 다른 보호막을 던진다. 칼의 지시에도 불구하고 나는 점점 더 느려지고, 내 전기막을 뚫고 조금의 자갈들이 날아 들어온다. 자갈은 몇 미터 떨어진 곳에 떨어지면서 먼지로 부서진다. 우리에게 남은 시간이 다 되어 가고 있다.

하지만 메이븐에게도 그건 마찬가지다.

강의 냄새, 그리고 그 너머의 바다의 냄새를 맡을 수 있다. 날카롭고 짭짤한 그 내음은 나를 손짓해 부르지만, 끝에 이른들 어떻게 될지 전혀 짐작이 안 간다. 그저 팔리와 쉐이드 오빠가 그곳에 도착하면 우리 모두가 메이븐의 손아귀에서 달아날 수 있을 거라고 믿었다는 사실만을 알 뿐이다. 뒤로 힐끗 바라보니, 그저 거리만이, 강의 끝과 닿아 있는 막다른 길만이 보인다. 팔리가 거기 서서 우리를 기다리고 있다. 그녀의 짧은 머리카락은 뜨거운 바람에 엉망진창이다. *뛰어내려.* 허물어진 거리의 끝에서 뛰어내리기 전에 그녀가 입으로 말한다.

심연으로 그냥 떨어져 내리다니, 팔리는 대체 무슨 생각이지?

"팔리가 우리더러 뛰어내리래요."

나는 그의 벽을 보강할 만한 시간에 딱 다시 고개를 돌리며 칼에게 말한다.

말을 하기에는 너무나 집중한 상태라, 칼은 동의의 뜻으로 그저 끙 하고 앓는 소리를 낸다. 내 번개처럼, 그의 불꽃도 점점 약해지고 얇아지고 있다. 우리는 불 너머로 이제 반대편에 있는 군인들을 볼 수 있다. 깜빡거리는 화염이 그들의 형체를 일그러뜨리고 그들의 눈을 불타는 석탄처럼, 입은 미소 짓는 송곳니처럼 보이게 해서 그들은 마치 악마처럼 보인다.

그들 중 한 명이 불의 벽으로 다가선다. 불이 붙을 정도로 가까운 거리다. 하지만 그의 몸에 불이 붙지 않는다. 대신, 그는 화염을 커튼처럼 걷어낸다.

오직 한 명만이 그렇게 할 수 있다.

메이븐은 그의 멍청한 망토에서 잉걸불들을 털어내고, 자기 갑옷과는 달리 비단이 불에 타서 없어지도록 내버려 둔다. 그는 미소를 지을 정도로 뻔뻔스럽다.

그리고 어떻게든, 그를 외면할 정도의 힘이 칼에게는 있다. 그는 자신의 동생을 맨손으로 찢어 버리는 대신에, 내 손목을 타는 듯 뜨거운 손으로 꽉 붙든다. 우리는 뒤쪽을 방어하는 건 신경도 쓰지 않은 채로 함께 전력 질주한다. 메이븐은 우리 둘 중 어느 쪽에도 상대가 되지 않고, 자신 역시 그 사실을 잘 알고 있다. 대신 그는 고함을 지른다. 물려받은 왕관과 자신이 손에 묻힌 피에도 불구하고, 그는 여전히 그토록 어린애다.

"달려, 살인자야! 뛰어, 번개 소녀! 빨리 멀리 뛰어 보라고!"

그의 웃음소리가 바스러져 가는 폐허 위로 메아리치며 나를 쫓아온다.

"내가 너희들을 찾을 수 없는 곳은 어디에도 없어!"

우리가 달아나는 동안에 내 번개가 약해지는 것이, 힘이 바닥나는 것이 희미하게 느껴진다. 칼의 불꽃 역시 함께 무너져 내리고, 우리는 나머지 군대에 그대로 노출된다. 하지만 우리는 이미 허공으로 몸을 던지고, 3미터 아래의 강으로 뛰어 내린 후다.

내려앉는 순간, 물이 첨벙 튀는 소리가 아닌 금속에 쨍 하고 부딪히는 소리가 난다. 발목을 부서뜨리지 않기 위해서 나는 몸을 굴려야만 하지만, 여전히 허한 기분과 아픈 고통이 뼈를 타고 흐른다. *뭐*

야? 팔리는 무릎 깊이의 차가운 강에 서서 기다리고 있다. 그녀는 뚜껑이 열린 원통형의 금속관 옆에 서 있다. 아무 말 없이 그녀는 그 관 위로 기어올라서, 무엇인지는 몰라도 우리 아래에 자리하고 있는 것 안으로 사라진다. 그게 뭔지 탐구하거나 질문을 던질 시간이 없기에, 우리 역시 무턱대고 따라한다.

적어도 칼은 우리 뒤로 관의 뚜껑을 닫을 정도의 분별은 있다. 뚜껑을 닫으니 강물 소리와 전쟁의 소음이 우리 위로 차단된다. 공기로 인한 쉿 소리가 나면서 공기 밀봉을 형성한다. 하지만 이것만으로는 우리를 오래도록, 저 군대에 대항하여 오래도록 지켜 줄 수 없을 텐데.

"또 다른 터널인 거야?"

나는 헐떡대면서 팔리에게 빙그르르 몸을 돌려 묻는다. 그 움직임에 시야가 흐릿해져서 나는 쓰러지며 벽에 몸을 쿵 부딪치고 다리가 온통 흔들거린다.

거리에서 그랬던 것처럼, 팔리는 한 팔을 내 어깨 밑에 넣고 내 몸을 받쳐 준다.

"아니, 이건 터널이 아니야."

그녀가 영문 모를 히죽대는 미소를 지으며 대꾸한다.

다음 순간 그 느낌이 온다. 어딘가에서 배터리가 웅웅거리는 듯한 느낌, 하지만 좀 더 크다. 더 강하다. 그것이 우리 주변의 모든 곳에서 맥동하고, 깜빡이는 단추들과 낮고 노란 불빛들과 함께 낯선 복도를 따라 헤엄쳐 내려간다. 통로를 따라 내려가는 동안 방위군들이 얼굴을 가리고 있는 붉은 두건들이 잠깐 잠깐 보인다. 그들은 선홍색 그림자처럼 모호하다. 신음 소리와 함께, 전체 공간이 몸을 떨면서 *떨어지고*, 아래쪽으로 비스듬히 움직인다. *물속으로.*

"보트로군. 수중 보트야."

칼이 말한다. 떨리고 약한 그의 목소리는 어딘가 멀리서 들리는 듯하다. 딱 내가 느끼는 기분이 그렇다.

우리 두 사람 모두 몇 걸음 더 옮기지도 못하고 비스듬한 벽에 무너지고 만다.

제3장

지난 며칠 동안, 나는 감옥에서 깨어났었고 그 다음에는 기차에서 일어났었다. 이번에는 수중 보트라니. *내일은 도대체 어디서 일어나게 되려나?*

이 모든 것이 그저 꿈이라거나, 아니면 망상이라거나, 그보다 더 나쁜 것이 아닐까 생각하기 시작하는 중이다. 하지만 꿈에서도 피로를 느낄 수 있을까? 왜냐하면 확실히 지금 나는 피로를 느끼기 때문이다. 육체적 고갈이 아주 뼛속 깊이 느껴지고, 모든 근육과 신경에서 진이 다 빠진 상태다. 심장은 완전히 다른 상처를 입었는데, 여전히 배신과 실패로 인한 피를 흘리고 있다. 눈을 뜨고 내가 비좁은 회색 벽으로 된 공간에 있다는 걸 깨닫자마자, 잊고 싶은 모든 기억이 물밀듯 밀려온다. 마치 엘라라 왕비가 머릿속에 다시 들어와서 최악의 기억들을 강제적으로 되살리는 듯하다. 애쓰면 애쓸수록, 회상을 멈출 수가 없다.

내 조용하던 하녀들이 처형되었다. 다른 것도 아니고 내 피부를 색칠해 준 죄로. 트리스탄은 돼지처럼 찔려 죽었다. 월시. 그녀는 오빠랑 같은 나이였고, 스틸츠 출신의 하인이자 내 친구였으며…… *우리 중 하나*였다. 그리고 그녀는 잔혹하게도 진홍의 군대와 우리의 목적과 그리고 나를 보호하기 위해서 자신의 손으로 죽음을 맞았다. 심지어 시저의 광장의 터널에서는 더 많은 이들이 죽었다. 칼의 군인들의 손에, 우리의 멍청한 계획의 손에 죽음을 맞았다. 적혈들이 흘린 피에 대한 기억들은 불타는 듯하고, 은혈에 대한 생각 또한 마찬가지다. 루카스, 친구이자 보호자였던, 친절한 가슴을 가졌던 은혈. 그는 줄리언과 내가 하게 만들었던 일 때문에 처형당했다. 레이디 블로노스는 내게 똑바로 앉는 법을 가르쳤기 때문에 목이 잘렸다. 매칸토스 대령, 레이날드 아이럴, 벨리코스 르롤란. 대의를 위해 희생된 사람들. 총격 뒤에 따라온 폭발에 휘말려 죽은 르롤란의 네 살배기 쌍둥이 아이들에 생각이 미치자 나는 거의 토할 뻔 한다. 메이븐은 그것이 사고였다고, 부서진 가스 배관 때문에 생긴 사고였다고 말했지만, 이제 나는 더 잘 알겠다. 그런 우연이 일어났다고 생각하기에는 그의 악이 너무나 깊다. 그저 세상에 대고 진홍의 군대가 괴물들의 집단이라는 것을 믿게 만들기 위해서라면, 그 모든 폭풍 위에 시체가 몇 구 더 추가되었다고 한들 그가 신경이나 썼을지 의심이 든다. 그는 줄리언도 죽일 것이고, 사라도 마찬가지다. 그들은 아마도 이미 죽었을 것이다. 그들 전부에 대해 생각할 수가 없다. 너무나 고통스럽다. 이제 내 생각은 메이븐에게, 그 차가운 눈동자와 그가 매력적인 미소 뒤에 짐승을 숨기고 있었다는 것을 깨달았던 순간으로 향한다.

내 아래의 침상은 딱딱하고 담요는 너무 얇으며 베개는 언급할 여지조차 없지만, 한편 나는 그저 드러눕고만 싶다. 이미 두통이 다시 돌아왔고, 머리는 이 신기한 배의 전기적인 맥박에 맞춰 지끈거린다. 확실하게 알겠다, 여기에는 날 위한 평화란 없다. 아직은, 해야만 하는 일들이 이토록 많이 남아 있는 동안에는 말이다. *목록. 이름들. 그들을 찾아야만 해. 그들을 찾아서 메이븐과 그의 어머니의 손에서 안전하게 보호해야만 해.* 열기가 얼굴 너머로 퍼지고, 피부는 줄리언이 어렵게 얻은 비밀들을 기록한 작은 책에 대한 기억으로 달아오른다. 나 같은 이들, 적혈의 피와 은혈의 능력들을 가진 기묘한 돌연변이에 대한 기록들. 그 목록은 줄리언의 유산이다. 그리고 내 유산이기도 하다.

간이침대 옆으로 다리를 흔들어 내리다가, 내 위의 침대에 거의 머리를 쿵 들이받을 뻔 한다. 바닥에 단정하게 갠 옷이 한 벌 놓여 있는 것이 보인다. 검정색 바지는 너무 길고, 어두운 붉은색 셔츠는 팔꿈치 부분이 올이 다 드러나 있으며 부츠는 끈이 없다. 은혈의 감옥에서 입었던 좋은 옷들과는 한 군데도 같은 곳이 없지만, 그럼에도 내 피부에 꼭 맞는 느낌이다.

철로 된 거대한 경첩 위로 객실의 문이 쾅 소리를 내며 열렸을 때 마침 나는 셔츠를 머리 위로 막 벗던 참이다. 반대편에서 목을 빼고 기다리는 사람은 킬런으로, 그의 미소는 진심이 없고 암울하다. 그토록 많은 여름날마다 아주 다양한 배경에서 내가 옷을 벗은 모습을 익히 봐 왔으니 얼굴을 붉힐 일도 없건만, 킬런의 뺨은 어쨌든 붉어진다.

"그렇게 오래 자다니 너답지 않네."

그렇게 말하는 그의 목소리에서 걱정이 느껴진다.

나는 어깨를 으쓱하고 약한 다리로 일어선다.

"잠이 좀 필요했던 것 같아."

이상한 울리는 소리가 귀를 사로잡는데, 귀청을 찢을 듯하지만 고통스럽지는 않다. 나는 젖은 개가 털을 말리듯이 머리를 이리저리 흔들며 그 소리를 없애려고 해 본다.

"그건 아마 밴시가 지른 비명 때문일 거야."

그가 내게로 다가와서 못이 박인 거친 손으로 내 머리를 부드럽게 잡는다. 나는 그의 설명에 그저 포기하고 짜증나는 한숨을 쉰다. 그는 나를 옆으로 돌리고 어쨌든 한참 전에 붉은 피를 흘린 귀를 바라본다.

"그 소리가 널 정면으로 치지 않았다니 참 다행이야."

"내가 가진 재능이 참 많기는 해도, 행운만큼은 거기에 포함이 안 될 것 같은데."

그가 몸을 떼면서 날카롭게 말한다.

"넌 살아 있잖아, 메어. 그건 그 이상이야."

그의 눈빛에 나는 내얼시로 돌아간 기분이 든다. 내가 오빠에게 오빠의 말을 믿을 수 없다고 말했던 그때로. 가슴속 깊이, 나는 여전히 그 말을 믿을 수 없음을 느낀다.

"미안해."

나는 빠르게 중얼거린다. 당연히 나 역시 많은 이들이 대의 때문에 그리고 나 때문에 죽어 갔음을 알고 있다. 하지만 나 또한 죽었다. 스틸츠 마을의 메어는 그녀가 전기 보호막 위로 떨어졌던 바로 그날에 죽었다. 잃어버린 은혈의 왕자비인 메리어나 역시 보울 오브 본즈에서 죽었다. 그리고 나는 언더트레인 위에서 눈을 떴던 새로운 사람이 어떤 사람인지 모르겠다. 내가 오직 아는 거라고는 지금까지의 그녀가 어땠는지와 그녀가 무엇을 잃어버린 것인지, 그리고 그것의 무게가 그녀를 거의 으스러뜨릴 것만 같다는 사실뿐이다.

"우리가 어디로 가고 있는 건지 말해 줄 거야, 아니면 그 역시 또 다른 비밀인 거야?"

나는 목소리에서 씁쓸함을 지우려고 애를 쓰지만 비참하게 실패한다.

킬런은 그 사실을 무시할 정도로는 예의바르다. 그는 문에 대고 등을 기댄다.

"우리는 5시간 전에 내얼시를 떠났고, 북동쪽을 향해 가고 있어. 솔직히 그게 내가 아는 전부야."

"그런데 그 사실이 넌 전혀 신경 쓰이지 않아?"

그는 어깨만 으쓱한다.

"그 점에 대해서라면 뭐 때문에 더 높은 사람들이 나나 아니면 너를 믿을 거라고 생각하는 건데? 그간 우리가 얼마나 어리석었던 것인지, 그리고 그 때문에 얼마나 많은 대가를 치러야 했는지는 다른 누구보다도 네가 더 잘 알 텐데."

다시 한 번, 기억이 벌처럼 나를 찌르는 느낌이다.

"네 스스로가 쉐이드 형조차 믿지 못하겠다고 말했잖아. 누가 어떤 비밀이든 곧 공유해 주기는 할지 의심스럽다."

그 공격은 예상했던 것만큼은 아프지 않다.

"오빠는 좀 어때?"

킬런은 못마땅하다는 듯이 고개를 홱 쳐들더니 복도 쪽을 가리켜 보인다.

"팔리는 다친 사람들을 위해서 작고 멋진 의료실 하나를 공들여 준비해 놨어. 형은 다른 사람들보다 상태가 괜찮아. 욕설을 좀 많이 퍼붓고 있지만 확실히 상태는 더 낫지."

킬런의 녹색 눈동자가 조금 어두워지고, 그는 시선을 돌린다.

"쉐이드 형의 다리는……."

나는 놀라서 헉 하고 숨을 뱉는다.

"감염됐어?"

스틸츠의 고향집에서, 감염은 팔이 잘리는 것만큼이나 나쁜 일이었다. 우리는 약이 충분치 않았고, 한번 피가 썩으면, 우리가 할 수 있는 전부라고는 그 부위를 잘라내고는 열과 검게 변색된 혈관이 사라지기를 기도하는 일뿐이었다.

다행스럽게도 킬런은 머리를 흔든다.

"아니, 팔리가 형에게 약을 잘 투여했어, 그리고 은혈들은 깨끗한 총알로 싸움을 하더라고. 그래서 그렇게까지 큰 부상은 안 입었어."

그는 어둡게 웃으며, 내가 함께 웃을 거라고 예상한 듯하다. 대신 나는 몸을 떤다. 여기 아래의 공기는 내게 너무 춥다.

"하지만 그래도 형은 분명 한동안 절뚝거리면서 다녀야 할 거야."

"나를 오빠한테 데려다줄 거야, 아니면 내 스스로 가는 길을 찾아내야만 해?"

또 한 번 어둡게 소리 내어 웃으며 그는 자신의 팔을 뻗는다. 놀랍게도, 그제야 나는 걸으려면 그의 도움이 필요하다는 사실을 깨닫는다. 내얼시와 보울 오브 본즈가 분명 내게서 그 대가를 가져 간 모양이다.

* * *

'멀시브.' 킬런은 이 낯선 수중 보트를 그렇게 부른다. 이 녀석이 어떻게 바다 *아래*로 헤엄치는지까지는 우리 둘의 지각을 넘어서는 문제이지만, 아마 칼은 분명 곧 구조를 파악할 것이 분명하다. 이따가 그를 찾아봐야겠다. 지금은 일단 오빠를 찾아서 오빠가 멀쩡하게 숨을 쉬고 있는지부터 확인해야만 한다. 우리가 탈출한 직후, 칼이 마치 나처럼 거의 의식이 없었음을 기억하고 있다. 하지만 팔리가 주변에 온통 부상당한 방위군이 득시글거리는 의료실에 그를 얌전하게 데려다 놓았을 거라고는 생각할 수 없다. 너무 많은 증오가 넘쳐나고 있고, 아무도 이렇게 꽉 막힌 금속 통 안에서 화염 지옥을 만나길 바라지는 않을 테니까.

밴시의 비명이 여전히 머릿속에서 울리고, 나는 그 둔탁한 소음을 무시하려고 애를 쓴다. 그리고 걸음을 걸을 때마다 조금씩 새로운 상처와 멍이 느껴진다. 킬런은 내가 계속 찡그리는 것을 깨닫고 속도를 늦추고 나를 자신의 팔에 기대게 한다. 그는 새롭게 다시 싸맨 붕대들 아래로 숨어 있는 깊게 베인 자기자신의 상처들은 무시한다. 그의 손에는 항상 낚시 바늘이나 밧줄에 멍들고 베인 상처들이 가득했다. 하지만 그 상처들은 친숙한 것들이었다. 그것들은 그가 안전하며, 일자리를 갖고 있고, 징병에서 자유롭다는 의미였다. 만약 그의 스승인 어부가 죽지만 않았더라면, 그 몇 안 되는 상처들이 그가 짊어질 유일한 짐이었으리라.

예전이었다면 그런 생각들에 슬퍼졌을 것이다. 지금 나는 오직 분노만을 느낀다.

멀시브의 주 통로는 길지만 좁고, 두꺼운 경첩과 가압 밀폐 구조의 여러 개의 금속 문들로 나뉘어 있다. 필요하면 각 구간들을 차단할 수 있도록, 전체 선박에 물이 차올라 침몰하는 것을 멈출 수 있도록 되어 있다. 하지만 문들은 그게 무엇이든 내게 안락한 느낌을 주지 않는다. 바다 밑바닥에서 물에 찬 관 속에 갇힌 채로 죽어 가는 것에 대한 생각을 멈출 수가 없다. 심지어 물 위에서 자란 소년이나 다름없는 킬런조차도 불편한 기분으로 보인다. 희미한 불빛들이 천장의 여광기를 통해서 기묘하게 비추고, 킬런의 얼굴 위로 그림자를 드리워 그는 더 나이 들고 핼쑥하게 보인다.

다른 방위군들은 그렇게까지 영향을 받은 듯 보이지는 않고, 목적이 분명한 모습으로 복도를 오간다. 붉은 스카프나 숄들을 더 낮게 묶어서 단호한 투지가 얼굴 위로 드러나 있다. 그들은 차트를 나르거나, 의료품들이 든 쟁반이나 붕대, 음식, 심지어 가끔은 라이플을 통로를 따라 나른다. 항상 급하게 서둘러 지나가며 서로 수다를 떤다. 하지만 그들은 나를 보면 멈춰 서서는 벽에 등을 누르며 좁은 통로에서 할 수 있는 한 최대한의 공간을 나를 위해서 만들어 준다. 좀 더 대담한 이들은 내 눈을 마주보고 내가 절뚝거리며 지나가는 것을 지켜보지만, 대부분은 자신의 발을 바라본다.

몇몇은 심지어 겁에 질린 것처럼 보인다.

나 때문에.

고맙다고 말하고 싶고, 어떻게든 이 이상한 배에 타고 있는 모든 남자와 여자에게 내가 얼마나 깊이 감사하는지 표현하고 싶다. *수고에 감사드립니다.* 그 말이 입술 끝까지 가까스로 미끄러져 나오지만, 나는 턱을 꽉 다물고 그 말을 주워 담는다. *수고에 감사드립니다.* 그 말은 그들이 전쟁터로 보내진 당신의 자녀들이 무의미한 전쟁에 희생되었다는 것을 알리는 편지에 인쇄할 때 쓰는 말이다. 지금까지 얼마나 많은 부모들이 그 말들 위로 슬픔의 눈물을 흘리는 것을 지켜봐 왔던가? 얼마나 더 많은 이들이 그 글을 받게 될 것이며, '조치'로 인해 심지어 더 어린 아이들이 전선으로 보내지는 것은 언제가 될 것인가?

아무도 더는 아니야. 나는 스스로에게 말한다. *팔리는 그 일에 대한 대책을 세워 두었을 거야. 마찬가지로 우리는 새로운 피의 소유자들을 찾아낼 방법 역시 찾게 될 거야. 나와 같은 다른 사람들. 우리는 뭔가 행동을 할 거야. 우리는 뭔가 행동을 해야만 해.*

벽에 붙은 방위군들은 내가 지날 때면 서로를 향해 속닥거린다. 심지어 나를 쳐다보지도 못하는 사람들조차 다른 이에게 뭐라고 속삭이고, 자신들의 말을 숨길 생각조차 하지 않는다. 자신들이 하는 말이 아마도 칭찬이라고 생각하는 듯하다.

"번개 소녀"라는 말이 그들 사이로 메아리치며 금속 벽 위로 울린다. 그 소리는 엘라라 왕비의 진절머리 나는 속삭임처럼 나를 둘러싸고, 소리 없이 내 머릿속을 파고든다. *작은 번개 소녀. 그건 엘라라 왕비가 날 부르곤 하던 말이자 그들이 나를 부르던 말이었는데.*

아니야. 아니, 그렇지 않아.

고통에도 불구하고, 나는 척추를 똑바로 펴고 할 수 있는 한 크게 보이기 위해 몸을 세운다.

나는 더 이상 작지 않아.

한 쌍의 방위군들이 닫힌 문을 감시하고 있는 의료실까지 가는 길 내내 속삭임이 우리를 따른다. 그들은 동시에 사다리를 지켜보고 있는데, 그 무거운 금속 물건은 천장으로 향하고 있다. 이 배 모양의 느린 총알 안에서 나갈 수 있는 유일한 출구이자 이리로 들어올 수 있는 유일한 입구다. 경비들 중 한 명은 트리스탄처럼 어두운 붉은 머리카락을 가졌다. 키는 전혀 큰 편 근처에도 못 미치지만. 나머지 한쪽은 바위처럼 기골이 장대하고 갈색 피부, 모난 눈, 넓은 가슴에 스트롱암에 어울릴 법한 거대한 손을 하고 있다. 그들은 나를 보자 머리를 숙여 인사를 하지만 다행스럽게도 나와는 시선조차 마주하지 않는다. 대신에 그들은 주의를 킬런에게 돌리고 학교 친구들 같은 미소를 지어 보인다.

"빨리도 돌아왔네, 워렌?"

붉은 머리가 눈썹을 암시적으로 들어 올리며 싱긋 웃는다.

"레나는 교대 근무를 마치고 자리를 떴는데."

레나? 킬런이 내 팔 아래에서 긴장하지만, 자신의 불편함을 드러

내는 어떤 말도 하지 않는다. 대신에 그는 그들과 함께 웃으며 미소를 짓는다. 하지만 나는 킬런이 억지 미소를 짓고 있다는 것을 알 만큼 충분히 그를 잘 알고 있다. 다른 누구보다도 더 잘. 보아 하니 내가 의식이 없고 쉐이드 오빠는 다쳐서 피를 흘리며 누워 있는 동안 킬런은 자신의 시간을 *연애질이나 하면서* 보낸 모양이다.

"재는 예쁜 간호사들 꽁무니나 쫓아다니지 않아도 해야 할 일이 충분히 많은 애야."

바위 쪽이 말한다. 그의 깊은 목소리가 통로를 따라 메아리치고, 아마도 레나의 숙소까지도 퍼졌을 것 같다.

"팔리를 찾고 있는 거라면, 여전히 회진 중이다."

그가 덧붙이면서, 엄지손가락으로 문을 찌른다.

"우리 오빠는요?"

킬런이 도와주려고 잡고 있는 손을 풀고 나오며 내가 말한다. 무릎이 거의 무너질 뻔 하지만, 나는 스스로 똑바로 선다.

"쉐이드 배로우는요?"

그들의 미소가 사라지고, 뭔가 더 형식적인 느낌으로 딱딱해진다. 거의 은혈의 궁정으로 돌아간 느낌이 들 정도다. 바위 쪽은 문을 단단히 잡고 거대한 자물쇠의 핸들을 돌리며 내 얼굴을 피한다.

"그는 잘 회복하고 있습니다, 아가씨, 어, 마이 레이디."

그 호칭에 위장이 뚝 떨어지는 기분이다. 그 따위 것들은 전부 그만뒀다고 생각했는데.

"메어라고 불러 주세요."

"물론입니다."

그가 어떤 의지의 기색도 없이 대꾸한다. 우리 둘 다 진홍의 군대에 소속되어 있으며 또한 하나의 대의로 묶인 군인들임에도 불구하고, 우리는 같지 않다. 이 남자와 더 많은 다른 사람들은 결코 나를 내 이름으로 부르지 않으리라. 내가 얼마나 그것을 원하는지와는 전혀 상관없이 말이다.

그가 고개를 작게 끄덕이며 문을 활짝 열어젖히자, 침대가 들어선 넓지만 얕은 구획들이 보인다. 일찍이는 수면 구역이었던 듯하지만 이제는 겹겹이 쌓인 침대마다 환자가 가득 차 있고 하나밖에 없는 통로는 하얀색 의복을 입은 남녀로 인해 번잡하다. 많은 사람들의 옷 위로 선홍색 핏자국이 흩뿌려져 있다. 그들은 다리 자세를 잡거나 약물을 취급하느라 정신이 팔린 상태여서 그들 가운데로 절뚝거리며 들어서는 나를 알아차리지도 못한다.

킬런의 손이 다시 필요해질 경우에 나를 잡아줄 수 있도록 내 허리 주변을 맴돌지만 나는 대신에 침대에 기댄다. 모두가 나를 바라보게 된다면, 나 또한 스스로의 힘으로 걸으려고 해야 할 것이다.

쉐이드 오빠는 얇은 베개 하나를 대고 대부분의 몸은 기울어진 금속 벽에 기대고 있다. 분명히 편안하지만은 않을 텐데, 오빠는 눈을 감고 있다. 잠이 든 상태의 가벼운 리듬을 타고 가슴이 오르락내리락 한다. 침대의 천장에 아무렇게나 고정시킨 붕대로 매달려 있는 다리와 붕대를 감은 어깨로 보건대, 오빠에게 분명 여러 번 약물 투입을 한 모양이다. 고작 어제까지만 해도 오빠가 죽었다고 생각했음에도 불구하고, 이토록 망가진 오빠의 모습을 보니 놀랄 만큼 참기 어렵다.

"오빠가 자게 내버려 두는 편이 좋겠어."

나는 딱히 대답을 기대하지 않고 특별히 누구에게도 아닌 말을 중얼거린다.

"그래, 제발 그래 줘라."

쉐이드 오빠가 눈도 뜨지 않고 말한다. 하지만 오빠의 입술은 익숙하고 장난기 가득한 미소를 그려낸다. 지치고 다친 오빠의 겉모습에도 불구하고, 웃음을 터뜨리지 않을 수가 없다.

익숙한 장난이다. 쉐이드 오빠는 학교 수업 중에나 우리 부모님이 속삭이는 대화를 나눌 때에 깨지 않고 자는 척을 하고는 했다. 바로 이 특별한 방법을 통해서 쉐이드 오빠가 얼마나 많은 비밀들을 알아내곤 했던지를 기억해 내고는 소리 내어 웃지 않을 수가 없다. 아마 내가 도둑으로 태어났다고 한다면, 쉐이드 오빠는 스파이 기질을 타고 났다고 해야 할 것이다. 오빠가 결국 진홍의 군대의 일원이 된 것은 따지고 보면 신기한 일도 아니다.

"간호사들 말을 엿들은 거야?"

오빠를 밀치지 않으려고 조심하면서 침대 옆에 앉는데 무릎이 삐그덕거린다.

"그래, 얼마나 많은 붕대들을 간호사들이 따로 저장해 뒀는지 알아냈어?"

하지만 그 농담에 소리 내어 웃는 대신에, 오빠는 눈을 뜬다. 오빠는 손짓으로 나와 킬런을 더 가까이 부른다.

"간호사들은 네 생각보다 더 많은 것을 알고 있어."

오빠가 자신의 칸의 제일 먼 끝을 향해 눈을 깜빡이면서 말한다.

몸을 돌리자 환자 하나가 차지하고 있는 침상 위로 팔리가 바쁘게 움직이는 것이 보인다. 그 침대 안의 여자는 아마도 약물이 투여된 듯 의식을 잃고 있는데, 팔리는 그녀의 맥박을 가까이서 재고 있다. 이 불빛에서 그녀의 흉터는 무례할 만큼 도드라져 보이는데 한쪽 입가에서부터 칼라 아래의 목 한편까지 내리그은 채로 찌푸린 모양으로 비틀려 있다. 상처는 아마 일부분이 다시 터졌는지 성급하게 꿰매어져 있다. 이제 그녀의 옷에 남은 붉은색은 입고 있는 하얀색 간호사 의복 위로 피가 낫이 한번 긋고 지나간 것처럼 그려진 흔적 하나와 팔꿈치까지 닿은 반쯤 빨아낸 얼룩들뿐이다. 또 다른 간호사가 그녀의 바로 옆에 서 있는데, 그의 의복은 깨끗하다. 그는 그녀의 귀에 대고 다급하게 뭐라고 속삭인다. 그녀의 얼굴이 분노로 긴장하지만, 그녀는 가끔 고개를 끄덕인다.

"무슨 얘기 좀 들었어?"

킬런이 물으면서 자신의 몸이 쉐이드 오빠를 완전히 가리게 움직인다. 다른 사람의 눈에는, 우리가 오빠의 붕대를 조절해 주는 것처럼 보이리라.

"우리는 이번에는 해변 끝에 있는 또 다른 기지로 향하고 있어. 노르타의 영역 밖이지."

나는 줄리언의 옛 지도를 기억해 내려고 안간힘을 쓰지만, 해안선 이상의 것을 기억할 수가 없다.

"섬으로?"

쉐이드 오빠가 고개를 끄덕인다.

"'턱'이라는 이름이야. 대단하진 않을 것 같아, 왜냐하면 은혈들은 거기에 전초기지조차 두질 않았대. 은혈들은 거길 그냥 아예 잊어버린 거지."

두려움이 위장에 모인다. 달아날 방법도 없이 섬에 고립될 수도 있다는 예상이 멀시브 안에 있을 때보다 더 나를 겁에 질리게 한다.

"하지만 은혈들도 그게 존재한다는 건 아는 거잖아. 그거면 충분하다고."

"팔리는 밑바닥부터 자신감에 차 있는 것 같던데."

오빠의 말에 킬런이 큰 소리로 코웃음을 친다.

"팔리가 내얼시도 안전하다고 믿었던 걸 분명히 기억하거든, 형."

"우리가 내얼시를 잃은 건 팔리의 잘못이 아니야."

내가 말한다. *내 잘못이지.*

"메이븐은 모두를 속였어, 메어. 메이븐은 나에게도, 너에게도 그리고 팔리에게도 들키지 않았지. 우리 모두가 그를 믿었다고."

킬런이 내 어깨를 쿡 찌르며 대답한다.

메이븐의 어머니가 그를 코치하고, 우리의 마음을 읽고, 그를 우리의 희망대로 조형했다. 우리 모두 다 바보가 된 것이 놀랍지는 않다. 그리고 이제 그는 왕이다. 이제 그는 우리의 전 세계를 바보로 만들고…… 지배할 것이다. *그 세계는 대체 어떤 모습이 될까. 괴물을 왕으로 모시고, 괴물의 어머니가 고삐를 잡고 있는 세상은.*

하지만 나는 그런 생각들을 밀어 낸다. 그 생각들은 나중에 해도 된다.

"팔리가 다른 말은 하지 않았어? 목록에 대한 이야기는? 그녀가 목록을 여전히 잘 가지고 있는 거겠지, 그렇지?"

쉐이드 오빠는 내 어깨 너머로 그녀를 바라보면서 목소리를 계속 주의해서 낮춘다.

"그래, 가지고 있어, 하지만 그녀는 우리가 턱에서 만날 *다른 사람*들을 좀 더 염려하고 있어. 엄마와 아빠를 포함해서 말이야."

따뜻한 감정이 밀려와 내 몸에 퍼지고, 기쁨으로 인한 활기가 밀려온다. 쉐이드 오빠는 내 작지만 진심 어린 미소를 보자 한층 밝아지며 내 손을 붙든다.

"지사도 거기 와 있대, 그리고 우리가 형제라고 부르는 혹 덩어리들도 있고."

가슴 속에서 긴장의 끈이 풀어지지만 이내 다른 것이 자리를 차지한다. 나는 오빠의 손을 꼭 붙들고, 질문을 담아 한쪽 눈썹을 추켜세운다.

"*다른 사람들?* 누구? 그런 일이 어떻게 가능해?"

시저의 광장과 내얼시에서의 피난에서 발생한 대학살 이후에, 나는 또 다른 사람들이 존재할 거라고는 생각하지 못했다.

하지만 킬런과 쉐이드 오빠는 나처럼 혼란스러워 하지 않고, 대신에 엉큼한 표정을 공유하는 쪽을 택한다. 다시 한 번 나만 무지의 어둠 속에 있다. 나는 그런 것들이 조금도 마음에 들지 않는다. 게다가 이번에 그 비밀을 간직하는 사람들은 사악한 왕비와 책략을 꾸며대는 왕자가 아니라, 내 친오빠랑 소꿉친구다.

어쨌든 이편이 좀 더 속이 상한다. 내가 대답을 기다리고 있다는 사실을 그들이 깨달을 때까지 나는 두 사람을 번갈아 노려본다.

킬런은 결연히 입을 다물고 미안해하는 표정을 지을 정도의 분별은 있다. 그는 쉐이드 오빠를 가리켜 보인다. *책임을 전가하다니.*

"형이 나보다 더 잘 알잖아."

"진홍의 군대는 신중히 행동해서 불필요한 위험을 줄이는 것을 좋아해, 그리고 마땅히 그래야 하고."

쉐이드 오빠는 옷차림을 단정히 하면서 몸을 조금 더 일으켜 앉는다. 오빠는 그 움직임에 낮고 거친 숨을 뱉더니 다친 어깨를 꽉 누르지만, 내가 도우려고 하기도 전에 나를 손짓으로 떨쳐낸다.

"우리는 작아 보이고, 다친 듯 보이고, 분열된 것처럼 보이길 원하고……."

오빠의 붕대를 보고 있자니 코웃음을 치지 않을 수가 없다.

"글쎄, 오빠 솜씨는 너무 형편없어."

"매정하게 굴지 말거라, 메어."

오빠가 꼭 우리 어머니처럼 말하며 받아친다.

"모든 일들이 보이는 것처럼 그렇게까지 나쁜 것만은 아니라는 얘길 해 주려는 거야. 내얼시가 우리가 가진 유일한 근거지도 아니었고, 팔리가 우리의 유일한 리더도 아니야. 사실, 그녀는 심지어 진짜 지휘부도 아니라고. 그녀는 그저 대위야. 그녀 같은 사람들이 더 있고, 심지어 그녀 위에도 사람이 많아."

그간 주변의 군인들에게 명령을 내리는 방식으로 봐서는 팔리가 여황 정도는 되리라고 판단했었는데. 우연히 그녀를 다시 흘깃 바라보자, 그녀는 붕대를 다시 감으면서 동시에 내내 원래 그 상처를 치료했던 간호사를 질책하느라 바쁘다. 하지만 오빠의 확신을 무시할 수는 없다. 오빠는 진홍의 군대에 대해서 나보다 더 많은 것을 알고 있고, 나는 오빠가 말하려고 하는 것들은 진실이라고 믿는 경향이 있으니까.

"은혈들은 자기들이 우리보다 두 걸음은 앞서 있다고 생각하지, 하지만 그들은 실상 우리가 어디 서 있는지도 몰라."

쉐이드 오빠는 열정으로 가득 찬 목소리로 계속 말한다.

"우리는 우리가 원하기 때문에 약해 보이는 거야."

나는 재빨리 몸을 돌린다.

"메이븐은 진홍의 군대를 속이고, 궁지에 몰고, 학살하고, 그리고 우리들의 집에서 몰아냈어. 혹시 오빠는 그 모든 것이 또 다른 계획의 일부였다고 말하고 싶은 거야?"

"메어……."

킬런이 웅얼거리면서 위로하듯이 자기 어깨로 내 어깨를 민다. 하지만 나는 그를 밀어낸다. 그도 이 이야기를 들을 필요가 있다.

"난 얼마나 많은 비밀 통로랑 배랑 기지들을 진홍의 군대가 가지고 있는지 궁금하지 않아. 진홍의 군대는 메이븐을 상대로 이길 수 없을 거야, 이런 식으로는 안 될 거라고."

내게 남아 있는지도 몰랐던 눈물이 아프게 눈을 찌르고, 메이븐에 대한 기억에 그만 오싹해진다. 그가 예전에 어땠는지를 잊는 것은 어렵다. *아니지.* 그가 어떤 사람인 척 했는지를이지. 친절하고 잊힌 소년. 불꽃의 그림자.

"그래서 네 생각은 뭔데, 번개 소녀?"

팔리의 목소리가 모든 신경을 안절부절 못하게 만드는 내 번개처럼 나를 번쩍 꿰뚫는다. 짧고 맹렬한 한순간, 나는 쉐이드 오빠의 이

불 안에 빳빳하게 자리하고 있는 내 손을 바라본다. 어쩌면 그녀는 내가 돌아보지 않으면 그냥 지나갈 거야. 어쩌면 그녀는 나를 내버려 둘 거야.

그렇게 바보처럼 굴지 마, 메어 배로우.

"불에는 불로 맞서 싸워."

나는 일어서면서 그녀에게 말한다. 그녀의 키가 내게는 늘 위협적이었다. 지금은 그녀를 올려다보는 것도 자연스럽고 익숙하다.

"그거 무슨 은혈식 농담 같은 거야?"

그녀가 팔짱을 끼면서 비웃는다.

"내가 농담하고 있는 것처럼 보여?"

그녀는 대답하지 않지만 그 행동은 충분한 대답이 된다. 그녀의 침묵 속에서, 나는 나머지 모든 칸들이 조용해졌음을 깨닫는다. 심지어 부상당한 사람들조차 고통을 숨죽여 참으며 자신들의 함장에게 도전하는 번개 소녀를 지켜본다.

"당신들은 약해 보이고 힘겹게 공격하는 것처럼 보이는 거 참 잘해 왔다는 거지, 그렇지? 음, 그들은 자신들이 세 보이고, 천하무적인 것처럼 보이기 위해서 할 수 있는 최선을 다해. 하지만 경기장에서, 나는 그들이 그렇지 않다는 것을 증명했어."

다시, 더 강하게, 그래서 모든 사람들이 네 말을 들을 수 있도록. 나는 레이디 블로노스가 내 안에 생명력을 불어넣어 준 확고한 목소리로 외친다.

"그들은 천하무적이 *아니야.*"

팔리는 어리석지 않기에 손쉽게 내 생각의 흐름을 따라온다.

"너는 그들보다도 더 강하지."

그녀는 사실 그대로 말한다. 그녀의 눈이 긴장한 채로 침대에 누워 있는 쉐이드 오빠에게로 향한다.

"그리고 네가 그런 유일한 사람도 아니고 말이야."

나는 날카롭게 고개를 끄덕인다. 그녀가 이미 내가 원하는 바를 알고 있다는 사실이 기쁘다.

"수백 명의 이름이 있어, 능력을 가진 적혈들 수백 명의 이름이. 더 강하고, 더 빠르고, 새벽처럼 불타오르는 피를 가진 적혈들이."

미래의 모서리에 서 있다는 것을 스스로 알고 있기라도 한 것처럼 숨이 턱 막힌다.

"메이븐이 그들을 죽이려고 할 거야, 하지만 만약 우리가 그들에게 먼저 닿을 수 있다면, 그들은……."

"이 세계가 지금까지 본 중에서 가장 위대한 군대가 되겠지."

그 생각에 팔리의 눈이 유리처럼 반짝인다.

"신혈(新血)로 이뤄진 군대."

그녀가 미소를 짓자, 상처를 꿰맨 부분이 당겨지면서 다시 한 번 벌어지려고 한다. 그녀의 미소가 더 커진다. 그녀는 고통은 신경 쓰지도 않는 것 같다.

하지만 나는 확실히 고통에 신경이 쓰인다. 아마 항상 그럴 것이다.

제4장

팔리는 킬런처럼 크지는 않지만, 그녀의 발걸음은 더 빠르고 더 신중하며 따라가기 훨씬 더 힘들다. 나는 멀시브의 복도를 지나가는 그녀의 속도에 맞추기 위해 최선을 다하느라 조깅을 하다시피 한다. 아까처럼 방위군들은 우리가 가는 길에서 펄쩍 뛰어 물러나지만, 이번에는 그들은 우리가 지날 때마다 그녀를 향해 손을 가슴에 대고 꽉 쥐거나 눈썹에 손가락을 대며 경례를 한다. 상처와 흉터를 보석처럼 달고 있는 팔리의 모습이 인상적이었다고 말하지 않을 수가 없다. 그녀는 자신의 복장에 묻은 피를 신경도 쓰지 않는 것처럼 보이고, 무의식적으로 그것을 손으로 닦아 낸다. 거기 묻은 피 중 일부는 쉐이드 오빠의 것이다. 그녀는 눈 하나 깜빡이지 않고 오빠의 어깨에서 총알을 파냈다.

"네가 생각하고 있는 게 그거라면 말이지만, 우린 그를 가둬 두지 않았어."

칼의 구속에 대한 이야기가 일상적인 수다거리라도 되는 듯이 그녀가 가볍게 말한다.

나는 그 미끼를 물기 위해 수면 위로 올라올 정도로 멍청하지는 않다. 적어도 지금은. 그녀는 나를 떠 보고, 내 반응을, 내 충성심을 재보는 것이다. 하지만 나는 더 이상 그녀의 도움을 구걸하던 소녀가 아니다. 나는 더 이상 그렇게 쉽게 읽히지 않는다. 나는 면도칼 같은 줄 위에서 살아 왔고, 거짓말 위에 거짓말을 더 하며 균형을 맞추고 나 자신을 숨겨 왔다. 똑같은 일을 다시 하고 생각을 깊숙이 갈무리하는 것은 이제 아무 것도 아니다.

그래서 나는 대신에 웃음을 터뜨리면서 엘라라 왕비의 궁정에 완벽히 어울릴 법한 미소를 지어 보인다.

"나도 알겠는데. 아무 것도 녹아 없어지지 않았잖아."

나는 금속 벽을 가리켜 보이며 대꾸한다.

그녀가 나를 읽으려 하는 동안 나 역시 그녀의 속을 읽는다. 그녀는 감정을 잘 숨기지만, 놀람이 그녀의 눈 속에서 여전히 깜빡거린다. 놀라움과 *호기심.*

그녀가 기차에서 칼을 대하던 방식을 잊을 수가 없다. 쇠고랑을 채우고, 무장한 경비들에, 업신여기던 태도까지. 그리고 그는 발에 채인 개처럼 그 처우를 받아들였다. 동생의 배신과 아버지의 죽음 후에, 그의 안에는 어떤 싸움의 의지도 남아 있지 않았다. 그 일로 그를 탓할 수는 없다. 하지만 팔리는 그의 마음을(아니면 그의 힘이라도) 모른다. 내가 그렇듯이. 그녀는 그가 정말로는 얼마나 위험할 수 있는지를 모른다. *아니면 그 문제를 놓고 보면, 내가 얼마나 위험한 존재인지도.* 나의 많은 부상에도 불과하고, 지금조차 나는 깊은 안쪽에서부터 힘을 느낄 수 있다. 멀시브를 통해 맥동하는 전기력이 꺼내 달라고 외치는 것을 들을 수 있다. 원하기만 한다면 그것을 조종할 수 있다. 이 모든 것들을 꺼 버릴 수 있다. 우리 모두를 익사시킬 수도 있다. 그 치명적인 생각에 나는 볼을 붉히고, 그런 생각이 떠올랐다는 사실에 당황한다. 하지만 그 생각들은 동시에 위안이 된다. 나는 전사로 가득한 배 위에서 가장 강력한 무기이며, 사람들은 그 사실을 아는 것 같지도 않다.

우리는 우리가 원하기 때문에 약해 보이는 거야. 쉐이드 오빠는 그 말을 할 당시에 진홍의 군대에 대해서, 그들의 동기에 대해서 말하고 있었다. 이제 나는 오빠가 어떤 메시지를 전하려고 했던 것은 아니었는지 궁금해진다. 오래 전에 편지에 단어들을 숨겨 놓았던 것처럼.

칼의 침대방은 멀시브의 맨 끝 쪽에 있고, 그곳은 배 위에서 바쁘게 움직이는 나머지 모든 사람들로부터 멀찍이 떨어져 있는 한산한 곳이다. 그의 문은 잔뜩 꼬인 파이프 한 무리와 아케온, 헤이븐, 코르비움, 하버베이, 델피, 그리고 심지어 남쪽에 있는 피에드몬트의 도시 벨레움의 도장까지 찍힌 텅 빈 상자들 무더기 뒤에 가려 거의 숨겨져 있다. 그 상자들이 한때 뭘 싣고 있었는지는 모르겠지만, 은혈의 도시의 이름들을 보자 척추를 타고 불쾌한 찌르르한 느낌이 흐른다. *훔친 것들.* 팔리는 내가 그 상자들을 바라보는 것을 알아차리지만 설명조차 하지 않는다. 그녀가 "신혈"이라고 부르는 존재들에 대한 우리의 흔들리는 합의에도 불구하고, 나는 여전히 그녀가 간직하고 있는 비밀의 핵심에는 들어갈 수 없는 것이다. 아마도 칼이 그 부분에 있어서 뭔가를 할 수 있으리라고 생각해 본다.

이 배의 동력이 무엇이건 간에, 거대한 발전기가 손으로 만져질 만한 거리에서 돌아가면서 내 발 아래를 떨게 하고 뼛속까지 흔들어 댄다. 나는 불쾌감에 코를 찡그린다. 팔리가 칼을 감금하지 않았는지는 몰라도, 확실히 친절하게 굴지도 않은 것이 분명하다. 소음과 흔들리는 감각 사이에서, 칼이 잠이나 잘 수 있었을지 궁금할 지경이다.

"이게 칼에게 줄 수 있는 유일한 장소였던 모양이야?"

나는 비좁은 구석을 흘낏 바라보며 묻는다.

그녀는 어깨를 으쓱하고는 그의 방문을 탕 하고 두드린다.

"왕자는 불평하지 않았어."

나 자신을 추스를 시간이 좀 더 있었으면 하고 간절히 바랐음에도 불구하고, 우리는 그다지 오래 기다리지 않는다. 오히려 자물쇠의 바퀴는 몇 초만에 돌아가더니 대단한 속도로 철커덕 하는 소리를 낸다. 철로 된 경첩이 삐걱거리며 소리를 지르고, 칼이 문을 당겨서 연다.

그가 자신의 아픔은 무시한 채로 서 있는 모습을 보고도 나는 놀라지 않는다. 전사로서의 준비를 해 온 생애 내내, 그는 멍들고 상처입곤 했다. 하지만 내부의 흉터들은 그가 숨길 줄 모르는 종류의 것이다. 그는 내 시선을 피하더니 부서진 심장을 한 왕자의 심정 따위 알아챈 것 같지도 않고 알아챘다고 한들 신경도 안 쓰는 팔리 쪽에 집중한다. 갑자기 내 상처들은 조금 더 견디기 쉬운 것처럼 보인다.

"팔리 함장."

그는 마치 그녀가 저녁 정찬 중에 방해하기라도 했다는 듯이 말한다. 자신의 고통을 감추기 위해 성가신 척 하는 가면을 쓴다.

팔리는 그걸 참아줄 생각이 없다. 그녀는 자신의 짧은 머리카락을 콧방귀와 함께 쓸어 올린다. 심지어 그녀는 문을 닫으려고 손을 뻗기까지 한다.

"오, 방문객을 원치 않으셨나? 내가 너무 무례했군그래."

킬런이 따라오지 못하도록 한 것이 다행이라는 생각이 조용히 든다. 스틸츠에서 두 사람이 처음 만났던 때 이래로 그를 미워하는 킬런은 그에게 더 심하게 굴었을 것이다.

"팔리."

나는 앙다문 이 사이로 말한다. 손으로 문을 잡아 멈추는데 기쁘게도 그리고 동시에 불쾌하게도, 그녀는 내 손길에 움찔 놀라며 물러선다. 그녀는 자신의 행동에 당황하고 스스로의 공포에 놀라서 끔찍하게도 붉어진다. 그녀의 거친 겉모습에도 불구하고, 그녀는 자신의 군인들과 같다. 번개 소녀가 두려운 것이다.

"여기에서 문제를 일으키진 않을게."

뭔가가 그녀의 얼굴을 비트는데, 아마 나에게 대한 것과 동시에 그녀 자신에 대한 짜증스런 통증인 듯하다. 하지만 그녀는 고개를 끄덕이고, 내 시선 밖으로 이동한다. 칼에게 한 번 칼날 같은 시선을 던지고는 그녀는 몸을 던져서 복도를 따라 사라진다. 그녀의 부르짖는 듯한 명령이 잠시 동안 메아리치는데 그 소리를 알아듣기는 힘들지만 매우 강하다.

칼과 나는 그녀의 뒷모습을 좇다가 벽을 바라보고, 다음에는 바닥을, 다음에는 우리의 발을 본다. 서로를 바라보는 게 두렵다. 지난 며칠간을 기억하는 것이 두렵다. 지난번에 우리가 서로를 문간에 서서 바라보았던 마지막 순간에 우리는 함께 춤을 췄고 이어서 몰래 입맞춤을 나눴다. 그 일은 꼭 또 다른 생애에 벌어진 일들 같기만 하다. *왜냐하면 정말로 그랬으니까. 그는 잃어버렸던 왕자비 메리어나와 춤을 췄고, 이제 메리어나는 죽었어.*

하지만 그녀의 기억은 남아 있다. 안으로 걸어 들어가며 내 어깨가 그의 단단한 팔 한쪽을 쓸자, 그의 느낌과 향기와 맛이 모두 기억난다. 열기와 나무 연기 냄새와 해가 떠오르던 순간이. 하지만 더 이상은 아니다. 칼에게서는 피 냄새가 나고, 그의 피부는 얼음처럼 차다. 나는 애써 그를 결코 다시는 맛보고 싶지 않다고 스스로 다짐한다.

"저 사람들이 잘 대해 주던가요?"

나는 쉬운 주제를 찾아서 먼저 입을 연다. 그의 작지만 깨끗한 침실을 한번 힐끗 둘러보는 것만으로도 충분한 대답이 되지만, 침묵을 메우는 편이 나을 듯하다.

"그래."

여전히 열린 문 쪽에서 서성대면서 그가 말한다. 문을 닫을지 말지 숙고하면서.

내 시선이 벽에 있는 패널 하나에 향한다. 지렛대로 들어 올린 듯 안쪽의 전선과 아래의 스위치들을 드러내고 있는 녀석에게. 나는 참지 못하고 부드럽게 미소 짓고 만다. 칼은 어설프게 저걸 만지작거리던 중이었나 보다.

"저게 현명한 일이라고 생각해요? 전선 하나만 잘못 건드려도……."

그 말에 그가 약하지만 분명 편안한 미소를 짓는다.

"나는 생애의 절반은 전기 회로를 가지고 놀며 살았다고. 걱정 마, 내가 무슨 짓을 하고 있는지는 잘 알고 있으니까."

우리 둘 다 이중적인 의미는 무시하고, 그냥 흘러 지나가도록 내버려 둔다.

그는 마침내 문을 닫기로 결심하지만 문을 잠그지는 않고 둔다. 한 손은 금속 벽 위에 놓은 채로 손가락을 벌린 폼이, 뭔가 붙들 물건을 찾는 듯하다. 플레임메이커 팔찌는 여전히 손목 위에서 갑자기 확 켜지고, 흐릿하고 단단한 회색빛과 대조적으로 밝은 은색으로 빛난다. 그는 내 시선을 알아차리고 얼룩진 소매 한쪽을 끌어내린다. 아무도 그에게 갈아입을 옷을 주지 않은 모양이다.

"내가 사람들 눈에 띄지 않고 오래 있으면 있을수록, 누구도 나를 신경 쓰지 않을 거라고 생각했어."

그는 말하면서 열린 패널을 만지작거리러 돌아간다.

"친절하게 구는 방법 중에 하나랄까."

하지만 그 농담은 공허하다.

"반드시 그 말대로 될 수 있도록 할게요. 그게 당신이 원하는 거라면 말이죠."

나는 재빨리 덧붙인다. 솔직히 말하면, 나는 이제 칼이 뭘 원하는지 전혀 아무 짐작이 안 간다. *복수 너머에. 우리가 여전히 공통으로*

갖고 있는 유일한 것.

나를 향해 한쪽 눈썹을 올려 보이는 그의 모습은 어떻게 보면 거의 기뻐 보인다.

"아, 번개 소녀가 이제 담당이 된 거야?"

그는 내가 그 험담에 반응할 기회조차 주지 않은 채, 긴 보폭으로 성큼 한 걸음을 내딛어 우리 사이의 거리를 단숨에 좁힌다.

"나만큼이나 그대도 구석에 몰려 있는 것 같다는 생각이 드는데. 그대가 그 사실을 알고 있는 것처럼 보이지는 않지만."

그가 눈을 가늘게 뜬다.

나는 화가 나고 당황해서 얼굴을 붉힌다.

"구석에 몰려요? 나는 옷장에 숨는 부류가 아니에요."

"그래, 그대는 가장행렬 의상을 걸치기에는 너무 바쁘지."

그가 앞으로 몸을 기울이자, 우리 둘 사이의 익숙한 열기가 돌아온다.

"*다시*는 말이야."

그를 후려치고 싶은 마음이 좀 든다.

"우리 오빠는 *결코* 그럴 리 없……."

"나도 내 동생이 *결코* 그럴 리 없다고 생각했지, 그리고 지금 우리가 어떻게 되었는지를 보라고!"

그가 천둥처럼 고함을 치면서 양팔을 넓게 휘두른다. 그의 손가락 끝이 양 벽에 닿으며 그가 스스로를 가둔 감옥을 긁는다. *내가 그를 밀어 넣은 감옥을.* 그리고 그는 나 역시 자신과 함께 가두었다. 그가 알고 있든 아니든 간에.

폭풍 같은 열기가 그의 온몸에서 뿜어져 나오고, 나는 조금 뒤로 물러서야만 한다. 그는 내 움직임을 놓치지 않고 기운을 꺾더니 자신의 눈과 팔을 떨어뜨린다.

"미안하다."

그가 이마 위로 흘러내린 검은 머리 한 뭉치를 쓸어 올리며 씹듯이 말한다.

"사과하지 마요. 난 사과를 받을 자격이 없으니."

곁눈질로 나를 힐긋 보는 그의 눈이 어둡고 커다랗지만, 그는 말대꾸하지 않는다.

크게 한숨을 내쉬면서, 나는 떨어진 벽에 몸을 뒤로 기댄다. 우리 사이의 공간은 쩍 벌린 아가리처럼 떡 벌어져 있다.

"턱이라고 불리는 장소에 대해서 뭘 알고 있죠?"

대화의 주제가 바뀜에 감사하며 그는 자신을 추스르고 왕자의 가면을 뒤집어쓴다. 심지어 왕관이 없어도 등 뒤로 손을 맞잡고 완벽한 자세를 취하는 그는 제왕처럼 보인다.

"턱?"

그가 반복하면서 생각에 빠진다. 두껍고 어두운 눈썹 사이에 주름이 진다. 그가 말하기 위해서 시간을 들이면 들일수록, 나는 좀 더 편안한 기분이 든다. 그가 그 섬에 대해서 알지 못한다면, 거의 모든 다른 사람들이 모를 것이다.

"거기가 우리가 가는 곳인가?"

"그래요."

*내 생각에는*요. 궁중과 경기장에서 힘겹게 체득한 줄리언의 교훈

이 기억나면서, 차가운 생각이 내 안에 파문을 일으킨다. *누구든 누구라도 배신할 수 있어.*

"쉐이드 오빠의 말에 따르면요."

칼은 내 불확실성은 해결치 않고 내버려 둔 채, 그 사실을 지적하지 않을 정도로 친절하다.

"내 생각에 그건 섬 이름이었던 것 같은데."

그가 마침내 말한다.

"앞바다에 있는 몇 개의 섬들 중에 하나야. 그 섬은 노르타의 영역이 아니야. 정착지나 군사 기지나, 심지어 방어 시설의 흔적조차 없어. 그저 거기 펼쳐져 있는 건 망망대해뿐이지."

내 어깨에 얹힌 무게가 조금 줄어든다. 지금까지는 안전했다.

"좋아요, 좋아요."

"그대의 오빠 말인데, 그대랑 같은 거지."

그 말은 질문이 아니다.

"다른 부류 말이야."

"맞아요."

다른 대답할 말이 있기는 한가?

"그래서 오빠는 괜찮은가? 그가 부상당했던 것이 기억나는데."

자신의 군대가 남아 있지는 않지만, 칼은 여전히 장군이고 군인들과 부상당한 자들을 염려한다.

"오빠는 괜찮아요, 고마워요. 나 대신 총알을 몇 개 맞았지만, 잘 회복하고 있어요."

총알들에 대한 언급을 하자, 마침내 나를 제대로 보기로 결심한

듯 칼의 눈이 내 위를 이리저리 훑는다. 그의 시선이 내 긁힌 얼굴과 귀 부근에 말라붙은 피에 머문다.

"그대는?"

"난 더 나쁜 일도 많이 겪어 봤어요."

"그래, 우리 둘 다."

우리는 감히 더 많은 말을 하지 않고, 침묵 상태에 빠진다. 하지만 우리는 여전히 서로를 계속 바라본다. 갑자기 그의 존재가 참기 어렵다. 그럼에도 불구하고 자리를 뜨고 싶지 않다.

멀시브는 생각이 다른 모양이다.

발 아래로 발전기가 부르르 떨면서 쿵쿵 대던 맥박의 리듬이 바뀐다.

"거의 다 왔네요."

나는 전기가 선박의 다른 부분들로 흘러 빠져나가는 것을 느끼며 중얼거린다.

칼은 그걸 전혀 느끼지도 못하고 느끼는 것 자체가 불가능하지만 내 본능에 의문을 품지는 않는다. 그는 내 능력을 직접 체험했으며 이 배 위의 누구보다도 더 잘 알고 있다. 내 가족보다도 더. 지금까지는, 적어도 그렇다. 엄마, 아빠, 지사, 그리고 오빠들, 그들이 이 섬에서 나를 기다리고 있다. 나는 곧 가족들을 만날 것이다. 가족들이 여기 있다. 가족들이 *안전하다.*

하지만 얼마나 오래 가족들과 함께 있을 수 있을지 모르겠다. 내가 신혈들을 위해서 뭔가를 하길 원치 않는다 하더라도, 이 섬에 오래 머무를 수는 없을 것이다. 노르타로 돌아가서, 무엇이든 누구든 팔리가 주는 것을 이용해서 그들을 찾고 또 찾아야만 한다. 그 일은 벌써 불가능하게만 보인다. 심지어 그 일에 대해서 생각하고 싶지도 않다. 그럼에도 불구하고 내 마음은 계획을 짜느라 번잡하다.

경고음이 머리 위에서 울리면서, 동시에 칼의 문 너머로 노란색 불이 번쩍이기 시작한다.

"신기한데."

우리 주변을 둘러싼 거대한 기계에 잠시 주의를 뺏긴 그가 중얼거린다. 그가 기계 탐험에 나서고 싶어 하는 것은 의심의 여지가 없지만, 이곳에 호기심 많은 왕자님을 위한 공간 따위는 없다. 상처를 피해 기계 설명서와 오토바이 제작에 자신을 묻어야 했던 소년은 이 세계 어디에도 설 곳이 없다. *내가 그를 죽였어, 내가 메리어나를 죽인 것처럼.*

칼의 기계에 대한 끌림과 나 자신의 전기적인 감각에도 불구하고, 우리는 다음에 무슨 일이 벌어질지 전혀 예상하지 못한다. 멀시브가 기울어지며 바다 깊은 곳에서부터 앞코를 쳐들고 올라가자 방 전체가 기울어진다. 갑작스러운 놀라움이 우리 두 사람을 모두 덮친다. 우리는 벽에 부딪치며 서로 충돌한다. 서로의 상처가 함께 쿵 하고 부딪히고, 고통스러운 소리가 각자의 입에서 새어나온다. 그와 닿은 느낌은 다른 모든 것들보다도 더 아프고, 기억은 깊게 나를 찌르지만 나는 재빨리 그 느낌에서 달아난다.

찡그린 채, 나는 수많은 멍들 중 하나를 문지른다.

"딱 지금이 필요할 때인데 사라 스코노스는 어디 갔대요?"

우리 두 사람 모두를 고쳐 줄 스킨 힐러(힐러에는 두 종류, 스킨 힐러와 블러드 힐러가 있으며 블러드 힐러는 스스로의 상처를 치유할 수 있고 스킨 힐러는 타인의 상처를 치료할 수 있다—옮긴이)가 있었으면 하는 바람에 나는 툴툴거린다. 그녀는 한 번의 손길로도 고통들을 쫓아 버리고 우리 두 사람 모두를 싸울 수 있는 상태로 회복시켜 줄 수 있는데.

다친 것을 빼고도 더 많은 고통이 칼의 얼굴을 스쳐 지나간다. *잘했다, 메어. 엄청나게 잘했어, 칼의 어머니가 엘라라 왕비에게 살해당했다는 것을 알고 있는 여자 이야기를 꺼내다니. 아무도 믿어 주지 않았던 여자의 이야기를.*

"미안해요, 그런 의도가……."

그는 내게 손을 저어 보이고는 자신의 발로 일어나서 균형을 잡으려고 한 팔을 벽에 대고 힘을 준다.

"괜찮아, 그녀는……."

그는 쉰 듯한 목소리로 지나치게 격식을 차려 대꾸한다.

"내가 그녀의 말을 듣지 않기로 결정했다. 나는 듣고 *싶지* 않았어. 그건 내 잘못이야."

사라 스코노스를 만난 것은 단 한 번, 에반젤린이 훈련 수업을 받던 사람들 모두에게 내 정체를 거의 드러낼 뻔 했던 때였다. 줄리언이 그녀를 호출했다. 줄리언이, 그녀를 사랑했던 사람이. 그리고 그는 그녀가 내 피로 얼룩진 얼굴과 멍든 등을 치료해 주는 동안 그녀를 지켜보았다. 그녀의 눈은 슬펐고, 뺨은 푹 꺼져 있었고, 혀는 전체가 잘려 있었다. 왕비에게 대항하는 말을 한 대가로, 아무도 믿어 주지 않았던 진실을 얘기했던 대가로 잘린 혀. *엘라라 왕비가 칼의 어*

머니, 싱어 왕비였던 코리앤을 죽였어. 줄리언의 누이이자 사라의 가장 친한 친구였던 코리앤. 그리고 아무도 신경 쓰는 것 같지 않았지. 눈길을 돌리는 것이 훨씬 더 쉬웠을 테니까.

메이븐도 거기 있었다, 몇 번이나 사라를 미워하는 티를 내면서. 이제야 나는 그때 그의 가면에 금이 갔던 것임을, 연습된 대사와 친절한 미소 아래 진실로 숨어 있는 존재가 누구인지 드러났던 것임을 알겠다. 칼처럼, 나는 내 바로 앞에 있던 존재가 무엇인지도 몰랐다.

줄리언처럼, 사라 역시 아마도 이미 죽었으리라.

갑자기 금속 벽과 소음이, 내 귓가에서 사라졌던 모든 것들이 너무나 많게 느껴진다.

"이 녀석을 꺼 버려야겠어요."

이상하게 기울어진 방의 각도와 머릿속에서 지속적으로 울리는 소리에도 불구하고, 발은 무엇을 해야 할지를 명확히 알고 있다. 내 발들은 스틸츠의 진흙탕을, 골목에서 보낸 밤들을, 아니면 훈련 수업의 장애물 코스들을 잊지 않고 있다.

나는 문을 확 비틀어 열고는 익사 직전의 여자애처럼 숨을 들이마신다. 하지만 멀시브 안의 여과된 퀴퀴한 공기는 전혀 도움이 되질 않는다. 나무 냄새, 물 냄새, 봄의 비와 심지어 여름의 열기나 겨울의 눈이 절실하다. 이 숨 막히는 깡통을 넘어 세상에 대한 기억을 되살려 줄 만한 *무언가*가.

칼은 먼저 나서라고 양보하지만, 무겁고 느린 발걸음으로 나를 따라온다. 그는 애써 따라잡으려 하지 않으면서 내게 공간을 준다. 킬런이 똑같이 할 수 있다면 좋을 텐데.

킬런이 까마득한 아래의 복도에서부터 핸드홀드와 바퀴식 자물쇠를 이용해서 기울어진 배 아래를 지나 손쉽게 다가온다. 칼을 보자마자 그의 미소가 사라지고, 짜증뿐만이 아니라 차가운 무심함이 그 자리를 차지한다. 아마도 킬런은 노골적인 적개심을 드러내기보다는 왕자를 무시하는 쪽이 그를 더 화나게 만들 거라고 생각하는 듯하다. 아니면 아마도 그토록 가까운 거리에서 인간 불꽃 제조기를 시험해 보고 싶은 마음이 없거나.

"우리는 떠오르는 중이야."

그가 내 옆에 다가오며 말한다.

나는 가까운 쇠창살 위를 단단히 붙들어 내 몸을 안정적으로 고정한다.

"설마 농담이겠지?"

킬런은 내 앞의 벽에 기대면서 미소를 짓는다. 자신의 발을 내 양옆에 단단히 박는 태도가, 만약 그런 게 있긴 하다면 아마도 왕자에게 도전을 하려는 모양이다. 칼의 열기가 뒤에서 느껴지지만, 왕자는 그저 다른 길을 선택하려는 모양인지 아무 말이 없다.

그들이 벌이는 게임이 무엇인지는 몰라도 그 장단에 놀아날 생각은 없다. 그런 일을 이미 너무나 많이 겪어 왔다.

"'그녀의 이름이 뭐더라'는 어때? 레나랬나?"

그 이름은 킬런을 철썩 후려치는 효과가 있다. 그의 미소가 풀어지고, 입 한쪽이 아래로 처진다.

"괜찮은 애야, 내 생각엔."

"잘됐다, 킬런. 우리도 친구를 만들어야지."

나는 친근하게, 할 수 있는 한 거들먹거리며 그의 어깨를 두드린다. 관심 돌리기는 완벽하게 먹힌다.

멀시브가 우리 아래에서 수평을 되찾지만, 아무도 발을 헛딛지 않는다. 내 균형 감각이나 킬런이 낚싯배 위에서 힘겹게 얻은 '바다 보행'에는 발끝만큼도 미치지 못하는 칼조차도 발을 헛디디지 않는다. 그는 팽팽하게 긴장한 채로 내가 앞장서기를 기다리고 있다. 나의 명령에 따르는 왕자라니, 그 생각에 그만 웃음을 터뜨리고도 남지만, 그러기에 나는 너무 춥고 젊어지고 갈 것들이 너무 많은 탓에 너덜너덜한 상태다.

그래서 나는 행동한다. 복도를 따라서, 칼과 킬런을 뒤에 데리고, 우리 모두를 여기 아래로 처음 데려 왔던 사다리 옆에서 기다리고 서 있는 방위군 무리를 향해서 이동한다. 다친 사람들이 먼저 임시변통으로 만든 들것에 묶여서 열린 밤공기 속으로 운반된다. 팔리는 그 모든 상황을 감독 중인데, 그녀의 옷은 아까보다 더 피로 얼룩져 있다. 그녀의 모습은 더욱 엄숙해 보이고, 붕대를 단단히 동여매고 입에는 주사기를 물고 있다. 상태가 나쁜 몇 명이 내릴 때, 그녀는 나가기 전에 주사를 놓고 좁은 복도를 따라 이동하는 동안 느낄 고통을 완화시켜 줄 약 처방을 내린다. 쉐이드 오빠는 부상당한 사람들의 끝에 서서 간호사 얘기로 킬런을 놀려 댔던 두 방위군에게 무겁게 기대 있다. 사람들을 헤치고 오빠에게 가까이 다가가고 싶지만 인파는 너무 빽빽하고 오늘은 더 이상의 관심을 받고 싶지가 않다. 순간 이동을 하기에는 너무 약해진 상태라, 오빠는 한쪽 발로 서서 헛발질을 하면서 팔리가 오빠를 들것 위에 묶으려고 하자 맹렬하게 얼굴을 붉힌다. 그녀가 무슨 말을 하는지까지는 들리진 않지만 그 말에 어쨌든 오빠는 잠잠해진다. 오빠는 심지어 팔리가 놓으려는 주사를 손짓으로 거절하더니 사다리 위로 실려 나가며 통증이 오자 이를 악문다. 어쨌든 쉐이드 오빠가 위쪽으로 안전하게 실려 나가고 나자, 그 과정은 훨씬 더 빨라진다. 하나씩 하나씩 방위군들은 사다리 위를 오르는 사람들을 따르고, 복도는 천천히 비어 간다. 많은 이들이 간호사들이고, 하얀색 의복으로 구별되는 그들은 저마다 다양한 정도로 피로 얼룩진 옷들을 입고 있다.

숙녀라면 다른 이들에게 먼저 가라는 손짓을 하겠지만 나는 가짜 예의를 보이는 일 따위에는 시간을 낭비하지 않는다. 우리 모두가 어차피 같은 곳으로 갈 텐데. 그래서 군중들이 좀 덜 붐비고 내 차례가 왔을 때에 나는 서둘러 위로 올라간다. 칼이 뒤를 따르고, 내 것과 뒤섞인 그의 존재감에 방위군들이 칼로 자르듯 나눠진다. 그들은 재빨리 뒤로 물러서고, 몇몇은 심지어 발이 걸리면서 우리에게 공간을 내어 준다. 팔리만이 당당히 서서 한 손을 사다리에 얹고 있다. 놀랍게도 그녀는 칼과 나에게 고개를 끄덕여 보인다. 우리 둘 *다*를 향해서.

그때 처음으로 경고를 느꼈어야 했는데.

사다리를 오르는 동작이 근육을 불태운다. 근육은 내얼시에서, 경기장에서, 그리고 감옥에서부터 지나치게 혹사당한 상태다. 위쪽에서는 낯선 울부짖음이 들리지만 나는 조금의 망설임도 없다. 멀시브에서 가능한 빨리 나가야만 한다.

마지막으로 흘깃 어깨 너머로 멀시브를 바라보자, 이상하게 기울어진 각도로 팔리와 의료실을 내려다볼 수 있다. 의료실 안에는 여전히 부상자들이 자신들의 담요 아래에 미동도 않고 누워 있다. *아니, 부상자들이 아니야.* 나는 몸을 끌어올리며 깨닫는다. *죽은 사람들이야.*

사다리 위로 더 올라가자, 바람 소리가 시끄럽고 물방울도 조금씩 떨어지고 있다. 어떤 것도 위쪽으로 향하며 어둡게 열린 동그란 밤하늘로 다가가는 나를 막을 수 없다. 폭풍은 너무나 강력하게 울부짖고, 비는 옆으로 퍼붓지만 관과 사다리로는 거의 들어오지 않는다. 빗방울이 긁힌 얼굴을 때리고, 나는 몇 초만에 흠뻑 젖는다. *가을 폭풍이다.* 이토록 인정사정없는 폭풍을 기억해 낼 수는 없지만 말이다. 물어뜯는 수준의 짠 내 나는 빗줄기들이 입을 가득 메우고 온몸을 때린다. 제대로 볼 수는 없지만 멀시브는 다행히 부두에 굳건히 닻을 내리고 있어서, 아래에서 날뛰는 회색빛 파도에도 단단히 자리를 지킨다.

"이쪽이야!"

익숙한 목소리가 귓가에 외치더니, 사다리와 비와 바닷물로 미끄러운 멀시브의 선체에서 내 몸을 떼도록 잡아끈다. 어둠 속이라 나를 이끄는 군인을 거의 제대로 볼 수 없음에도 불구하고, 그 거대한 체격과 목소리는 헷갈릴 수가 없다.

"브리 오빠!"

제일 큰 오빠의 못이 박인 손바닥을 느끼며 나는 오빠의 손을 단단히 잡는다. 오빠는 닻처럼 무겁고 느리게 걸으면서 내가 멀시브에서 내려 부두로 올라서도록 도와준다. 부두가 딱히 더 나은 상태인

건 아니다. 금속은 온통 녹이 슬어 있지만 그래도 그것은 땅에 연결되어 있고, 그것만이 내가 신경 쓰고 있는 전부다. 육지와 *따뜻함*, 바다 깊은 곳의 차가움과 내 기억 뒤의 여유로운 환영 인사.

아무도 칼이 멀시브에서 내려오는 것을 돕지 않지만, 그는 혼자 힘으로도 훌륭히 잘 해낸다. 다시 한 번, 그는 주의 깊게 일정한 거리를 벌린 채로 우리 뒤로 부끄럽지 않은 속도로 걸어온다. 스틸츠에서 브리 오빠와 가졌던 첫 번째 만남에서 우리 오빠가 전혀 예의 바르게 굴지 않았던 것을 그가 잊지 않았음이 분명하다. 사실 배로우 가의 아무도 칼을 신경 쓰지 않았다. 엄마를 빼면. 어쩌면 지사도. 하지만 그들은 그때는 칼이 진정으로 누구인지 몰랐었다. 흥미로운 재회가 되리라.

폭풍 때문에 턱 섬을 보는 건 어렵지만, 섬은 조그맣고 파도처럼 격동하는 모래 언덕과 키 큰 풀로 덮여 있다. 번개가 번쩍 하고 물 위를 가르면서 잠시 동안 밤을 환하게 밝혀 줘서 우리 앞의 길을 볼 수 있다. 이제 더 이상 멀시브나 언더트레인의 비좁은 벽이 없는 뻥 뚫린 야외에서 보니 우리의 숫자가 부상자를 포함해도 30명이 안 되는 것을 알 수 있다. 사람들은 두 개의 납작한 콘크리트 빌딩으로 향하고 있다. 그곳에서 부두와 땅이 만난다. 우리 위로 완만하게 솟은 언덕 위로 몇 개의 구조물들이 서 있는데, 벙커나 군대 막사처럼 보인다. 하지만 그 뒤에 무엇이 있을지는 알 수 없다. 건물들보다 더 가까이에서 또 다른 전기의 흐름이 느껴지고 그 감각은 이번에는 기쁘게 내 신경을 내달린다. 브리 오빠는 내가 몸을 떨자 감기에 걸린 것으로 착각해서는 나를 더 가까이 끌어당기고는 무거운 팔로 내 어깨를 감싸 안는다. 오빠의 무게 때문에 걷는 것이 더 힘들어지지만 나는 참아낸다.

부두의 끝은 생각만큼 빨리 다가오지 않는다. 곧 나는 실내로 들어가게 될 테고 마르고 단단한 땅을 밟을 것이다. 이토록 오랜 시간이 흐른 후에야 배로우네 가족들은 재회하게 될 것이다. 그 예상만으로도 몸이 찢어 벌어지는 소란들을 버티기 충분하다. 간호사들은 부상자들을 낡은 운송수단에 싣는데, 보관 침대들은 방수 캔버스 천으로 덮여 있다. 분명히 훔친 물건이다, 다른 나머지 모든 것들이 그렇듯이. 땅 위로 보이는 두 개의 건물들은 격납고로, 그 안의 더 많은 운송수단들이 보일 정도로 문이 약간 열려 있다. 심지어 부두에는 몇 대의 배들이 정박된 채로 폭풍을 참고 견디면서 회색 파도 위로 까닥거리고 있다. 모든 것이 어울리지 않는다. 다양한 크기의 구식 운송 수단들과 윤이 나는 새 배들은 전혀 어울리지 않는 조합이다. 배들 중 몇 개는 은색, 검정색으로 칠해져 있고 그중 하나는 녹색이다. 훔쳤거나 납치했거나 아니면 둘 다이거나. 심지어 흐릿한 회색과 푸른색인 배 하나를 알아볼 수 있는데, 그건 노르타 해군의 색이다. 턱 섬은 도둑질한 물건들과 거래되는 짐들이 가득한 것이, 윌 휘슬 할아버지의 오래된 수레의 더 큰 버전 비슷하다.

우리가 그곳에 닿기 전에 의료용 운송 수단이 부르릉거리는 소리를 내며 비를 뚫고 모래 길을 올라가려고 애를 쓴다. 브리 오빠의 만사태평한 태도 때문에 나는 속도를 올리지 않는다. 오빠는 쉐이드 오빠에 대해서도, 언덕 꼭대기에 무엇이 기다리고 있는지에 대해서도 걱정하는 것처럼 보이지 않기에, 나 역시 그러지 않으려고 애를 쓴다.

칼은 내 기분에 동감하지 않고 마침내 내 옆에서 걸을 수 있을 때까지 속도를 낸다. 폭풍 때문이든 어둠 때문이든, 아니면 어쩌면 단순히 그의 은색 피 때문이든 그는 지나치게 창백하고 걱정스러워 보인다.

"이게 계속될 순 없어."

그가 중얼거리는 소리는 너무 낮아서 오직 나만이 들을 수 있다.

"뭡니까, 왕자?"

브리 오빠가 둔탁한 고함을 지른다. 나는 오빠의 갈비뼈를 쿡 찌르지만, 내 팔꿈치에 멍만 든다.

"상관없다, 어차피 곧 알게 될 테니까."

오빠의 어조는 말에 담긴 내용보다도 더 나쁘다. 차갑고, 잔인하며, 내가 익히 알고 있던 잘 웃는 오빠와는 전혀 다르다. 진홍의 군대가 오빠도 변하게 만든 것이다.

"오빠, 대체 무슨 말을 하는 거야?"

칼은 이미 깨달은 듯 가던 길을 멈추고 내게 시선을 보낸다. 바람이 그의 머리카락을 헝클어뜨리고 이마 위로 넘긴다. 그의 구릿빛 눈동자가 공포로 어두워지는 걸 보는 순간, 위장이 철렁 내려앉는다. *또 다시는 안 돼.* 나는 간청한다. *내가 또 다른 덫으로 걸어 들어가는 중은 아니라고 말해 줘.*

격납고 중 하나가 그의 뒤로 어렴풋이 모습을 드러낸다. 이상할 정도로 조용한 경첩 위로 문이 활짝 열린다. 셀 수도 없을 정도로 많은 숫자의 군인들이 하나가 되어 앞으로 나오고, 그들은 어떤 군대

만큼이나 대오를 엄격히 맞추고 총을 쏠 준비를 마친 채 빗속에서 눈을 빛낸다. 그들의 대장은 거의 백금색인 머리카락과 차가운 분위기로 미뤄 봤을 때에 쉬버라고 하는 편이 더 어울릴 듯하다. 하지만 그는 나만큼이나 붉은 피의 소유자다. 그의 눈 중 한쪽은 수정체 아래로 충혈되어 있어서 선홍색으로 흐릿하다.

"오빠, 이게 다 뭐야?!"

나는 본능적인 으르렁거림으로 오빠를 향해 비난을 퍼부으며 소리 지른다. 대신 오빠는 내 손을 결코 부드럽지 않게 꽉 쥔다. 오빠는 엄청난 힘으로 나를 단단히 붙들어서 내가 뛰어가지 못하도록 막는다. 오빠가 아닌 다른 누군가였다면, 나는 그 사람에게 충분히 충격을 가했을 것이다. 하지만 이 사람은 내 오빠다. 오빠에게는 차마 그럴 수 없다, *할 수 없을 것이다.*

"오빠, 가게 *해 줘!*"

"우리는 왕자를 다치게 하지 않을 거야."

브리 오빠가 그 말을 계속해서 반복하고 또 반복한다.

"우리는 왕자를 다치게 하지 않을 거야, 약속할게."

그럼 이건 날 위해 준비된 우리가 아니구나. 하지만 그 사실이 나를 전혀 진정시켜 주지는 않는다. 어느 편인가 하면 오히려 나는 더 화가 나고 절망적이 된다.

돌아보자 칼의 주먹은 화염에 휩싸여 있고, 그는 충혈된 눈을 한 남자를 마주한 채 팔을 넓게 벌리고 있다.

"음?"

그가 도전하듯 신음을 뱉는데, 그 소리는 사람이라기보다는 짐승에 더 가깝게 들린다. *구석에 몰린 짐승.*

칼이라고 할지라도 총이 너무 많다. 그들은 그래야 한다면 그를 쏠 것이다. 어쩌면 그것이 그들이 바라는 바인지도 모른다. 추락한 왕자를 죽이기 위한 변명. 내 안의 일부는, 아니 내 안의 대부분이 그들이 이 일을 당연하게 여기리라는 것을 깨닫는다. 진홍의 군대의 입장에서 보면 칼은 사냥꾼이었으며 특히 트리스탄의 죽음과 월시의 자살 그리고 팔리의 고문에 책임이 있다. 군인들이 그의 명령 때문에 죽었으며 팔리의 반란군 부대의 대부분이 희생되었다. 그리고 얼마나 많은 사람들을 그가 전선으로 보내 죽게 만들었을지 누가 알겠는가. 적혈의 군인들과 쥐꼬리만 한 몇 킬로미터의 레이크랜즈의 땅을 교환해서 말이다. 그에게는 대의에 충성을 바칠 의무도 전혀 없다. 진홍의 군대에게 있어 그는 오로지 위험이다.

하지만 내가 그렇듯, 그 역시 무기이다. 우리가 다가올 날들에 쓸 수 있는 무기. 신혈들을 위해서, 메이븐에 대항하기 위해서, 어둠을 밝히기 위해서 쓸 수 있는 횃불.

"왕자도 이 상황에 맞서 싸울 순 없을 거야, 메어."

킬런의 말이다. 엿걸음질 쳐서 끼어들기엔 최악의 타이밍을 골랐다. 그는 자기가 가까이 있는 것이 내게 영향을 미칠 수 있는 것처럼 굴며 내 귓가에 속삭인다.

"시도했다가는 죽게 될걸."

그의 논리를 무시하기는 어렵다.

"무릎을 꿇어라, 티베리아스."

충혈된 눈을 한 남자가 말하면서 화염을 피워 올리고 있는 왕자를 향해 대담한 발걸음을 몇 걸음 딛는다. 칼의 불에서부터 증기가 솟아오르는 모습이, 마치 폭풍이 남자의 접근을 막는 것만 같다.

"손은 머리 뒤로."

칼은 어느 쪽의 명령도 따르지 않지만, 자신의 이름에 대한 언급에는 움찔한다. 그는 자신이 전투에서 졌다는 사실을 알면서도 똑바로, 강하게, 위풍당당하게 선다. 그가 제발 항복하기만 한다면, 자신의 껍데기라도 지키려고 애를 쓴다면. 이제 그는 그 껍데기에 아무 가치가 없다고 믿는다. 나만 다르게 생각하는 것처럼 보인다.

"칼, 그의 말대로 해요."

바람이 내 목소리를 실어 주어 전 격납고가 내 말을 들을 수 있다. 그들이 내 심장 소리 역시 들을까 두렵다. 가슴 안에서 북처럼 두드리고 있는 소리를.

"칼."

느리게, 마지못해서, 조각상은 먼지로 무너져 내리고, 칼은 무릎을 꿇고 불길을 꺼뜨린다. 그는 어제도 같은 일을 겪었다. 그의 아버지의 목이 잘린 시신 옆에서 무릎을 꿇어야 했다.

충혈된 눈의 남자가 미소를 짓고, 번쩍대는 고른 치아가 드러난다. 그는 칼을 위에서 굽어보는 것에 대단히 기뻐하며 자신의 발치에 구부린 왕자의 모습을 즐긴다. 그것이 자신에게 주는 힘을 즐기고 있다.

하지만 나는 번개 소녀다, 그리고 그는 진정한 힘이 무엇인지 아무 것도 모른다.

제5장

사람들은 그것이 최선이라고 나를 설득시키려고 애를 쓰지만, 그들의 형편없는 변명은 한 쪽 귀로 들어가 반대 쪽 귀로 흘러나온다. 킬런과 브리 오빠는 재빨리 자신들이 말하라고 들은 온갖 논거를 다 들이댄다.

그는 위험해, 심지어 너에게도 말이야. 하지만 나는 칼이 결코 나를 해치지 않을 거라는 사실을 다른 누구보다 더 잘 알고 있다. 심지어 그에게 그럴 만한 충분한 이유가 있었을 때조차, 그는 나에게 전혀 공포심을 불러일으키지 않았다.

그는 그들 중 하나야. 우리는 그를 신뢰할 수 없어. 메이븐이 그의 유산과 명성에 저지른 일을 생각해 보면, 칼에게는 이제 아무 것도 아무도 남지 않았다. 우리를 제외하면. 심지어 칼이 그 사실을 인정하기를 거부한다고 할지라도 말이다.

그는 가치 있는 존재야. 장군이고, 노르타의 왕자이며, 왕국에서 가장 잡고 싶어 하는 사람이지. 그 말에 나는 멈칫한다. 마음속 깊은 곳에서부터 공포의 감정이 강타한다. 그 충혈된 눈의 남자가 메이븐에 대항하여 영향력을 끼치기 위한 존재로 칼을 사용하기로 결정했다면, 그를 두고 거래하거나 아니면 그를 희생시키기로 결정했다면, 나는 그 남자를 멈추기 위해서 갖은 힘을 다 써야만 할 것이다. 내 모든 영향력을, 내 모든 힘을…… 그런다 한들 내가 가진 것들이 충분할지조차 알 수 없는데.

그래서 나는 그냥 그들의 말에 고개를 끄덕인다. 처음에는 천천히, 동의하는 척 하면서. 통제되는 척 하면서. *약한* 척 하면서. 내 생각이 옳았다. 쉐이드 오빠가 이전에 경고했던 게 이거였다. 다시 한 번, 오빠는 파도가 밀려들어 오기도 전에 조수가 방향을 바꾸는 것을 알아차렸다. 칼은 힘이며, 사람 형태를 한 불꽃이자, 상대를 공포에 질리게 하고 패배시키는 어떤 존재다. 그리고 나는 번개다. 내가 내 역할을 연기하지 않는다고 하면 그들이 내게 뭘 하도록 할 수 있을까?

지금까지는 또 다른 감옥으로 발을 집어넣는 것까지는 아니었고, 아직까지는 여전히 아니지만, 나는 자물쇠에 열쇠가 꽂힌 채로 문이 잠기려고 위협하고 있는 것을 느낄 수가 있다. 다행스럽게도 나는 이런 종류의 일이라면 이미 경험이 있다.

충혈된 눈의 남자와 그의 군인들은 칼을 격납고 쪽으로 데려 간다. 그의 손을 묶으려고 시도할 정도로 어리석지는 않다. 하지만 그들은 결코 총을 아래로 내리거나 경비 태세를 풀지 않고 대담하게 굴다가 불에 타는 일이 없도록 조심스럽게 자신들의 거리를 유지한다. 격납고의 문이 미끄러져 다시 닫히면서 우리 두 사람을 갈라놓는 동안, 나는 그저 눈을 크게 뜨고 입을 다문 채로 지켜볼 뿐이다. 그들은 그를 죽이지는 않을 것이다, 그가 그들에게 이유를 주기 전까지는 말이다. 칼이 바르게 처신하기만을 바랄 수밖에 없다.

"칼에게 너무 심하게 굴지 마."

나는 브리 오빠의 온기 안으로 기대며 속삭인다. 차가운 가을비 속에서조차 오빠는 용광로처럼 느껴진다. 긴 세월 동안 북쪽 전선에서 싸워 온 경험이 오빠를 비 오거나 추운 날씨에 영향을 받지 않게 만든 모양이다. 아빠의 오래된 격언이 문득 생각난다. *전쟁은 결코 사라지지 않는다.* 이제 그 사실을 너무나 잘 알겠다. 비록 내 전쟁이 오빠나 아빠의 것과는 전혀 다른 종류였지만.

브리 오빠는 내 말을 듣지 못한 척 하면서 서둘러 나를 데리고 부두에서 멀어진다. 킬런이 바로 가까이 뒤에서 쫓아온다. 킬런의 부츠가 내 신발을 한 번인가 두 번 밟는다. 그를 발로 뻥 차 주고 싶은 충동을 애써 누르면서 언덕 위에 솟은 병영들로 향하는 나무 계단을 오르는 일에만 집중한다. 계단은 마모되었고 셀 수도 없는 많은 발들이 지나다니는 동안 밟아 다져진 상태다. *얼마나 많은 사람들이 이 길로 왔을까?* 궁금해진다. *얼마나 많은 사람들이 지금 여기에 있을까?*

언덕 정상에 오르자 섬이 우리 앞에 펼쳐지며 예상한 것보다 훨씬 더 큰 군사 기지가 모습을 드러낸다. 능선에 세워진 병영들은 지금까지 본 바로는 한 다스쯤 되는 중에 고작 한 개에 불구하고, 병영들은 긴 콘크리트 마당으로 분리되어 체계적으로 질서정연하게 두 줄을 이루고 있다. 병영은 납작하고 잘 관리되고 있는 것이 계단이나 부두와는 다르다. 마당 한가운데에는 하얀색 페인트로 선을 그려 놓았는데 완벽할 정도로 똑바른 그 선은 폭풍 치는 밤 속에서도 우리를 안내한다. 이 선이 어디로 향할지, 나도 모르겠다.

섬 전체에 고요한 분위기가 감돌고, 폭풍으로 인해 섬은 일시적으로 얼어붙은 듯하다. 아침이 오고, 비가 그치고 어둠이 사라지면, 아마 기지 전체의 장관을 볼 수 있을 거라는 생각이 든다. 그리고 내가 협상해야 할 사람들에 대해서도 마침내 이해할 수 있겠지. 다른 사람들을 과소평가하는 못된 습관이 자꾸만 생기는 중인데, 진홍의 군대의 관계자에는 특히 더 그렇다.

그리고 내얼시처럼, 턱 섬 또한 보이는 것 이상이다.

멀시브에서 그리고 빗속에서 느꼈던 추위가 계속되고, 심지어 검정색 페인트로 "3"이라고 표시되어 있는 병영의 문간으로 급히 들어서는 동안에도 마찬가지다. 뼛속 깊이, 마음 깊이 추위가 느껴진다. 하지만 부모님들을 위해서 그런 것들을 그분들께는 보일 수야 없다. 이미 그분들께 많은 빚을 지고 있다. 가족들은 내가 온전하고, 상처 입지 않았으며 칼의 구속이나 궁전과 경기장에서 내가 겪은 시련들에 전혀 영향을 받지 않았다고 생각해야만 한다. 진홍의 군대 역시 내가 그들의 편이며…… "안전"해진 것에 안도했다고 생각해야만 할 것이다.

하지만 그것 역시 사실이지 않은가? 나 또한 팔리와 진홍의 군대 앞에서 서약을 하지 않았던가?

그들은 나만큼이나 은혈의 왕들이 적혈의 노예들을 거느리는 것이 끝날 때가 되었다고 믿고 있다. 그들은 나를 *위해*, 나 *때문에* 군인들을 희생시켰다. 그들은 내 *동맹*이며 내 동지들이며 내 전우이다. 하지만 충혈된 눈의 남자에 대한 생각에 나는 멈칫한다. 그는 팔리가 아니다. 그녀는 거칠고 외골수지만 지금까지 내가 겪은 일들을 알고 있다. 그녀를 설득하는 것은 가능할 것이다. 충혈된 눈의 남자의 가슴에 사리분별이 자리하고 있기나 할지 의심스럽다.

킬런은 이상할 정도로 조용하다. 이런 침묵은 전혀 우리답지 않다. 우리가 있는 곳이면 언제나 모욕하는 말이나 놀리는 소리로 시끄러웠고, 킬런의 경우로 치면 완전히 허튼소리도 포함이곤 했다. 서로가 근처에 있는데 이토록 조용한 것은 우리의 본성에는 걸맞지 않지만, 지금 우리는 서로에게 할 말이라곤 없다. 그는 사람들이 칼에게 무슨 짓을 하려고 하는지 알고 있었으면서도 그 부분에 동의했다. 더 나쁜 것은, 그가 심지어 내게 말도 해 주지 않았다는 것이다. 추위만 아니었다면 화가 심하게 났을 것이다. 추위가 내 감정들을 먹어치우고 그것들을 공기 중에 머무는 전기적인 웅웅거리는 소리 비슷한 무언가로 약화시킨다.

브리 오빠는 우리 사이의 이상한 기류를 감지하지 못한다, 아마 눈치 챌 수 없었을 것이다. 유쾌할 정도로 어리석을 뿐만 아니라, 나의 가장 큰 오빠는 내가 필요가 아니라 재미로 물건을 훔치던 삐쩍 마른 13살 소녀였을 때에, 내가 지금처럼 이렇게 잔혹해지기 전에 집을 떠났다. 브리 오빠는 지금의 내가 어떤지 잘 알지 못한다, 내 삶에서 거의 5년 동안은 사라진 존재였으니까. 하지만 그 뒤에 내 인생은 지난 두 달 사이에 그 어느 때보다도 더 많은 변화를 겪었다. 그리고 오직 두 사람만이 내가 그 일을 겪을 때에 내 곁에 있었다. 첫 번째 사람은 지금 감금되어 있고, 두 번째 사람은 피로 물든 왕관을 쓰고 있다.

분별 있는 이라면 그들을 내 적이라고 부를 수도 있겠다. 내 적들은 나를 가장 잘 알고, 내 가족들은 나를 전혀 알지 못한다니 참 이상한 일이다.

병영 안은 기쁨에 겨울 정도로 건조하고, 천장 쪽에 마구 매달린 전등과 전선들로부터는 낮은 윙윙거리는 소리가 들린다. 두꺼운 콘크리트 벽은 복도를 미로로 변신시키고, 방향을 지시하는 표시는 전혀 보이지 않는다. 아무 표시 없는 회색 강철로 된 문들은 모두 닫혀 있다. 그래도 미세하지만 그 안에 생활의 흔적들이 엿보인다. 해변에서 자라는 풀을 엮어서 손잡이에 걸어두었거나, 문간에 부서진 목걸이를 걸어 두었거나 하는 등등. 이곳은 그저 공포스러운 군인들이 머무는 곳일 뿐만이 아니라 내얼시나 어디라고 말할 수 없지만 다른 곳들에서 온 사람들의 피난처이기도 하다. 다른 누구도 아닌 내 입을 통해 '조치'가 발표되고 시행된 이후로, 많은 방위군들과 적혈들이 똑같이 본토에서 달아났다. 징병과 처형의 위협이 시시각각 다가오는데 어떻게 머무를 수 있었겠는가. *하지만 어떻게 간신히 거기서 빠져나왔을까? 그리고 어떻게 여기까지 왔고?*

또 다른 질문이 내 꾸준히 늘어나는 질문 목록에 추가된다.

정신이 계속 다른 데로 팔리지만 나는 주의 깊게 오빠가 이끄는 구부러지는 곳과 방향을 트는 곳을 외운다. 여기서, 하나, 둘, 세 번째 모퉁이에, "프레이리"라고 새겨진 문이 나온다. 오빠가 일부러 둘러오는 길을 택한 건 아닐지 잠시 걱정이 들지만, 브리 오빠는 그런 영리한 부류가 아니다. 고마워해야 하는 건지도 모르겠다. 쉐이드 오빠였다면 각종 속임수를 쓰는 데에 아무 문제가 없었을 것이지만, 브리 오빠는 아니다. 짐승처럼 힘이 세고 오랜 시간에 걸쳐 바위 같은 몸을 키운 브리 오빠는 피하기 쉽다. 오빠도 방위군이다. 군대에서 자유로워지자마자 바로 또 다른 군대로 합류하다니. 그리고 오빠가 부두에서부터 나를 붙들고 온 방식으로 볼 때, 오빠는 다른 어떤 곳도 아닌 진홍의 군대에 이미 충성심을 바치고 있다. 가끔 브리 오빠를 이끌긴 했어도 언제나 가장 큰 형을 따르기 좋아했던 트래미 오빠라면 그도 역시 마찬가지일 것이다. 오직 쉐이드 오빠만이 눈을 계속 뜨고 우리 *신혈*들에게 어떤 운명이 기다리고 있을지 지켜 볼 정도로 분별이 있다.

우리 앞의 문은 마치 우릴 기다리고 있다는 듯이 조금 열려 있다. 브리 오빠가 굳이 이곳이 우리 가족이 머무는 곳이라는 것을 말해 주지 않아도 알겠다. 문손잡이에 보라색 천 조각이 묶여 있기 때문이다. 끝 부분은 닳아 빠졌고 서투른 수가 놓아져 있다. 가느다란 번개 가닥이 넝마 위로 불꽃을 튀기고 있다. 그 상징은 적혈의 것도, 은혈의 것도 아니다. *내 것*이다. 내 가면이었던 타이타노스 하우스의 색들과 내 방패인 내 안에서 밀려오는 번개를 조합한 모양이다.

다가가자 문 뒤에서 바퀴가 굴러가는 소리가 들리고 따뜻함이 조금 내 안에 퍼진다. 어디에서라도 아버지의 휠체어가 내는 소리를 알아볼 수 있을 것이다.

브리 오빠는 노크를 하지 않는다. 모두가 나를 기다리느라 여전히 깨어 있다는 것을 오빠는 이미 알고 있다.

멀시브보다는 좀 더 공간이 넓지만, 우리 가족의 침실은 여전히 너무 작고 비좁다. 그래도 적어도 움직일 만한 공간과 배로우 식구들을 위한 침대가 잔뜩 있고, 심지어 문간 주변에는 약간의 생활공간도 있다. 먼 쪽의 벽 위로 창이 하나 높이 나 있고, 비 때문에 단단히 닫혀 있긴 하지만 하늘은 좀 더 밝아진 것처럼 보인다. 새벽이 오고 있다.

그래, 새벽이 오고 있어. 나는 어마어마한 붉은색에 압도된 채 생각한다. 스카프, 헝겊, 조각, 깃발, 현수막, 온갖 붉은색 천들이 모든 드러난 면마다 자리하고 모든 벽마다 걸려 있다. 이 일을 보기 전에 충분히 예상했어야 했다. 지사는 한때 은혈들을 위해서 바느질을 했고, 이제 그 애는 공들여 진홍의 군대를 위한 깃발을 만들고 저항군의 찢어진 태양을 깃발 위에 장식한다. 그것들은 예쁘지 않다. 바느질은 고르지 않고 패턴은 단순하다. 그 애가 짜내곤 하던 예술품들에는 전혀 비할 수가 없다. 이 역시 나의 잘못이다.

지사는 작은 금속 테이블 위에 앉아서 반쯤 나은 손의 두 손가락 사이에 바늘을 잡은 모습 그대로 얼어붙어 있다. 잠시 동안 그 애는 그저 바라보기만 하고, 나머지 식구들도 마찬가지다. 엄마, 아빠, 트래미 오빠는 자신들이 바라보는 소녀가 누구인지 알지 못한 채로 그저 바라보고 있다. 마지막으로 가족들과 만났을 때, 나는 자신을 제어하지 못했다. 나는 덫에 걸려 있었고, 약했으며, 혼란스러웠다. 이제 나는 부상을 입고 멍들고 배신을 당했지만, 내가 어떤 존재이며 내가 무엇을 해야 하는지 알고 있다.

나는 우리가 꿈꿔 왔던 어떤 것보다 더 그 이상인 존재가 되었다. 그 사실에 겁이 난다.

"메어."

어머니의 목소리가 간신히 들린다. 엄마의 입술 위로 흘러나오는 내 이름이 떨린다.

마치 그때의 스틸츠로 돌아간 것처럼, 내 번개가 우리 집을 부술 듯이 위협했던 때처럼 어머니가 제일 먼저 나를 안아 주신다. 그다지 충분히 길지 않은 포옹 후에, 어머니는 나를 빈 의자에 앉히신다.

"앉아라, 아가, 앉으렴."

내 몸에 닿은 어머니의 손이 떨리고 있다. *아가.* 지난 몇 년간은 그 말을 들어 보지 못한 것 같다. 그 말을 전혀 아이라고는 할 수 없는 지금에서야 다시 들으니 이상한 기분이 든다.

어머니는 손가락을 내 새 옷 위로 소리 없이 움직이면서, 그 아래의 멍을 마치 천을 뚫고 알아볼 수 있는 것처럼 만져 보신다.

"다쳤구나."

어머니는 머리를 흔들면서 중얼거리신다.

"그 사람들이 그 모든…… 음, 그 모든 일들 후에도 너를 살려서 보내 줬다는 사실을 믿을 수가 없네."

어머니가 내얼시나 경기장, 아니면 그 전에 대해서 언급하지 않으시는 것이 조용하게 기쁘다. 나는 이렇게 얼마 안 지난 지금 그 일들을 다시 회상할 수 있을 정도로 충분히 강한 것 같지 않다.

아빠는 어두운 미소를 지으신다.

"메어는 자기가 좋은 일은 뭐든지 할 수 있어. 그 사람들이 *해 주고 말고* 할 것 자체가 없지."

아빠가 움직이자 아빠의 머리에 전보다 더 회색 머리카락이 늘어난 것이 보인다. 또한 더 마르신 듯하고, 익숙한 의자에 앉아 있는 모습이 유독 왜소해 보이신다.

"쉐이드처럼 말이야."

쉐이드 오빠는 일종의 공통된 주제이자 나로서도 좀 더 말하기 쉬운 주제이다.

"다들 쉐이드 오빠를 봤어요?"

나는 차가운 금속 의자에 좀 더 편하게 기대면서 묻는다. 앉으니 정말 좋다.

자기 침대에 앉아 있는 트래미 오빠는 머리가 거의 천장을 긁으려고 한다.

"내가 이제 의무실로 가 보려던 참이야. 일단 네 상태부터 확인하고 가려고 했지, 네가 ……."

*괜찮다*는 말은 이제 내 사전에는 더 이상 없다.

"……똑바로 설 수 있는지 보고 가려고."

나는 고개만 끄덕인다. 입을 열면, 가족들에게 모든 이야기를 다 할지도 모른다. 상처, 추위, 나를 배신한 왕자, 나를 구해 준 왕자, 내가 죽인 사람들. 가족들도 이미 다 알고 있겠지만, 내 자신이 한 일들을 자백하고 싶다. 모두가 실망하고, 넌더리를 내고, 나를 *두려워*하는 모습을 볼 수 있도록. 그것은 내가 오늘 밤 견딜 수 있는 것 이상이리라.

브리 오빠가 트래미 오빠랑 함께 나가면서 문 밖으로 나서기 전에 무뚝뚝하게 내 등을 두드린다. 킬런은 여전히 침묵을 지키면서 남아서, 벽에 몸을 기댄다. 꼭 그 벽속으로 추락해서 사라져 버리고 싶은 것 같다.

“배고프진 않니? 우리가 저녁 배급을 좀 아껴놓은 것이 있단다.”

엄마가 캐비닛 근처에서 바삐 작은 변명을 늘어놓으신다.

내내 먹지 않았고 얼마나 오랫동안 굶었는지조차 모르겠지만, 나는 머리를 흔든다. 기력이 온통 다 빠진 상태라서 잠자는 것을 제외하고는 다른 생각을 하기 힘들다.

지사가 내 움직임을 알아차리고, 밝은 눈동자를 가늘게 뜬다. 그 애가 풍성한 붉은 머리카락 한 묶음을 뒤로 넘긴다. 우리 피와 같은 색깔의 머리카락이다.

“언니는 좀 자는 편이 낫겠어.”

정말로 언니인 쪽이 누구인지 궁금할 정도로 강하게 확신에 찬 목소리로 지사가 말한다.

“언니를 좀 자게 해 줘요.”

“물론이지, 네 말이 맞다.”

다시금 엄마는 나를 이번에는 의자에서 끌어내어 나머지 침대보다 더 많은 베개가 놓여 있는 침대로 이끄신다. 엄마는 아기 돌보는 사람처럼 얇은 담요를 갖고 소란을 떨며 나를 침대로 밀어 넣는다. 그저 간신히 따를 힘만 남은 나는 결코 이전엔 엄마가 그러시도록 둔 적이 없지만 이번만큼은 내게 이불을 덮어 주시도록 내버려 둔다.

“자, 다 됐다, 아가야, 자렴.”

아가.

내가 가장 사랑하는 사람들에게 둘러싸인 채로 있으니 지난 며칠간에 비해서 훨씬 더 안전한 기분이지만, 그럼에도 불구하고 결코 더는 울고 싶지 않다. 가족들을 위해 모든 것을 비밀로만 간직한다. 나는 몸을 안으로 말고, 다른 누구도 볼 수 없는 없는 곳에서 홀로 안에서 피를 흘린다.

머리 위로 환하게 빛나는 전등들과 낮게 웅얼거리는 목소리들에도 불구하고 깜빡 잠이 들기까지 그리 오랜 시간이 필요하지 않다. 다시 말하는 킬런의 깊은 목소리가 우르릉 울리듯 들린다.

"잴 지켜보세요."가 내가 어둠 속으로 빠져들기 전에 마지막으로 들은 말이다.

밤중에 언젠가, 반쯤 잠이 들고 반쯤 깨어 있는 상태일 때에, 아빠가 내 손을 잡으신다. 나를 깨우지 않으려고 하면서 그냥 손만 잡으신다. 잠시 동안, 나는 아빠가 꿈속에 나온 거고 내가 다시 보울 오브 본즈 아래의 감방에 돌아간 상태라고 착각한다. 탈출, 경기장, 처형이 모두 등장하는 악몽을 나는 곧 다시 체험해야 할 것이다. 하지만 아빠의 손은 따뜻하고, 울퉁불퉁하고 친숙하여, 나는 내 손가락으로 아빠의 것을 꼭 잡는다. 진짜로 아빠다.

"누군가를 죽인다는 것이 어떤 일인지 안다."

아빠가 속삭이면서 먼 곳, 우리 방의 어둠 속에서 불빛이 두 개의 작은 구멍을 통해 비추는 곳을 바라보신다. 이 순간 아빠가 다른 사람이 된 것처럼 아빠의 목소리는 평소와 다르게 들린다. 전쟁의 가장 깊은 곳에서 너무 오래 생존했던 사람, 한 군인의 모습을 반영하고 있다.

"그 일이 네게 어떤 영향을 미쳤을지도 안다."

나는 말을 하려고 한다. 확실히 시도는 해 본다.

대신에 나는 아빠가 가실 때까지 아무 말도 못한 채 표류하듯 떠내려간다.

* * *

소금기 어린 공기의 싸한 냄새가 다음 날 아침 나를 깨운다. 누군가가 창을 열어 시원한 가을바람과 밝은 햇살이 들어오고 있다. 폭풍은 지나갔다. 눈을 뜨기 전에, 나는 잠시 상상을 해 본다. 여기는 우리 집 다락방의 간이 침대야, 이 산들바람은 강에서부터 불어오고 있는 거고, 내가 해야 할 유일한 결정은 학교에 갈지 말지 정도야. 하지만 이 상상은 별로 편안하지 않다. 비록 그 삶이 더욱 쉬웠음에도, 나는 할 수 있다고 한들 그때로 돌아가지는 않으리라.

해야만 할 일들이 있다. 줄리언의 목록을 봐야만 하고, 그 거대한 일의 준비 작업을 시작해야만 한다. 그 일을 위해서 내가 칼을 요구한다면, 내 의견을 거절할 이들이 누구일까? 메이븐의 코앞에서부터 그토록 많은 사람들의 생명을 구한 얼굴 바로 앞에서 안 된다고 말할 수 있는 사람이 있을까?

그 충혈된 눈의 남자라면 그럴 수도 있겠다는 생각이 은연중에 들지만, 나는 그 생각을 일단 치워 둔다.

지사는 내 맞은편 침대에서 팔다리를 아무렇게나 벌리고 앉은 채로, 괜찮은 손 쪽을 사용해서 검정색 천 조각 하나에서 몇 가닥의 실을 느슨하게 풀어내고 있다. 나는 기지개를 펴고 움직이며 팔다리에서 뚝뚝 소리를 내며 그 애를 지켜보지만 지사는 신경 쓰지 않는다.

"좋은 아침, 우리 *아기*."

지사가 비웃음을 간신히 감추며 말한다.

그녀는 장난의 대가로 얼굴에 베개를 정통으로 맞는다.

"하지 마."

나는 투덜거리지만 속으로는 이런 장난이 기쁘다. 킬런과 이렇게 할 수 있다면, 그가 내가 기억하던 낚시꾼 소년으로 조금이라도 돌아온다면 얼마나 좋을까.

"사람들은 다 부대 식당에 모여 있어. 아침 식사가 아직 배급 중일 거야."

"의료실은 어디야?"

나는 쉐이드 오빠와 팔리에 대해 생각하면서 묻는다. 우선은 그녀가 이곳에서 구할 수 있는 최고의 동맹 중 하나이다.

"먼저 먹어야 해, 언니. 정말로."

지사가 날카롭게 말하면서 마침내 일어난다.

그 애의 눈동자에 서린 우려가 잠깐 나를 멈춰 세운다. 지사가 이토록 부드럽게 나를 대하는 걸 볼 때, 아마 내 상태가 짐작보다 훨씬 더 안 좋아 보이는 게 분명하다.

"그럼 부대 식당은 어딘데?"

지사는 씩씩대면서 일어나더니 자신이 작업하고 있던 일감을 침대 아래로 밀어 넣는다.

"내가 아기 돌보미로 당첨될 줄 알았지."

그 애는 꼭 우리 어머니가 심하게 짜증을 내실 때랑 매우 유사한 목소리로 투덜거린다.

그래도 이번에는 베개를 피한다.

병영의 미로를 이번에는 금방 지난다. 나는 최소한 길을 외우고, 우리가 지나는 문들을 마음의 노트에 기록한다. 몇 개는 열려 있고, 텅 빈 침대 방이 보이거나 빈둥거리고 있는 적혈들 몇 명이 보이거나 한다. 어느 쪽이든 3번 병영이 "가족" 구조물로 지어진 것은 틀림없다. 여기 사람들은 진홍의 군대의 군인들처럼 보이지 않고, 그들 중 대부분이 한 번 싸워 본 적도 없는 사람들이라는 건 의심의 여지가 없다. 아이들이 있음을 알 수 있는 흔적들도 보이고, 심지어 몇몇은 아기인 듯하다. 모두 가족들과 함께 도망쳐 나왔거나 턱 섬으로 이송된 거겠지. 오래되고 부서진 장난감들로 특별히 꽉 차 있는 방 하나는 조금이라도 콘크리트 벽을 밝게 보이려는 노력으로 토할 것 같은 노란색이 대충 발라져 있다. 문에 딱히 어떤 말도 쓰여 있지 않지만, 나는 이 방이 누구를 위한 방인지 알 것 같다. *고아들*. 살아 있는 유령들을 위해 지은 우리만 빼고 어디라도 보면 좋겠다는 마음으로 재빨리 눈을 돌린다.

천장 길이로 달린 파이프가 느리지만 꾸준한 전기 맥동을 실어 나른다. 이 섬의 동력이 무엇인지는 모르겠다. 하지만 웅웅거리는 깊은 음은 편안하고, 내가 누구인지 상기시켜 주는 듯하다. 적어도 그것만큼은 누구도 내게서 빼앗을 수 없는 무언가이다. 여기서는 말이다. 이제는 죽은 은혈인 아벤의 침묵시키는 능력에서 멀리 있으니까. 어제 그는 거의 나를 죽일 뻔했고, 자신의 능력으로 내 능력의 숨통을 누르고 나를 손톱 아래에 낀 때 말고는 아무것도 없던 평범한 적혈 여자애로 되돌렸다. 경기장에서는 그런 면에 놀랄 시간조차 없었지만 이제 그 경험들이 나를 쫓아온다. 내 능력은 나의 가장 소중한 소유물이며, 심지어 그 때문에 내가 다른 사람들 모두와 다르게 분류된다고 할지라도 그렇다. 하지만 힘은, 나 *자신의* 힘은 내가 기꺼이 치러야 할 대가이다.

"그건 어떤 느낌이야? 전기라는 거?"

천장을 향하는 내 시선을 좇으며 지사가 말한다. 그녀는 전선에 집중하며 내가 할 수 있는 것을 느껴 보려고 애를 쓰지만 허탕만 친다.

그 애에게 무얼 말해야 할지 모르겠다. 줄리언이라면 꽤나 손쉽게 설명했을 텐데, 아마도 그 과정에서 혼자 생각에 곰곰이 빠지기도 했을 테고. 능력의 역사에 대해서 세세히 설명하고, 어떻게 그 능력이 나타난 것인지까지도 전부 말해 줬을 것이다. 하지만 내 옛 선생님이 결코 달아나지 못할 거라고 메이븐이 말한 것은 고작 어제였다. 그는 이미 붙들렸다. 그리고 메이븐을 아는 바, 줄리언은 이미 죽은 사람이나 다름없다. 엘라라 왕비는 말할 필요도 없고. 그는 자신이 내게 준 모든 것과 오래 전에 저질러진 범죄 때문에 처형될 것이다. 선왕이 진실로 사랑했던 한 소녀의 오라비라는 사실 때문에.

"권력이지."

나는 바깥세상으로 향하는 문을 세게 비틀어 열면서 마침내 대꾸한다. 바다 공기가 나를 향해 세차게 밀려오며 내 지저분한 머리카락으로 장난을 친다.

"힘이고."

은혈의 말이지만, 언제나 진실이기도 하다.

지사는 나를 그렇게 쉽게 곤경에서 풀어주는 사람이 아니다. 그런데도, 그 애는 침묵에 빠진다. 그 애는 자신의 질문들이 내가 대답하고 싶은 종류가 아니란 것을 이해한다.

한낮의 빛 아래에서, 턱 섬은 더 불길해 보이기도 하고 덜 불길해 보이기도 한다. 태양은 머리 위에서 밝게 비추고 있고 병영 뒤로는 거머리말이 나무들의 드문 무리에 자리를 내어 준 상태다. 고향에 있던 오크나 소나무들과는 전혀 다르지만 지금도 충분히 괜찮다. 지사는 콘크리트 마당을 가로질러 부산하게 움직이는 사람들 사이로 나를 안내한다. 붉은색 어깨띠를 한 방위군들이 차량에서 짐을 내리고, 멀시브에서 봤던 것 같은 종류의 상자들을 착착 쌓는다. 나는 그들의 짐을 훔쳐볼 생각에 속도를 조금 늦추지만, 새로운 제복을 입은 낯선 군인들이 나를 막는다. 그들이 입은 옷은 파란색인데 오사노스 하우스의 것처럼 밝은 색깔이 아니라 좀 차갑고 어두운 색이다. 그들은 팔리처럼 키가 크고 창백하며 공격적일 정도로 짧은 밝은 금발 머리를 하고 있다. *외국인이다.* 나는 깨닫는다. 그들은 짐 더미 위에 서서 손에는 라이플을 든 채 아래를 내려다보며 상자들을 지킨다.

하지만 도대체 누구에게서 저것들을 지킨다는 거지?

"저쪽은 보지 마."

지사가 내 소매를 잡아끌며 중얼거린다. 그녀는 푸른 군인들에게서 떨어지고 싶은 듯이 나를 세게 잡아당긴다. 그중 한 명이 우리가 가는 것을 지켜보며 눈을 가늘게 뜬다.

"왜 그래? 저 사람들이 누군데?"

지사는 머리를 흔들며 다시 나를 잡아당긴다.

"여기서는 안 돼."

자연스럽게 나는 멈춰서고 싶고, 내가 누구이며 어떤 존재인지 그들이 깨달을 때까지 군인들을 뚫어져라 바라보고 싶다. 하지만 그건 어리석고 유치한 욕구다. 나는 내 가면을 유지해야만 한다. 세상이 산산조각 낸 불쌍한 여자애처럼 보여야만 한다. 나는 지사가 다시 나를 끌고 그들에게서 멀어지도록 내버려 둔다.

"대령님의 사람들이야."

그들이 우리 소리를 들을 수 있는 거리를 벗어나자마자 지사가 속삭인다.

"저 사람들은 대령님과 함께 북쪽에서부터 왔어."

북쪽에서.

"레이크랜즈 사람들이라고?"

놀라서 숨을 헉 들이쉬면서 나는 대꾸한다. 지사가 딱딱하게 고개를 끄덕인다.

이제 차가운 호수 색깔의 그 군복들이 이해가 간다. 그들은 또 다른 군대의, *또 다른* 왕의 군인들이지만 여기에 우리와 함께 있다. 노르타는 땅과 음식과 영광을 위해 한 세기 동안 레이크랜즈와 전쟁을 해 왔다. 화염의 왕들 대 겨울의 왕들, 그 사이에서 붉은색과 은색 피를 모두 함께 흘리며. 하지만 새벽이 그들 모두에게 오고 있는 중이다.

"대령님은 레이크랜즈 사람이야. 아케온에서의 사건이 일어난 후에……."

내가 그곳에서 겪은 시련을 반도 알지 못함에도 지사의 얼굴이 고통으로 얼룩진다.

"'일들을 정리하기' 위해서 왔대. 트래미 오빠의 말로는 그래."

이곳의 무언가가 잘못되어 가고 있다. 지사가 내 소매를 잡아당기듯 머릿속에서 그 생각이 잡아당긴다.

"누가 대령이야, 지사?"

우리가 부대 식당에 도착했다는 것을 깨닫는 데 시간이 조금 걸린다. 식당은 꼭 병영들처럼 낮은 건물이다. 아침 식사를 하는 사람들의 소음이 문 뒤에 가득하지만, 우리는 문을 지나지 않는다. 심지어 음식의 냄새가 내 위장을 요동치게 하는데도 불구하고 나는 지사의 대답을 기다린다.

"충혈된 눈을 한 남자야. 그가 장악했어."

지사가 마침내 자기 얼굴을 손가락으로 가리키며 대답해 준다.

지휘부. 쉐이드 오빠가 멀시브에서 속삭였던 그 말을 나는 그렇게 많이 생각해 보지 않았다. 이게 오빠가 의미했던 것일까? 오빠가 내게 경고해 주려고 했던 사람이 대령인 걸까? 지난밤에 그가 칼을 다뤘던 불길한 방식으로 볼 때, 그렇게 생각해야만 할 것 같다. 그리고 그런 사람이 이 섬을 책임지고 있다는 것과 모두가 그 사실에 관계되어 있다는 것을 생각하니 조금도 편안하지가 않다.

"그럼 팔리는 실직자가 되었겠네."

지사는 어깨를 으쓱한다.

"팔리 대위님은 실패했잖아. 대령님은 그걸 맘에 안 들어 해."

그 애는 문을 향해서 작은 한쪽 손을 쭉 뻗으며 말한다. 다른 한쪽 손은 내가 생각했던 것보다는 더 잘 나은 듯하다. 그 애의 네 번째와 다섯 번째 손가락은 여전히 기묘하게 뒤틀린 채 안쪽으로 구부러져 있지만. 뼈가 잘못 붙었다. 옛날에 단 한 번 자신의 언니를 신뢰했던 죄로.

"지사, 사람들이 칼을 어디로 데려 간 거야?"

내 목소리는 너무 낮아서 지사가 내 말을 못 들었을까 염려스러울 정도다. 하지만 그 순간 그 애의 손이 멈칫한다.

"어젯밤에 언니가 잠들고 나서 다들 그 사람에 대한 얘기들을 했어. 킬런 오빠는 몰랐지만 트래미 오빠는 그 사람을 보러 갔었어. 지켜보러."

날카로운 고통이 심장을 꿰뚫는다.

"*뭘* 지켜보러 가?"

"지금까지는 그냥 질문들만 몇 개 했대. 다치게 만한 일은 아무것도 없었대."

가슴 깊이 화가 나서 나는 쏘아본다. 몸에 어떤 상처를 내는 것보다도 더 칼을 다치게 할 만한 수많은 질문들을 생각해 낼 수 있다.

"어디야?"

나는 내 목소리에 조금 더 단호함을 실으며 다시 한 번 묻는다. 은혈로 태어난 왕자비라면 그래야 할 것처럼 말한다.

"1번 병영이야. 다들 1번 병영이라고 하는 걸 들었어."

지사가 속삭인다.

지사가 군대 식당으로 들어가는 문을 여는 사이에, 나는 지사의 어깨 너머로 병영들이 나무를 향해서 늘어서 있는 모습을 바라본다. 햇빛에 표백된 콘크리트 위로 검정색으로 번호가 분명하게 칠해져 있다. 2, 3, 4…….

갑작스러운 떨림이 내 척추를 타고 달린다.

1번 병영은 어디에도 없다.

제6장

대부분의 음식은 단조롭고 잿빛 오트밀과 미적지근한 물이다. 바다에서 갓 잡아 올린 대구만이 상태가 좋다. 대구는 마치 꼭 대기처럼 소금과 바다 느낌을 품고 있다. 킬런이 생선을 보고 감탄을 터뜨리면서, 한가롭게도 진홍의 군대에서 사용하는 그물 종류가 무엇인지 궁금해 한다. *그물에 걸린 건 우리 쪽이야, 이 멍청아.* 나는 외치고 싶지만, 식당은 그런 말을 할 만한 공간이 아니다. 여기에도 자신들의 어두운 푸른빛 옷을 입은 딱딱한 레이크랜즈 사람들이 많이 있다. 붉은색 제복을 입은 방위군들이 나머지 거주민들과 음식을 먹는 동안, 레이크랜즈 사람들은 결코 자리에 앉지 않고 끊임없이 돌아다니기만 한다. 그들은 내게 보안 요원들을 연상시킨다. 그 생각에 익숙한 한기가 느껴진다. 턱 섬은 아케온과 그리 다르지 않다. 여러 다른 요소들이 나를 가운데에 두고 서로 지배하려고 다투고 있다. 그리고 내 가장 오랜 친구 킬런은, 이곳이 위험하다는 것을 믿지 않을지도 모른다. 더 나쁜 것은 그가 이해할 수는 있어도, 신경 쓰지 않을 수도 있다는 점이다.

나는 오직 생선을 한 입 먹을 때만 빼고 계속 침묵을 지킨다. 사람들은 지시받은 대로 나를 가까이에서 지켜보고 있다. 엄마, 아빠, 킬런, 지사, 모두가 날 쳐다보지 않는 척하지만 실패한다. 오빠들은 없다. 여전히 쉐이드 오빠의 침상 옆을 지키고 있다. 나처럼 두 오빠들도 쉐이드 오빠가 죽었다고 생각했기에 잃어버린 시간을 메우는 중이다.

"그래서 참, 다들 어떻게 여기까지 왔어요?"

말들이 입 안에 달라붙어서 떨어지지 않으려고 하지만, 나는 억지로 뱉어낸다. 가족들이 내게 먼저 질문을 던지기 전에 내가 먼저 하는 편이 낫다.

"배 타고."

아빠가 오트밀 죽을 후루룩 소리 내어 마시면서 무뚝뚝하게 말씀하신다. 아빠는 자신의 농담에 씩 웃고는 혼자 좋아하신다. 나는 아빠를 위해서 조금 미소를 짓는다.

엄마가 아빠를 쿡 찌르고는 짜증스럽게 혀를 쯧쯧 차신다.

"재가 뭘 물어본 건지 당신도 알잖아, 다니엘."

"나도 멍청이는 아니야."

아빠는 숟가락을 또 한 번 퍼 올리면서 투덜거리신다.

"이틀 전에, 거의 한밤중쯤에 쉐이드가 현관에 불쑥 나타났다. 말 그대로 정말로 툭 튀어나왔어."

아빠가 손가락을 튕기는 손짓을 해 보이신다.

"너도 그 능력에 대해서는 알지, 아니냐?"

"알아요."

"우리 가족 모두가 거의 심장마비에 걸릴 뻔했지, 툭 튀어나온 거 하며 그 애가, 음, 살아 있는 거 하며."

"상상이 가네요."

나는 쉐이드 오빠를 다시 보았을 때에 내가 보인 반응에 대해서 기억을 떠올리며 웅얼거린다. 나는 우리 둘 다 이런 미친 짓과는 전혀 거리가 먼 어떤 곳에서 죽게 될 거라고 생각했었는데. 하지만 나처럼, 쉐이드 오빠는 그저 다른 사람이…… 다른 존재가 되어 버렸다. 살아남기 위해서.

아빠는 이제는 문자 그대로 순조롭게 이야기를 풀어내신다. 아빠가 앉아 계신 의자가 끽끽대는 바퀴 위에서 아빠의 거친 몸짓에 따라 이리저리 흔들린다.

"뭐, 네 엄마가 그 애 위로 엎어져서 펑펑 눈물을 터뜨리는 게 멈추고 나서, 쉐이드는 바로 일에 착수했어. 물건들을 가방에 쑤셔 넣기 시작했지, 아무 쓸모없는 것들을. 현관의 깃발, 사진들, 네 편지 상자. 정말 말도 안 되는 일이었지, 진짜로, 하지만 다시 살아서 돌아온 아들에게 뭐라도 묻는 게 쉽지 않더구나. 쉐이드가 지금, *바로* 지금 우리가 떠나야 한다고 했을 때, 농담하는 게 아니었던 것은 분명했고. 그래서 우리는 그 말에 따랐다."

"통행금지령은 어쩌고요?"

조치가 여전히 머릿속에 날카롭게 살아서 피부를 쿡쿡 찌른다. 스스로 그 조항들을 읽도록 강요까지 당한 마당에 내가 어찌 그 내용을 잊을 수 있을까?

"전부 다 죽을 수도 있었다고요!"

"우리에겐 쉐이드가 있었지 않냐, 그리고 그 애의…… 그 애의……."

아빠는 다시 손짓을 하면서 제대로 된 단어를 찾으려고 애를 쓰신다. 우리 아버지의 익살스러운 행동이 지루한 듯 지사가 눈알을 굴린다.

"오빠가 그걸 점프라고 불렀잖아요, 기억 안 나세요?"

아빠가 고개를 끄덕이신다.

"맞아, 쉐이드가 우리를 데리고 순찰들을 통과해서 숲까지 점프했다. 거기서부터는 강과 배가 있는 곳까지 걸었어. 화물선은 여전히 밤에 여행하는 것이 허락되기에, 보다시피, 그렇게 아무도 얼마나 오래가 될지 짐작도 못한 채로 사과 상자들 사이에 앉아 실려 오는 처지가 된 거지."

엄마가 그 기억에 진절머리를 내신다.

"썩은 사과들이었어."

엄마가 덧붙이신다. 지사가 조금 키득거린다. 아빠도 미소 비슷한 걸 짓는다. 잠시 동안, 잿빛 오트밀은 엄마의 형편없는 스튜가 되고 콘크리트 벽은 거칠게 깎아낸 나무가 된다. 저녁 식탁에 둘러앉은 배로우 가족들. 여기는 다시 고향 우리 집이고, 나는 그저 메어다.

나는 이야기를 듣고 미소를 지으면서 몇 초가 흘러가게 내버려 둔다. 엄마는 어떤 말도 재잘거리시진 않기에 나는 말을 할 필요도 없다. 엄마는 내가 조용한 평화 속에 식사를 하게 두신다. 엄마는 심지어 군대 식당 내부의 바라보는 시선들을 쫓아내기까지 하신다. 내가 익히 체험해 본 바 있는 무시무시한 시선으로 내 쪽을 바라보는 눈들을 모두 하나씩 마주보신다. 지사도 자신의 역할을 충실히 수행해서, 스틸츠 마을에 대한 소식들로 킬런의 주의를 끈다. 킬런은 집중해서 이야기를 듣고 있는데, 지사가 입술을 깨무는 폼으로 볼 때 그의 관심이 기쁜 듯하다. 그 애의 작은 짝사랑이 그래도 아직 영영 끝나지는 않은 모양이다. 두 번째 오트밀 그릇을 포기하면서 찐득찐득한 흔적을 묻힌 아빠만이 남는다. 아빠는 그릇의 가장자리 너머로 나를 바라보신다. 아빠가 어떤 사람이었는지가 살짝 보인다. 키가 크고, 강하며, 자부심 넘치는 군인. 내가 거의 기억하지 못하는, 지금의 아빠와는 너무나도 다른 사람. 하지만 나처럼, 쉐이드 오빠처럼, 진홍의 군대처럼, 아빠는 보이는 것처럼 황폐하고 어리석은 존재가 아니다. 휠체어나 한 쪽만 남은 다리, 가슴에서 째깍대는 이상한 기계에도 불구하고, 아빠는 더 많은 전투들을 치르고 다른 대부분의 사람들보다도 더 오래 살아남았다. 아빠가 다리와 폐를 잃은 것은 20년간의 복무를 거의 마치고 퇴역을 고작 3달 앞둔 때였다. 그렇게 오랫동안 버틸 수 있는 사람이 얼마나 될까?

우리는 우리가 원하기 때문에 약해 보이는 거야. 아마도 그 말들은 쉐이드 오빠만의 이야기였던 것이 아니라 우리 아버지의 이야기이기도 했던 모양이다. 나도 이제 막 나 자신의 능력을 알아가는 중이지만, 아빠 역시 집에 오신 이래로 자신을 숨겨 오신 것이다. 어젯밤에 꿈결처럼 아빠가 하셨던 말씀이 기억난다. *사람을 죽이는 게*

어떤 느낌인지 안다. 그 말만큼은 확실히 부정할 수가 없다.

이상하게도, 메이븐을 기억나게 만드는 것은 음식이다. 맛뿐만이 아니라, 음식을 먹는 행위 자체가 그렇다. 내 마지막 식사는 그의 아버지의 궁전에서 그의 옆자리에 앉아 먹은 것이었다. 우리는 크리스털 잔으로 음료수를 마셨고 내 포크에는 진주 손잡이가 달려 있었다. 우리는 온통 하인들에게 둘러싸여 있었지만 그럼에도 매우 외로웠다. 우리는 다가올 밤에 대해서 얘기할 수 없었지만 나는 계속 그를 힐긋 훔쳐보면서 겁먹지 않기만을 바랐었다. 그는 그 순간만큼은 내게 힘을 주었다.

그가 나를 선택했으며 내 혁명을 선택했다고 믿었다. 메이븐이 나의 구원자이며 축복이라고 믿었다. 그가 우리를 도와 무슨 일을 할 수 있을지 믿었다.

그의 눈동자는 너무나 파랬고, 온갖 다른 종류의 불꽃이 가득했다. 날카롭고 이상할 정도로 차가우며, 공포의 기미마저 스며 있던 굶주린 화염. 그땐 우리가 대의와 서로를 걱정하느라 함께 두려워하는 것이라고 생각했었다. 나는 너무나 잘못 알았다.

느릿느릿 생선 접시를 밀어내자 접시가 테이블을 긁는다.

충분하다.

그 소음이 마치 알람처럼 킬런의 시선을 끌고, 그는 다시 나를 마주보느라 고개를 돌린다.

"다 먹었어?"

그가 반쯤 먹은 내 아침 식사를 흘긋 바라보며 묻는다.

대답 대신 내가 일어서자 그도 나를 따라서 펄쩍 뛰어 일어난다.

명령에 따르는 개 같다. *하지만 주인이 나는 아니지.*

"우리 의료실로 갈래?"

우리, 갈래. 나는 신중하게 단어를 고른다. 지금 내가 누구이며 어떤 존재인지 연막을 쳐서 그가 잊게 만들 수 있도록.

그는 고개를 끄덕이며 미소를 보인다.

"쉐이드 형은 매 순간 점점 나아지고 있어. 음, 여러분, 다같이 병실 투어 어떠세요?"

킬런이 자기 입장에서 보면 가족에 가장 가까운 사람들을 향해서 시선을 던지며 덧붙인다.

나는 눈을 크게 뜬다. 칼이 어디에 있고 대령이 칼을 어떻게 하려고 하는지 알아내기 위해서 쉐이드 오빠와 이야기를 할 필요가 있다. 내가 가족을 너무나 그리워 한 만큼이나, 그들은 이 일에서는 방해만 될 뿐이다. 운이 좋게도, 아빠가 이해하신다. 아빠가 테이블 아래로 재빠르게 손을 움직여서 아무 말 하지 않고도 의사를 전달해 엄마가 말을 하기도 전에 멈추게 하신다. 엄마는 움직이면서 사과하는 듯한 미소를 짓는 쪽을 택하지만 그 미소는 눈에까지는 미치지 않는다.

"우린 나중에 함께할게."

엄마는 그 몇 안 되는 단어들보다 더 많은 의미를 담아서 말씀하신다.

"여보, 배터리 갈 시간이지, 그렇지?"

"빌어먹을."

아빠는 큰 소리로 불평하면서 들고 있던 숟가락을 드시고 계시던

돼지죽 그릇에다가 아무렇게나 던지신다.

지사가 나를 향해서 눈을 깜빡이면서 내가 필요로 하는 게 뭔지 읽는다. *시간, 장소, 이 모든 문제를 풀어내기 시작할 기회.*

"난 작업해야 할 현수막들을 더 많이 받아 놔서. 다들 너무 빨리 현수막들을 소모하고 있어."

그녀는 한숨을 내쉰다.

킬런은 소리 내어 웃으며 부드럽게 지사를 쿡 찌르고는 가볍게 어깨를 으쓱한다. 그가 수천 번도 더 그랬던 것처럼 삐딱한 미소를 지으면서.

"다들 좋으신 대로 하세요. 이쪽이야, 메어."

좀 거들먹거리는 건지도 모르겠지만 킬런이 나를 안내하도록 맡긴 채 식당 안을 통과한다. 나는 절뚝거리는 척 하면서 눈을 과장해서 아래로 내리깔고 조심스럽게 그런 태도를 강조해서 연기한다. 방위군들이나 레이크랜즈 군인들, 심지어는 거주민들을 포함한 모두가 나를 바라보고 있는지 시선을 돌려 확인하고픈 욕구와 맞서 싸운다. 선왕의 궁정에서 보낸 시간들이 군사 기지에서도 또한 나를 구하는 셈이다. 이곳에서 또 한 번 나는 나 자신이 누구인지 숨겨야만 한다. 그때 나는 은혈이자, 어떤 것에도 굽히지 않고 어떤 것도 두려워하지 않는, 메리어나라는 이름의 힘과 능력을 지닌 존재인 척 했었다. 하지만 그 소녀라면 자리를 찾을 수 없는 1번 병영에 갇혀 있는 칼의 옆에 함께 붙들려 있어야 할 터이다. 그러니 나는 다시 적혈이 되어야만 한다. 메어 배로우라는 이름의 소녀가, 아무도 두려워하거나 존경할 필요도 없고 스스로 아무것도 할 수 없고 적혈 소년에게 의지해야만 하는 소녀가.

아빠와 쉐이드 오빠의 경고가 그토록 분명히 느껴진 적이 없었다.

“다리가 계속 문제야?”

절뚝거리는 척 연기하는 데에 너무나 집중한 나머지 킬런의 걱정하는 말은 제대로 들리지도 않는다.

고통을 가장하느라고 입술에 힘을 주면서 나는 대꾸한다.

“별 거 아니야. 더 심한 경우도 겪어 봤는걸.”

“어니 웍네 현관에서 뛰어 내린 일이 갑자기 기억나네.”

킬런의 눈동자가 그 기억으로 반짝거린다.

그날 나는 다리를 부러뜨렸고, 우리 둘 다 내가 몇 달 동안 하고 있었던 깁스 비용을 지불하느라 저축의 반을 써야만 했다.

“그건 내 잘못이 아니었어.”

“네가 직접 하겠다고 했잖아.”

“날 *부추겼잖아.*”

“아니 누가 대체 그런 짓을 했을까?”

그가 숨길 생각도 없는 듯 드러내놓고 소리 내어 웃으면서 나를 양쪽으로 여닫는 문으로 민다. 반대쪽의 복도는 새롭게 추가된 것이 분명해 보인다. 여기저기 페인트가 덜 마른 상태다. 머리 위로는 전등이 깜빡거린다. *배선이 엉망이구나.* 나는 전력이 풀어지고 나누어지는 지점들을 느끼면서 즉각 그 사실을 깨닫는다. 그 와중에 힘이 지나가는 선 한 개가 중단 없이 왼쪽으로 향하는 길을 따라서 흘러간다. 유감스럽게도 킬런은 나를 오른쪽으로 안내한다.

“저기는 뭐야?”

반대편 길을 가리키며 묻는 내게, 킬런은 적어도 거짓말만큼은 하지 않는다.

"나도 몰라."

＊＊＊

턱 섬의 병원은 멀시브의 의료 시설만큼 음침하지는 않다. 높고 좁은 창문들이 활짝 열려 있고, 창을 통해 신선한 공기와 햇살이 방으로 밀려들어 온다. 하얀 의복을 입은 사람들이 환자들 사이를 이리저리 움직이고 환자들의 붕대는 붉은 핏자국 없이 깨끗하다. 부드러운 대화 소리에 마른기침 소리, 심지어 코 고는 소리가 방을 채우고 있다. 부드러운 소음을 방해할 만한 고통에 찬 외침 소리나 뼈가 부러지는 소리는 전혀 없다. 이곳에는 아무도 죽어 가는 사람이 없다. *아니면 그들이 그저 이미 다 죽어 버린 탓인지도 모르겠다.*

쉐이드 오빠를 찾는 건 어렵지 않다. 이번에는 오빠도 자는 척을 하고 있지 않다. 다리는 여전히 매달려 있지만, 좀 더 전문가의 느낌이 나는 솜씨로 처리되어 있다. 어깨에 감고 있는 붕대는 새것이다. 오빠는 오른쪽으로 몸을 기울이고 딱딱한 얼굴로 자기 옆의 침대 쪽을 바라보고 있다. 오빠가 얘기 중인 대상이 누군지는 아직은 보이지 않는다. 다른 사람들의 시선에 그 안의 사람이 누구인지 보이지 않도록 침대마다 두 쪽에서 감싸며 커튼을 쳐 둔 상태다. 우리가 다가가자, 쉐이드 오빠의 입이 빠르게 움직이며 내가 판독하지 못할 말들을 속닥거린다.

오빠는 내가 보이는 곳까지 다가가자 빠르게 말을 멈추는데, 그 행동은 꼭 배신처럼 느껴진다.

"짐승들하고 만날 수 있었는데, 막 놓쳤다, 너."

내가 앉을 수 있도록 침대 위에 자리를 만들면서 오빠가 외친다. 간호사가 도와주려고 하지만 오빠는 멍든 손을 저어 간호사를 물리친다.

짐승들. 위의 두 오빠들을 부를 때 쉐이드 오빠가 쓰는 오래된 별명이다. 쉐이드 오빠는 어릴 적엔 체구가 작았기에 종종 브리 오빠의 샌드백이 되곤 했다. 트래미 오빠는 좀 더 친절한 쪽이었지만, 항상 브리 오빠의 느릿느릿한 발걸음을 따라하곤 했다. 궁극적으로 쉐이드 오빠는 두 사람 모두를 피할 수 있을 정도로 재빠르고 영리하게 자랐고, 나도 똑같이 할 수 있게 가르쳤다. 아마도 쉐이드 오빠는 나하고…… 그리고 커튼 뒤에 있는 사람이 누구든 그 사람하고만 사적인 대화를 나누기 위해서 두 오빠를 미리 보낸 것이 틀림없다.

"잘됐네, 오빠들은 이미 내 신경에 거슬리던 참이거든."

나는 부드러운 미소를 띠며 대답한다.

외부인들이 보기에는 우리는 그저 서로에게 투덜거리는 형제들로 보일 것이다. 하지만 쉐이드 오빠는 나를 더 잘 알기에, 내가 오빠의 침대 발치로 다가서자 오빠의 눈이 어두워진다. 오빠는 내 억지스런 절뚝거림을 알아차리고 미세하게 고갯짓을 한다. 나도 오빠의 행동을 따라한다. *오빠의 메시지 잘 알아들었어, 크고 분명하게 말이야.*

칼에 대해 묻기 위해 사소한 힌트라도 던져 보기 전에, 또 다른 목소리가 끼어든다. 그녀의 목소리에 나는 이를 악물고, 부디 스스로 침착할 수 있기만을 빈다.

"턱 섬이 마음에 들어, 번개 소녀?"

팔리가 쉐이드 오빠 옆의 한적한 침대 위에 앉은 채로 묻는다. 그녀는 다리를 침대 옆으로 내리고 흔들며 양쪽 손으로 침대 시트를 꼭 쥔 채로 나를 똑바로 마주본다. 흉터로 망가진 예쁘장한 얼굴 위로 고통이 한 줄기 스쳐 지나간다.

그 질문은 빠져나가기 쉬운 편이다.

"아직 생각하는 중이야."

"대령은 어때? 그 사람이 네 마음에 들어?"

그녀는 목소리를 죽이며 계속 묻는다. 그녀의 눈은 신중하고 무슨 생각을 하는지 알 수가 없다. 무슨 대답을 얻고 싶은 건지 아무 단서가 보이지 않는다. 그래서 나는 어깨를 으쓱하며 오빠의 담요를 다시 정리해 주느라 바쁜 척 한다.

미소 비슷한 모양으로 팔리의 입술이 뒤틀린다.

"첫인상이 상당한 사람이지. 자기가 모든 사람 숨통을 쥐고 있다는 것을 증명할 필요가 있거든, 특히나 너희 둘 같은 사람들이 옆에 있을 때면 말이야."

나는 즉시 쉐이드 오빠의 침대를 돌아서 팔리와 오빠 사이에 자리를 잡는다. 바보 같게도, 나는 절뚝거리는 걸 깜빡하고 만다.

"그래서 그 사람이 칼을 데려간 거야?"

그 말은 날카롭고 빠르게 튀어나온다.

"칼 같은 전사를 데리고 있을 수 없어서, 그를 나쁘게 보이게 만들고 그러는 거냐고?"

그녀는 마치 부끄럽기라도 하다는 듯 눈을 아래로 내리깐다.

"아니야, 그래서 그가 왕자를 데려간 건 아니야."

그녀가 웅얼거리는 목소리는 마치 사과처럼 들리지만, 도대체 무엇을 사과하는 것인지 나는 아직은 알 수가 없다.

공포가 가슴 속에서 피어오른다.

"그럼 뭐 때문인데? 그가 무슨 일을 했다고?"

그녀는 내게 대꾸할 기회를 얻지 못한다.

이상한 침묵이 병원 위로 번진다. 간호사들에게, 내 심장에, 그리고 팔리의 말에도 침묵이 내려앉는다. 팔리가 앉은 침대의 커튼이 우리 위치에서 문이 보이지 않도록 가리고 있지만 빠르게 걷는 군화의 쿵쿵 소리가 들린다. 몇몇 군인들이 자신들의 침대에서 경례를 하지만 아무도 군화가 들어오는 동안 말을 하지 않는다. 커튼과 바닥 사이의 틈으로 군화가 보인다. 검은 가죽에 젖은 모래가 말라붙어 있는 신발이 매초 가까워진다. 팔리조차 그 장면이 눈에 들어오자 몸을 떨며 손톱을 침대에 박는다. 쉐이드 오빠가 최선을 다해 일어나 앉으려고 하는 동안 킬런이 가까이 다가와 자신의 체구로 나를 반쯤이라도 가린다.

이곳이 적혈 부상자들과 이른바 내 동맹들이 가득한 병실임에도, 내 안의 일부분이 번개를 원한다. 전기가 내가 원할 순간에 닿을 수 있을 정도로 가까운 곳에서 내 피를 타고 깜빡댄다.

커튼을 돌아서 나타난 대령의 붉은색 눈동자는 변함없이 상대를 노려보고 있다. 놀랍게도 그의 시선은 당장은 내가 아니라 팔리에게 꽂힌다. 그가 동반한 이들은 제복으로 보아 레이크랜즈 군인들인데 브리 오빠의 창백하고 엄격한 버전처럼 보인다. 대충 모양은 낸 것 같은 형태의 근육에 나무처럼 키가 크고 충실하게 명령에 복종하는 이들. 그들은 훈련받은 동작으로 대령의 옆에 서서, 쉐이드 오빠와 팔리의 침대 끝 쪽에 자리를 잡는다. 대령 본인이 두 침대 사이에 서서 킬런과 나는 꼼짝 못하는 상황이 된다. 자신이 숨통을 쥐고 있다는 것을 증명하려고.

"숨은 건가, 대위?"

대령은 손가락으로 팔리 침대 주변의 커튼을 가리키며 말한다. 팔리는 그 호칭과 암시에 발끈한다. 그가 큰 소리로 쯧 하고 혀를 차자, 팔리는 눈에 보이게 움찔한다.

"자네는 관람객들이 자네를 보호해 주지 못한다는 것을 알 정도로 충분히 영리하지."

"제게 지시하신 모든 사항들을, 어려운 것과 불가능한 것들도 모두 하려고 노력했습니다."

그녀는 반격한다. 그녀의 손은 담요 안에서 떨리고 있지만, 공포가 아닌 분노 때문이다.

"노르타라는 나라 전체를 전복하라고 제게 남겨 주신 군인들은 100명이었습니다. 무얼 기대하셨습니까, 대령님?"

"자네가 26명보다는 많은 사람들을 데리고 돌아오기를 기대했다네."

그의 응수는 무겁게 내려앉는다.

"자네가 17살 먹은 *어린 왕자놈*보다는 더 영리하기를 기대했지.

자네가 자네 군인들을 잘 보호하기를 기대했지, 은혈 늑대들 소굴에 던지는 게 아니라 말일세. 자네에게서 좀 더 많고 더 대단한 것을 보기를 기대했다네, 다이애나, 자네가 보여 준 것보다도 더 많고 더 대단한 것을 말이지."

다이애나. 그 이름으로 그는 치명적인 타격을 먹인다. *그녀의 진짜 이름이다.*

분노로 인한 그녀의 떨림은 수치로 바뀌고, 팔리는 텅 빈 껍데기가 되어 버린다. 그녀는 아래 바닥 쪽으로 시선을 고정한 채 발만 바라본다. 나는 그녀의 표정을 너무나 잘 알고 있다. 산산조각 난 영혼이 보일 법한 표정이다. 말을 하거나 움직인다면, 무너져 내리고 말 것이다. 이미 그녀는 대령의 손에 허물어지고 무너져 내렸다. 대령의 말과, 그녀의 진짜 이름에 의해서.

"제가 그녀를 납득시켰어요, 대령님."

나는 조금이나마 내 목소리가 떨리기를, 그래서 이 남자가 내가 자신을 두려워한다고 생각하기만을 빈다. 하지만 나는 충혈된 눈에 기분이 나쁜 군인보다 더 최악의 경우를 이미 잔뜩 만나 보았다. 더, 훨씬 더 최악인 사람들을.

부드럽게, 나는 킬런을 옆으로 밀고 앞으로 나선다.

"제가 메이븐과 그의 계획을 보증했어요. 제가 아니었다면, 여러분쪽 사람들은 살았을 거예요. 그들의 피가 흐른 것은 제 탓이에요, 그녀의 탓이 아니라."

놀랍게도 내가 감정을 분출하는데도 대령은 그저 미소만 짓는다.

"모든 것이 자네를 중심으로 돌지는 않는다, 배로우 양. 세상은 자네의 명령에 따라 떠오르거나 지는 게 아니야."

제가 한 말은 그런 의미가 아닌데요. 그 말은 심지어 내 머릿속에서조차 어리석게 들린다.

"이 실수들은 다른 누구의 것도 아닌 팔리의 것이다."

대령은 다시 팔리를 돌아보면서 계속 말한다.

"나는 자네의 지휘권을 박탈하겠다, 다이애나. 이의가 있는가?"

잠깐 동안의 폭발할 것 같은 시간 사이, 그녀는 정말로 이의를 제기할 것처럼 보인다. 하지만 그녀는 머리와 시선을 떨구고 안으로 물러선다.

"없습니다, 대령님."

"몇 주 사이 한 것 중에 가장 잘한 선택이다."

그가 톡 쏘아 붙이고는 돌아선다.

하지만 그녀는 아직 끝내지 않았다. 그녀는 한 번 더 올려다본다.

"제 임무는 어떻게 됩니까?"

"임무? 무슨 임무?"

대령은 화가 난 것보다는 흥미로워하는 얼굴로 보인다. 그의 멀쩡한 쪽 눈이 구멍 속에서 굴러간다.

"어떤 새로운 명령도 내린 바가 없는데."

시선을 내게 돌리는 팔리에게 이상한 연대감이 느껴진다. 패배했음에도 그녀는 계속 싸우고 있다.

"배로우 양은 흥미로운 제안을 해 왔고, 저는 그 제안을 밀고 나가보려던 참입니다. '사령부'에서도 동의할 거라고 생각합니다."

상대의 면전에 대고 선언하는 그녀로 인해 나까지 대담한 기분이

들어서, 나는 팔리를 향해 크게 미소를 보일 뻔 한다.

"팔리가 말한 것이 무슨 제안인가?"

대령이 나를 향해서 어깨를 똑바로 펴면서 말한다. 이렇게 가까운 거리에서, 나는 그의 눈알 속의 피가 바람 속의 구름처럼 느리게 움직이며 뚜렷한 소용돌이를 그리는 것을 볼 수 있다.

"저는 이름 목록을 받았어요. 제 오빠나 저 같은, 우리 자신만의 고유한…… 능력들을 쓸 수 있는 돌연변이로 태어난 적혈들의 이름을요."

나는 그를 확신시켜야만 한다, *그래야만 한다.*

"그들을 찾아서, 보호하고, *훈련시킬* 수 있어요. 우리와 같지만 은혈들만큼이나 강한 적혈들을 널리 알려서 그들과 싸우게 할 수 있어요. 어쩌면 전쟁에서 이길 수 있을 정도로 강할 수도 있어요."

메이븐에 대한 생각에 몸이 떨리자, 떨리는 숨결이 가슴 속에서도 잘그락거린다.

"왕이 그 목록에 대해 알고 있고 분명히 우리가 그들을 찾을 수 없도록 그들 모두를 죽이려고 할 거예요. 그는 그토록 강력한 무기가 생기도록 내버려 둘 수 없을 테니까요."

대령은 잠시 동안 침묵한다. 그는 생각하는 동안에도 턱을 계속 움직인다. 그는 심지어 꼼지락대면서 자신의 옷 칼라 속에 숨겨져 있던 훌륭한 체인 목걸이를 가지고 놀기까지 한다. 그의 손가락 사이로 금이 연결된 것이 흘깃 보이는데, 그건 어떤 군인도 가지고 있지 않을 법하게 훌륭한 물건이다. 그가 그것을 누구에게서 훔쳤을지 궁금하다.

"누가 이 이름들을 자네에게 줬지?"

마침내 그렇게 묻는 그의 목소리는 억양이 없어서 뜻을 읽기가 어렵다. 놀랍게도 그는 야수답지 않게 자신의 생각을 감추는 데 아주 능숙하다.

"줄리언 제이코스가요."

그 이름에 내 눈에는 눈물이 고이지만, 나는 결코 눈물을 떨어뜨리지 않을 것이다.

"은혈이로군."

대령이 코웃음 친다.

나는 그의 어조에 발끈해서 반박한다.

"줄리언은 우리 뜻을 지지해요. 그는 팔리 대위, 킬런 워렌과 앤 월시를 *구출한* 대가로 체포되었어요. 그는 진홍의 군대를 *도왔어요*, 그는 *우리*와 같은 편이라고요. 그리고 그는 아마도 그 때문에 죽게 되겠죠."

대령은 발 뒤쪽으로 체중을 실으며 여전히 노려본다.

"아, 자네의 줄리언은 살아 있다네."

나는 깜짝 놀라 숨을 헉 들이쉰다.

"살아 있다고요? 여전히? 하지만 메이븐은 그를 죽이겠다고 했는데……."

내 놀란 얼굴을 몹시 즐기며 그가 말한다.

"이상하지, 그렇지 않나? 메이븐 왕이 그런 반역자가 여전히 숨을 쉬게 살려 놓다니? 내가 보기에는, 자네의 줄리언은 결코 자네랑 한 편이 아니었던 거야. 그는 우리 손에 들어가도록 일부러 그 목록을 자네에게 넘겨줬어, 또 다른 덫으로 끝을 맺는 오리 몰이처럼 진홍의 군대를 그리로 보낼 수 있도록."

누구든 누구라도 배신할 수 있는 겁니다. 하지만 나는 그 말이 줄리언에 대한 것이라면 믿지 않을 것이다. 나는 그의 진정한 충성심이 어디를 향한 것인지 알 만큼 그를 충분히 이해한다. 그것은 나에게, 사라에게, 그리고 자신의 누이를 죽인 왕비와 대적하는 사람이라면 누구에게라도 향하고 있다.

"그리고 만약에, *만약에* 그 목록이 진짜라고 하더라도, 그리고 그 이름들이 또 다른 자네 같은 (그는 전혀 어떤 배려도 없이 단어를 고른다.) *것*들을 찾을 수 있게 해 준다 치더라도, 그래서 그 다음은? 이 나라에서 가장 지독한 요원들이, 우리보다 더 빠르고 더 뛰어난 사냥꾼들이 그들을 찾는 것을 피할 수 있나? 우리가 구할 수 있는 이들을 데리고 대량 탈출이라도 시도해야 하는가? '괴물들을 위한 배로우 학교'를 찾아서 그들이 싸울 수 있을 때까지 수 년간을 기다려야 하는 건가? 그 모든 고통, 소년 병사들과 징병과 같은 나머지 모든 다른 것들을 그들을 위해서 무시하는 건가?"

그는 목의 두꺼운 근육에 힘을 주어 머리를 흔든다.

"자네 제안을 통해 우리가 땅 한 조각도 얻어내기도 전에 우리 전쟁은 끝나고 우리 몸은 싸늘해질 걸세."

그는 열띤 얼굴로 팔리에게 시선을 준다.

"사령부의 나머지 이들도 이 문제에 대해 똑같이 말할 걸세, 다이애나, 그러니 자네가 다시 한 번 바보짓을 벌이고 싶은 게 아니라면, 이제 그만 이 문제에 대해서는 침묵을 지키는 게 좋겠군."

말 한마디 한마디가 망치로 때리는 것처럼 내 코를 납작하게 만드는 기분이다. 그의 말에도 어느 정도는 일리가 있다. 메이븐은 목록에 있는 이들을 추적해서 죽이기 위해서 자신이 가진 최고의 사냥꾼들을 보낼 것이다. 그는 이 사실을 비밀로 지키려고 할 테니 그 점이 분명 일의 진행을 느리게 할 테지만 그렇게 많은 영향을 미치지는 못하리라. 분명히 우리에게는 몹시 힘겨운 싸움이 될 터이다. 하지만 나와 같은, 쉐이드 오빠와 같은 또 다른 군인들을 얻을 수 있는 기회가 있다고 한다면, 그것에 비용을 지불할 만한 가치가 있지 않을까?

나는 바로 그 말을 꺼내 보려고 입을 열지만 그는 손을 들어 내 말을 막는다.

"그 문제에 대해서는 더 이상 듣지 않겠다, 배로우 양. 그리고 자네가 자신을 멈추려 들었다는 이유로 나를 비방하기 전에 말이지만, 자네 스스로 한 맹세를 기억하게나. 자네는 자신의 이기적인 동기가 아니라 진홍의 군대에 맹세를 했다는 사실을 말일세."

그는 부상당한 군인들이 가득한 방을 가리켜 보인다. 그들 모두가 나로 인해 싸우다가 다친 사람들이다.

"그리고 만약 저들의 얼굴만으로는 자제하기가 힘들거든, 자네의 친구와 그 친구의 이곳에서의 지위를 기억하는 게 좋을걸세."

칼.

"감히 그 사람을 해칠 수는 없을 텐데요."

그의 피에 물든 눈이 어두워지더니 분노의 색과 같은 어두운 핏빛이 휘몰아친다.

"우리 사람들을 보호하기 위해서라면 당연히 할 수 있다네."

그의 눈꼬리가 움직이더니 무심코 비웃음을 흘린다.

"꼭 자네가 한 것과 마찬가지로 말일세. 실수하지 말게, 배로우 양. 자네는 자신만을 위해서, 특히 그중에서도 왕자를 위해서 움직이다가, 사람들을 다치게 했질 않은가."

잠시 동안 내 눈이 피로 뒤덮이는 듯한 착각이 든다. 보이는 것은 그저 붉은 빛, 생생한 분노뿐이다. 스파크가 손가락 끝으로 내달리며 피부 아래에서 그러는 것처럼 춤을 추지만, 나는 주먹을 꼭 쥐고 스파크를 갈무리한다. 다시 시야가 분명해지자, 머리 위에서 깜빡거리는 전구만이 내 맹렬한 분노의 증거로 남는다. 대령은 이미 사라지고 없고, 홀로 부글부글 끓고 있는 우리들만이 남아 있다.

"침착해, 번개 소녀. 다 나쁘기만 한 건 아니야."

팔리가 내가 지금까지 들어 본 중에 가장 부드러운 목소리로 속닥거린다.

"그래?"

나는 악문 이 사이로 뱉어낸다. 지금 내가 제일 하고 싶은 것은 말 그대로 나 자신을 폭발시키는 일이다. 그래서 진정한 내 자신을 드러내고 이 약한 놈들에게 자신들이 정확히 누구를 상대하고 있는지를 보여줄 수 있도록. 하지만 그래 봤자 내게 돌아올 것은 잘 쳐봐야 감옥이고 잘못 되면 총알세례가 되리라. 그리고 나는 대령이 옳았다는 지식만을 얻은 채로 죽게 되겠지. 나는 이미 다른 사람들에게 너무 많은 상처를 주었고, 그것은 항상 내게 가장 가까운 이들이었다. *그건 내 생각이 옳았기 때문이잖아.* 나는 스스로에게 말한다. *더 나*

았기 때문에.

동정을 보이는 대신에 팔리는 척추를 쭉 펴고 편안히 앉아 내가 부글대는 모습을 바라본다. 방금까지 그녀였던 부끄러워하던 아이는 충격적일 정도로 금방 사라진다. *또 다른 가면이로군.* 그녀는 은연중에 손을 목으로 가져가서, 대령의 것과 아주 비슷한 금색 목걸이를 꺼낸다. 그 유사점에 대해서 궁금해 할 틈도 없이, 시선은 목걸이에 매달려 달랑거리고 있는 물건에 향한다. 뾰족한 금속 열쇠. 그 열쇠가 딱 맞는 자물쇠가 어떤 것일지 물어 볼 필요도 없이 알 것 같다. *1번 병영.*

유쾌하게 내게 그 열쇠를 건네주는 그녀의 얼굴에는 느긋한 미소가 걸려 있다.

"내가 명령을 내리는 것만큼은 진짜 재능이 있는데 말이지, 명령을 따르는 건 또 끔찍하게 못하거든."

제7장

킬런이 병동을 나와 콘크리트 마당으로 향하는 길 내내 투덜거린다. 그는 심지어 *내* 속도를 자기에게 맞춰 늦추려고 천천히 걷기까지 한다. 나는 칼을 위해서, 대의를 위해서 그를 무시하려고 애를 쓰지만 세 번째로 *멍청한*이라는 말이 들리자, 잠깐 멈추지 않을 도리가 없다.

킬런이 내 등에 쿵 하고 부딪힌다.

"미안."

킬런은 전혀 사과 같지 않은 어조로 말한다.

"아니, 내가 유감이야."

나는 그를 마주보려고 몸을 돌리며 그 말을 뱉는다. 대령을 상대로 느꼈던 분노가 조금 흘러 나와서 내 뺨은 열기로 달아오른다.

"네가 *2분 동안* 얼간이처럼 구는 걸 멈추지 않았다는 점도 그렇고, 여기서 정확히 무슨 일이 일어나는지도 보지 못하고 있다는 점도 그렇고, 나로서는 진심으로 모든 것이 다 유감이거든."

나는 킬런이 날 향해 꽥꽥댈 거라고, 평소에 하듯 공격을 받아치며 내게 응수할 거라고 생각한다. 대신에 그는 숨을 훅 들이마시고는 뒤로 물러서더니 맹렬하게 자신을 가라앉히려고 애를 쓴다.

"넌 내가 그렇게 멍청해 보여?"

마침내 킬런이 말한다.

"메어, 그럼 내게 가르쳐 줘 봐. 내게 빛을 보여 줘. 내가 모르는 뭘 네가 알고 있는데?"

말들을 입 밖으로 내뱉고 싶다. 하지만 마당은 너무나 공개적이며, 대령의 군인들 외에도 이리저리 바쁘게 움직이는 방위군들과 거주민들로 가득하다. 은혈 위스퍼(타인의 머릿속으로 침투할 수 있는 능력자—옮긴이)가 내 마음을 읽는 것도 아니고, 카메라들이 내 움직임을 항상 감시하고 있는 것도 아님에도 불구하고 나는 이제 물렁하지 않다. 킬런이 우리에게서 몇 미터 떨어진 곳에서 조깅을 하고 있는 방위군들 한 부대를 바라보는 내 시선을 따라 눈을 돌린다.

"저 사람들이 너를 염탐하고 있다고 생각하는 거야?"

그는 거의 비웃다시피하며 자신의 목소리를 냉소적인 속삭임으로 낮춘다.

"야야, 메어, 여기서는 우리 모두가 한편이라고."

"그러니?"

나는 그가 내 말을 충분히 이해할 때까지 기다려 준다.

"너도 대령이 날 어떻게 부르는지 들었잖아. *그것. 괴물.*"

킬런의 얼굴이 벌게진다.

"그런 의미로 하신 말씀은 아닐 거야."

"아, 네가 그 남자를 그렇게 잘 안다 이거야?"

고맙게도 그는 거기에는 반박할 말이 없다.

"대령은 내가 자신의 적인 것처럼, 내가 곧 폭발할 *폭탄* 비슷한 종류라도 되는 것처럼 나를 바라본다고."

"대령님은……."

킬런은 자신이 뱉으면서도 자기가 무슨 말을 하고 있는지 확신하지 못한 채로 더듬거린다.

"대령님 말씀이 전적으로 틀린 것만은 아니잖아, 안 그래?"

나는 콘크리트 바닥에 내 신발 뒤꿈치가 검은 자국을 그릴 정도로 심하게 빠른 속도로 돌아선다. 원컨대 멍청하게 더듬거리고 있는 킬런의 얼굴에 같은 멍을 남길 수 있다면.

"야, 메어."

재빠른 몇 걸음만으로 우리 사이의 거리를 좁히며 킬런이 뒤에서 외친다. 하지만 나는 계속 걸어가고, 킬런은 계속 따라온다.

"메어, 서 봐. 방금 그 말은 잘못 튀어나온……."

"넌 *정말* 멍청해, 킬런 워렌."

나는 어깨 너머로 그에게 외친다. 3번 병영이라는 안전지대가 앞으로 모습을 드러내며 손짓한다.

"멍청하고 눈뜬장님에 잔인해."

"뭐, 너도 만만치 않거든!"

버럭 고함을 지르는 그는 마침내 내가 잘 알고 있는 그 따지기 좋아하는 멍청이로 돌아온다. 대꾸하지 않고 병영의 문을 향해서 거의 뛰다시피 하는데, 그가 내 팔을 붙들고 갑자기 멈춰 세운다.

그의 손아귀에서 벗어나려고 팔을 뒤틀지만, 킬런은 내 수를 전부 알고 있다. 그는 나를 당겨서 문 쪽에서 끌어내고는 3번 병영과 4번 병영 사이의 그늘진 골목으로 밀어 넣는다.

"놔 줘."

나는 분개한 채로 요구한다. 어딘지 차갑고 귀족 같은 내 목소리 톤에서 메리어나가 다시 조금 생명을 얻은 듯하다.

킬런이 내 얼굴을 손가락으로 가리키며 으르렁거린다.

"여전히 있네. 거기. *그녀가.*"

있는 힘껏 힘을 실어서 나는 킬런을 뒤로 떠밀고, 그는 나를 잡은 손을 푼다.

킬런은 짜증스럽게 한숨을 쉬면서 자신의 황갈색 머리카락을 한 손으로 훑는다. 머리카락은 위쪽으로 불쑥 솟아난다.

"넌 거기서 오랜 시간을 보냈지, 나도 그 점을 알아. 우리 모두 그 사실을 안다고. 우리 일도 돕고, 너 자신이 어떤 존재인지도 알아내는 그 모든 일을 하는 동시에 *그 사람*들 틈바구니에서 살아남기 위해 네가 어떤 일을 해야만 했던 것인지, 어떻게 반대편에서 빠져 나오게 되었는지 나는 모르지. 하지만 그 경험 때문에 너는 변했어."

꽤 통찰력 있네, 킬런도.

"메이븐이 우리를 배신했다고 해서 네가 함께하는 사람들을 더 이상 믿어서는 안 된다는 건 아니잖아."

그는 시선을 떨어뜨리고 손을 만지작거린다.

"특별히 나는 더 그렇고. 난 네가 그저 뒤로 숨겨 두고 보호해 줘야 하는 그런 존재가 아니야, 난 네 친구고 네가 무엇을 원하든 어떻게든 너를 도울 거야. 제발, 날 믿어."

나도 그러고 싶어.

"킬런, 철 좀 들어."라는 말이 대신 튀어 나간다. 그 날카로운 말에 그는 움찔한다.

"저 사람들이 무얼 계획 중인지 넌 내게 말해 줬어야만 했어. 하지만 너는 나를 공범으로 만들고 저 사람들이 그에게 *총구*를 들이대고 억지로 끌고 가는 동안 내가 그 모습을 *지켜보게* 만들었잖아. 그래놓고 이제 와서 널 믿어 달라는 거니? *날* 가둘 구실이 생기기만을 기다리고 있는 이 사람들에게 네가 그토록 깊이 빠져 있으면서? 너야말로 *내가* 얼마나 멍청하다고 생각하는 거야?"

킬런이 그토록 힘겹게 유지하려고 애를 쓰던 여유로운 가면 안쪽에서 숨어 있던 상처받기 쉬운 면이 그의 눈동자를 뒤흔든다. 이 사람이 우리 집 아래에서 울음을 터뜨렸던 바로 그 소년이다. 한때 그 애였던, 싸우다 죽어 가라는 부름에 저항하던 소년. 나는 그때 이후로 그를 구하려고 애를 썼고, 그리고 결과적으로 그를 위험에 더 가까이 빠뜨리고 진홍의 군대로, 죽음으로 몰아넣었다.

"알겠어."

그가 마침내 말한다. 그는 골목이 우리 사이에 아가리를 벌릴 때까지 재빨리 몇 걸음 물러난다.

"말이 되네."

킬런이 덧붙이며 어깨를 으쓱인다.

"네가 어떻게 날 믿을 수 있겠어? 난 그저 물고기나 낚던 남자애인데. 난 너에 비하면 아무것도 아니잖아, 안 그래? 쉐이드 형에 비하면 말이야. 그리고 그놈……."

"킬런 워렌."

아이에게나 할 것 같은 태도로, 예전에 그의 어머니가 그 애를 버리기 전에 하셨던 태도로, 나는 그 애를 꾸짖는다. 킬런이 무릎을 깨트리거나 주제 넘는 말을 하거나 하면 그 애의 어머니는 소리를 꽥 지르셨을 것이다. 킬런의 어머니에 대해서 그다지 많은 기억이 남아 있진 않지만, 그녀의 목소리와 자신의 외아들을 위해 아껴놓기라도 한듯 상대의 기를 죽이는 실망어린 시선은 기억난다.

"너도 그게 사실이 아니란 건 알잖아."

그 말들은 힘겹게 흘러나온다. 낮고, 본능적인 울림이다. 그는 어깨를 쭉 펴고는 주먹을 몸 양옆에 공처럼 쥔다.

"증명해 봐."

그에 대해서라면, 대꾸할 말이 없다. 그가 내게서 뭘 원하는 것인지 전혀 알 수가 없다.

"미안해."

목이 메어 간신히 그렇게만 말한다. 이번에는 진심이다.

"미안해, 내가……."

"메어."

따듯한 손이 내 팔을 잡자 떨림이 멎는다. 그가 체취를 맡을 수 있을 정도로 가까운 거리에서 나를 내려다본다. 고맙게도 피 냄새는 가시고, 바다 냄새가 난다. *킬런은 쭉 수영을 하고 있구나.*

"그 사람들이 네게 저지른 짓 때문에 네가 사과를 하진 않아도 돼. 그러지 않아도 괜찮아."

"난…… 난 네가 멍청하다고 생각하지 않아."

"그거 참 네가 지금까지 나한테 한 말 중에 가장 친절한 말인데."

킬런은 한참 후에 빙그레 웃는다. 그는 미소를 지은 채로 대화를 마무리한다.

"네게 계획이 있다는 말로 받아들여도 돼?"

"그래. 도와줄 거니?"

어깨를 으쓱하면서, 킬런은 팔을 넓게 벌려서 기지의 나머지 부분을 가리켜 보인다.

"고기나 잡던 애가 할 일이 많지야 않겠지만."

나는 킬런을 다시 밀어 버리고, 그는 이번엔 진짜 미소를 짓는다. 하지만 미소는 곧 사라진다.

* * *

열쇠와 함께 팔리는 1번 병영과 관련된 여러 가지 상세한 정보들을 주었다. 본토에서 그랬던 것처럼 진홍의 군대는 여전히 굴을 뚫는 취미가 있는 모양이고, 칼의 감옥도 당연히 땅 아래에 위치해 있다고 한다.

엄밀히 말하면, 바다 아래에. *칼과 같은 버너*(불을 다스리는 능력자—옮긴이)*에게는 완벽한 감옥이다.* 부두 아래에 지어져서 바다 밑에 숨겨진 그곳을 푸른 파도와 함께 대령의 푸른 제복들이 지키고 있다. 그곳은 섬의 감옥일 뿐만 아니라 무기고이자 레이크랜즈 군인들의 숙소이자 대령만의 본부이기도 하다. 중앙 출입구는 해변의 격납고에서부터 이어지는 터널이라고 하는데, 팔리는 내게 또 다른 길이 있다고 장담했다. *좀 젖겠지만 말이야.* 그녀는 비꼬는 미소를 지으며 경고했다. 아무리 그토록 해변 가까운 곳에서라고는 하지만 바다 속으로 뛰어들어야 한다는 면이 불안하기 짝이 없는데, 반면 킬런은 짜증날 정도로 침착하다. 사실, 킬런은 강 위에서 보낸 긴 세월이 유용할 수 있다는 생각에 아마도 흥분한 듯하고 심지어는 행복하기까지 한 모양이다.

바다라는 천혜의 보호막이 진홍의 군대의 경계심을 약하게 만들고, 심지어 레이크랜즈 군인들조차 더디지만 시간이 흘러가는 동안 점차 태도가 풀어진다. 군인들은 순찰보다는 짐을 싣고 나르는 것과 격납고를 채우는 것에 더 관심을 기울인다. 계속 자리를 지키고 있는 몇 명들은 어깨를 마주하고 총을 든 채로 콘크리트 마당을 이리저리 배회하며 천천히 편안하게 걸어 다니다가 서로 대화를 나누느라 멈춰 서고는 한다.

나는 엄마나 지사가 작업을 하는 동안 떠는 수다에 귀를 기울이는 척하며 그들을 한참 동안 바라보고는 한다. 두 사람 다 담요나 천들을 서로 다른 더미로 분류하고 여러 다른 거주민들과 함께 아무 표기가 되어 있지 않은 상자들을 배에서 내린다. 나 또한 일을 도와야겠지만, 내 관심은 완전히 다른 데에 쏠려 있다. 브리 오빠와 트래미 오빠는 보통 어디론가 가고 없고, 병동에서 돌아온 쉐이드 오빠는 아빠 옆에 함께 앉아 있다. 아빠는 짐을 내리는 일은 하실 수 없지만, 여전히 언제나 그렇듯 잔소리를 투덜투덜 뱉으신다. 일생 동안 웃이라고는 개 본 적이 없는 분이 말이다.

아빠의 눈이 한두 번 내 눈과 마주친다. 아빠는 내 경련하는 손가락과 힐긋 힐긋 던지는 시선을 알아차리신다. 아빠는 언제나 내가 뭘 저지르려고 하는지 잘 알고 계신 얼굴이고, 지금이라고 해서 다르지 않다. 아빠는 심지어 휠체어를 뒤로 밀어서 내가 마당 쪽을 더 잘 볼 수 있게 해 주신다. 나는 조용하게 감사를 표하며 아빠에게 고개를 끄덕인다.

경비들을 보니 '조치'가 발의되기 전, '퀸스트라이얼'이 일어나기 전으로 돌아가서 스틸츠 마을의 은혈들을 보는 듯하다. 그들은 나태했고, 반란 같은 것은 너무나 먼 일이던 내 조용한 마을에 익숙한 이들이었다. 그들은 얼마나 잘못 알고 있었던가. 그 사람들은 내가 저지르는 도둑질도, 암시장도, 윌 휘슬 할아버지와 느릿느릿 살금살금 기어 다니던 진홍의 군대도 장님처럼 깨닫지 못했다. 그리고 이 방위군들 역시 장님이나 마찬가지고, 이번에는 그편이 내게 유리하다.

그들은 자신들을 지켜보는 나도, 생선 스튜 쟁반을 들고 다가오는 킬런도 알아차리지 못한다. 우리 가족은 감사한 마음으로 식사를 하고, 그중에서도 지사는 특히 더하다. 지사는 킬런이 보지 않을 때에 자기 머리카락을 돌돌 말아서 한쪽 어깨 위로 붉은 루비 폭포처럼 흘러내리게 만든다.

"갓 잡은 거야?"

지사가 스튜 그릇을 가리키며 묻는다.

킬런은 코에 주름을 잡더니 찐득찐득한 회색 생선살을 향해 찡그리는 척한다.

"내가 잡은 건 아니야, 지. 돌아가신 컬리 스승님이셨다면 이런 건 절대 팔지 않으셨을 텐데. 쥐한테나 판다면 몰라도."

우리는 다함께 웃음을 터뜨리고, 나는 습관적으로 반 초 후에 웃는다. 처음으로 지사보다 내가 더 숙녀처럼 군다. 그 애는 드러내 놓고 행복하게 키득거린다. 예전에는 지사의 잘 연습한 완벽한 행동들을 부러워하곤 했다. 하지만 이제는 내가 그토록 훈련을 받지 않았으면 좋았을 것 같다. 강요된 예의바른 태도를 버리고 지사가 그러하듯 편안하게 굴 수 있다면 얼마나 좋을까.

우리가 억지로 점심을 먹어치우는 사이, 아빠는 내가 보지 않는다고 생각하시는 틈에 자신의 그릇을 쏟아 버리신다. 아빠가 점점 마르시는 게 전혀 놀랍지 않다. 내가 (더 나쁘게는 엄마가) 아빠를 나무라기 전에 아빠는 손을 담요로 뻗어서 천을 만져 보신다.

"이것들은 피에드몬트산(産)이야. 갓 딴 목화로 만들었어. 비싼 건데."

내가 아빠의 옆에 서 있다는 걸 깨달으시자 아빠가 웅얼웅얼 말씀하신다. 은혈들의 궁정에서조차 피에드몬트산 면직물은 매우 훌륭한 물건으로 쳤고, 비단의 대체품으로 많이 쓰였다. 높은 직위의 보안 요원들이나 감시병들, 그리고 군대 제복에 지급되었다. 루카스가 자신이 죽는 순간까지 그 옷을 입고 있었다. 지금에서야 그가 제복을 벗은 모습을 본 적이 없다는 사실을 깨닫는다. 심지어 제복을 입지 않은 모습을 그려 볼 수도 없다. 그리고 그의 얼굴이 이미 희미해지고 있다. 며칠 지났을 뿐인데 나는 그를, 내가 죽음으로 몰아간

한 남자를 잊어버리고 있다.

"장물?"

나는 오직 주의를 돌릴 목적으로만 손을 담요 위로 뻗으며 큰 소리로 묻는다.

아빠는 상자의 양옆을 따라 손을 움직이며 조사를 계속 하신다. 널찍한 나무 널빤지로 된 견고한 상자는 흰색 페인트를 갓 칠한 상태이다. 구별 가능한 유일한 표시는 구석에 찍혀 있는 어두운 녹색 삼각형 모양의 도장으로 크기는 내 손보다도 작다. 그게 무얼 의미하는지는 모르겠지만.

"받은 걸 수도 있고."

아빠가 말씀하신다.

우리가 같은 걸 생각하고 있다는 사실을 알려 주시려고 굳이 설명을 덧붙일 필요는 없다. 바로 이 섬 위에, 우리와 함께 레이크랜즈 군인들이 있다는 사실을 생각해 보면, 진홍의 군대는 다른 곳에서도 쉽게 친구들을 만들 수 있었을 테니까. 여러 다른 나라와 왕국들에 말이다. *우리는 우리가 원하기 때문에 약해 보이는 거야.*

아빠가 갖고 계신 줄도 몰랐던 능력인데 아빠는 슬며시 움직여서 내 손을 재빨리 조용하게 잡으신다.

"조심해라, 아가."

하지만 아빠가 두려움을 느끼시는 반면 나는 희망을 느낀다. 진홍의 군대는 내가 알았던 것보다, 어떤 은혈들이 상상할 수 있는 것보다 더 깊은 뿌리를 가지고 있다. 그리고 대령은 그저 팔리처럼 다른 백 명의 우두머리들 중에 한 명일 뿐이다. 분명히 반대편이기는 하지만, 내가 극복해낼 수 있는 사람이다. 결국 그는 왕이 아니지 않은가. 그 문제에 있어서라면 더 많은 왕을 적으로 돌리는 건 불공평한 일이 될 테지만.

아빠처럼 나도 콘크리트 사이의 틈에 내 스튜를 붓는다.

"난 다 먹었어."

내가 말하자 킬런이 벌떡 일어난다. 그는 자신의 큐 사인을 정확히 알고 있다.

우리는 쉐이드 오빠를 보러 갈 예정이다, 아니면 적어도 그럴 거라고 큰 소리로 떠들기는 한다. 가까운 다른 사람들을 위해서. 가족들은 진실을 더 잘 알고 있고, 심지어 엄마조차 알고 계신다. 엄마는 걸어가는 나를 향해 키스를 날리시고, 나는 그것을 가슴 가까이 간직한다.

옷깃을 세우자 나는 다른 거주자들과 꼭 같아지고, 킬런 역시 눈에 띄지 않는다. 군인들은 우리에게 신경도 쓰지 않는다. 부두와 해변에서 멀찍이 떨어진 두꺼운 하얀 선을 따라서 콘크리트 마당을 길게 걸어가는 것은 쉬운 일이다.

정오의 빛 속에서 꼭 갈 곳 없는 넓은 길처럼 보이는 콘크리트 도로가 부드럽게 경사진 언덕을 향해서 쭉 뻗어 있는 것을 알 수 있다. 페인트로 칠해 놓은 선은 계속 앞으로 이어지지만 더 가느다랗고 좀 더 바랜 선이 하나 오른쪽 각도로 나뉜다. 그 선은 병영들의 끝에 위치한 채 섬의 다른 모든 것들을 굽어보고 있는 또 다른 구조물로 향하는 중앙선과 연결된다. 건물은 해변에 있는 격납고의 좀 더 큰 형태처럼 보인다. 건물 꼭대기에 자동차 여섯 대쯤은 들어갈 수 있을 정도로 충분히 높고 넓다. 진홍의 군대가 충실히 제몫을 다해 도둑질을 하고 있다는 사실로 보건대 그 안에 무엇이 있을지 궁금하다. 하지만 문은 빠르게 닫히고, 몇몇 레이크랜즈 군인들이 그늘 속에서 빈둥거리고 있다. 그들은 총을 가까이 둔 채 자기들끼리 무어라 수다를 떨고 있다. 그러니 내 호기심은 좀 더 기다려야 할 것이다. 어쩌면 영원히.

킬런과 나는 오른쪽으로 돌아서 8번과 9번 병영 사이의 틈으로 향한다. 양쪽으로 매달린 높은 창은 어둡고 방치되어 있다. 건물은 비어 있다. 더 많은 군인들, 더 많은 거주민들을, 아니면 더 나쁘게도 더 많은 고아들을 기다리고 있는 것이리라. 두 건물의 그늘 사이를 지나는 동안 몸이 떨려온다.

해변으로 가까이 가는 것은 어렵지 않다. 결국에는 이곳은 섬이니까. 그리고 주 기지가 잘 발달되어 있는 반면, 턱 섬의 나머지 부분들은 비어 있고 오직 모래 언덕들과 대충 베어낸 웃자란 풀이 가득한 언덕 그리고 오래된 나무들의 구멍 몇 개 정도만이 땅 위를 덮고 있을 뿐이다. 풀 사이를 헤집고 지나갈 정도로 커다란 크기의 동물조차 없기에, 풀밭에는 길조차 나 있지 않다. 우리는 해변에 도착할 때까지 바람에 흔들리는 식물들 사이로 멋지게 스며들어 모습을 감춘다. 몇 백 미터 떨어진 곳에는 부두가 파도를 향해 튀어나온 거친 칼날처럼 서 있다. 이 거리에서는 순찰을 도는 레이크랜즈 군인들조차 앞뒤로 왔다 갔다 하는 검푸른 얼룩처럼만 보인다. 대부분은 부두의 저쪽에서부터 다가오고 있는 화물선에 주의를 기울이고 있다. 그토록 거대한 선박이지만 분명히 적혈들이 제어하고 있음이 명백한 배를 보자 내 턱이 툭 벌어진다. 킬런은 좀 더 집중하고 있다.

"숨기에 완벽한걸."

킬런이 신발을 벗기 시작하면서 말한다. 나도 따라서 레이스 없는 장화와 낡은 양말을 벗어서 발로 찬다. 하지만 킬런은 셔츠를 머리 위로 벗어서 그물을 잡아당기느라 단련된 익숙하고 호리호리한 근육을 드러낸다. 그것까지 따라하고 싶지는 않다. 비밀스러운 기지 안을 셔츠도 없이 설치고 돌아다니는 건 내키지 않는다.

그는 자신의 셔츠를 신발 위로 잘 개고는 잠시 만지작거린다.

"이 일이 구출 작전은 아니라고 믿어."

그럴 수나 있나? 갈 곳도 없는데.

"난 칼을 꼭 만나야 해. 그에게 줄리언에 대해서 말해 줘야 해. 무슨 일이 일어나고 있는지 칼에게도 알려줘야 해."

킬런은 찡그리지만 늘 그랬듯 고개를 끄덕인다.

"들어가고, 나오는 거야. 바다 쪽에서 뭔가 나타날 거라고 저 사람들이 결코 생각하지 않을 거기 때문에 그렇게 힘들지는 않을 거야."

킬런은 이리저리 스트레칭을 하고, 수영할 준비를 하며 발과 손가락을 푼다. 그러는 동안 우리는 팔리가 속닥거려 준 지시사항들을 다시 한 번 점검한다. 벙커의 바닥에는 '문풀(moon pool)'이라는 바다를 통해 기재를 오르내릴 수 있는 통로가 나 있고 그 입구는 연구소로 향한다고 한다. 한때는 해양 생태를 연구하는 곳으로 쓰였지만 지금은 대령 쪽 사람들의 숙소로 사용되고 있고, 낮 동안에 대령이 그곳을 방문하는 일은 결코 없다고 한다. 연구실은 안에서 잠겨 있겠지만 열기 쉽고, 복도들은 길을 찾기 쉽게 간단한 편이다. 한낮의 이 시각이면 숙소는 비어 있을 것이고 부두에서 오는 통로 쪽은 잠겨 있고 매우 적은 수의 경비들만이 뒤에 남아 있을 것이다. 어릴 적 킬런과 함께 우리 아빠를 위해서 보안 요원 초소에서 배터리 한 통을 훔쳐냈을 때가 이거보다 더 상황이 나빴을 것이다.

"물 안 튀게 조심해."

킬런이 파도를 헤치고 걸어 들어가기 전에 덧붙인다. 가을 바다의 차가운 온도에 반응해 킬런의 피부 위로 닭살이 오르지만 그는 거의 느끼지 못하는 것 같다. 나 또한 그래야 하겠지만 물이 허리에 닿자마자 이가 딱딱 부딪힌다. 부두를 향해서 마지막으로 시선을 던지고, 물결 아래로 몸을 던지자 냉기가 뼛속까지 스며든다.

수월하게 물을 가르며 나가는 킬런은 개구리처럼 수영을 하는데, 거의 아무 소음이 나지 않는다. 킬런의 움직임을 따라해 보려고 애를 쓰며 더 깊이 헤엄치는 동안 그의 옆으로 가까이 붙어 본다. 물속의 무언가가 내 전기적인 감각을 고조시켜서, 해변에서부터 뻗어 나온 파이프들이 좀 더 쉽게 느껴진다. 원한다면 그 흐름을 손으로 만져 보고 부두로부터 흘러나온 전기가 물을 지나서 1번 병영으로 흘러들어가는 길을 느낄 수도 있을 것 같다. 마침내 킬런이 전기 흐름을 향해서 몸을 돌리고 우리는 해변에 사선으로 움직이다가 곧 평행하게 된다. 훔친 배 아래로 몸을 고정시켜 우리의 접근을 가린 채로 그는 능숙하게 전진한다. 한두 번 그는 내 팔을 물길 아래에서 건드려서 가벼운 압력을 통해 의사를 전달한다. 멈춰, 가, 느리게, 빠르게, 킬런은 지시를 내리는 내내 부두를 목표로 고정한 채로 진행한다. 머리 위로 보글보글 올라가는 공기 방울로 군인들이 우리 위치를 특정할 수도 있겠지만 운 좋게도 화물선에서 짐을 내리는 중이라서 군인들의 관심이 그쪽으로 쏠린 상태다. 모두 하얀색인 더 많은 상자들에는 녹색 삼각형 도장이 찍혀 있다. *더 많은 천들인가?*

상자 하나가 넘어지면서 금이 가며 열리는 순간 깨닫는다. *아니야.* 총들이 부두를 가로지르며 쏟아져 나온다. 라이플, 권총, 탄약, 아마도 상자 하나에만 한 다스는 들어 있는 것 같다. 무기들이 태양빛 아래에 번쩍이는 걸 보니 새로 만들어진 티가 난다. 진홍의 군대를 위한 또 하나의 선물이자 결코 존재하는지도 몰랐던 더 깊이 얽혀 있는 뿌리다.

새롭게 얻은 지식에 더 빠르게 헤엄을 쳐서 킬런을 지나칠 정도로 근육이 아플 때까지 속도를 낸다. 부두 아래에 머리를 숨기고 마침내 위쪽의 어떤 시선으로부터도 안전할 위치에 도달한다. 딱 내 뒤로 붙을 정도로 속도를 유지한 킬런이 뒤따른다.

"우리 바로 아래야."

킬런의 속삭임이 이상하게 울리면서 금속 부두와 주변의 물 위로 반향을 일으킨다.

"발가락으로 느낄 수 있을 정도야."

킬런이 몸을 쭉 펴면서 1번 병영의 숨겨진 벙커에 대고 발가락을 쓸어 보려고 애쓰는 동안 그의 눈썹이 집중하는 모양새가 되는 걸 지켜보는데 거의 웃음이 터질 뻔 한다.

"뭐가 재밌냐?"

그가 투덜거린다.

"넌 참 쓸모가 많아."

나는 히죽히죽 짓궂게 웃으며 대꾸한다. 이렇게 다시 한 번 비밀스러운 목표를 공유하면서 킬런과 함께하는 것은 정말 좋은 기분이다. 비록 누군가가 문단속을 반쯤 해 둔 집이 아니라 이번에는 군대의 벙커로 침입하고 있는 중이지만 말이다.

"여기야."

마침내 그렇게 말한 뒤에 킬런의 머리가 물 아래로 사라진다. 물에 뜨기 위해서 팔을 넓게 벌린 채 킬런이 다시 불쑥 나타난다.

"가장자리야."

이제 가장 어려운 부분이 남았다. 질식할 듯 숨이 막히는 어둠 속으로 떨어져 내리기.

킬런이 내 얼굴 위로 숨김없이 드러나는 공포를 읽는다.

"그냥 내 다리만 붙들고 있어, 네가 할 일은 그게 전부야."

간신히 고개를 끄덕인다.

"알았어."

문풀은 벙커의 바닥에 있어, 딱 7.5미터만 내려가면 돼. 별 일 아니라고 팔리는 말했었다.

내 아래의 검정색 물을 뚫어져라 바라보니 *글쎄, 확실히 별 일인 것 같다*는 생각이 든다.

"킬런, 자기가 죽이기도 전에 내가 바다에 빠져 죽으면 메이븐이 *무척* 실망하겠는걸."

누구 다른 사람에게였다면 분명 고상하지 못한 농담이었을 것이다. 하지만 킬런은 낮게 키득거리고, 물 위로 커다란 미소를 짓는다.

"뭐, 내가 왕을 약 올리고 싶은 만큼이나 그렇겠지."

킬런은 한숨을 내쉬더니 말한다.

"자, 시작해 보자. 가능한 익사는 피하도록 하고, 갈까?"

윙크를 하고는 그는 잠수를 하고, 빙글빙글 회전하며 나는 그를 덥석 붙든다.

소금기가 눈을 찌르지만 예상했던 것만큼 그렇게 어둡지는 않다. 태양빛이 물 사이로 기울어지며 위쪽 부두가 드리고 있는 그림자를 깨트린다. 킬런은 빠르게 움직이고 우리는 함께 병영의 옆쪽을 따라서 아래로 내려간다. 물에 의해 구부러진 빛줄기가 킬런의 벗은 등 위로 얼룩을 만들어서 그는 점무늬 해양 생명체처럼 보인다. 나는 어떤 것에도 걸리지 않으려고 애를 쓰면서 할 수 있을 때마다 발차기를 하는 데에 집중한다. *이게 무슨 7.5미터 깊이라는 거야.* 산소 부족으로 인한 찌르르한 불쾌감이 다가오는 동안 마음속으로 불평이 인다.

느리게 숨을 내쉬자 공기 방울이 얼굴을 지나 뽀글뽀글 수면 위로 올라간다. 킬런이 내쉬는 숨이 줄을 이루며 뒤로 지나가는 것만이 그가 느끼는 압박감을 보여 주는 유일한 증거다. 킬런이 바닥 모서리 부분을 찾아내자 그의 근육이 긴장하는 것이 느껴지고, 그는 발차기를 하며 우리 두 사람 모두를 숨겨진 벙커 아래로 이끌 힘을 낸다. 문풀에도 문이 있을지 어떨지, 있다면 그것이 잠겨 있을지 희미하게 궁금해진다. 만약 그렇다면 얼마나 우스운 일일까.

무슨 일인지 깨닫기도 전에 킬런이 갑작스럽게 움직이면서 무언가 사이로 나를 억지로 끌고 간다. 답답하지만 동시에 행복을 주는 공기가 얼굴을 때리자, 나는 탐욕스러운 호흡으로 공기를 가슴 가득

벌컥벌컥 들이마신다.

이미 구멍의 가에 몸을 올리고 앉은 채로 다리를 물 위로 흔들고 있던 킬런이 나를 보고 미소를 짓는다.

"아침마다 그물 푸는 일 시켰으면 버티지도 못했겠다, 넌."

그 말을 하며 킬런은 고개를 휘휘 젓는다.

"이건 컬리 영감님이 나한테 시켰던 일들에 비교하면 목욕 수준이라고도 할 수 없어."

이곳은 춥고, 약한 빛이 비추고 있으며 거슬릴 정도로 잘 정돈되어 있다. 낡은 장비들은 깔끔하게 오른쪽 벽에 밀어 뒀고, 쓰레기도 모아져 있으며 왼쪽 벽에는 벽 길이만큼이나 길쭉한 책상이 있다. 바닥 위에는 깔끔하게 줄 맞춰 놓여 있는 종이와 파일 더미가 공간을 꽉 채우고 있다. 처음에는 거기 침대가 있는지도 몰랐는데 책상 아래로 좁은 간이침대가 밀려나와 있긴 하다. 분명히 대령은 잠을 많이 자지 않는 모양이다.

킬런은 항상 호기심의 노예였고 지금이라고 딱히 달라지진 않았다. 물을 뚝뚝 흘리면서 책상으로 다가가는 모습을 보아 하니 이미 탐색할 마음을 먹고 있다.

"아무 것도 건드리지 마."

소매와 바지 다리 부분을 비틀어 짜면서 킬런을 향해 낮게 말한다.

"그 종이들 위로 물 한 방울이라도 떨어지는 날에는 대령이 누가 여기 있었다는 걸 알게 될 거야."

킬런은 손을 다시 뒤로 물리며 고개를 끄덕인다.

"너도 이건 좀 봐야 해."

그렇게 말하는 그 애의 목소리가 날카롭다.

최악의 사태에 대한 두려움에 즉시 킬런의 옆으로 다가선다.

"뭔데?"

조심스럽게, 킬런은 그곳의 벽에 장식되어 있는 유일한 물건을 손가락으로 가리킨다. 사진이다. 세월에 비틀리고 얼룩졌지만 얼굴들은 여전히 알아볼 수 있다. 사진 속의 인물들은 네 명으로, 모두 금발이고 근엄하지만 표정은 분명하다. 양쪽 눈이 다 정상이라 간신히 알아볼 수 있었지만 대령이 거기 있다. 한 팔은 키가 크고 곧은 체격의 여자에게 걸치고, 한 손은 어린 여자아이의 어깨에 올리고 있다. 여자와 아이 양쪽 모두 더러운 얼룩이 진 옷을 입고 있는데, 옷만 봐서는 농부들 같기도 하지만 목에 걸린 금줄을 보니 그렇지는 않은 것 같다. 조용히 주머니에서 금색 줄을 꺼내서 그것이 사진 속의 목걸이로 연결해 줄 단서가 될 수 있을지 비교해 본다. 끝 부분에서 달랑거리고 있는 어울리지 않는 열쇠만 빼면 두 개의 목걸이는 완전히 똑같다. 부드럽게 킬런이 내 손에서 열쇠를 가져가서, 이것이 대체 무슨 의미인지 골똘히 생각에 잠긴다.

세 번째 사람이 모든 것을 설명해 준다. 금발 머리를 길게 땋은 한 십 대 소녀가 대령과 어깨를 맞대고 서서 입에는 만족스러운 웃음을 실실 짓고 있다. 지금보다 너무나도 어리고, 짧은 머리와 흉터가 없는 모습은 지금과 너무나도 달라 보인다. *팔리.*

"팔리는 대령의 딸이야."

킬런이 더 없이 놀라서 충격을 받은 목소리로 크게 외친다.

진짜인지 확신하고 싶은 마음에 그 사진을 만져보고 싶은 욕구를 간신히 누른다. 의료실에서 대령이 팔리를 대하던 태도를 돌이켜 생각해 보면, 이것이 사실일 리가 없을 것만 같다. 하지만 그는 그녀를 다이애나라고 불렀다. 그는 그녀의 진짜 이름을 알고 있었다. *그리고 그들은 목걸이를 가지고 있었지, 하나는 여동생의 것이고, 하나는 아내의 것이었던 목걸이를.*

"가자."

나는 킬런을 사진에서 떼어내며 중얼거린다.

"지금은 저 사진에 신경 쓸 때가 아니야."

"왜 팔리는 아무 말도 하지 않았지?"

킬런의 목소리에서 지난 며칠 동안 내가 느껴 왔던 배신감을 조금 읽을 수 있다.

"나야 모르지."

계속 그를 붙든 채로 둘이 함께 그 방의 문을 향해서 움직인다. *왼쪽으로 해서 계단 아래로 내려가서, 층계참에서 오른쪽, 다시 왼쪽.*

문은 기름칠을 한 경첩 위로 흔들리며 열리고, 꼭 멀시브에서 봤던 것 같은 텅 빈 복도가 모습을 드러낸다. 머리 위로는 파이프가 지나가고 금속 벽에 둘러싸인 복도는 사람도 없고 텅 비어 있다. 전기가 머리 위로 흘러가고, 유선망을 따라 정맥처럼 맥동한다. 전력은 해변에서부터 와서 전등과 다른 기계들에 공급되고 있다.

팔리가 말한 것처럼, 여기 아래에는 아무도 없다. 우리를 멈출 사람은 없다. 팔리가 대령의 딸이라는 점을 고려해 보면 아마도 직접 이 모든 사실을 알아낸 것이리라. 고양이처럼 조용하게 우리는 그녀의 지시를 따라서 모든 발걸음 하나하나에 주의를 기울인다. 태양의 홀 아래에 있던 감옥들이 생각난다. 그 당시 킬런, 팔리 그리고 불운한 월시를 자유롭게 풀어주기 위해서 나와 줄리언은 한 팀이 되어 검정 가면을 쓴 감시병 소 부대를 무력화시켰다. 너무 먼 예전처럼 느껴지는데, 고작 며칠 전의 일일 뿐이다. *한 주. 그저 딱 한 주.*

일주일 뒤에 난 또 어디에 있게 될까 하는 생각에 몸서리가 쳐진다.

마침내 우리는 더 짧은 복도에 도착한다. 복도는 왼쪽과 오른쪽으로 각각 세 개의 문이 있는 막다른 골목이고 그 사이에는 수많은 감시창이 나 있다. 각각의 유리는 어둡지만 맨 끝에 있는 유리창은 아니다. 마지막 창문은 약간 깜빡거리면서 판유리를 통해 눈이 거슬릴 정도로 강한 빛을 발하고 있다. 주먹 하나가 유리에 부딪혀서 칼의 주먹이라면 유리에 금이 갈 것이라는 생각이 들어 움찔한다. 하지만 창문은 변함없이 단단하고, 그저 그의 주먹질 아래에 *쿵 쿵* 소리만을 멍청하게 울릴 뿐이다. 은색 피를 마구 바르는 효과밖에 없다.

칼이 내가 오는 소리를 듣고는 아마도 내가 그들 중 하나라고 생각한 것이 틀림없다.

창문 앞으로 걸어가자, 그는 움직이던 중간에 얼어붙더니 피를 흘리는 주먹을 꽉 쥐고는 후려칠 자세를 취한다. 칼의 플레임메이커 팔찌가 두꺼운 손목으로 미끄러져 내려가며 가속도로 인해 여전히 뱅그르르 돈다. 그나마 그 점에 위안이 된다. 칼의 가장 큰 무기를 빼앗을 정도로 충분히는 잘 알지 못했던 모양이다. 하지만 그렇다고 하면 칼은 왜 여전히 감금되어 있는 걸까? 그냥 유리창을 녹이고 몽땅 끝장내 버리면 될 것을?

짧고 맹렬한 순간 동안 우리의 시선이 유리를 사이에 둔 채 부딪히고, 칼과 내가 양쪽에서 함께 노려보면 유리가 산산조각 나지 않을까 하는 생각마저 든다. 그가 자신의 손으로 내려친 자리에서 두꺼운 은색 피가 뚝뚝 떨어지고, 동시에 이미 마르기 시작한 얼룩이 져 있다. 그는 이 일을 한참동안 해 온 것이다. 탈출 시도를 하느라 자신이 피투성이가 될 정도로 때리다니. 아니면 자신의 분노를 조금이라도 태워 보려고 했던 것이든가.

"잠겼어."

유리 너머라 그의 목소리가 약하게 들린다.

"모르죠."

나는 히죽대며 대꾸한다.

내 옆에서 킬런이 열쇠를 들어 보인다.

칼은 처음으로 킬런의 존재를 알아차린 사람처럼 흠칫 놀란다. 그는 감사를 표하듯 미소를 짓지만 킬런은 그런 친절을 마주 보여 주지 않는다. 심지어 칼이랑 눈도 마주치지 않는다.

복도 아래로 어디선가에서 외치는 소리가 들린다. 발자국 소리도 난다. 그 소리들은 벙커 안에서 이상하게 울리고 매순간 점점 가까워진다. 우리를 향해서 다가오고 있다.

"우리가 여기 있는 걸 알았나 봐."

킬런은 작게 말하면서 뒤를 돌아본다. 재빨리 그는 열쇠를 자물쇠에 꽂아 돌린다. 열쇠가 꼼짝도 하지 않아서 나는 어깨를 문에 대고 차갑고 가차 없는 철문을 들이받는다.

킬런은 열쇠에 다시 힘을 주면서 돌려 본다. 이번에는 찰칵 하며 돌아가는 소리가 들린다. 문이 안쪽으로 흔들리며 열리는 동시에 첫 번째 군인이 모퉁이를 돌아 나타나지만, 내 생각은 오직 칼을 향해 있다.

왕자들이 내 눈을 멀게 만든 것만 같다.

킬런이 나를 감옥 안으로 밀어 넣는 순간에 보이지 않는 커튼이 떨어진다. 설명할 수는 없지만 익숙한 기분이다. 이 기분을 전에도 분명 느껴 본 적이 있는데, 분명히 그랬던 걸 아는데, 어디에서였더라? 궁금해 할 시간이 없다. 칼이 나를 스쳐 달려든다. 그의 입술에서는 목이 졸리는 듯한 비명 소리가 튀어나오고 긴 팔은 쭉 뻗고 있다. 나를 향해서는 아니고, 창문을 향해서도 아니다. 홱 재빠르게 닫히는 문을 향해서다.

자물쇠가 찰칵 하고 돌아가는 소리가 머리 안에서 울린다. 다시, 다시, 다시.

"어?"

무겁고 퀴퀴한 공기 사이로 묻는다. 하지만 내게 필요한 대답은 유리창 맞은편에서 나를 바라보고 있는 킬런의 얼굴이면 충분하다. 한쪽 주먹에 열쇠를 꽉 쥔 채로, 킬런은 노려보려는 건지 흐느끼려는 건지 모르겠는 표정으로 얼굴을 일그러뜨리고 있다.

미안해. 그가 입으로 말하는 순간 첫 번째 레이크랜즈 군인이 창문 너머로 나타난다. 더 많은 이들이 대령의 옆으로 모습을 드러낸다. 그의 만족스러운 비웃음은 사진 속에서 그의 딸이 보였던 미소와 일치하고, 방금 막 무슨 일이 일어난 건지 나는 이제야 이해가 가기 시작한다. 대령은 심지어 뻔뻔하게 소리 내어 웃기까지 한다.

칼은 헛되이 자신의 몸을 문에 내던지면서, 어깨를 단단한 철에 계속 부딪힌다. 그는 고통 속에서도 욕설을 내뱉으면서 킬런을, 나를, 이 장소를, 그 자신을 저주한다. 머릿속에서 줄리언의 말이 메아리쳐서 나는 그의 말을 거의 듣지도 못한다.

누구든 누구라도 배신할 수 있어요.

생각할 틈도 없이 나는 번개를 불러낸다. 스파크로 나는 자유로워질 테고, 대령의 웃음소리는 비명으로 바뀔 것이다.

하지만 스파크가 나타나지 않는다. 아무것도 없다. 으스스하게도 아무 것도 없다.

감옥에서 그랬던 것처럼, 경기장에서 그랬던 것처럼.

"'침묵하는 돌'이야."

칼이 문에 무겁게 기대면서 말한다. 그는 피로 얼룩진 주먹 하나로 바닥의 뒤쪽 구석과 천장을 가리켜 보인다.

"저 사람들은 '침묵하는 돌'을 가지고 있어."

당신을 약하게 만들려고. 당신을 그들과 같게 만들려고.

이제 유리창을 향해 주먹을 날리는 것은 나다. 나는 킬런의 머리를 향해서 후려친다. 하지만 나는 킬런이 아닌 유리를 때리고, 그 애의 멍청한 두개골 대신에 내 주먹에 금이 가는 소리만 들린다. 벽이 우리 사이를 가로막고 있음에도 불구하고, 킬런은 움찔한다.

그는 나를 제대로 마주보지도 못한다. 대령이 그의 어깨에 한 손을 올리고 귓가에 뭐라고 속삭이는 동안 그는 몸을 떤다. 절망으로 인해 알아듣지 못할 포효로 소리를 질러대며 유리창 위로 칼의 자국 옆에 내 핏자국을 남기는 동안 킬런은 그저 바라보고만 있다.

붉은 피는 은색 사이로 뒤섞이면서 더 어두운 무언가로 바뀐다.

제8장

금속 의자의 다리가 바닥에 긁히며 나는 소리가 이 네모난 감옥에서 들리는 유일한 소음이다. 나는 벽에 내던진 의자가 찌그러지고 뒤집힌 채 떨어진 곳에서 물러난다. 칼은 내가 여기 도착하기 전에 이미 한 차례 일을 치른 듯한데, 의자 두 개와 이제는 찌그러진 테이블을 아마 다 내던진 모양이다. 벽에는 창문 바로 아래로 갈라진 틈이 하나 있는데, 테이블의 모서리가 거기에 딱 들어맞는다. 하지만 가구들을 집어던지는 것은 아무 도움이 되지 않는다. 그런 일로 에너지를 낭비하는 대신 나는 힘을 아끼고 방 가운데에 자리를 잡고 앉는다. 창문 앞쪽에서 이리저리 왔다 갔다 하고 있는 칼은 사람보다는 짐승에 가깝다. 그의 전신이 불꽃을 갈망하고 있다.

킬런은 그의 새로운 친구인 대령과 함께 이미 오래 전에 사라졌다.

그리고 나는 진짜로 내가 어떤 존재인지를 정확하게 드러낸 셈이다. 특히 멍청한 물고기, 이 낚싯바늘에서 저 낚싯바늘로 끊임없이 이동하는 결코 배우지를 못하는 존재. 하지만 태양의 홀이나 아케온, 그리고 보울 오브 본즈 옆에 놓고 보면 이 일은 거의 휴가 온 것이나 다름없고 대령은 엘라라 왕비나 한 줄로 늘어서 있던 처형인 무리에는 전혀 비교도 안 된다.

"앉지 그래요."

강렬하게 불타는 복수심이 마침내 좀 잦아드는 것 같기에 칼에게 말해 본다.

"왔다 갔다 해서 바닥을 닳게 만든 다음 그 밑으로 길을 뚫어 탈출하려는 계획이 아니라면."

나를 노려보는 칼은 잔뜩 짜증이 난 표정이지만 그럼에도 불구하고 멈춰 선다. 의자를 바로 세우는 대신에 그는 반항하고 싶은 아이 같은 태도로 벽에 기대어 선다.

"그대가 감옥을 좋아하는 게 아닌가 하고 생각하기 시작하던 참이야."

벽에 대고 하릴 없이 주먹질을 하면서 그가 말한다.

"그리고 그대는 남자 취향도 정말 형편없어."

그 말은 내 생각보다도 더 나를 아프게 한다. 그렇다, 나는 메이븐을 좋아했고, 내가 인정하고 싶지 않아 했던 것 이상으로 칼을 좋아했으며 킬런은 내 제일 친한 친구다. 그들은 모두 나를 배신했다.

"당신도 친구 고르는 솜씨가 좋지 않은 건 마찬가지잖아요."

나는 쏘아붙이지만 그 공격은 칼을 스치지도 못한다.

"그리고 난……."

말들이 뒤섞이더니 부자연스러울 정도로 이상하게 튀어나간다.

"……남자들에 대한 *어떤* 취향도 없어요. 이 일은 그런 거랑은 아무 상관도 없고."

"아무 상관도 없다고."

칼은 거의 즐기는 표정으로 빙그레 웃는다.

"최근에 우리를 감옥에 가둔 두 사람이 누구였는지 생각해 보지 그래?"

내가 수치심에 대꾸하지 않는 사이에 그가 계속 밀어붙인다.

"인정해, 그대는 가슴하고 머리를 분리하는 바람에 곤혹을 치르고 있는 거라고."

내가 너무 빨리 일어나는 바람에 의자가 뒤쪽으로 넘어지면서 바닥에 대고 챙 하고 울린다.

"당신은 메이븐을 사랑하지 않았던 것처럼 굴지 말아요. 마치 자기는 메이븐이 관계된 일에 *자기* 가슴이 시키는 대로 하지 않았다는 것처럼."

"그 애는 내 동생이야! 당연히 나는 그 애에게는 맹목적이었지! 당연히 나는 그 애가 우리…… 우리 아버지를 살해할 거라고는 생각하지 못했어."

칼의 목소리가 그 기억에 부서지면서 전사의 허울 아래에 숨은 지치고 망가진 아이의 모습을 잠깐 드러낸다.

"그 애 때문에 나는 실수들을 했지. 그리고……."

그가 재빨리 덧붙인다.

"그대 때문에도 실수들을 했고."

나도 그랬어요. 그중에서 최악은 칼의 손을 잡고 그가 나를 침실에서부터 함께 춤을 추며 추락하는 소용돌이로 끌어내도록 내버려 둔 것이다. 나는 칼을 위해서 진홍의 군대가 죄 없는 이들을 죽이도록 방조했다. 그가 전쟁에 가는 것을 막기 위해서. 그를 내 옆에 가까이 붙잡아두기 위해서.

내 이기심은 끔찍한 대가를 치러야 했다.

"더 이상은 그러면 안 돼요. 서로 때문에 실수하는 건."

정말로 하고 싶은 말은 회피한 채로 그에게 속삭인다. 며칠째 스스로에게 계속 되뇌어오고 있는 말은 기피한 채로. 칼은 내가 고르거나 원해서는 안 되는 길이다. 칼은 그저 무기이며 내게는 그저 이용할 수 있는 무언가, 혹은 다른 사람들이 나를 적대하기 위해 이용할 수 있는 무언가이다. 나는 양쪽 모두에 준비해야만 한다.

긴 시간이 지난 후에, 그가 고개를 끄덕인다. 그도 나에 대해서 같은 식으로 생각했구나 하는 느낌이 온다.

병영의 축축한 기운이 자리를 잡고 추위도 여전해서 뼛속까지 시리다. 보통은 몸이 부르르 떨렸겠지만 이 느낌에 점점 익숙해지고 있다. 아마도 혼자인 것에도 점점 익숙해져야 할 것이다.

이 세상에서뿐만이 아니라 여기에서도. 내 마음속에서부터도.

* * *

우리가 처한 곤경이 한편으로는 우습기도 하다. 또 한 번 감옥 안에 칼과 나란히 앉아서 어떤 운명이 우리를 위해 예비되어 있을지

기다리는 처지라니. 하지만 이번에는 분노로 인해 공포는 차라리 덜하다. 우리의 실패를 비웃으러 올 이가 메이븐이 아니라 대령일 것이고, 그 점에 대해서라면 끔찍할 정도로 고마울 지경이다. 다시는 메이븐의 조롱으로 고통 받고 싶지 않다. 메이븐에 대해서 생각하는 것만으로도 이토록 아픈데.

보울 오브 본즈는 여기보다 어두웠고, 텅 비었으며 더 깊은 지하에 만들어진 감옥이었다. 창백한 얼굴에 불타는 눈을 하고 나를 향해 손을 뻗고 있던 메이븐의 모습은 그곳을 배경으로 날카롭게 도드라져 보였다. 오염된 기억 속에서 그가 뻗은 손은 부드러운 손가락처럼 보였다가 깜빡대며 다 해진 날카로운 발톱처럼 보였다가 한다. 어느 쪽이든 내가 피를 흘리기를 원한다는 점은 똑같다.

본심을 숨겨야 한다고 예전에 내가 말했었잖아. 내 말을 들었어야지.

그것이 사형 명령을 내리기 전에 그가 나에게 했던 마지막 말이었다. 그 말이 그토록 훌륭한 충고가 아니었더라면 싶다.

느리게 나는 숨을 내쉬면서 날숨과 함께 그 기억들을 쫓아버리기를 희망한다. 잘 되지 않는다.

"그래서 이제 어떻게 하면 되나요, 캘로어 장군님?"

우리를 죄수로 가둬놓고 있는 사방의 벽을 가리키며 묻는다. 이제 구석마다 놓인 얄팍한 경계를 알 수 있다. 벽의 패널 속에 똑바로 콕 박혀 있는, 나머지 벽돌들보다 좀 더 어두운 색의 네모난 벽돌들이 보인다.

한참 시간이 흐른 후에, 칼은 나만큼이나 고통스러운 생각에서 빠져나온다. 주의를 돌릴 수 있는 것에 기뻐하며 그는 재빨리 다른 의자를 바로 세우더니 벽 쪽으로 붙인다. 그는 천장에 머리를 거의 박을 뻔 하면서 그 위에 올라서더니 손을 침묵하는 돌 위로 움직여 본다. 그것은 현재 이 섬에서 우리에게 가장 위협적인 물건이며 어떤 무기보다도 더 우리에게 치명적이다.

"이들이 어떻게 이걸 구했을까?"

칼이 모서리를 찾으려고 손가락으로 더듬으면서 중얼거린다. 하지만 돌은 완벽할 정도로 단단하게 박힌 채 번쩍이며 누워 있다. 한숨을 쉬더니 그는 펄쩍 의자에서 뛰어내려 감시창 쪽을 향한다.

"우리가 할 수 있는 최선의 선택은 유리를 깨는 거야. 여기서 이 돌을 처리할 방법이 없어."

"더 약하긴 하잖아요, 그래도."

침묵하는 돌을 바라보며 그의 말에 대꾸한다. 돌 역시 나를 똑바로 마주본다.

"보울 오브 본즈에서는 숨이 막히는 것 같은 기분이 들었어요. 여긴 거기 발치에도 못 미치는 걸요."

칼은 어깨만 으쓱한다.

"그렇게 많은 돌이 있지는 않지. 하지만 그래도 충분한 건 마찬가지야."

"훔친 걸까요?"

"그랬어야 했겠지. 침묵하는 돌은 딱 정부에서 사용할 수 있을 정도의 양이 있을 뿐이거든, 분명한 이유로 말이야."

"그건 그렇죠…… 노르타만 놓고 보면."

칼은 당혹스러운 듯 고개를 기울인다.

"이 돌들이 다른 곳에서 왔을 거라고 생각하는 건가?"

"여긴 곳곳에서부터 온 듯한 밀수선들이 들어와요. 피에드몬트, 레이크랜즈, 또 다른 곳들에서부터요. 여기 아래에서 돌아다니는 다른 군인들 봤을 거 아네요? 그 사람들이 입은 제복도요?"

그는 고개를 젓는다.

"아니, 못 봤어. 그 충혈된 눈을 한 놈이 어제 날 이리로 처넣은 이래로는."

"사람들은 그를 대령이라고 불러요, 그리고 그 사람이 팔리의 아버지예요."

"그것 참 팔리를 생각하면 유감이기는 한데, 따지고 보면 우리 가족 쪽이 확실히 더 끔찍하긴 해서."

반쯤은 재미있기도 한 채로, 나는 코웃음을 친다.

"그 사람들은 레이크랜즈 군인들이에요, 칼. 팔리랑, 그리고 그 대령이랑, 그리고 그 사람의 모든 군인들이랑. 그 말인 즉, 그 사람들이 온 곳에는 더 많은 이들이 있을 거라는 거죠."

혼란을 느낀 칼의 얼굴이 어두워진다.

"그건…… 그건 말도 안 돼. 직접 전선을 봐 왔지만, 거길 통과해 올 방법이 없어."

그가 하릴 없이 허공에 지도를 그리는 자신의 손에 시선을 고정한다. 나로서는 이해가 가지 않지만, 그는 상세하게 알고 있으리라.

"호수는 양쪽 해변으로 봉쇄되어 있어, '초크'는 완전히 논외고. 상품과 비축품들을 옮기는 것은 좀 다른 문제지만, 사람은 말도 안 돼, 이런 규모로는 불가능해. 그곳을 건너는 건 날개라도 달리지 않고서는 불가능해."

깨닫기가 무섭게 숨이 안으로 밀려든다. 콘크리트 마당, 기지 끝에 있던 거대한 격납고, 어디로도 연결되지 않던 거대한 길.

그건 길이 아니었어.

활주로야.

"아마도 날개가 있는 모양이네요."

놀랍게도 진심이 담긴 커다란 미소가 칼의 얼굴을 스친다. 그는 창문을 향해 몸을 돌리고 텅 빈 복도를 바라본다.

"저 사람들 예의범절에는 유감스러운 점이 좀 많지만, 진홍의 군대가 내 동생에게 꽤 심각한 두통거리가 되리란 점은 분명하지."

다음 순간 나도 따라서 미소를 짓고 만다. 만약 이것이 대령이 자신의 소위 동맹을 대하는 방법이라고 한다면, 그가 자신의 적들은 어떻게 대할지 지켜보는 것 또한 즐거운 일이리라.

* * *

반백이 된 머리를 한 늙은 레이크랜즈 군인이 음식이 든 쟁반을 들고 왔다 가는 것만이 저녁 식사 시간이 지나감을 알려 준다. 그는 우리 두 사람 모두에게 물러나서 먼 쪽의 벽을 보고 서라고 손짓하더니 문 아래의 틈으로 쟁반을 밀어 넣는다. 창문 옆에 뻣뻣하게 선 우리 두 사람 중 어느 쪽도 반응하지 않는다. 긴 교착 상태 끝에, 그는 미소 띤 얼굴로 우리 두 사람의 식사를 먹어치우며 저벅저벅 멀리 사라진다. 그 사실이 조금도 신경 쓰이지는 않는다. 나는 항상 배고픈 채로 자랐다. 식사를 하지 않고도 몇 시간쯤은 충분히 버틸 수 있다. 한편 칼은 음식이 한가로이 사라지는 동안 창백한 얼굴이 되어 눈으로 회색 생선이 든 접시를 좇는다.

"음식이 먹고 싶었다면 말을 하지 그랬어요."

나는 다시 의자에 앉으면서 투덜거린다.

"굶주려서야 당신은 아무 쓸모도 없을 거라고요."

"저놈들도 바로 그렇게 생각하겠지."

대꾸하는 그의 눈에 살짝 반짝임이 스친다.

"내일 아침 식사 후에 기절하려고 계획 중이거든, 이곳 의무병들이 얼마나 잘 덤벼들런지 한번 지켜보자고."

아무리 낙관적으로 본다고 한들 불안정한 계획이라 나는 마지못해 코에 주름을 잡는다.

"더 나은 아이디어라도 있어?"

"아뇨."

나는 시무룩하게 대꾸한다.

"그럴 거라고 생각했지."

"흠."

침묵하는 돌은 우리 두 사람 모두에게 이상한 영향을 미친다. 우리가 가장 의지하는 것, 우리의 능력들을 가져가기에, 이 감옥은 우리를 강제적으로 어떤 다른 존재로 만들어 버린다. 칼로 보자면, 그것은 곧 더 영리해지고, 더 계산적으로 바뀐다는 의미다. 그는 불길에 기대지 않고 대신 자신의 생각에 집중한다. 그럼에도 불구하고,

그 졸도 계획으로 판단해 보건대, 칼을 두고 무기고의 가장 날카로운 칼날이라고 하는 건 무리가 있을 듯하다.

내 안의 변화는 그렇게 눈에 띄지는 않는다. 결국, 나는 내 안에 숨어 있던 힘이 무엇인지도 알지 못한 채로 17년을 침묵 속에서 살아 왔지 않은가. 이제 나는 다시 그 소녀가 어땠는지를 기억해 내는 중이다. 자신의 목숨을 구하기 위해서라면 어떤 것도 할 수 있었던 무자비하고 이기적인 그 소녀를. 레이크랜즈 군인들이 또 다른 쟁반을 가지고 돌아온다면, 그는 내가 목을 조르는 걸 견딜 준비를 하는 편이 나을 것이다. 그리고 만약 우리가 가까스로 이 감옥에서 탈출한다면, 나는 그의 뼛속까지 번개를 때려 줄 것이다.

"줄리언이 살아 있어요."

어디서 나오는지도 느끼지 못했는데 갑자기 튀어나온 그 말은 마치 눈꽃송이처럼 부서지기 쉬운 채로 허공에 걸린다.

머리를 번쩍 쳐드는 칼의 눈동자가 갑자기 밝게 빛난다. 그의 외삼촌이 여전히 살아 숨쉰다는 국면이 그를 거의 자유만큼이나 기쁘게 만든다.

"누가 그 말을 해 줬어?"

"대령이요."

이번에는 칼이 "흠." 하는 대꾸를 뱉는다.

"그 사람 말은 믿을 만하다고 생각해요."

그 말에 얕보는 듯한 시선이 돌아오지만 나는 계속 주장한다.

"대령은 줄리언이 메이븐이 놓은 덫의 일부였다고 생각해요. 또 다른 은혈이 나를 배신한 거라고요. 그것이 대령이 그 목록을 믿지 않은 이유예요."

고개를 끄덕이는 칼의 시선이 먼 곳을 떠돈다.

"그대 같은 이들 말이지."

"팔리는 그들을…… 그러니까 우리를 신혈이라고 불러요."

칼은 한숨을 내쉰다.

"뭐, 그대가 여기서 금방 탈출하지 못한다면 그 사람들을 칭할 수 있는 유일한 말은 '시체'가 되겠지. 메이븐이 그들 전부를 사냥할 테니까."

직설적이지만 사실이다.

"보복성으로요?"

놀랍게도 그는 고개를 젓는다.

"그 애는 살해당한 아버지를 이어 즉위한 새로운 왕이야. 자신의 치세를 시작하기에 그다지 안정적인 출발선이라고는 할 수 없지. 하이 하우스들, 특히 사모스와 아이럴 가문은 그 애를 약하게 만들 기회가 오면 재빨리 붙들걸. 그리고 그 애가 공공연하게 그대를 고발한 지금에 와서는, 신혈에 대한 발견은 분명히 그 기회가 될 테고 말이야."

칼이 생생한 전쟁통의 병영에서 훈련받으며 군인으로 자라 왔다고는 하지만, 동시에 그는 또한 왕이 되기 위해서 태어났다. 그는 메이븐처럼 타인을 음해하지는 않을지 모르지만, 다른 어떤 것보다도 국정 운영에 대해 이해하고 있다.

"그럼 우리가 구하는 모든 사람들이 그를 사냥하게 될 거예요, 그저 전장에서뿐만이 아니라 왕좌를 놓고도 말이죠."

칼은 자신의 머리를 다시 벽에 기대면서 비틀린 비웃음을 짓는다.

"그대는 '우리'라는 말을 상당히 좋아하는군."

"그래서 거슬리나요?"

나는 그의 반응을 살피며 묻는다. 신혈을 추적하는 일에 칼을 엮을 수만 있다면, 우리는 확실히 메이븐을 앞지를 기회를 얻을 수 있을 텐데.

그의 뺨 근육이 비틀리는 것만이 그가 망설인다는 것을 보여 주는 유일한 흔적이다. 이제는 익숙해진 행군하는 발소리가 칼의 말을 끊는 바람에 그는 대답할 기회를 잡지 못한다. 칼은 대령이 돌아온다는 사실에 짜증이 난듯 혼자서 끙 하고 앓는 소리를 낸다. 그가 일어나려고 하기에 나는 손을 뻗어서 그를 도로 자리에 밀어 앉힌다.

"저 사람 때문에 일어나지 말아요."

나는 내 의자에 도로 기대앉으며 중얼거린다.

칼은 내 말대로 다시 자리를 잡고 앉아서 넓은 가슴 위로 팔짱을 낀다. 창문을 마구 때리거나 테이블을 벽에 던지는 대신에, 그는 이제 더 딱딱하고 고요하며 누구든 충분히 가까이 다가오는 이를 들이받을 준비가 되어 있는, 사람 피부를 뒤집어 쓴 바위처럼 보인다. 만약 그럴 수만 있다면. 하지만 침묵하는 돌이 없었더라면, 그는 걷잡을 수 없는 화염이 되어 태양보다 더 뜨겁고 더 밝게 불타올랐으리라. 그리고 나는 태풍이 되었을 것이다. 대신 우리는 우리들 신체의 깊은 속으로 침잠하여, 감옥에 갇힌 채 투덜거리는 두 명의 십 대가 될 뿐이다.

창문으로 대령이 모습을 드러낼 때 침착하게 있기 위해서 최선을 다한다. 분노를 보여 그에게 만족을 주고 싶지는 않다. 하지만 킬런이 대령의 바로 옆에 모습을 드러내고, 차갑고 경직된 그의 얼굴 표정을 보자 내 몸이 저절로 움찔한다. 이제 나를 물러서게 하는 건 칼의 차례다. 그는 손으로 내 허벅지를 가볍게 눌러 나를 다시 앉힌다.

대령은 왕자와 번개 소녀가 투옥된 광경을 기억하기 위한 것처럼 잠시 동안 바라보고 있다. 피로 얼룩진 유리창에 침을 뱉고 싶은 마음이 굴뚝같지만 참아낸다. 다음 순간 그가 우리에게서 몸을 돌리더니 길고 구부러진 손가락을 들어올린다. 손가락을 한 번, 두 번 구부리는 모습이 누군가 보고 앞으로 걸어 나오라는 듯하다. 아니면 앞으로 끌려 나오는 거든가.

그녀가 사자처럼 싸우는 바람에 대령의 경호원들은 그녀가 바닥을 싹싹 닦을 정도로 강제적으로 붙들어야만 한다. 팔리의 주먹이 그들 중 한 명의 턱을 때리자 그는 팔리의 팔을 잡고 있던 손을 놓으며 바닥에 대자로 뻗는다. 그녀는 또 다른 군인을 복도 벽에 쾅 하고 밀어붙이며, 그의 목을 또 다른 감방의 창문과 자신의 팔꿈치 사이에 밀어 넣으며 누른다. 그녀의 강타가 거침없이 잔혹한 것으로 봐서는 자신이 할 수 있는 한 최대한 피해를 안겨 주려는 의도인 듯하다. 그녀를 붙들고 있는 이들의 몸 여기저기에 이미 보라색 멍이 물든 것이 보인다. 하지만 경호원들은 그녀가 다치지 않도록 주의를 기울이며 그녀를 저지하는 데에만 최선을 다한다.

대령의 명령이구나. 그는 자신의 딸을 감옥에 가둘지언정 멍들게 하고 싶지는 않은가 봐.

실망스럽게도 킬런이 움직인다. 군인들이 각각 하나씩 팔리의 어깨와 다리를 붙든 채로 그녀를 벽에 기대 세우자, 대령은 어부 소년에게 손짓을 해 보인다. 손을 떨면서 그는 칙칙한 회색 상자를 꺼낸다. 그 안에서는 주사기들이 빛나고 있다.

유리를 통해서라 팔리의 목소리가 들리지는 않지만, 그녀의 입술 모양을 읽는 것은 어렵지 않다. *안 돼. 하지 마.*

"킬런, 멈춰!"

손 아래에 닿은 유리창은 갑자기 차갑고 매끄럽다. 유리창을 마구 두드리면서 킬런의 주의를 끌어 보려고 애를 쓴다.

"킬런!"

하지만 그는 어깨를 똑바로 펴고 내게 등을 돌린 채라 그의 얼굴을 볼 수가 없다. 대령은 반대편에 서서 자신의 딸의 목에 주사기가 꽂히는 모습을 보는 대신에 나를 바라본다. 그의 멀쩡한 눈 깊은 곳에 낯선 무언가가 반짝인다. 어쩌면 후회이려나? 아니, 이 사람은 의심을 가질 부류가 아니다. 그는 자신이 해야만 하는 일이라면, 그것이 누구에게든지 하고야 말 것이다.

킬런은 자신의 일을 마친 뒤에 물러서고, 빈 주사기만이 그의 손아귀에서 날카롭게 도드라진다. 그는 팔리가 자신을 붙든 사람들에 기댄 채 몸부림치는 모습을 지켜본다. 하지만 그녀의 움직임은 점차 느려지고 약물이 돌면서 눈꺼풀은 아래로 감긴다. 마침내 레이크랜즈 군인들의 손아귀 아래에서 그녀가 의식 없이 축 늘어지자, 그들은 그녀를 내가 갇힌 방 맞은편의 감옥으로 끌고 들어간다. 문을 잠그기 전에 그들은 감옥 안에 그녀를 눕히고, 그녀는 꼭 칼처럼, 그리고 꼭 나처럼 그 안에 갇힌다.

그녀의 문이 쾅 하고 닫히자, 내가 갇힌 감방의 자물쇠가 짤깍 하고 돌아가며 열린다.

"실내 장식을 손 좀 봤나?"

안으로 들어서며 찌그러진 테이블에 시선을 준 대령이 코웃음을 치며 말한다. 킬런은 자신의 코트 안에 주사기가 든 상자를 밀어 넣으며 뒤따른다. 그는 경고를 하고 있다. *만약 네가 선을 넘으면, 네 몫이 될 거야.* 반대편 복도에 배치된 두 명의 경비만을 남긴 채로 그들 뒤로 문이 잠기는 동안 킬런은 내 시선을 피하며 상자 때문에 바쁜 척 한다.

자신의 자리에 앉은 채로 바라보는 칼은 표정만으로도 거의 사람을 죽일 수 있을 정도의 기세다. 그가 지금 대령을 죽일 수 있을 온갖 방법들을 떠올리고 있으리라는 것, 그리고 그것이 아마도 가장 최대한의 상처를 입힐 수 있는 방법이리라는 것은 분명하다. 대령 또한 그 점을 잘 알고 있는지, 그는 작지만 치명적인 권총을 권총집에서 꺼내서 겨냥한다. 그 총은 대령의 손 안에서 나태하게 늘어진 채, 공격할 때를 기다린 채 몸을 말고 있는 뱀처럼 보인다.

"앉으시게나, 배로우 양."

그가 총으로 가리켜 보이면서 말한다.

그의 명령에 복종하는 것은 항복처럼 느껴지지만 내게는 다른 선택지가 없다. 나는 내 자리에 다시 앉아서, 킬런과 대령이 우리를 내려다보도록 둔다. 그토록 가까이서 지켜보고 있는 복도의 경비들과 권총만 아니었다면, 우리에게는 기회가 생겼을 것이다. 대령은 크지만 나이 들었고, 칼의 손은 그의 목을 조르기에 딱이니까. 킬런은 내

몫으로 처리해야 할 것이다. 킬런이 입은 부상이 여전히 낫는 중이라는 점을 고려해서 변절자에게 상처를 입힐 수도 있을 것이다. 하지만 대령과 킬런을 이긴다고 하더라도, 문은 여전히 잠긴 채일 테고, 경비들은 여전히 지켜보고 있을 것이다. 우리의 싸움은 어떤 것도 얻지 못하고 끝나게 될 터이다.

대령은 내 생각을 읽기라도 한듯 우리를 비웃는다.

"의자에 편히 앉아 있는 편이 좋을 걸세."

"당신은 두 명의 아이들을 줄 세워 두려면 총이 필요한 사람이고 말이지?"

나는 그가 손에 쥐고 있는 권총을 턱짓으로 가리키면서, 코웃음과 함께 대꾸한다. 칼이 가진 능력들을 빼고 생각하더라도 이 세상에서 칼을 두고 감히 아이라고 칭할 사람이야 하나도 없겠지만. 그간 받은 군사적인 훈련만으로도 칼은 치명적인 존재이고, 대령은 그 점을 충분히 잘 알고 있다.

대령은 그 모욕을 무시한 채로 내 앞에 발을 박고 서서는 자신의 충혈된 눈으로 내 눈을 뚫어질 듯 바라본다.

"자네도 알겠지만, 내가 혁신적인 사람이라는 것이 자네에겐 행운일세."

대령은 칼을 향해서 고갯짓을 해 보인다.

"저 친구를 살려 둘 사람이 많지는 않을 테니까 말이야."

그의 고개가 획 내 쪽으로 다시 돌아온다.

"자네도 죽이려고 했을 사람도 적게나마 있을 테고 말이지."

자신이 어느 편을 들고 있는 것인지 제발 깨닫기를 바라는 마음으로 킬런을 힐끗 바라본다. 킬런은 어린 꼬마라도 된 것처럼 안절부절못한다. 우리가 다시 아이로 돌아간다면, 체구에 변화가 없는 채라고 해도 나는 킬런의 배에 정확하게 한 방을 먹였을 것이다.

"그대가 나랑 함께 있는 기쁨을 누리려고 나를 붙들어 둔 것은 아니지 않는가."

칼이 대령의 연극적인 태도를 뚝 자르고 끼어든다.

"그래서 나를 대가로 무엇을 교환 조건으로 요구할 건가?"

대령의 반응을 보니 대답하지 않아도 확신이 든다. 그는 분노로 팽팽해진 채로 턱을 꽉 다문다. 그는 자신의 입으로 말해 주고 싶었겠지만 칼이 그를 맥 빠지게 만든 것이다.

"교환."

내 중얼거림은 속삭임 이상으로 들리지 않게 새어나온다.

"당신은 지금 자신이 가진 최강의 무기를 교환해 버리려는 거야? 대체 얼마나 멍청한 *거야?*"

"그가 우리를 위해 싸울 거라고 생각할 정도로 어리석진 않지."

대령이 대꾸한다.

"아니, 그런 멍청한 희망은 자네에게 남기도록 하지, 번개 소녀."

미끼에 넘어가지 마, 그게 그가 원하는 바니까. 그럼에도 불구하고, 나는 고개를 앞으로 똑바로 들고 칼에게서 눈을 떼지 않기 위해서 내가 가진 모든 인내를 동원해야 한다. 정직하게 말해서, 칼의 충성심이 어디를 향하고 있는지, 그가 누구를 위해서 싸우고 있는지 나는 모른다. 나는 칼이…… *메이븐*을 적대하며 싸울 거라는 것밖에 모른다. 누군가는 바로 그 점이 우리를 한 편으로 만들어 줄 거라고

생각할 것이다. 하지만 나는 더 잘 이해하고 있다. 삶과 전쟁은 그렇게 단순하지만은 않다는 것을.

"매우 잘 알겠군, 팔리 대령."

내가 그의 성을 사용하자 그가 움찔한다. 그가 머리를 가볍게 트는 모습을 보니, 감옥에 갇힌 채로 의식을 잃고 있는 자신의 딸을 돌아보려는 욕구를 참는 듯하다. *분명 고통스럽긴 한 모양이네.* 나는 나중에 써먹기 위해서 그 사실을 마음 속에 간직한다.

하지만 대령은 나의 공격에 똑같이 대응한다.

"왕이 협상을 제시해 왔다."

그의 말은 피가 흐르는 상처의 가장자리를 쑤시는 것만 같다.

"추방당한 왕자와의 교환 조건으로, 메이븐 왕은 징병 연령을 원래대로 회복시키는 것에 동의했다. 15살 대신에 예전의 18살로 돌아가는 거지."

시선을 아래로 향하는 그의 목소리가 덩달아 낮아진다. 잠깐 사이, 그 조각 같은 순간에 나는 잔혹한 외형 아래로 아버지의 모습을 언뜻 본다. 그의 마음이 죽을 길로 나서는 아이들 사이를 배회한다.

"좋은 거래야."

"지나치게 좋은걸."

나는 마음속 공포를 감추기 충분할 정도로 강하고 딱딱한 어조로 재빨리 대꾸한다.

"메이븐은 결코 그런 거래를 존중하지 않을 거야. *결코.*"

내 왼쪽에서, 칼이 느리게 숨을 내쉰다. 그가 양손을 한데 모으고 뾰족하게 세우자, 지난 며칠간 그가 얻은 온갖 수많은 상처와 멍이 보인다. 상처와 멍들은 하나에 이어 다음 하나가 연쇄적으로 경련하고 있다. 그가 피하려고 애쓰는 진실이 무엇이든지 간에 그는 다른 곳으로 주의를 돌리려고 하는 것이다.

"하지만 그대에겐 아무 선택권이 없는 거로군."

칼의 손이 마침내 안정을 되찾는다.

"그 거래를 거절하는 건 다른 나머지 모두를 파멸하게 만드는 길일 테니."

대령이 고개를 끄덕인다.

"그렇소. 용기를 내시게, 티베리아스. 당신의 죽음은 수천의 죄 없는 아이들의 목숨을 구할 것이오. 그들이 당신이 여전히 숨을 쉬고 있는 유일한 이유니까 말이오."

수천. 분명 그들은 칼만큼이나 가치가 있다, 분명히. 하지만 가슴 속 깊은 곳에서, 나 자신이 이제는 너무나도 잘 깨닫기 시작한 바로 그 뒤틀리고 차가운 내 안의 어딘가에서, 무언가가 그 생각에 반대를 표한다. *칼은 전사야, 지도자고, 사냥꾼이라고. 그리고 네게는 그가 필요해.*

여러 가지 의미로.

칼의 눈에서 어떤 감정이 반짝 빛난다. 침묵하는 돌만 아니었다면, 그의 손에서 불꽃이 파르르 떨리리라는 것을 안다. 그는 가볍게 앞으로 몸을 기울이고, 그의 하얗고 고른 치아 뒤로 입술이 말려 들어간다. 그런 그의 모습이 너무나 공격적이고 또 동물적인 느낌이라서, 송곳니라도 볼 수 있을 것만 같다.

"수세기 동안 지배해 온 은혈 태생인 나야말로 그대들의 정당한 왕이다."

그가 분노가 들끓는 목소리로 대꾸한다.

"*그대가* 여전히 숨을 쉬고 있는 유일한 이유는 내가 이 방의 산소를 태워 버릴 수 없기 때문이다."

칼이 그토록 깊은 감정을 담아 내 안 깊숙한 곳을 베어낼 듯이 누군가를 위협하는 말을 던지는 것을 처음 들어 본다. 그리고 대개 침착하고 딱딱한 태도를 보이는 대령조차 나와 똑같이 느끼고 있다. 그는 지나치게 빠르게 뒤로 물러서다가 킬런에게 거의 발이 걸릴 뻔한다. 팔리처럼, 그는 자신의 공포에 당황하고 있다. 잠시 동안 그의 안색은 자신의 충혈된 눈이랑 썩 잘 어울리는 모양새가 되고, 그는 꼭 팔다리가 달린 토마토처럼 보인다. 하지만 대령은 더 엄중한 물질로 만들어진 사람인 모양인지, 한 번의 침착한 순간이 지나자 자신의 공포를 쫓아 버린다. 그는 자신의 백금발을 다시 정돈해서는 두개골 위에 납작하게 붙이더니 만족스러운 한숨과 함께 총을 다시 권총집에 넣는다.

"당신이 탄 배는 오늘 밤 떠나게 될 것이오, 왕자 저하."

그가 목에서 딱 소리를 내면서 말한다.

"왕자께 배로우 양에게 작별 인사를 해 두라고 충고해 드리고 싶군. 이제 다시는 그녀를 보지 못하게 될 것 같으니 말이오."

나는 의자의 앉은 부분을 손으로 더듬으면서 차갑고 거친 금속을 파고든다. 내 이름이 에반젤린 사모스이기만 했더라면. 그럼 이 의자를 대령의 목 주변에 감아서 그가 쇠 맛을 보고 양쪽 눈에서 피를 흘리는 꼴을 볼 때까지 조여 줄 텐데.

"메어는 어찌되는가?"

심지어 이런 순간에조차, 자신의 죽음이 선고된 직후인데도, 칼은 어떻게 나를 걱정할 정도로까지 어리석을 수가 있는 걸까?

"우리가 계속 지켜볼 거야."

킬런이 이 우리에 들어온 이래 처음으로 입을 열며 끼어든다. 그의 목소리는 당연하게도 떨린다. 나를 포함해서, 저 겁쟁이가 무서워 할 만한 모든 것이 여기 모여 있으니.

"감시할 거야. 하지만 다치게는 안 해."

불쾌감이 대령의 얼굴을 스치고 지나간다. 그가 나 역시 죽기를 바랐음을 알 것만 같다. 누가 그의 의견을 꺾었을지는 도무지 모르겠지만. 아마도 팔리의 미스터리한 지휘부가 아닐까 싶다, 그 사람들이 누구이든 간에.

"그게 당신들이 나 같은 사람들에게 취하는 태도야?"

나는 의자에서 몸을 일으키면서 내뱉는다.

"신혈들에게? 다음번에는 쉐이드 오빠를 여기 아래로 데려와서 오빠 역시 감옥 안에 *애완동물* 지켜보듯이 가둬 둘 건가? 우리가 순종하는 법을 배울 때까지?"

"그거야 그 친구에게 달렸지."

차분히 대꾸하는 대령의 말이 꼭 위장을 차갑게 때리는 기분이다.

"그는 훌륭한 군인이었다네. 지금까지는. 여기 있는 자네 친구처럼 말이지."

그가 넓적한 손으로 킬런의 어깨를 두드리면서 덧붙인다. 대령은 아버지 같은 자부심을 풀풀 풍기는데, 그건 킬런이 가져 보지 못한 무언가이긴 하다. 그토록 긴 고아 시절을 보낸 후라면, 대령같이 끔찍한 아버지라고 해도 기분 좋게 느껴질 만도 하다.

"이 친구가 없었다면, 자네를 가둬 둘 어떤 구실이나 기회도 잡지 못했을 걸세."

내가 할 수 있는 거라고는 그가 내게 상처를 입힌 만큼 아프길 희망하면서 그를 바라보는 것뿐이다.

"틀림없이 몹시도 자랑스러우시겠네."

"아직 아니지."

어부 소년이 대꾸한다.

스틸츠에서 함께 보낸 그 수많은 세월이 아니었다면, 골목 쥐처럼 함께 도둑질하며 살금살금 돌아다니던 그 긴 시간이 아니었다면, 나도 결코 알아보지 못했을 것이다. 하지만 킬런은 읽기 쉬운 사람이다. 적어도 내게는 그렇다. 그 애가 몸을 기울이고, 동시에 등을 구부리고 엉덩이를 움직이는 것은, 분명히 자연스럽게 보인다. 하지만 그가 하려고 하는 일에는 자연스러움이라고는 조금도 없다. 그의 상의 아래쪽이 처지면서 주사기가 들어 있는 상자의 윤곽이 드러난다. 그것은 위험하게 미끄러지면서 빨리, 점점 더 빨리, 옷의 천과 그의 배 사이로 움직인다.

"아……."

상자가 불쑥 튀어나오는 순간 대령이 붙들려고 하는 손길에서 펄쩍 뛰어 달아나며 그가 간신히 내뱉는다. 상자는 공기 중에서 활짝 열리면서 떨어지는 동시에 주사기들을 허공에 뱉어낸다. 주사기들은 바닥에 떨어지면서 부서지고, 우리 발을 가로질러 액체를 쏟아낸다. 대부분의 사람들이라면 그것이 다 부서졌다고 생각했겠지만, 한 개의 주사기가 여전히 멀쩡한 채로 킬런이 동그랗게 말아 쥔 주먹 사이에 반쯤 숨어 있는 모습이 내 재빠른 눈에 들어온다.

"제기랄, 녀석."

대령이 별 생각 없이 상체를 구부리며 말한다. 뭔가 건질 게 없는지 찾느라 대령이 상자를 향해 팔을 뻗지만, 그 수고에도 불구하고 대가로 목에 주사바늘이 되돌아올 뿐이다.

킬런의 행동에 놀라 대령의 반응이 늦어지는 바람에 킬런은 주사기를 누를 시간을 벌어 대령의 혈관에 대고 주사를 놓는다. 팔리처럼, 대령도 킬런의 얼굴을 때리며 저항한다. 킬런은 붕 하고 날아서 먼 벽에 부딪힌다.

대령이 또 다른 발을 내딛기도 전에, 칼이 자신의 의자에서 폭발하듯 일어나 대령을 감시창에 밀어붙인다. 레이크랜즈 군인들이 유리 맞은편에서 무기력하게 바라보지만, 이미 발사 준비가 된 그들의 총도 아무 쓸모가 없다. 결국, 그들은 문을 열 수가 없는 것이다. 그들은 이 우리 안에서부터 괴물들을 꺼낼 위험을 감수할 수가 없는 것이다.

약물과 칼의 몸무게가 이룬 완벽한 조합 속에서 대령은 차갑게 의식을 잃는다. 그는 유리창에 기댄 채 아래로 미끄러지면서 무릎부터 무너지고, 마침내 완전 볼품없는 덩어리가 되어 폭삭 내려앉는다. 대령의 눈을 감고 있는 모습은 평소보다 훨씬 덜 위협적으로 보인다. 심지어, 평범해 보이기까지 한다.

"아야" 하는 소리가 킬런이 서서 볼을 문지르고 있는 벽 쪽에서 들린다. 약물을 맞았든 안 맞았든, 대령은 꽤나 강력한 한 방을 날린 모양이다. 이미 멍이 들기 시작했다. 생각 없이, 나는 킬런을 향해 빠르게 걸어간다.

"별 거 아냐, 메어, 걱정하지……."

하지만 나는 킬런을 위로해 주려는 것이 아니다. 내 주먹은 킬런의 반대편 뺨을 때리고, 내 손가락 마디와 킬런의 뼈가 부딪힌다. 킬런은 내 주먹질의 가속도에 휘청대면서 울부짖고, 동시에 거의 균형을 잃을 뻔한다.

주먹에 느껴지는 통증을 무시하면서, 나는 양손을 턴다.

"이제 더 나아 보이네."

그러고 나서 나는 팔을 그의 허리께에 두르고 그를 꽉 끌어안는다. 킬런은 또 한 번 아플 거라고 생각했는지 움찔하지만 이내 내 손길에 긴장을 푼다.

"어느 쪽이든 저 사람들이 결국 너를 가뒀을 거야. 내가 감옥에 너랑 같이 갇히지 않는 편이 더 많은 일들을 할 수 있을 거라고 생각했지."

킬런이 크게 한숨을 내쉰다.

"나를 믿어 보라고 했잖아. 왜 내 말을 안 믿었던 거야?"

그 부분에 있어서라면, 도무지 대꾸할 말이 없다.

감시창 쪽에서 칼이 큰 소리로 한숨을 내쉬어 당면한 과제로 다시 주의를 끈다.

"그대의 용기를 나무랄 수야 없지만, 이 인간쓰레기 무더기에 대고 자장가를 불러 주는 것 다음 단계도 계획되어 있겠지?"

그가 유리창 너머를 엄지로 쿡 찔러 여전히 우리 쪽을 지켜보고 있는 경비병들을 가리키며 발로는 대령의 몸을 밀어낸다.

"내가 글을 읽을 수 없다고 해서 멍청한 것까지는 아니거든."

킬런이 목소리에 조금 날을 세우며 말한다.

"창문을 지켜 봐. 곧 알게 될 거야."

정확하게 딱 10초다. 익숙한 형체가 깜빡대면서 모습을 갖춰 나타나기까지 우리는 정확하게 딱 10초간 창문을 바라본다. 쉐이드 오빠는 오늘 아침에 의무실에서 봤던 바로 그 모습보다 훨씬 더 괜찮은 상태로 보인다. 오빠는 부상당한 다리에 보조기를 달고 있지만 어깨에는 고작 반창고만 붙인 채로, 자신의 발로 서 있다. 오빠는 경비 두 사람이 도대체 무슨 일이 일어나는 중인지 깨달을 틈도 주지 않고 목발을 곤봉처럼 휘둘러서 양쪽 모두를 후려친다. 망치가 든 봉지처럼 바닥으로 쓰러지는 그들의 얼굴 위로 멍청한 표정이 떠올라 있다.

감옥의 자물쇠는 기쁜 울림과 함께 열리고, 칼은 생각해 볼 것도 없이 당장 문 앞으로 달려가서 문을 비틀어 연다. 그는 복도의 공기 속으로 발을 딛고는 깊이 숨을 들이마신다. 그의 뒤를 그렇게 빨리 따라나서지는 못하지만, 나 역시 침묵하는 돌의 무게가 떨어져 나가는 느낌에 크게 한숨을 쉰다. 나는 미소를 지으며 손가락에 스파크를 불러들인다. 전기가 탁탁 튀면서 내 피부 위로 타오른다.

"보고 싶었다, 너."

나는 내 가장 친한 친구들에게 속삭인다.

"넌 진짜 특이한 애야, 번개 소녀."

놀랍게도, 팔리가 침착한 모습으로 열린 감옥 문에 기대 서 있다. 그녀는 전혀 약물에 영향을 받지 않은 모습이다. 만약 그 주사기에 어떤 효과가 있기는 했다면 말이지만.

"간호사들이랑 친하게 지낸 특전이랄까."

킬런이 내 어깨를 쿵 들이받으며 말한다.

"친절한 미소 한 방이면 레나의 주의를 흩뜨리기 충분했거든. 그 다음에 상자 안에 무해한 뭔가를 집어넣었지."

"네가 사라진 걸 알면 걔가 꽤나 상심할 텐데."

팔리가 입술을 비틀며 대꾸하자, 그녀의 입술이 꼭 메기와 비슷한 무언가처럼 보인다.

"걔도 참 불쌍하구만."

팔리의 말에 킬런은 콧방귀만 뀐다. 그 애의 눈이 깜빡대며 나를 향한다.

"그건 내 알 바가 아니야."

"이제 할 일은?"

다시 군인의 모습을 되찾은 칼이 말한다. 낡아서 올이 다 드러난 옷감 아래로 그의 어깨는 긴장으로 단단해져 있다. 그는 자신의 목을 이리 저리 돌리는 동안에도 복도의 모퉁이에서 전혀 시선을 떼지 않는다.

쉐이드 오빠가 자신의 팔을 대답하듯 내밀며 손바닥으로 천장 쪽을 가리킨다.

"이제 점프해야지."

내가 처음으로 오빠의 팔에 손을 얹고 단단히 붙든다. 킬런, 칼,

아니면 다른 어떤 누구를 믿을 수 없다 하더라도, 능력만큼은 믿을 수 있다. 힘도. 권력도. 칼의 불꽃과, 내 태풍과 그리고 쉐이드 오빠의 속도라면, 어떤 것도 그리고 누구도 우리를 건드릴 수조차 없으리라.

우리가 함께인 동안은, 난 결코 다시는 감옥으로 고통받지 않을 것이다.

제9장

벙커가 빛과 색의 번쩍임 속에서 지나간다. 쉐이드 오빠가 우리를 데리고 구조물 사이로 점프하다가 간간히 내려줄 때만 간신히 흘깃 그 모습을 볼 수 있다. 오빠의 손과 팔은 어느 곳이나 우리가 붙들 충분한 공간을 내어 주어, 우리는 팔을 꽉 붙든다. 오빠는 우리 모두를 데려갈 정도로 강한 것이 틀림없다. 아무도 뒤에 남겨지지 않은 것을 보면 말이다.

문, 벽, 바닥이 나를 향해서 기울어지는 모습을 볼 수 있다. 경비들은 매번 소리를 지르고 총을 쏘며 우리를 추적하지만 우리는 결코 한 장소에 충분히 머무르지 않는다. 한번은 전기가 가득 차 있는, 온통 비디오 스크린과 라디오 장비가 가득한 붐비는 방에 들어선다. 그 방에 있던 사람들이 우리를 보고 반응하기 전에 심지어 한쪽 구석에 쌓여 있는 카메라들을 볼 수 있을 정도다. 우리는 바로 점프한다. 다음 순간 나는 부두의 햇빛에 눈을 찡그리고 있다. 이번에는 레이크랜즈 군인들이 그 얼굴들을 일일이 볼 수 있을 정도로 가까이 있다. 저녁 빛 아래에 드러난 그들의 얼굴은 창백하다. 다음 순간 내 발 아래에 느껴지는 것은 모래다. 또 다른 점프 후에는 콘크리트를 밟고 서 있다. 우리는 공공연하게 더 많은 점프를 한다. 활주로의 한쪽 끝에서 시작해서 격납고에 도착할 때까지 점프한다. 자신을 혹사한 쉐이드 오빠가 얼굴을 찡그린다. 오빠의 근육은 경직되어 있고 목 부근의 힘줄은 완전 도드라진 상태다. 마지막 점프로 격납고 안으로 들어가자 공기는 시원하고 상대적으로 조용하다. 세계가 마침내 비틀리고 밀리기를 멈추자 추락하는 기분이 든다. 아니면 토할 거 같거나. 하지만 킬런이 나를 단단히 잡고 우리가 무엇을 찾아 여기까지 왔는지 볼 수 있도록 붙들어 세워 준다.

두 대의 에어젯이 날개를 넓고 어둡게 편 채로 격납고를 가득 채우고 있다. 하나는 다른 하나보다 좀 더 작고, 주황빛으로 물들인 날개와 은색 몸통을 한 1인승 비행기다. *스냅 드래건이다.* 내얼시에서 그 재빠르고 치명적인 비행기들이 우리를 향해서 불꽃을 퍼붓던 기억이 떠오른다. 더 큰 쪽은 칠흑같이 새카맣고 위협적이며, 더 큰 몸체를 갖고 있는데 어떤 구별 가능한 색도 칠해져 있지 않다. 결코 이런 물건은 본 적이 없는데, 칼 역시 마찬가지일지 희미하게 궁금해진다. 팔리가 자신의 요술 주머니 속에 또 다른 기술을 숨겨놓은 것이 아니라면 결국에 칼이 저 비행기를 날게 만들어야 할 것이다. 눈을 완전히 커다랗게 뜨고 그 비행기를 바라보고 있는 팔리의 모습으로 판단해 보건대, 그 가능성은 배제해야 할 것 같다.

"여기서 뭐하는 겁니까?"

그 목소리는 격납고의 벽에 부딪히면서 이상하게 울린다. 스냅 드래곤의 날개 아래에서 나타난 남자는 군인처럼 보이지는 않고, 레이크랜즈 제복 대신에 회색 전신 작업복을 입고 있다. 손이 기름으로 검정색 범벅인 것으로 볼 때, 그는 정비공인 듯하다. 그가 힐끗 우리 사이로 시선을 던지고는 킬런의 멍든 뺨과 쉐이드 오빠의 목발을 알아차린다.

"나…… 나는 당신 상관들에게 당신에 대해 보고해야 합니다."

"보고 따윈 집어치워."

매 순간 한때 그랬듯 대장의 모습에 가깝게 보이는 팔리가 외친다. 그녀의 흉터와 턱에 난 팽팽한 상처를 보고 나서도, 그 정비공이 그 자리에서 졸도하지 않는 것이 놀랍기만 하다.

"우리는 대령님이 내리신 극비 명령을 수행 중이다."

그녀가 재빨리 칼에게 검은색 비행기를 가리켜 보인다.

"이제 이 격납고의 문을 열어."

정비공은 칼이 우리를 비행기 뒤편으로 이끄는 동안에도 계속 말을 더듬는다. 우리가 날개 아래를 통과하는 동안 칼은 한 손을 들어서 차가운 금속을 훑는다.

"'블랙런'이야."

그가 조용히 설명한다.

"크고 빠르지."

"그리고 훔친 거고요."

내가 덧붙인다.

칼이 딱딱한 얼굴로 고개를 끄덕이고 나는 그와 같은 결론에 도달한다.

"델피 비행장에서 훔친 거군요."

훈련 중 사고. 엘라라 왕비가 오래 전 점심 만찬에서 했던 말이었다. 그녀는 자신의 샐러드 포크를 흔들면서 탈취당한 비행기에 대한 루머를 가볍게 털어버리며 숙녀들 한 무리 앞에서 이제는 죽은 사람이 된 메칸토스 대령을 면박 주었다. 그때 나는 그녀가 거짓말을 하고 있다고, 진홍의 군대가 벌인 일들을 덮으려고 한다고 생각하는 동시에 한편으로는 그것이 불가능해 보인다고 여겼다. 도대체 누가 비행기를 훔칠 수 있단 말인가, 그것도 두 대나? 보아 하니 진홍의 군대는 내 예상보다 많은 일을 할 수 있었던 모양이고, 그리고 실제로 해냈다.

블랙런의 뒤쪽에는 꼬리 아래로 아가리를 쩍 하고 벌린 채로 화물을 싣거나 내릴 수 있는 램프가 내려와 있다. 다시 말해, 우리라는 이름의 화물을 싣게 되리라. 분투 끝에 땀범벅이 된 창백한 얼굴의 쉐이드 오빠가 목발에 힘겹게 기댄 채 제일 먼저 비행기에 오른다. 너무 많은 점프에 대한 비용을 치른 셈이다. 킬런이 나를 함께 끌고 그 뒤를 따르고, 우리 바로 뒤로 칼이 올라온다. 어둑어둑한 사이로 항로를 읽는 팔리의 목소리가 우리가 안으로 기어오르는 사이에도 계속 메아리친다.

둥그런 벽 양쪽으로 좌석들이 배치되어 있고, 튼튼한 끈들이 좌석마다 매달려 있다. 적어도 두 다스는 되는 사람들을 실어나를 수 있을 것 같다. 이 비행기가 마지막으로 어디로 날았으며 누구를 수송

했을지 궁금하다. 그 사람들은 살았을까, 죽었을까? 그리고 우리는 그 사람들과 똑같은 운명에 처하게 될까?

"메어, 그대가 좀 도와줘야겠다."

칼이 나를 비행기 앞쪽으로 밀면서 말한다. 그는 조종석에 털썩 주저 앉고는 나로서는 해독이 불가능한 단추와 레버와 기계들로 가득한 패널을 마주한다. 모든 눈금과 게이지가 0을 가리키고 있고, 비행기 안에는 그저 우리의 심장 소리만이 웅웅 울리고 있다. 조종석의 두꺼운 유리 너머로 여전히 닫혀 있는 격납고의 문이 보이고, 팔리는 아직도 정비공과 논쟁하고 있다.

한숨을 쉬며 나는 칼의 옆에 앉고는 안전벨트를 착용한다.

"뭘 하면 되죠?"

내가 벨트를 채울 때마다 각각의 버클이 딱 하거나 철컥 하고 잠긴다. 우리가 날고 있는 중일 때에 비행기 안에서 이리저리 튕겨다니고 싶지는 않다.

"이 녀석도 배터리가 있을 건데, 아마도 그걸 점화해야 할 거야. 그런데 저 정비공이 우리를 도와줄 것 같지가 않군."

그의 눈에 순간적인 반짝거림이 스친다.

"그대가 제일 잘하는 걸 해 봐."

"알겠어요."

내 안으로 밀려드는 투지는 스파크 만큼이나 강력하다. *전등이나 카메라를 켜는 거랑 마찬가지야.* 스스로에게 속삭인다. *그냥 좀 많이 크고 더 복잡할 뿐이지…… 그리고 더 중요하고.* 잠시 정말로 그 일을 할 수 있을지, 내 힘이 거대한 블랙런에 시동을 걸 수 있을 정도로 충분할지 궁금하다. 하지만 자백색의 강력한 번개가 보울 오브 본즈의 하늘 위로 내려치던 기억을 떠올리자, 그 기억이 내가 누구인지를 말해주는 것만 같다. 내가 태풍을 불러일으킬 수 있다면, 분명히 이 비행기에도 생명을 가져올 수 있겠지.

팔을 쭉 뻗고, 나는 패널에 손을 올린다. 아무 느낌이 없다는 것을 빼면 무엇을 느껴야 하는지도 모르겠다. 내 손가락이 금속을 훑으면서 걸쇠를 걸 수 있을 만한 것은 어떤 것이라도 내가 사용할 수 있는 것이 있는지 찾아본다. 내 피부 안에서 스파크가 일어나면서 내 부름에 답할 준비를 마친다.

"칼."

나는 악문 이 사이로 중얼거리며 울고 싶은 기분을 마지못해서 쫓아낸다.

그는 내 생각을 이해하고 재빨리 움직이더니 조종 패널 아래의 뭔가로 팔을 뻗는다. 칼이 패널의 외부를 들어 올리는 동안 금속이 끼기기긱 소리를 내며 찢어지며 모서리부터 녹기 시작한다. 그는 엉망으로 한데 엮인 꾸러미가 되어 있는 얽힌 전선을 드러내고, 그것을 보니 피부 아래로 흐르는 혈관이 생각난다. 내게 필요한 건 그 혈관에 펌프질을 해 주는 것뿐이다. 앞뒤 생각 없이 나는 손을 전선 안으로 밀어 넣고 내 스파크를 박동하듯 내보낸다. 스파크들은 스스로 어디로 가야할지를 찾아 나선다. 손가락이 특별히 굵은 전선 하나를 쓸어내리는 순간, 그 둥글고 매끄러운 선이 내 손에 완벽하게 들어맞는 순간에는 도저히 웃지 않을 수가 없다. 나는 눈을 감고 집중한다. 더 세게, 내 힘이 전력선에 흘러들도록 밀어 넣는다. 그 힘이 비행기를 따라 전달되면서 서로 다른 길들을 따라서 가지를 치며 나눠지지만, 나는 계속 스파크를 부른다. 스파크가 엔진과 어마어마한 배터리에 도착하자, 나는 손톱이 피부에 파고들 정도로 손에 더욱 힘을 준다. *제발.* 자신이 배터리로 쏟아지는 기분이 들고 그 속으로 흘러들어서 배터리 스스로가 갖고 있던 에너지와 부딪히는 것이 느껴진다. 나는 고개를 숙이고 패널에 몸을 기댄 채, 차가운 금속에 달아오른 뺨을 식힌다. 마지막으로 한 번 더 밀자, 비행기 안의 댐이 무너지면서 벽과 전선 너머로 터져 나온다. 블랙런의 동력이 생명력을 얻는 것을 볼 수는 없지만, 사방에서 느낄 수 있다.

"잘했어."

칼이 아주 잠깐 내 어깨를 꽉 쥐며 말한다. 그럼에도 그의 손길은 우리가 동의했던 이야기를 지키려는 듯 재빨리 떨어진다. 다른 데 정신 팔기 없기, 지금은 적어도 그래야 한다. 그의 손이 제어 패널 위로 춤추듯 움직이면서 무작위처럼 보이는 순서로 스위치를 켜고 손잡이들을 조정하는 모습을 보느라 나는 눈을 크게 뜬다.

뒤로 몸을 기대는데, 또 다른 손이 내 어깨를 잡는다. 킬런이 자신의 손을 내게 얹고 있는데, 그 애의 손길은 이상할 정도로 부드럽다. 심지어 내가 아니라 비행기만을 보고 있는 킬런의 얼굴은 외경과 공포 사이에서 방황하고 있다. 놀라서 입을 떡 벌리고 눈을 크게 뜨고 있는 그 모습은 거의 아이처럼 보인다. 에어젯의 뱃속에 앉아서 우리가 결코 가능할 거라고 꿈꿔 본 적도 없는 일을 하려는 지금, 나 자신 역시 작아진 기분이다. *어부 소년과 번개 소녀가, 이제 막 날려고 하다니.*

"팔리는 내가 이 녀석을 벽에다 들이받았으면 하는 건가?"

칼이 미소는 오래 전에 가신 얼굴로 작은 목소리로 투덜거린다. 그는 어깨 너머를 돌아보면서 눈으로 훑는데, 그 시선은 내가 아니라 오빠를 향한다.

"쉐이드?"

오빠는 기절이라도 할 것 같은 모습으로 마지못해 고개를 젓는다.

"이렇게 큰 물건은 점프 못해, 이건…… 복잡하다고. 심지어 컨디션이 좋은 날이라도 안 돼."

그 사실을 말로 뱉는 것조차 오빠에게는 고통스러운 일이다. 오빠가 전혀 부끄러워 할 이유가 없는 데도 말이다. 하지만 쉐이드 오빠 역시 배로우 가의 사람이고, 우리는 약점을 인정하는 것을 좋아하지 않는다.

"팔리를 붙들어 올 수는 있어, 그래도."

오빠가 자신의 버클 옆으로 손을 빼내며 덧붙인다.

킬런은 나 만큼이나 우리 오빠를 잘 알기에, 오빠를 도로 자리에 앉힌다.

"죽으면 형도 아무 쓸모없다고."

그 말과 함께 킬런은 억지로 비뚤어진 미소를 짓는다.

"내가 저 문을 열도록 할게."

"수고할 것 없어."

나는 조종석 바깥에 시선을 둔 채 내뱉는다. 힘을 바깥쪽으로 밀어 내자, 크고 날카로운 신음소리와 함께 격납고의 문이 열리기 시작한다. 문은 바닥에서부터 위를 향해서 매끄럽고 느린 동작으로 움직인다. 정비공이 얼떨떨한 얼굴이 되어 문을 삐걱거리며 제어하는 과정을 지켜보는 사이, 팔리는 총알처럼 달려온다. 그녀는 시야 밖으로 전력질주를 해서는 올라가는 문으로 뛰어간다. 일몰의 광휘가 그녀의 뒤를 따르며 번쩍하고 줄을 그리더니 기다란 그림자를 남긴다. 두 다스는 되는 군인들이 검은 윤곽을 그리며 앞쪽을 막고 서 있다. 붉은 넝마와 스카프들을 보아하니, 그들 중에는 레이크랜즈 군인들뿐만이 아니라 팔리의 방위군들도 있다. 각각이 블랙런을 겨냥한 채로 총을 들고 있지만, 그들은 발사하고 싶지 않은지 망설이는 듯하다. 브리 오빠나 트래미 오빠의 모습이 그들 중에 보이지 않아서 나는 안도한다.

레이크랜즈 군인들 중 하나가 앞으로 나오는데 제복에 있는 하얀색 줄무늬로 판단해 보건대 대위 아니면 중위 정도 될 듯하다. 그가 뭔가를 외치며 한 손을 쭉 뻗는데 입 모양으로 보건대 *멈춰*라고 말하는 것 같다. 하지만 엔진이 점점 시끄럽게 울어대는 소리 너머로 그의 말은 들리지도 않는다.

"가!"

팔리가 비행기의 뒤편으로 나타나며 외친다. 그녀는 가장 가까운 좌석으로 굴러들어가서는 떨리는 손으로 벨트를 찬다.

칼에게는 두 번 말해 줄 필요도 없다. 그의 손이 두 배로 바쁘게 움직이며 홱홱 돌리고 누르는데 이 일이 제2의 천직이라도 되는 듯하다. 하지만 그가 작은 소리로 마치 기도 같은 말을 중얼중얼하는 소리가 들린다. 스스로에게 다음에 무엇을 해야 하는지 상기시키는 말이다. 블랙런이 앞으로 요동치고 바퀴가 구르는 사이에 리어 램프가 제자리로 돌아오며 올라오고 항공기 내부의 공기가 만족스러운 쉬익 소리와 함께 밀폐된다. *이제 물러설 곳은 없어.*

"좋아, 이 녀석을 움직여 보자고."

조종석에 편히 기대는 칼을 보니 거의 흥분한 상태다. 경고 한 마디 없이 칼이 패널에 있는 레버를 붙들고 앞으로 밀자, 비행기가 복종한다.

비행기는 그대로 달리면 군인들이 선 줄 위로 충돌할 코스를 따라 앞으로 굴러간다. 나는 잔혹한 장면을 볼 수 있다는 생각에 이를 악물지만, 그들은 벌써 블랙런과 복수심에 불타는 조종사에게서 달아나려고 달리기 시작했다. 우리는 격납고를 빠져나와서 매 순간 점점 속력을 올리고, 혼란 속에서 활주로를 찾는다. 차들이 병영을 지나 굉음을 내며 우리 쪽을 향하고, 그 사이 군인들 한 부대가 대담하게도 격납고의 지붕에 올라 총을 쏜다. 총알은 *쨍* 소리를 내며 비행기의 금속 선체에 부딪히지만, 구멍을 내지는 못한다. 블랙런은 더 강한 물질로 만들어져 있고 계속 나아가며 오른쪽으로 세게 돌아서 우리는 각자의 좌석에서 덜컹거린다.

킬런이 그 일에 제일 크게 당하는데, 안전벨트를 제대로 채우고 있지 않았던 탓이다. 흰 벽에 대고 머리를 쿵 하고 박은 킬런은 멍이 든 뺨을 슬쩍 붙들며 욕설을 뱉는다.

"이 녀석을 날게 할 수 있는 거 맞아?"

자신의 분노를 몽땅 칼에게 쏟으며 킬런이 으르렁거린다.

코웃음을 치면서 칼은 더 세게 레버를 밀고, 비행기는 최고 속도까지 올라간다. 창문 밖으로 자동차들이 속도를 따라잡지 못하고 떨어져 나가는 것이 보인다. 하지만 앞쪽으로 뻗은 단조로운 회색 활주로는 꾸준히 끝이 다가오고 있다. 부드러운 녹색 언덕들과 제대로 자라지 못한 나무들이 결코 그처럼 위협적으로 보인 적이 없었다.

"칼."

그가 엔진의 비명 소리 너머로 내 목소리를 들을 수 있기를 바라며 속삭인다.

"칼."

뒤에서는 킬런이 손으로 벨트를 더듬는 중이지만, 그 애의 손이 너무 심하게 떨리는 바람에 아무 쓸모가 없다.

"형, 마지막으로 한 번만 더 점프할 수 있는 힘이 남았어?"

킬런은 우리 오빠를 힐끗 바라보며 외친다.

쉐이드 오빠가 킬런의 말을 들은 것 같지는 않다. 오빠는 앞쪽을 응시하고 있고, 오빠의 창백한 얼굴에는 공포가 가득하다. 언덕은 계속 가까이 다가오고, 이제는 몇 초만이 남았다. 비행기가 그 위로 날아올라서 잠시 동안은 괜찮다가, 빙글빙글 돌면서 기울어지고는 마침내 불타오르는 잔해 속에서 폭발하는 모습을 그려 본다. *적어도 칼은 그 속에서라도 살아남겠지.*

하지만 칼은 우리를 죽게 만들지 않을 것이다. 오늘은 아닐 것이다. 또 다른 레버 하나를 세게 밀어올리는 칼의 주먹 위로 핏줄이 날카롭게 도드라진다. 다음 순간 언덕들이 마치 테이블에서 테이블보를 벗겨내듯이 순식간에 아래로 멀어진다. 이제 내가 볼 수 있는 건 섬이 아니라 깊고 푸른 가을 하늘이다. 땅을 벗어나며 숨도 멎고, 공기 중으로 떠오르는 감각이 모든 것을 강탈한다. 압력에 좌석으로 몸이 밀리는 느낌이 나더니 무언가가 귀를 아프게 만들고, 이내 *빵* 하는 소리가 난다. 뒤쪽에서 킬런이 숨 막히는 비명을 지르고 쉐이드 오빠는 낮은 소리로 욕을 한다. 팔리는 전혀 아무 반응도 보이지 않는다. 그녀는 충격으로 눈을 크게 뜬 채로 얼어붙어 있다.

최근 몇 달 동안에 온갖 낯선 일들을 경험해 왔지만, 어떤 것도 비행에 비할 바는 아니다. 비행기가 올라가며 매 순간 엔진의 힘이 우리를 하늘 쪽으로 밀어 올리는 동안 비행기의 거대한 추진력을 느끼는 동시에, 나 자신의 몸은 그토록 무기력하고 수동적으로 주변의 비행기에 의존해야 한다는 것은 묘한 대조를 이룬다. 이 경험은 칼의 오토바이보다 더 나쁘기도 하고, 한편 또 더 좋기도 하다. 입술을 깨문 채로 나는 눈을 감지 않으려고 애를 쓴다.

울부짖는 엔진 소리와 쿵쿵대는 심장 소리 외에는 아무 것도 들리지 않을 때까지 우리는 오르고 또 오른다. 구름 조각들이 휙 지나가며 하얀 커튼처럼 조종석을 가로질러 부서진다. 나는 앞쪽으로 몸을 기울이다 못해, 좀 더 바깥을 잘 보기 위해서 유리창에 대고 코를 누를 지경이다. 비행기가 섬을 선회하자 감청색 바다와는 대조적인 칙칙한 녹색이 매초 점점 더 작아지다가 마침내 활주로나 병영들을 알아볼 수도 없게 된다.

그게 얼마 높이든 간에 칼이 원하는 높이에 도달한 비행기가 수평을 유지하자 칼은 의자에서 몸을 돌린다. 그의 얼굴에 떠오른 의기양양한 표정은 메이븐도 자랑스러워 했을 만하다.

"어때?"

그가 킬런을 바라보며 말한다.

"이 녀석을 날게 할 수 있는 거 맞지?"

툴툴거리는 "그래"라는 대답이 그가 얻을 수 있는 전부지만, 그걸로도 칼에게는 충분하다. 그는 다시 패널로 몸을 돌리고 자신 앞 중앙에 위치한 U자 모양의 기계 장치에 손을 얹는다. 비행기는 그의 손길에 반응해서, 그가 유턴을 하자 부드럽게 각도를 바꾼다. 충분히 만족스러울 때까지 조종을 하고 나자, 그는 계기판에 있는 단추들을 몇 개 더 누른다. 칼이 뒤로 기대는 걸 보니 비행기가 혼자 날게 만든 모양이다. 그는 심지어 자신의 안전벨트를 풀고는 자기 자리에서 더 편한 자세를 취하며 어깨를 꿈틀거린다.

"그래서 우리 어디로 향하는 거지?"

그가 조용하게 묻는다.

"아니면 그냥 날려가는 건가?"

나는 그 말장난에 얼굴을 찌푸린다.

킬런이 자신의 무릎 위로 종이 한 묶음을 털썩 내려놓자 철썩 하는 소리가 비행기 안에 울린다. *지도다.*

"대령의 거야."

킬런이 설명하며 내 눈을 뚫어져라 바라본다. *나를 이해시키려고 하는 거구나.*

"하버베이 근처에 가설 활주로가 있어."

하지만 칼은 갈수록 더 멍청한 학생을 상대해야 하는 짜증난 교사처럼 고개를 저으며 비웃는다.

"패트리어트 요새를 의미하는 건가? 노르타의 공군 기지 한가운데에 착륙하길 원한다고?"

팔리가 자신의 벨트를 찢어 버리다시피 풀면서 자리에서 처음 일어난다. 그녀는 신중한 동작으로 날카롭게 지도를 살펴본다.

"그래, 우리는 완전히 멍청이들이거든, 왕자 저하."

그녀가 냉소적으로 뱉는다. 그녀는 지도 하나를 접어들고 칼의 코 아래에 들이민다.

"요새가 아니야. '9-5 필드'로 갈 거야."

팔리의 말대꾸에 이를 갈면서, 칼은 지도를 조심스럽게 받아들고 선과 색이 가득한 네모를 살펴본다. 잠시 후에, 그가 대놓고 웃음을 터뜨린다.

"뭔데요?"

나는 그의 손에서 지도를 뺏으며 묻는다. 줄리언의 옛 교실에 있었던 거대하고 해독 불가능했던 오래된 지도들과는 다르게 이 지도는 익숙한 이름과 장소들이 나열되어 있다. 하버베이는 남쪽의 대부분을 차지하고 있고, 해안선이 경계 역할을 한다. 패트리어트 요새는 물 쪽으로 튀어나온 반도를 차지하고 있다. 두꺼운 갈색 선이 도시를 둘러싸고 있는데, 자연스럽다기에는 너무 균일한 것이, 또 다른 '나무 장벽'인 것 같다. 아케온에서 그랬던 것처럼 그린워든들이 하버베이를 오염에서 막기 위해서 창조해 낸 이상한 숲이겠지.

또 다른 슬럼이구나. 적혈들이 연기로 가득 찬 하늘 아래에서 자동차, 전구, 에어젯, 은혈들 스스로는 결코 만들어내지 못할 모든 것을 어떤 것이라도 만들도록 강요받은 채 살다가 죽어 가는 '그레이타운'처럼. 기술자들은 자신들의 이른바 도시를 떠나는 것도 허락되지 않으며, 심지어 군대로 징병되지도 않는다. 그들의 기술은 전

쟁으로 인해, 아니면 그들 자신의 자유 의지로 인해 잃기에는 너무나 가치가 있는 것이다. 그레이 타운에 대한 기억이 날카롭게 찌르는 듯하지만 그곳이 유일하게 그토록 혐오스러운 종류의 동네가 아니라는 사실을 알기에 상처는 더욱 깊어지는 느낌이다. 얼마나 많은 이들이 그 빈민가에 갇혀 살고 있을 것인가? 아니면 이곳에는? 또 얼마나 많은 *나 같은* 이들이 있을까?

쓴물이 목구멍에서 치솟지만 힘겹게 삼키고 억지로 눈을 돌린다. 주변의 땅을 살펴 보니 대부분은 방앗간 마을이고 간간히 작은 도시들과 사이사이 다 허물어져 가는 폐허가 점처럼 박혀 있는 빽빽한 숲들이 보인다. 하지만 9-5 필드는 지도 위 어디서도 찾을 수 없어 보인다. 아마도 진홍의 군대와 관련된 다른 것들과 마찬가지로 비밀인 모양이다.

내 혼란을 알아차린 칼이 마지막으로 싱긋 미소를 보인다.

"그대의 친구는 나보고 블랙런을 망할 폐허 위에 착륙시키라는 거야."

지도 위를 가볍게 두드리며 그가 말한다.

칼의 손가락은 한참 전에는 거대한 길이었던 아주 오래된 길들 중 하나를 상징하는 점선을 가리키고 있다. 쉐이드 오빠와 함께 스틸츠 근처의 숲에서 길을 잃었을 때 그런 길 중 하나를 본 적이 있다. 수천 번은 더 되는 겨울을 지나는 동안 얼음이 얼었다 녹으며 금이 가고, 수백 년간 내리쬔 태양빛에 하얗게 표백된 길은 오래 전의 주요 도로라기보다는 우락부락한 돌덩이처럼 보였다. 길 사이사이에 아스팔트를 억지로 뚫고 올라온 나무 몇 그루가 똑바로 자라 있었다. 그런 길들 중 하나 위로 에어젯을 착륙시킨다니, 생각만 해도 토할 것 같다.

"불가능해요."

오래된 길 위에 착륙을 시도하던 중에 충돌하거나 죽게 될 모든 가능성을 상상해 보며 나는 더듬거린다.

칼도 동의하듯 고개를 끄덕이며, 내 손에서 지도를 재빨리 채어 간다. 지도를 넓게 펴고 탐색하는 동안 그의 손가락들이 다른 도시와 강들을 따라 춤추듯 움직인다.

"메어가 있으면, 여기 굳이 착륙할 필요가 없어. 우리는 천천히 여유를 갖고, 필요할 때마다 배터리들을 충전하고, 우리가 원하는 만큼 오래, 우리가 원하는 만큼 멀리 날 수 있어."

다음 순간, 어깨를 으쓱하며 덧붙인다.

"아니면 배터리들이 더 이상 충전되지 않을 때까지라든가."

또 다른 공포의 번개가 번쩍 내리친다.

"그럼 그게 얼마나 걸릴 것 같은데요?"

그가 삐딱한 미소를 띤 채 대꾸한다.

"블랙런이 사용되기 시작한 건 2년 전이야. 최악의 경우, 이 아가씨 배터리는 앞으로 2년은 더 갈 수도 있지."

"그런 식으로 무섭게 하지 마요."

나는 투덜거린다.

2년이라니. 그 정도 시간이면 전 세계를 돌 수도 있을 것 같은데. 프레이리, 티랙시즈, 몬트포트, 사이론, 지도 상에서 이름만으로 존재했던 땅들. 그 모든 땅들을 볼 수도 있어.

하지만 그건 꿈일 뿐이다. 내게는 신혈들을 지켜야 한다는 스스로가 내린 임무와 왕에게 풀어야 할 원한이 있다.

"그렇다면 어디서부터 시작할까?"

팔리가 묻는다.

"목록을 본 다음 결정하도록 하자. 잘 가지고 있지, 응?"

나는 두려운 듯 들리지 않으려고 최선을 다한다. 이름이 적힌 줄리언의 공책이 턱 섬에 남겨져 있다면, 이 짧은 여행은 시작도 하지 못하고 끝나게 될 것이다. 그 목록이 없다면 1센티미터도 가지 않을 것이기 때문이다.

킬런이 자신의 셔츠에서 익숙한 공책을 꺼내며 대신 대답한다. 킬런이 내 쪽으로 공책을 던지자, 나는 솜씨 좋게 받아낸다. 여전히 그 애의 온기가 남아 있는 듯 손에 잡힌 공책은 따뜻한 느낌이다.

"대령에게서 훔쳐 온 거야."

가볍게 말하기 위해 최선을 다하며 그가 말한다. 아주 조금이기는 하지만 자랑스러워하는 기색이 틈 사이로 비집고 나온다.

"대령의 숙소에서?"

바다 아래의 그 금욕적인 벙커를 기억하며 나는 호기심에 묻는다.

하지만 킬런은 머리를 흔든다.

"그 사람도 그거보다는 똑똑했어. 병영 무기고에 잠근 채로 보관했거든, 열쇠는 목에 걸고 다녔고."

"그리고 네가……?"

만족스럽게 히죽히죽 웃으면서 킬런은 자신의 칼라를 잡아당겨서 자신의 목에 걸린 금색 사슬을 보여 준다.

"너 만큼이나 솜씨 좋은 소매치기는 아닌지 몰라도, 나도……."

팔리가 따라서 고개를 끄덕인다.

"궁극적으로는 그걸 훔치려는 계획을 세우던 중이었어, 하지만 네가 갇히고 나자, 우리는 임시변통으로 해내야만 했지. 그것도 재빨리."

"아."

그러니 이것이 감옥에서 보낸 나의 몇 시간을 대가로 일어난 일이구나. *제발, 날 믿어.* 킬런이 나를 속여 우리에 가두기 전에 했던 말이다. 이제 나는 킬런이 목록을 손에 넣기 위해, 신혈을 위해, 그리고 나를 위해 그 일을 했다는 사실을 깨닫는다.

"잘했네."

나는 속삭인다.

킬런은 내 말을 무시하는 척하지만 그의 미소는 자신이 실은 얼마나 기쁜지를 고스란히 드러낸다.

"그래, 음, 이제 그건 내가 보관할게, 네가 거슬리지만 않는다면."

팔리가 지금까지 들어 본 중에 가장 부드러운 목소리로 말한다. 그녀는 킬런의 대답은 기다리지도 않고 팔을 뻗어서 그 목걸이를 재빠르고 침착한 동작으로 움켜쥔다. 금색이 잠깐 그녀의 손에서 반짝이지만 이내 주머니 속으로 모습을 감추며 사라진다. 그녀의 입이 조금 비틀리는 것만이 그녀가 아버지의 목걸이에 영향을 받았다는 것을 알려 줄 뿐이다. *아니지, 그 목걸이가 그의 것인 것은 아니야. 정말로 정확히는 말이야.* 대령의 숙소에 있던 사진이 바로 그 증거다. 그녀의 어머니나 여동생이 그 목걸이를 차고 있었고, 어떤 이유인지는 몰라도 지금은 그것을 차고 있지 않다.

다시 고개를 들 때, 팔리의 그 표정은 사라지고 거친 태도가 돌아와 있다.

"음, 번개 소녀, 누가 9-5에서 가장 가깝지?"

공책으로 턱을 들이밀며 그녀가 묻는다.

"9-5에는 착륙하지 *않을* 거야."

칼이 확고하지만 위엄 있는 목소리로 말한다. 이 문제에서라면, 나도 그의 의견에 동의하는 바다.

지금까지는 조용했던 쉐이드 오빠가 자기 자리에서 끙 하는 소리를 낸다. 피부가 더 이상 창백하지는 않지만 희미한 초록색이다. 오빠가 순간 이동은 아무렇지도 않아 하면서 비행은 저렇게나 못견뎌 한다는 사실은 거의 웃길 지경이다.

"9-5는 폐허가 *아니야*."

오빠가 아파 보이지 않으려고 완전 최선을 다하며 말한다.

"내열시가 어땠는지 벌써 잊어버린 건가?"

칼은 느리게 숨을 내쉬며 손으로 뺨을 문지른다. 턱수염이 자라기 시작해서, 그의 턱과 뺨 위로 어두운 그늘을 드리고 있다.

"그대들이 그 길을 재포장한 건가."

팔리가 느릿느릿 고개를 끄덕이며 미소를 보인다.

"그냥 바로 그 사실을 말해 주면 안 되는 거야?"

내가 그녀를 향해 욕을 뱉자, 팔리의 얼굴에서 젠체하는 미소가 즉시 사라진다.

"연극적으로 구는 것에 딱히 더 얻을 것도 없다는 걸 잘 알지 않아, *다이애나.* 우쭐한 기분을 느끼느라 네가 낭비하는 매초가 또 다른 신혈의 목숨을 앗아갈 수도 있다고."

"그리고 *네가* 나나, 킬런, 그리고 쉐이드를 네가 들이마시는 공기까지 포함해서 매사 의심하며 낭비하는 매초 역시 똑같은 결과를 가져올 테고, 번개 소녀."

우리 사이의 거리를 줄이며 그녀가 말한다. 그녀가 내 앞에 똑바로 서서 내려다보지만, 나는 전혀 작아지는 기분이 아니다. 레이디 블로노스와 은혈들의 궁중 생활 덕분에 벼려진 차가운 자신감으로, 나는 조금의 떨림도 보이지 않고 그녀의 시선에 맞선다.

"너를 신뢰할 이유를 주면 그렇게 할 거야."

거짓말.

잠시 후에 그녀가 머리를 흔들면서 뒤로 물러서자 내게 숨 쉴 공간이 돌아온다. 그녀가 설명한다.

"9-5는 폐허*였지.* 그리고 거길 방문할 정도로 호기심이 있는 사람들 눈에도 그 길은 그저 버려진 것처럼만 보일 거야. 아직까지 부분적으로 1.5킬로미터 정도의 아스팔트가 망가지지 않고 남아 있어."

그녀는 지도 위의 다른 파괴된 도로들을 가리킨다.

"하나만 남아 있는 건 아니야."

다양한 도로망이 거미줄처럼 얽힌 지도는 항상 고대의 길을 가리고 있지만, 더 작은 도시나 마을들에는 가깝다. *보호물이야.* 보안 요원들이 최소한으로 존재하고, 시골 지역의 적혈들은 눈 감아 주는 경향이 더 강하기 때문이라고 그녀는 말한다. 아마도 조치가 발동되어 자신들의 자녀들을 더 많이 끌고 가겠다고 왕이 결정내리기 전에 비해서 확실히 지금은 그런 경향도 전보다는 덜할 것이다.

"블랙런과 스냅 드래건은 우리가 훔쳐낸 최초의 비행기들이지만, 좀 더 많은 비행기들을 훔칠 예정이야."

그녀는 조용한 자부심을 드러내며 덧붙인다.

"그건 확신하진 못하겠군."

칼이 대꾸한다. 그의 태도는 적대적이라기보다는 그저 실용적인 쪽에 가깝다.

"그 비행기들이 델피에서 탈취당한 후에, 조종석은 고사하고 기지에 숨어 들어가기도 더 어려워지지 않았나."

다시 팔리가 미소를 짓는데, 힘겹게 얻은 자신의 비밀을 완전히 확신하는 태도다.

"노르타에서는, 그렇지. 하지만 피에드몬트의 비행장은 감시가 한심할 정도거든."

"피에드몬트?"

칼과 내가 놀라서 동시에 숨을 들이킨다. 남쪽의 동맹국은 멀리 떨어져 있다. 심지어 레이크랜즈보다도 더 멀다. 진홍의 군대의 정보원들의 세력 너머라면 더 잘 될 수도 있을 것 같다. 그 동네에서 도둑질을 해 온다니 믿기 어려운 건 아닌 것이 내 눈으로 직접 화물들을 보지 않았던가. 하지만 노골적인 잠입은? 그건…… 불가능해 보이는데.

팔리는 그렇게 생각하지 않는 것 같다.

"피에드몬트의 왕자들은 진홍의 군대가 노르타의 문제라고 분명히 확신하고 있거든. 우리에게는 다행히도, 그치들 생각은 틀렸어.

이 뱀은 머리가 많아서 말이야."

헉 하는 소리를 밀어 넣기 위해서 입술을 깨물고, 내 가면에 조금이라도 뭐가 남아 있다면 일단 그것을 유지해 본다. *레이크랜즈, 노르타, 그리고 이제 피에드몬트라고?* 하나도 아니고 세 곳이나, 은혈의 왕과 왕자들이 다스리고 있는 군주들의 국가에 침투할 정도로 충분히 커다랗고 충분히 인내심 있는 조직에 대한 경이와 공포 사이에서 내 기분은 왔다 갔다 하는 중이다.

이 사람들은 내가 상상했던 광신도들의 오합지졸 무리 같은 간단한 게 아니었어.

이건 어떤 누가 가능할 거라고 생각한 것보다도 더 오랫동안 잘 돌아가고 있는 커다랗고 기름을 잘 친 기계나 마찬가지야.

내가 도대체 어떤 일에 뛰어들게 된 거지?

생각이 눈에 드러나지 않게 하느라 나는 이름이 쓰인 책을 팔락대며 펼쳐본다. 노르타 안의 모든 신혈의 이름과 위치를 양념처럼 친, 줄리언의 연구가 남긴 유물이 내 마음을 진정시켜 준다. 내가 그들을 설득하고, 훈련시키고, 우리가 은혈이 아니라는 것을, 우리가 두려워하지 않는다는 것을 대령에게 보여 준다면 세상을 바꿀 기회를 얻을 수 있을지도 모른다.

그리고 메이븐은 어떤 누구도 내 이름으로 죽일 기회를 얻지 못할 것이다. 나는 또 다른 비석의 무게를 짊어지지 않아도 될 것이다.

칼이 옆에서 내 쪽으로 몸을 기울이지만 그의 눈은 노트 위를 향하지 않는다. 대신에 그는 목록을 훑는 내 손, 내 손가락을 바라본다. 그의 무릎이 내 무릎을 스치는데, 심지어 그의 해진 바지 너머로 뜨거운 느낌이 난다. 칼이 아무 말도 하지 않고 있음에도, 나는 칼의 행동에 담긴 의미를 이해한다. 언제나 보이는 것 이상이 있을 수 있다는 것을, 심지어 우리의 이해를 넘어서는 것이 있다는 것을 나처럼 그도 알고 있다.

경계를 늦추지 마. 그가 전하고 있다.

팔꿈치로 살짝 쿡 찔러서 나도 대답한다.

나도 알아요.

"코런트."

나는 손가락을 잠깐 멈추고 크게 말한다.

"9-5의 활주로에서 코런트까지는 얼마나 가깝지?"

팔리는 지도에서 그 마을을 찾아보는 수고를 할 필요도 없다.

"충분히 가깝지."

"코런트에 뭐가 있는데, 메어?"

내 어깨 쪽으로 쭈뼛쭈뼛 다가오며 킬런이 묻는다. 그는 조심스럽게 칼에게서 거리를 유지한 채, 나를 자신들 사이에 벽처럼 유지한다.

말들이 무겁게 느껴진다. 내 행동이 이 사람을 자유롭게 해 줄 수도 있다. 아니면 그를 파멸시킬 수도 있고.

"그의 이름은 닉스 마스튼이야."

제10장

블랙런은 대령의 전용 비행기로, 대령이 레이크랜즈와 노르타 사이를 할 수 있는 한 최대한 빨리 이동해야 할 때에 사용되었다. 블랙런은 우리에게는 운송수단 이상이다. 무기들과 의료품, 심지어 지난 마지막 비행 때의 식품 배급까지도 여전히 여기에 실려 있는 덕분에, 이곳은 보물섬이나 다름없다. 팔리와 킬런은 저장품들을 총에서부터 반창고에 이르기까지 여러 더미로 분류하고, 그동안 쉐이드 오빠는 어깨의 붕대를 간다. 오빠의 다리는 이상할 정도로 똑바르고 부목 안에서 구부리지도 못하는 듯한데, 오빠는 전혀 고통의 흔적을 보이지 않는다. 가족들 중에서 체격이 작은 편이었음에도 불구하고 쉐이드 오빠는 항상 가장 터프한 사람이었고, 오직 아빠가 끊임없는 고통으로 인해서 공포를 불러일으키실 때만 2인자가 되곤 했다.

숨이 갑자기 거칠어지고, 목구멍 안이 따끔거리고 폐가 찔리는 기분이다. *아빠, 엄마, 지사, 그리고 오빠들.* 탈출의 태풍 속에서, 나는 가족들을 전부 잊고 있었다. 마치 그전처럼, 내가 처음으로 메리어나가 되었던 그때처럼, 티베리아스 왕과 엘라라 왕비가 넝마를 가져가고 실크를 주었던 바로 그때처럼. 그때도 돌아오지 않을 딸을 기다리고 계실 부모님을 떠올릴 때까지 수 시간이 걸렸다. 이제 나는 가족들을 또 다시 기다리도록 남겨 놓고 떠났다. 우리 가족들은 내가 저지른 짓 때문에 대령의 분노에 따라서 위험에 처했을지도 모른다. 나는 손에 머리를 묻으며 욕설을 뱉는다. *어떻게 가족들을 잊을 수가 있을까? 다시 가족들을 막 되찾았으면서. 어떻게 이렇게 다시 그들을 떠날 수 있지?*

"메어?"

칼이 내가 주목받지 않도록 하느라 작은 목소리로 묻는다. 다른 이들까지 내가 몸을 둥글게 말고 매 순간 나 자신을 벌주는 모습을 볼 필요야 없으리라.

넌 이기적이야, 메어 배로우. 이기적이고, 멍청한 여자애라고.

한때는 느리고 안정적인 위안이 되어 주었던 엔진이 낮게 웅웅거리는 소리가 무겁게 다가온다. 그 소리가 턱 섬의 해안에 치는 파도처럼 나를 때리고, 끝도 없이 나를 휘감고 숨을 막는다. 잠시 동안, 나는 엔진이 나를 삼켜 버렸으면 싶다. 그러면 번개 말고는 아무 느낌도 안 날 텐데. 고통도, 기억도 없이 그저 힘만이 남을 것이다.

머리 뒤쪽에 닿은 손 하나가 그 기분들을 조금 가라앉히며, 내 피부 위의 차가움에 맞서 온기를 불어넣는다. 엄지손가락이 느리게 문지르며 그간 존재하는지도 몰랐던 지압점을 찾아서 원을 그린다. 조금은 도움이 된다.

"좀 진정하는 게 좋겠어."

그렇게 말하는 칼의 목소리가 이번에는 더 가까이에서 들린다. 눈가로 힐긋 바라보니 그가 내 옆에서 아래로 몸을 기울이고 있는 모습이 들어온다. 그의 입술이 내 귓가를 거의 스치다시피 한다.

"비행기들은 번개 폭풍에는 조금 민감하거든."

"맞아요."

그 말을 뱉는 것은 너무나 힘들다.

"그래요."

그는 손을 떼지 않고 계속 머무른다.

"코로 들이마시고, 입으로 뱉어 봐."

그가 낮고 침착한 목소리로 마치 겁먹은 동물에게 말하고 있다는 듯이 지시한다. 완전히 틀린 것도 아니라는 생각이 든다.

아이 같은 기분이기에 어쨌든 나는 그 충고를 받아들인다. 숨을 들이쉬고 내쉴 때마다 나는 생각들을 덜 가혹한 것부터 하나씩 날려 보낸다. *너는 가족들을 잊었지.* 들이마시고. *너는 사람들을 죽였어.* 내쉬고. *너는 다른 사람들을 죽게 내버려뒀어.* 들이마시고. *너는 혼자야.* 내쉬고.

마지막 생각은 사실이 아니다. 칼이 그 증거이고, 킬런, 쉐이드 오빠, 그리고 팔리 또한 마찬가지다. 하지만 나는 그들이 나와 함께하더라도 내 *옆에는* 아무도 없다는 생각을 떨칠 수가 없다. 내 뒤에 군대가 함께 있다 하더라도 나는 여전히 혼자이리라.

아마도 신혈들은 그 기분을 바꿀 수 있을지도 모르겠다. 어쩌면 아닐 수도 있고. 어느 쪽이든, 차차 알아내야 할 것이다.

느리게, 나는 다시 똑바로 앉고, 칼의 손도 따라온다. 그는 내가 자신의 도움을 더 이상 필요로 하지 않는다는 확신이 들고 나서야 한참 후에 손을 뗀다. 그의 온기가 사라지자 목에 갑자기 차가운 느낌이 들지만, 그가 그 사실을 알게 두기에는 내 자존심이 너무 세다. 그래서 나는 시선을 밖으로 돌리고, 뒤로 흐릿하게 지나가는 구름과 저무는 해, 그리고 그 아래의 바다에 초점을 맞춘다. 길게 이어지는 섬들에 파도가 하얗게 부딪힌다. 길쭉하게 이어지는 모래밭이나 습지, 아니면 다 허물어져 가는 다리들이 번갈아 등장하며 섬들을 잇고 있다. 몇몇 어촌들과 등대들이 군도를 점점이 수놓고, 그 무해해 보이는 모습에도 나는 주먹을 꼭 쥔다. *저 섬들 중 하나의 꼭대기에 감시자가 있을지도 몰라. 우리 비행이 들킬 수도 있어.*

그중 가장 큰 섬에는 배들로 가득 찬 항구가 있는데, 크기와 선체를 장식하고 있는 은색과 푸른색의 줄무늬로 판단해 보건대 해군인 것 같다.

"자신이 무슨 일을 하고 있는지 알고 있는 거죠?"

시선은 여전히 섬들을 향한 채로 칼에게 묻는다. 얼마나 많은 은혈들이 저 아래에서 우리들을 찾고 있을지, 누가 알랴? 그리고 배가 가득한 항구라면 아무리 많은 수의 물건들이라도 숨길 수 있을 것이다. 아니면 사람도. *가령 메이븐이라든가.*

하지만 칼은 조금도 그 점을 우려하는 것처럼 보이지 않는다. 다시 한 번 그가 자신의 까칠하게 자란 수염을 긁적이자, 손가락이 거친 피부 위로 소리를 낸다.

"저기는 '반 아일랜드 섬'이야, 걱정할 만한 건 아무것도 없는 곳이지. 반면 패트리어트 요새는……."

그가 희미하게 북서쪽을 가리키며 말한다. 이렇게 금빛 햇살에 안개까지 낀 상태로는 그저 본섬의 해안만을 알아볼 수 있다.

"나는 할 수 있는 한 오래 요새의 감지기 범위를 피해서 갈 거야."

"당신이 그럴 수 없게 되면?"

킬런이 불쑥 나타나 우리를 내려다보면서, 내 의자의 뒤쪽에 몸을 기댄다. 그의 시선이 칼과 아래의 섬 사이를 번갈아 보면서 이리저리 왔다갔다 한다.

"당신이 그들보다 더 빨리 날 수 있다고 생각하는 건가?"

칼의 얼굴은 침착하고 자신감에 차 있다.

"나는 내가 그럴 수 있다는 건 알고 있지."

킬런을 그저 화나게 만들 뿐이라는 걸 알기에 나는 소매 아래로 미소를 감춰야만 한다. 칼과 함께 비행을 해 본 것은 처음이지만, 칼이 오토바이로 비슷한 일을 하는 것은 본 적이 있다. 그리고 그가 바퀴 두 개 달린 죽음의 기계를 운전할 때의 반만이라도 비행기 조종을 잘할 수 있다면, 우리는 바로 그 유능한 사람의 손 안에 있는 셈이다.

"하지만 그럴 필요도 없을 거야."

킬런의 침묵에 만족스러워하며 칼이 이어 말한다.

"모든 비행기는 기지에서 정확히 어떤 새가 어디로 가는지를 알 수 있도록 각자의 호출 신호를 갖고 있지. 우리가 범위 내에 들어가면 나는 예전에 알던 신호를 하나 보낼 거고, 만약 우리가 운이 좋다면 아무도 재확인할 필요도 느끼지 못할 거야."

"도박처럼 들리는데."

킬런이 칼의 계획에 찌를 구멍이 있는지 샅샅이 살피면서 투덜거리지만, 어부 소년은 자신이 비참하게도 열세라는 사실만 발견한다.

"그 계획, 먹힐 거야."

팔리가 바닥 위에 앉은 채로 끼어든다.

"대령이 감지기들 사이로 피해서 날아갈 수 없을 때면 써먹는 방법이거든."

"아무도 반란군들이 조종하는 방법을 알 거라고 생각하지 않을 테니 더 도움이 될 거 같네."

킬런의 난처함을 조금이라도 덜어줄 수 있도록 애쓰며 내가 덧붙인다.

"사람들은 도둑맞은 비행기를 하늘에서 찾아보지는 않을 거야."

놀랍게도 칼이 날카롭게 경직된다. 그가 자신의 자리에서 빠르게, 삐걱거리는 움직임으로 일어나자 그의 의자가 빙글 돈다.

"기기 응답이 느린데."

그가 성급하게 설명을 중얼거린다. 얼굴을 한가득 어둡게 찌푸린 것으로 볼 때 빤히 보이는 거짓말이다.

"칼?"

내가 부르지만 칼은 돌아보지 않는다. 그는 심지어 내 말을 들은 척도 하지 않고 성큼성큼 걸어서 비행기 뒤쪽으로 가 버린다. 나머지 사람들은 눈을 가늘게 뜨고, 여전히 고통스러울 정도로 그를 경계하며 그 모습을 쳐다본다.

나만이 당혹스럽게 바라보고 있다. *이건 또 뭐야?*

칼이 자신의 생각은 알아서 해결하도록 두고 나는 여전히 바닥에 팔다리를 아무렇게나 벌리고 누워 있는 쉐이드 오빠에게로 간다. 다리는 예상했던 것보다 더 나아 보이고 잘 만든 부목을 대고 있지만 오빠는 여전히 옆구리에 구부러진 금속제 목발을 필요로 한다. 결국 오빠는 내얼시에서 두 방의 총알을 맞았고, 그럼에도 우리에게는 그저 가볍게 한 번 만져서 오빠를 원 상태로 회복시켜줄 스킨 힐러가 없으니까.

"뭐라도 갖다 줄까?"

내가 묻는다.

"물 좀 준다면 마다하진 않을게."

오빠가 마지못해 대꾸한다.

"저녁 식사도."

적어도 오빠를 위해서 뭐라도 할 수 있는 일이 있다는 사실이 기뻐서, 나는 팔리의 저장고를 살펴보고 휴대용 물통 하나랑 밀봉된 보급 식량 봉투를 두 개 챙긴다. 음식을 제한해야 한다고 불평을 할 거라고 생각했는데, 팔리는 내게 흘긋 시선을 던지지도 않는다. 그녀는 조종석의 내 자리에 앉아서 창문 밖을 바라보며 아래로 지나가는 세상에 온통 사로잡혀 있다. 킬런은 그녀 옆에서 빈둥거리고 있지만 결코 칼의 빈자리는 건드리지 않는다. 왕자가 자신에게 훈계하는 것은 듣고 싶지 않은 때문에 그는 계기판을 건드리지도 않기 위해 주의를 기울인다. 그 모습이 꼭 깨진 유리에 둘러싸인 채로 하나쯤 만져 보고 싶지만 그래서는 안 된다는 사실을 알고 있는 아이를 연상시킨다.

대령이 감금한 이래로 칼이 아무것도 먹지 않았다는 생각에 세 번째 보급 식량을 챙기려고 하던 참에, 비행기 뒤쪽을 흘긋 바라본 다음 손을 멈춘다. 칼이 홀로 서서, 열린 패널을 만지작거리면서 고장나지도 않은 무언가를 고치는 척 하고 있다. 그는 재빨리 그곳에 저장되어 있는 제복 중 하나를 입고 지퍼를 올린다. 검정색과 은색으로 된 비행복이다. 경기장과 처형인들 덕분에 다 망가진 옷은 그의 발아래에 웅덩이처럼 뭉쳐져 있다. 이제 그는 좀 더 불의 왕자이자 전사로 태어난 자기자신처럼 보인다. 블랙런의 독특한 벽들이 아니었다면, 나는 우리가 궁전으로 다시 돌아가서 촛불 주변을 도는 나방들처럼 서로의 주변을 춤추며 돌고 있다고 생각했을 것이다. 그의 심장 위로 배지가 선명하게 새겨져 있는데, 은색 날개 한 쌍이 서 있는 검정과 붉은색의 상징이다. 심지어 이 거리에서도, 나는 비틀리며 불꽃의 그림을 완성하는 그 어두운 점들을 알아볼 수 있다. *불타는 왕관*. 그것은 그의 아버지의 것이자 그의 할아버지의 것이고 그가 날 때부터 받은 권리였다. 대신에 왕관은 최악의 방법으로 빼앗겼으며 아버지의 피와 동생의 영혼을 그 대가로 치러야 했다. 내가 왕을, 왕좌를 그리고 그것이 상징하던 모든 것을 미워했던 만큼이나, 칼에게는 미안한 마음을 느끼지 않을 수가 없다. 그는 모든 것을 잃었다. 모든 삶을, 비록 그 삶이 잘못되어 있었다고는 해도.

내 시선을 느낀 칼이 바쁜 와중에 고개를 들고 잠시 멈춘다. 다음 순간 그의 손이 길을 잃은 채 배지로 향하고 자신의 도둑맞은 왕국의 윤곽을 더듬는다. 나를 움찔하게 만드는 날카로운 손동작으로 그는 그 배지를 슈트에서 단번에 찢어내서는 멀리 던져 버린다. 그의 침착한 외관 아래 깊이 숨 쉬는 분노가 그의 눈에서 깜빡거린다. 그가 숨기려고 애쓰고 있음에도 불구하고, 분노는 언제나 수면 위로 톡톡 터지듯 올라오고, 그가 오랫동안 사용해 온 가면의 틈새마다 번뜩거리고 있다. 나는 그가 화를 풀도록 내버려 둔다. 내가 하는 어떤 말보다도 비행기에서 해야 하는 작업들이 더 그를 쉽게 진정시킬 수 있음을 알기에.

쉐이드 오빠가 몸을 움직여 내가 옆에 앉을 수 있도록 공간을 내어 주고, 나는 품위 따위는 없는 동작으로 땅바닥에 털썩 주저앉는다. 서로 물병을 주고받으며 두 번이나 탈취당한 블랙런의 바닥 위에서 몹시도 기묘한 가족 정찬을 나누는 동안에, 우리 위로는 어두운 구름처럼 침묵이 걸려 있다.

"우리가 옳은 일을 한 거지, 그렇지?"

나는 어떤 친절한 면죄부를 바라는 마음에 속삭인다. 오빠가 고작 나보다 한 살 더 많을 뿐인데도 불구하고, 나는 언제나 오빠의 충고에 많이 의지했었다.

쉐이드 오빠가 고개를 끄덕여서 나는 안도한다.

"그 사람들이 나를 네 옆에 집어넣는 건 그저 시간 문제였을 뿐이야. 대령은 우리 같은 사람들을 어떻게 대해야 되는지도 몰라. 그 사람은 우리한테 겁먹은 거지."

"그 사람이 겁먹은 유일한 사람인 것도 아니잖아."

여태까지 내가 직면해야 했던 모든 외면하는 시선들과 속삭임들을 생각하며 나는 무뚝뚝하게 대꾸한다. 심지어 내가 온갖 불가능한 능력자들에게 둘러싸여 있었던 태양의 홀에서조차, 나는 여전히 다른 존재였다. 사람들은 내게 존경을 보내고, 나를 인지하고, 내게 공포를 느꼈다.

"적어도 다른 사람들은 정상이니까."

"엄마랑 아빠 말이니?"

나는 그분들에 대한 언급에 찡그리며 고개를 끄덕인다.

"지사도 그렇고 오빠들도 그렇지. 가족들은 진짜 적혈이고 그러니 대령이 아마…… 아마 가족들에게는 어떤 일도 하지 않겠지."

그 말은 질문처럼 들린다.

쉐이드 오빠는 단단하게 뭉친 건조 귀리 플레이크 바를 신중하게 깨문다. 오빠의 옷 위로 온통 부스러기가 떨어진다.

"가족들이 우리를 도왔다면, 그건 또 다른 문제였겠지. 하지만 가족들은 우리의 탈출에 대해서 아무것도 몰랐으니, 나는 별로 걱정하지 않아. 우리가 했던 것처럼 그렇게 떠나는 것만이(오빠의 숨이 잠시 멈추고, 나 역시 그렇다.) ……가족들에게 제일 나은 방법이었어. 그렇지 않았다면 아빠는 어떻게든 도우려고 하셨을 테고, 엄마도 마찬가지셨을 거야. 적이도 브리 형이랑 트래미 형은 어떤 혐의에서도 충분히 잘 빠져나올 수 있을 정도로 대의에 충성심을 갖고 있어. 이것 같은 힘든 일을 해내기에는 형들 중 어느 한 쪽도 충분히 똑똑하지 않음은 말할 것도 없고."

오빠는 잠시 신중하게 말을 멈춘다.

"게다가 아무리 레이크랜즈 군인들이라고 하더라도 나이 먹은 부인이나 불구자에 어린 지사를 감옥 안에 처넣는 걸 좋아하리라고는 생각 안 해."

"잘됐네."

아주 약간 안심이 된다. 좀 더 나은 기분이 되어, 나는 오빠의 셔츠에서 보급품 에너지 바의 플레이크를 손으로 쓸어 준다.

"네가 가족들을 정상이라고 부르는 건 마음에 안 들어."

쉐이드 오빠가 내 손목을 붙들며 말한다. 오빠의 목소리가 갑자기 낮아진다.

"우리한테 잘못된 점은 아무 것도 없어. 우리는 다르지, 맞아, 하지만 잘못된 건 아니야. 그리고 분명히 더 나을 것도 없고."

우리는 결코 정상이 아니야. 나는 오빠에게 말하고 싶지만 오빠의 경직된 말에 그 생각을 누른다.

"오빠 말이 맞아."

나는 고개를 끄덕이면서 내 설득력 없는 거짓말을 오빠가 꿰뚫어 보지 않기만을 바란다.

"오빠는 언제나 옳았어."

쉐이드 오빠는 소리 내어 웃고는 에너지 바를 크게 한 입에 털어 넣어 저녁 식사를 마무리한다.

"그 말 적어놔도 되겠니?"

오빠가 싱긋 웃으면서 내 손목을 잡은 손을 풀어 준다. 오빠의 미소는 내가 아프기 시작할 때 짓는 미소랑 매우 유사하다. 오빠를 위해서 미소를 짓는 체 하지만, 칼의 무거운 발걸음 소리에 나는 재빨리 미소를 지운다.

성큼성큼 걸어서 쉐이드 오빠가 쭉 뻗고 있는 다리도 휙 넘어서는 그의 시선은 조종석에 고정되어 있다.

"곧 감지기 범위 내로 들어가게 될 거야."

그가 특별히 누구도 향하지 않은 채로 말하지만, 우리는 모두 태세를 갖춘다.

킬런은 마치 어린 소년이 쫓겨나듯이 조종석에서 재빨리 빠져나온다. 칼은 그를 완전히 무시한다. 그는 다른 어떤 것도 아닌 비행기에만 집중하고 있다. 지금으로서는 적어도 그들 사이의 적대심은 당면한 장애물에 앞좌석을 내어 준 듯하다.

"안전벨트를 착용할게."

칼이 어깨 너머로 외치고, 자신의 좌석으로 앉는 사이에 내 시선과 그의 시선이 부딪힌다. 그는 안전벨트를 무심하고 신중한 손길로 채우고, 각각을 재빨리 세게 당겨 본다. 그의 옆에서 팔리가 당분간 내 자리를 차지하겠다고 조용히 주장하듯, 칼과 똑같은 동작을 한다. 그 점이 신경 쓰이는 건 아니다. 비행기가 떠오르는 모습을 지켜보는 것은 무서울 지경이었고, 착륙도 그와 비슷하리라고 추측만 할 뿐이다.

쉐이드 오빠는 오반할지언정 어리석지는 않기에, 내가 오빠가 서도록 돕게 내버려 둔다. 킬런이 오빠의 반대편에서 부축하고, 우리는 함께 재빨리 오빠를 일으키는 작업에 착수한다. 한번 일어서고 나자, 오빠는 쉽게 자신의 몸을 가누고 목발을 한 팔 아래에 끼운 채로 자신의 자리로 가 앉아 안전벨트를 채운다. 나는 오빠 옆자리에 앉고, 킬런이 내 나머지 한쪽 옆에 앉는다. 이번에는, 내 친구도 자신을 단단히 묶고는 암울한 예상 속에서 자신의 안전벨트를 꽉 붙든다.

안전벨트에 집중하자, 그것이 몸을 조일 때에는 이상하게 안전한 기분마저 든다. *너는 지금 막 질주하는 금속 덩어리에다 네 몸을 묶은 거거든.* 분명 그 생각도 사실이지만 적어도 다가올 몇 분의 시간 동안 삶과 죽음은 오로지 조종사의 손에 달렸다. 나는 그저 그 여정에 함께할 따름이다.

조종석에서 칼은 한 다스는 되는 스위치와 레버들을 움직이며 다음에 다가올 일이 무엇이든 그것에 비행기를 대비시키느라 바쁘다. 그는 일몰과 그 강렬한 빛살을 피해서 눈을 가늘게 뜨고 있다. 석양빛 아래에 그의 실루엣은 불붙은 듯하고, 스스로 불꽃이 될 수도 있는 빨강과 주황색의 손가락과 함께 그를 환하게 빛나게 한다. 그 모습에 나는 내얼시를, 보울 오브 본즈를, 심지어 우리의 훈련 수업에서의 대결을, 칼이 왕자 역할을 그만두고 불꽃이 되던 때들을 떠올리게 된다. 그때마다 나는 충격을 받고, 그가 자신의 잔혹한 면모를 드러낼 때마다 놀라고는 했으나, 이제 더 이상은 아니다. 무엇이 그의 피부 아래에서 타오르고 있는지, 그를 움직이게 하는 분노가 어떤지 그리고 그것들이 양쪽 다 얼마나 강한지를 나는 결코 잊을 수 없으리라.

누구든 누구라도 배신할 수 있지, 그리고 칼이라고 해도 예외는 아니다.

귀에 닿은 손길에 나는 자리에서 펄쩍 뛰어오르며 안전벨트 안에서 덜커덕대며 움직인다. 몸을 돌리니 허공에 손을 든 채로 즐거운 미소로 인해 얄궂은 얼굴이 된 킬런이 보인다.

"여전히 달고 있구나."

킬런이 머리 쪽을 가리켜 보이면서 말한다.

그래, 킬런, 당연히 여전히 귀를 달고 있지. 벌컥 화를 내고 싶다. 하지만 다음 순간 킬런이 뭐에 대해 얘기하는 중인지 깨닫는다. 네 개의 보석, 분홍, 빨강, 진보라, 그리고 녹색의 내 귀걸이들. 처음 세 개는 오빠들이 지사와 내가 나눠 가지도록 준 한 쌍의 귀걸이들을 나눈 것이다. 그 귀걸이들은 오빠들이 군대로 징병되면서 가족을 아마도 영원히 떠나게 될지도 모른다는 생각에 준 것들로 달콤 씁쓸한 선물들이었다. 마지막 것은 진홍의 군대가 아케온을 공격하기 전에, 여전히 우리를 괴롭히고 있는 배신 행위가 일어나기 전에, 비운의 가장자리에 서 있던 킬런이 준 것이다. 그 귀걸이들은 브리 오빠의 징병에서부터 메이븐의 배반까지 모든 것들을 함께 해 왔고, 각각의 돌들은 기억과 함께 무거워졌다.

킬런의 시선이 자신의 눈동자 색과 딱 맞는 녹색 귀걸이에 머무른다. 그의 표정이 부드러워지고, 지난 몇 달간 갖게 된 딱딱한 날카로운 태도가 사라진다.

"물론이지. 이것들은 무덤까지 가져갈 거야."

나는 대꾸한다.

"무덤 얘기 같은 건 최소한으로 하도록 하자, 특히 이런 순간에는 말이야."

킬런이 자신의 안전벨트로 시선을 돌리며 투덜거린다.

이 각도에서는 킬런의 멍든 얼굴이 좀 더 가까이서 보인다. 대령이 눈에 남긴 검은 멍, 내가 뺨에 남긴 보라색 멍.

"미안해."

내가 했던 말들과 부상 모두에 사과하며 말한다.

"넌 더 심하게 때린 적도 많은데, 뭐."

킬런이 소리내어 웃더니 미소를 보인다. 틀린 말은 아니다.

라디오 잡음의 날카롭고 삐걱거리는 쉿 소리가 평화로운 순간을 깨트린다. 나는 칼이 앞으로 기댄 채로 한 손은 조종간을, 다른 손은 라디오 송화구를 꽉 붙든 모습을 바라보기 위해 몸을 돌린다.

"패트리어트 요새 통제소, 여기는 BR 1 8 다시 7 2. 출발지는 델피, 목적지는 렌캐서 요새다."

그의 침착하고 단조로운 음성이 비행기에 메아리친다. 그의 목소리는 전혀 잘못되게 들리지 않고 심지어 약간의 흥미조차 일지 않는다. 바라건대 패트리어트 요새가 승인하기를. 그는 호출 신호를 두 번 더 반복하고, 심지어 마칠 때쯤에는 그의 목소리는 지루하게까지 들린다. 하지만 칼의 몸은 온통 긴장되어 있고 대답을 기다리는 동안 그는 걱정으로 입술을 깨문다.

귀를 기울인 채, 라디오 반대편에서 잡음이 내는 쉿 소리 외에는 아무것도 들리지 않는 상태로 몇 시간처럼 느껴지는 몇 초가 지나간다. 내 옆에서, 킬런이 벨트를 단단히 붙든 채로 최악을 준비한다. 나도 조용히 똑같이 한다.

라디오가 치직 소리와 함께 응답이 돌아옴을 알리자, 손으로 좌석 모서리를 꽉 붙든다. 칼의 비행 능력은 신뢰할지언정 그것이 공격 편대에게서 더 빨리 달아나는 시험을 직접 겪어 보고 싶다는 뜻은 아니다.

"수신, BR 1 8 다시 7 2."

경직되고 권위적인 음성이 마침내 대꾸한다.

"다음 콜은 캔코르다 통제소다. 수신했는가?"

얼굴에 미소가 퍼지는 것을 막지 못하고 칼이 느리게 숨을 뱉는다.

"수신, 패트리어트 통제소."

하지만 안심하기는 이르다. 라디오에서 계속 잡음이 들려서 칼이 턱을 단단히 다문다. 그의 손이 조종간으로 향하고, 손가락은 각각 안정적인 집중력으로 대를 꼭 붙든다. 그 동작 하나만으로 우리 모두를 놀라게 만들기는 충분하고, 심지어 팔리조차 놀란다. 그의 옆 의자에서 눈을 크게 뜨고 입을 벌린 채로 그녀는 다가올 모든 말을 음미할 것 같은 자세로 지켜본다. 쉐이드 오빠도 패널의 라디오를 뚫어져라 바라보며 목발을 가까이 쥔 채로 똑같이 한다.

"렌캐서 너머로 폭풍이 오고 있다, 진행에 주의하라."

심장이 쿵쾅거리는 긴 순간이 흐른 후에 목소리가 말한다. 지루하고 의무에 찬, 우리에게는 완벽히 아무 관심도 없는 목소리다.

"수신했나?"

이번에는 칼이 고개를 떨구고, 안도로 눈을 반쯤 감는다. 나 역시 똑같이 할 뻔하다가 가까스로 멈춘다.

"수신."

그가 라디오에 대고 반복한다. 잡음이 만족스러운 딸깍 소리와 함께 죽고, 송신 종료를 알린다. *끝났어. 의혹을 받지 않았어.*

칼이 어깨 너머로 돌아보며 삐딱한 미소와 함께 입을 열기 전까지 누구도 아무 말도 하지 않는다.

"별 거 아니네."

얇게 번들거리는 이마를 조심스럽게 훔치기 전에 그가 말한다.

불꽃의 왕자가, 땀을 흘리다니. 그 모습에 크게 웃음을 터뜨리지 않을 수가 없다. 칼은 언짢아 하는 것 같지 않다. 사실, 다시 계기판 쪽으로 몸을 돌리기 전에 그의 미소는 더욱 커진다. 심지어 팔리조차 유령 같은 미소를 짓고 킬런은 머리를 흔들며 내 손에서 자신의 손을 풀어낸다.

"잘했어, 왕자 저하."

쉐이드 오빠가 말한다. 킬런이 그 호칭을 저주처럼 사용했던 반면에, 오빠의 입을 통해서 나오니 그 말은 전적으로 존경을 담은 것처럼 들린다.

그것이 머리를 흔들며 왕자가 미소를 지은 이유라고 생각한다.

"내 이름은 칼이야, 그게 전부라고."

킬런이 목 깊은 곳에서부터 코웃음을 치는 소리는 너무 낮아서 오직 나만이 들을 수 있다. 나는 팔꿈치로 그의 갈비뼈를 찍어 준다.

"조금만 더 예의바르게 굴면 죽기라도 해?"

또 다른 멍을 피하려고 킬런은 내게서 멀어지는 쪽으로 몸을 기울인다.

"기꺼이 그런 위험을 감수할 수야 없거든."

그가 속삭이며 받아친다. 다음 순간 킬런은 더 큰 소리로, 칼을 향해 외친다.

"우리가 캔코르다에 연락할 필요는 없는 거지, *왕자 저하?*"

이번에는 나는 뒤꿈치로 그의 발을 사정없이 내리찍어 만족스러운 비명 소리를 얻어내고 만다.

20분 후, 태양이 지고 우리는 하버베이와 뉴 타운의 빈민가를 지나 점점 낮게 날고 있다. 팔리는 자신의 자리에 가만히 있을 수가 없는지 목을 쭉 뻗어서 할 수 있는 한 모든 것을 보려고 한다. 우리 아래로 보이는 것은 오직 나무들로, 대부분의 노르타를 차지하고 있는 거대한 숲은 빽빽하다. 저기 아래는 꼭 우리 고향집 같아 보인다. 마치 스틸츠가 다음 언덕 너머에서 기다리고 있는 것 같다. 하지만 고향은 서쪽으로 150킬로미터보다도 더 멀리 떨어져 있다. 이곳의 강은 익숙하지 않고, 길들은 낯설고 물길을 따라 옹기종기 모여 있는 마을들은 전혀 모르는 곳들이다. 신혈인 닉스 마스튼은 그 마을 중 한곳에 살고, 자신이 어떤 존재인지 어떤 종류의 위험에 처해 있는지조차 알지 못한다. *그가 여전히 살아 있다면 말이지만.*

덫이 있을지 모른다는 것을 걱정해야 하겠지만, 그러지 않는다. 그럴 수가 없다. 내가 앞으로 향하도록 해 주는 힘은 오직 또 다른 신혈들을 찾을 수 있다는 생각뿐이다. 그저 대의명분만을 위해서가 아닌, *나*를 위해서, 내가 이런 돌연변이가 된 유일한 이가 아니라는 것, 내 옆에 오직 쉐이드 오빠만이 서 있는 것이 아니라는 것을 증명하기 위해서.

메이븐에 대한 내 신뢰는 잘못된 거였지만, 줄리언 제이코스에 대한 신뢰는 그렇지 않다. 그에 대해서라면 나는 다른 누구보다도 더 잘 알고 있고, 칼 또한 그렇다. 칼은 나처럼 그 이름 목록이 진짜라는 것을 알고 있다. 만약 다른 사람들은 그 사실에 동의하지 않을지라도, 분명히 그런 기색을 보이지는 않는다. 그건 아마도 그들 역시 믿고 싶기 때문일 거라고 생각한다. 그 목록은 그들에게 무기, 기회,

전쟁에서 싸울 방법에 대한 희망을 준다. 그 목록은 우리 모두에게 닻과 같고, 우리 각각이 붙들고 있을 수 있는 무언가이다.

비행기가 숲을 향해 기울어지자, 나는 주의를 돌리기 위해서 손 안의 지도에 집중하지만 여전히 위장이 떨어지는 느낌이 난다.

"나참, 기가 막혀서."

내 생각에 활주로로 바뀐 폐허라고 생각되는 것을 유리창을 통해서 바라보며 칼이 투덜거린다. 그가 또 다른 스위치를 켜자 내 발 아래의 패널들이 웅웅 떨리고, 비행기의 몸통을 통해서 구별 가능한 윙윙 거리는 소리가 울린다.

"다들 착륙에 대비하도록."

"그게 정확히 무슨 말인데요?"

내가 앙다문 이 사이로 물으면서 몸을 돌리자 창문 밖으로 하늘뿐만이 아니라 나무 꼭대기가 보인다.

칼이 대꾸하기도 전에 비행기 전체가 마구 흔들리며 뭔가 단단한 물체에 쿵 하고 부딪힌다. 우리는 좌석 안에서 이리저리 튕기면서 각자의 안전벨트를 손으로 꼭 붙들고, 비행기의 몸체는 우리 몸을 앞뒤로 흔들어 댄다. 쉐이드 오빠의 목발이 휙 하고 날아서 팔리의 의자 뒷부분을 때린다. 팔리는 알아차린 것처럼 보이지도 않는데, 손가락 마디 뼈가 하얗게 될 정도로 의자 팔걸이를 세게 잡고 있다. 하지만 눈은 커다랗게 뜨고 조금도 깜빡이지 않는다.

"내려간다."

그녀의 말은 엔진이 지르는 귀가 멀 것 같은 소리 너머로 거의 들리지도 않는다.

* * *

밤이 이른바 폐허 너머로 조용하게 내려앉는다. 먼 곳의 새 울음소리와 비행기의 낮은 끼익끽 소리가 밤의 정적을 깬다. 비행기의 엔진은 점점 더 느리게 돌다가 북쪽으로의 여행의 종료를 알리며 정지한다. 날개 아래로 보이던 충격적인 푸른색 전기의 기미가 사라지고, 비행기 안에서 흘러나오는 빛과 위에서 비추는 별빛만이 남는다.

아무도 우리의 착륙을 알아차리지 못했기만을 바라며 우리는 고요하게 기다린다.

마치 가을 같은 냄새가 난다. 죽어가는 나뭇잎과 먼 곳의 비 폭풍으로 인한 늪에서 나는 향이 공기 중을 메우고 있다. 침묵은 조금이라도 잘 기회라면 놓치지 않는 킬런이 어울리지 않게 코를 고는 소리로 인해 마침표를 찍는다. 팔리는 이미 손에 총을 든 채로, 숨겨진 활주로를 정찰하러 사라지고 없다. 그녀는 만약을 위해 쉐이드 오빠와 함께 나갔다. 몇 주 사이에, 심지어 몇 달 사이에 처음으로 아무도 나를 감시하지 않고 가까이에서 나를 지켜보는 사람도 없다. 다시 나 자신에게 속하게 되었다.

물론, 그건 오래 가지는 않는다.

램프 쪽으로 급히 이동하는 칼의 어깨에는 라이플이, 엉덩이에는 권총이 매달려 있고, 손에는 꾸러미가 흔들거리고 있다. 검은 머리카락과 어두운 점프수트로 보아하니 그림자처럼 보일 것도 같고, 확신하건대 자신의 장점을 십분 활용할 계획일 것이다.

"지금 뭐하려는 건데요?"

나는 솜씨 좋게 그의 팔을 붙들며 묻는다. 그는 1초면 내 손길을 뿌리칠 수도 있지만 그러지 않는다.

"걱정 마, 그렇게 많이 챙기진 않았어."

그가 자기 꾸러미를 가리켜 보이며 말한다.

"어쨌든 필요로 하는 건 대부분 훔칠 수 있을 거야."

"당신이? 훔쳐요?"

나는 왕자이자 모든 것들의 포식자인 그가 그런 종류의 일을 했다는 생각에 코웃음을 친다.

"잘해 봤자 당신 손가락만 자르게 될걸요. 잘못 되면, 머리가 잘릴 테고."

그는 걱정스럽게 보이지 않으려고 애를 쓰면서 어깨를 으쓱한다.

"그래서 그게 그대에게 문제라도 되나?"

"그래요."

나는 조용하게 말한다. 목소리에 고통을 드러내지 않으려고 최선을 다한다.

"우린 여기 당신이 필요해요, 당신도 알잖아요."

그의 입가가 비틀리지만, 미소는 아니다.

"그래서 그게 *나*한테 문제라도 되나?"

때려서 그를 정신 차리게 해 주고 싶은 마음이 물씬 들지만, 칼은 킬런이 아니다. 그는 내 주먹질을 미소 지으며 맞아 주고는 그대로 가 버릴 것이다. 왕자는 설득을 해야 하고, 확신을 주어야 하는 것이다. *조종을 해야 해.*

"당신도 말했었잖아요, 우리가 구하는 모든 신혈들이 메이븐에 대항하는 무기가 될 거라고. 그건 여전히 진실이잖아요, 안 그래요?"

그는 동의하지 않지만 반박하지도 않는다. 그는 적어도 귀를 기울이고는 있다.

"내가 무슨 일을 할 수 있는지도 알잖아요, 쉐이드 오빠가 무슨 일을 할 수 있는지도요. 그리고 닉스는 어쩌면 우리 둘보다 더 강할 수도, *더 나을* 수도 있어요. 맞죠?"

또 다시 침묵.

"메이븐이 죽었으면 하는 거 알아요."

어둠에도 불구하고, 낯선 빛이 칼의 눈에 번뜩인다.

"나도 그걸 바라고요. 내 손을 그의 목에 대고 조르고 싶어요. 그가 한 일에 대한 대가로, 자신이 죽인 모든 사람들의 목숨에 대한 대가로 피를 흘리는 꼴을 꼭 보고 싶어요."

그 말을 그토록 큰 소리로 하니 무척이나 기분이 좋다. 나를 가장 겁나게 만드는 것을 그것을 이해해 줄 유일한 사람에게 인정하는 일도. *나는 그를 최악의 방법으로 상처 주고 싶어요. 나는 그가 비명도 지를 수 없을 때까지 번개로 뼈를 지지고 싶다고요.* 나는 이제 괴물로 변해 버린 메이븐을 파괴하고 싶어요.

하지만 그를 죽이는 것에 대해 생각하자, 마음 속 일부가 내가 그의 모습이라고 믿었던 소년에게로 흘러간다. 스스로에게 그는 진짜가 아니었다고 계속 되뇌인다. 내가 알았고 마음을 주었던 메이븐은 특별히 나를 위해 딱 맞춰진 환상이었다. 엘라라 왕비가 자신의 아들을 내가 사랑할 만한 사람으로 바꾸어 놓았고, 그녀는 자신의 일을 너무나도 잘 해냈다. 어쨌든 결코 존재한 적도 없는 사람에 대한 생각이 나를 계속 괴롭히고, 그는 내가 가진 나머지 모든 유령들 중에서도 최악이다.

"그는 우리 영역 밖에 있어요."

칼과 나 둘 다를 위해서 말한다.

"지금 우리가 그를 쫓으면, 그는 우리 두 사람 모두를 매장시킬 거예요. 당신도 이 사실을 *알잖아요*."

한때는 장군이었으며 여전히 대단한 전사인 칼은 전투를 잘 이해하고 있다. 그의 분노에도 불구하고, 복수를 부르짖는 그의 모든 열기에도 불구하고 그는 이것이 자신이 이길 수 있는 전투가 아니라는 사실을 잘 알고 있다. *그럼에도 불구하고.*

"나는 그대의 혁명의 일부가 아니야."

속삭이는 칼의 목소리가 밤 속으로 거의 스러진다.

"나는 진홍의 군대가 아니야. 나는 이 일의 일부분이 *아니야*."

그가 화가 나서 발을 쿵쿵 찍을 거라는 생각이 든다.

"그럼 당신은 *뭐죠*, 칼?"

그가 입을 벌리고 대답을 뱉으려고 한다. 하지만 아무 말도 나오지 않는다.

마음에 들지 않지만, 그의 혼란이 이해가 간다. 칼은 내가 맞서 싸우는 모든 것이 되기 위해서 자라 왔다. 그는 다른 어떤 것이 되는 법은 전혀 알지 못하고, 심지어 지금조차 마찬가지다. 적혈들과 함께하고, 자신의 사람들에게 추적당하며 자신의 형제에게 배신당한 지금조차.

길고 끔찍한 시간이 흐른 후에, 그는 돌아서서 비행기 안으로 후퇴한다. 자신의 짐과 총들과 다짐들을 던져 버린다. 나는 조용하게 숨을 내쉬고 그의 결정에 안도한다. 그는 머무를 거야.

하지만 그것이 얼마나 오래 갈지 모르겠다.

제11장

지도에 따르면, 코런트는 북동쪽으로 6킬로미터쯤 떨어진 리젠트 리버 강과 확장된 포트 로드 길의 교차로에 자리하고 있다. 그곳은 무역을 위한 전초 기지 이상으로는 보이지 않는다. 과거 북쪽 경계선으로 향하는 길목이었으나 침수로 인해 이제는 통행할 수 없게 된 습지대로 둘러싸이면서 포트 로드가 내륙 지방으로 바뀌기 전에 있었던 마지막 마을들 중에 한 곳이다. 노르타의 가장 커다란 4개의 샛길 중에서도, 포트 로드는 가장 많은 사람들이 다니는 곳으로 델피, 아케온 그리고 하버베이를 연결한다. 그렇기에 이토록 먼 북쪽이라 할지라도 우리에게는 가장 위험한 길인 셈이다. 수많은 은혈들이, 군대이든 아니든 그 길을 지날 수 있었다. 그리고 그 사람들이 적극적으로 우리를 추적하지 않는다고 해도, 이 왕국 안에서 칼을 몰라볼 은혈이 있을 리가 없다. 대부분은 그를 체포하려고 할 테고,

몇몇은 분명히 칼을 보는 즉시 죽이려고 할 터였다.

그리고 그럴 수도 있었지. 이 사실을 안다는 것에 겁이 나야 마땅하겠지만 대신에 오히려 활기가 돋는 기분이다. 메이븐, 엘라라 왕비, 에반젤린과 프톨레무스 사모스 남매, 이들의 모든 권력과 능력에도 불구하고 그들 역시 모두 연약하다. 그들도 패배할 수 있다. 우리에게 오직 필요한 것은 적절한 무기다.

그 생각을 하자 지난 며칠간 받은 고통이 조금 무시할 만 해진다. 내 어깨 상태는 그렇게까지 아주 나쁘지는 않고, 고요한 숲속에 있으니 머릿속에서 울려 퍼지는 소리가 줄어든 것이 느껴진다. 며칠이 더 지나면 밴시의 비명이 어땠는지 전혀 기억도 안 날 것이다. 오늘 킬런의 광대뼈를 때리느라 멍이 들었던 손가락 관절마저 더 이상 거의 아프지 않다.

쉐이드 오빠는 나무들 사이로 점프하고, 오빠의 형체는 구름 사이를 뚫고 나오는 별빛처럼 여기저기서 번쩍거린다. 오빠는 가까운 거리를 유지한 채 결코 시야 밖으로 나가지 않으며 자신의 순간 이동 속도를 주의 깊게 조절한다. 한 번인가 두 번 오빠는 사슴의 흔적이나 숨겨진 협곡을 가리키며 뭐라고 하는데, 대부분은 칼을 위해서다. 킬런, 쉐이드 오빠, 그리고 내가 숲에서 자란 반면에, 그는 궁전과 군대 막사에서 자랐으니까. 칼이 탁 소리를 내며 가지를 밟아 부러트리거나 때때로 발이 걸리는 모습으로 볼 때 어느 쪽에서도 밤에 숲을 횡단하는 법을 배우지는 못한 모양이다. 그는 자신 앞에 장애물이나 적들이 나타나면 강제적인 힘으로 길을 뚫고 다 불태워 가며 전진하는 것에 익숙하다.

왕자가 발을 헛딛을 때마다 킬런이 하얗게 빛나는 이를 드러내며 신랄한 미소를 그린다.

"거기 조심해."

킬런이 그늘에 가려져 있던 바위에 부딪히지 않도록 칼을 확 잡아당기며 말한다. 칼은 어부 소년의 손길을 쉽게 비틀어 떼어내지만 고맙게도 그게 전부다. 우리가 개울에 닿을 때까지는 그렇다.

둑 위에 선 나무에서부터 뻗어나온 나뭇가지들이 머리 위로 호를 그리고 있고, 나뭇잎들은 하나씩 하나씩 물 사이를 쓸고 지나간다. 별빛이 깜빡 거리는 틈에 강물이 환하게 빛나고, 바람은 리젠트 리버 강으로 향하며 숲을 통과한다. 개울은 좁지만 얼마나 깊을지 알 수가 없다. 적어도 흐름이 거세지 않아 보이기는 한다.

킬런은 아마도 땅보다는 물 위에서 더 안정을 느끼는 사람임에 틀림없는지, 재빠르게 물이 얕은 쪽으로 뛰어든다. 그는 돌 하나를 강물 가운데에 던지더니 물 위로 돌이 *퐁당* 하고 빠지는 소리에 귀를 기울인다.

"1.8미터 정도, 어쩌면 2미터가 넘을 수도 있고."

잠시 후에 그가 말한다. 내 머리는 충분히 잠기고도 남는다.

"너한테는 뗏목이라도 만들어 줄까?"

킬런이 내 쪽으로 미소를 보내면서 덧붙인다.

내가 처음 수영을 해 본 것은 캐피탈 리버 강에서였다. 그 강은 이것보다 세 배는 더 깊고 열 배는 더 넓은 진짜 강이었으며 그때 난 14살이었다. 그러니 머리부터 풍덩 하고 바로 물속으로 떨어져 내려서 어둡고 차가운 물 아래로 헤엄치는 건 아무것도 아니다. 여기 개울은 바다에 더 가까운 때문인지, 희미하게 소금내도 난다.

내 뒤를 아무 말 없이 따르는 킬런이 오랫동안 연습한 발차기 덕분에 몇 초만에 강을 건넌다. 그 애가 휙 뒤집는 기술을 보이거나 한 번에 몇 분씩 숨을 참는다든가 하는 과시를 하지 않는 것이 놀랍다. 반대편 개울가로 고개를 돌렸을 때, 나는 그 이유를 깨닫는다.

쉐이드 오빠와 팔리는 먼 둑에 걸터앉은 채 아래의 물 쪽을 바라보고 있다. 얕은 곳에 서 있는 왕자를 바라보는 두 사람의 얼굴은 비웃음인지 미소인지를 숨기느라 뒤틀려 있다. 칼의 발목 높이 근처에서 부서지는 개울물은 어머니의 손길만큼이나 부드럽지만 달빛 아래에 드러난 그의 얼굴은 창백하다. 그는 재빨리 팔짱을 끼어 떨리는 자신의 손을 숨기려고 한다.

"칼?"

나는 목소리가 너무 낮지 않도록 주의하며 큰 소리로 묻는다.

"왜 그래요?"

이미 통나무 위로 올라앉은 킬런이 어둠 속에서 코웃음을 친다. 그는 지퍼를 내려 상의를 벗어서는 익숙하고 효율적인 동작으로 물에 푹 젖은 옷을 짠다.

"어서 와, 캘로어, 비행기로 날 수도 있는데 수영을 못하나?"

"나도 수영할 수 있어."

칼이 격하게 받아친다. 억지로 한 걸음을 더 개울에 딛자, 이제 물은 그의 무릎 깊이까지 온다.

"그저 수영을 좋아하지 않을 뿐이야."

당연히 좋을 리가 없겠지. 칼은 버너, 불꽃의 조절자이니 그 어떤

것도 물보다 더 그를 약화시킬 수 없으리라. 물은 그를 속수무책으로 무력하게 만들고, 그것은 그가 일생 동안 경멸하고 두려워하고 맞서 싸우라고 배워 온 것일 테니까. 경기장에서의 그의 모습을 아직 기억하고 있다. 어떻게 거의 죽을 뻔 했는지도. 그는 오사노스 경의 덫에 걸려서 물로 만든 공 속에 갇혔고, 심지어 그 공을 불 태워 날려 버릴 수도 없었다. 분명 관이나 다름없는 기분을 느꼈을 것이다. 물로 만든 무덤.

칼도 역시 그때를 생각하고 있는지 궁금하다. 그 기억이 조용한 개울조차 끝도 없이 휘몰아치는 바다처럼 보이게 만드는 것인지도.

처음에는 본능적으로 다시 헤엄쳐 돌아가서 칼의 손을 잡아 도와주려는 생각이 들지만, 그랬다가는 킬런이 깔깔대며 웃음을 터뜨려서 심지어 칼조차 견딜 수 없는 상황이 될 것이다. 이런 숲 한가운데서 벌이는 싸움이야말로 지금은 가장 피해야 할 일이다.

"코로 들이마셔요, 칼."

그가 올려다보고 개울을 넘어 우리의 시선이 얽히자, 나는 그를 향해서 작게 지지하는 고갯짓을 해 보인다. *입으로 내쉬고.* 그건 그저 그가 내게 해 줬던 충고를 다시 돌려준 것에 불과하지만 늘 그랬듯 그를 가라앉힌다.

그는 또 다시 한 발을 앞으로 딛고, 다시 한 발 한 발 내딛는 동안 가슴이 안정적인 숨소리와 함께 들썩거린다. 그러고 나서 그는 거대한 개처럼 개울을 가로질러서 첨벙거리며 수영을 한다. 킬런은 한 손을 입 위에 대고 조용하게 웃으며 몸을 흔든다. 나는 그 쪽으로 돌을 몇 개 던진다. 칼이 얕은 곳에 도달할 때까지 킬런을 조용하게 만들 정도는 된다. 칼은 열렬하게 물 밖으로 달려 빠져나온다. 당황한 기분이 고스란히 느껴지는 열기가 만든 증기가 조금 피부 위로 올라온다.

"으, 추워."

그가 우리 쪽을 보지 않아도 되도록 머리를 흔들면서 중얼거린다. 그의 검은색 머리카락이 은색으로 물든 얼굴 한쪽에 달라붙는다. 아무 생각 없이 나는 그 머리카락을 뒤로 쓸어 넘겨서 그의 머리를 다시 좀 더 위엄 넘치는 스타일로 정돈해 준다. 그동안 내내 나와 시선을 마주한 그는 내 행동에 놀라고도 기쁜 듯하다.

다음 순간 얼굴을 붉히는 쪽은 나다. *서로 다른 일에는 눈을 돌리지 말자고 말해 놓고서.*

"두 사람도 물이 두렵다고 말하려는 건 아니지?"

개울 너머로 소리치는 킬런의 목소리는 지나치게 크고 거칠다. 팔리는 대꾸로 그저 웃음만을 터뜨리며, 우리 오빠의 허리를 붙든다. 짧은 한순간 뒤에 두 사람은 우리 옆에 서 있다. 히죽히죽 웃으며, 깨끗하게 마른 채로.

두 사람은 점프를 했다. 당연하게도.

쉐이드 오빠는 코웃음을 치면서 내 젖은 머리카락을 쥐더니 꾹 짠다.

"멍청이들."

오빠가 친절하게도 말한다.

목발만 아니었다면, 오빠를 곧장 물속으로 밀어넣었을 텐데.

* * *

우리가 코런트 위쪽의 오르막에 닿을 때쯤에는 내 머리카락도 거의 마른다. 구름이 밀려들어 달과 별을 가리고 있지만 마을의 불빛은 충분히 알아볼 만하다. 우리에게는 유리하게도 코런트는 스틸츠와 비슷한 모습이고, 리젠트 리버 강의 입구에 있는 교차로의 중앙에 자리하고 있다. 해수소택지(바닷물에 의하여 침수되어 있는 지대—옮긴이) 위로 조금 높게 올라와 있는 깨끗한 포장 도로 하나가 아마도 분명 포트 로드일 것이다. 다른 도로는 동서로 뻗어 있고 마을 저편까지 이어지는 단단히 다져진 더러운 길이다. 강둑에 있는 망루는 하늘 쪽을 향해 서 있고, 회전하는 불빛으로 꼭대기가 환하다. 그 불빛이 우리 위로 지나가는 바람에 나는 움찔한다.

"그 사람이 저기 있을 거라고 생각하는 거야?"

킬런이 닉스를 의미한 질문을 조용히 던진다. 그의 눈은 망루의 그늘에 옹송그리며 모여 있는 아래 쪽의 땅딸막한 집들의 수를 훑어본다.

"'닉스 마스튼. 생존. 남성. 271년 12월 20일 노르타, 리젠트 스테이트, 마쉬 코스트, 코런트에서 출생. 현재 거주지: 출생지와 같음.' 그게 목록에 나온 전부야."

나는 기억에 의존한 채 마음속으로 글들을 반복적으로 떠올려 본다. 마지막 부분, 낙인처럼 화끈거리는 그 말만은 남겨 둔다. *혈액형: 해당사항 없음. 유전자 변이, 계통 불명.* 그 부분은 나를 포함하여 목록에 나와 있는 모든 이름 뒤에 따라붙는 설명이다. 줄리언 말로는 그것이 그가 이 사람들을 혈액 베이스에서 찾아낼 때 사용했던 추적자라고 했고, 내 피가 그들의 것과 일치한다고 했다. 이제 그 정보를 사용하는 것은 내게 달렸다. 부디 내가 너무 늦지 않았기만을 바랄 뿐이다.

밤을 뚫고도 잘 보려고 애를 쓰면서, 나는 어둠 사이로 눈을 가늘게 뜬다. 운좋게도 리젠트는 조용해 보인다. 검고 차분한 강과 텅빈 길. 바다조차 유리처럼 고요해 보인다. 그 끔찍한 조치에서 요구한 것들이 여전히 잘 돌아가고 있어서 통금 시간이 완벽한 효과를 발휘한 모양이다.

"어떤 해군 함대도 보이지 않아. 포트 로드 위에도 아무 움직임이 없고."

칼이 동의의 뜻으로 고개를 끄덕이고, 나는 심장이 부풀어 오른다. 분명히 메이븐의 사냥꾼들이라면 군인으로 된 수행단을 이끌지 않고는 움직이지 않을 테고, 그러는 한 그들을 발견하기란 쉬울 것이다. 어쨌든 이제 두 가지 가능성이 남아 있다. 그들이 아직 닉스를 찾아 오지 않았거나, 오래 전에 왔다 갔거나.

"통금 시간에도 불구하고 그다지 어렵지는 않을 것 같은데."

팔리의 눈이 마을 위로 번뜩이며 지붕과 거리 구석들을 낱낱이 살핀다. 이런 일을 전에도 분명 해 봤을 것 같다는 느낌이 온다.

"태만한 마을에, 태만한 보안들이야. 읍내 기록 경비도 신경 쓰지 않을 거라는 데 동전 열 개를 걸게."

"내가 받아들이지, 그 내기."

쉐이드 오빠가 그녀의 어깨를 쿡 찌르며 대꾸한다.

"우리는 저기서 그대들이랑 만나도록 하지."

칼이 말하며 700미터쯤 떨어진 곳에 있는 나무 한 무리를 가리킨다. 어둠 속에서 잘 보이지는 않지만 습지와 키 큰 풀들이 둘러싸고 있다. 숨을 곳으로는 완벽하지만 나는 머리를 흔든다.

"우린 찢어지지 않을 거예요."

"아예 저기에 다함께 어슬렁어슬렁 걸어 들어가지그래, 그대랑 내가 돌격을 지휘하면서? 내가 그냥 감시 초소를 날려 버리는 건 어때, 그대는 길을 가로막는 모든 요원들을 구워 버리고 말이야?"

칼이 대꾸한다. 그는 차분히 말하려고 최선을 다하고는 있지만, 점점 더 격분한 선생님처럼 들린다. *그의 외삼촌 줄리언처럼.*

"당연히 아니……."

"우리 둘 중 누구도 저 마을에 발 하나도 들여 놓으면 안 돼, 메어. 그대가 우리 얼굴을 보는 모든 사람을 죽이려고 마음먹고 있는 게 아니라면 말이야. *모든 사람을.*"

그의 눈이 내 눈을 똑바로 들여다보며 이해를 구한다. 모든 *사람.* 보안 요원뿐만이 아니라, 그저 군인들뿐만이 아니라, 심지어 은혈 거주민들이 아니라. *모두를.* 우리에 대한 어떤 말 한 마디, 어떤 소문 하나라도 들리면 메이븐이 즉시 달려올 것이다. 감시병들, 군인들, *부대*들, 자신이 동원할 수 있는 모든 것을 다 모아서. 우리의 유일한 방어는 계속 숨은 채로, 계속 전진하는 것뿐이다. 흔적을 남기게 되면, 어느 쪽도 할 수 없게 되리라.

"알겠어요."

내 목소리는 생각보다 더 작게 들린다.

"하지만 킬런도 우리랑 같이 있어야 해요."

킬런의 눈이 깜빡거리며 나와 칼 사이를 왔다 갔다 한다.

"네가 아이 돌보는 유모처럼 굴지 않으면 일은 훨씬 더 빨리 끝날 거야."

유모. 그것이 이제는 그가 생각할 수 있고 싸울 수 있으며 스스로를 부양할 수 있음에도 불구하고 내가 계속 해 오고 있는 일을 정확히 일컫는 말일 것이다. 킬런이 내 보호를 거절하는 일에 열성을 보일 정도로 그토록 어리석지만 않다면 참 좋으련만.

"메이븐이 네 이름을 알아. 네 신분증의 사진이 나라 전역의 모든 보안 요원들과 감시 초소에 뿌려지지 않았을 거라고 믿는다면 우리는 정말 멍청한 거겠지."

잔뜩 찌푸린 채로 그가 입술을 비튼다.

"팔리는 어떻고……."

"난 레이크랜즈 사람이잖아, 꼬맹아."

팔리가 내 대신 대답한다. 적어도 우리는 이 부분은 같이 이해하고 있다.

"꼬맹이?"

킬런이 쏘아보며 대꾸한다.

"당신은 나랑 나이 차이도 거의 나지 않잖아."

"네 살 위야, 정확히 말하면."

쉐이드 오빠가 매끄럽게 대꾸한다.

팔리는 두 사람 모두를 번갈아 보며 눈알을 굴린다.

"너희 왕은 내 기록들을 요구할 수조차 없을 거야, 내 진짜 이름을 모르니까."

"나야 모든 사람들이 죽었다고 생각하니 가려는 거고."

쉐이드 오빠가 팔리의 말을 받으며 목발에 몸을 기댄다. 오빠는 차분하게 킬런의 어깨에 손길을 올리지만, 킬런은 어깨를 털어 떨쳐 낸다.

"알았어."

킬런이 작은 소리로 투덜거린다. 뒤쪽으로는 눈길 한번 주지도 않고, 그는 수풀을 향해서 들쥐처럼 빠르고 조용하게 걸어가기 시작한다.

킬런의 뒷모습을 향해 시선을 던지는 칼의 입매가 불쾌감으로 비틀린다.

"저 친구가 탈락할 기회가 사라진 건가?"

"잔인하게 굴지 마요, 칼."

나는 킬런을 따라가며 날카롭게 대꾸한다. 지나가면서 왕자를 일부러 멀쩡한 어깨로 들이받기까지 한다. 해를 끼치려는 게 아니라, 의사 전달을 하려고. *잴 좀 내버려 둬요.*

그는 뒤에 바싹 붙어 따라오며 목소리를 속삭임으로 바꾼다. 따뜻한 손가락이 진정시키려고 애를 쓰며 내 팔을 쓰다듬는다.

"그냥 농담한 거야."

하지만 그것은 진실이 아니다. 전혀 진실이 아니다. 그리고 최악인 것은, 그가 옳으면 어떡하지 싶다는 것이다. 킬런은 군인도 아니고 학자도 아니며 하물며 과학자도 아니다. 그는 내가 아는 어떤 사람보다도 더 빠르게 그물을 들어 올릴 수 있지만, 우리가 물고기가 아니라 *사람*을 낚을 때에 그것이 무슨 소용이 있겠는가? 킬런이 진홍의 군대 내에서 어떤 종류의 훈련을 받았는지야 내가 모르지만 그래봤자 그것은 고작 한 달 정도의 훈련이었다. 그는 태양의 홀에서는 내 덕분에 살아남았고, 시저의 광장에서의 대학살에서 살아남은 것도 순전히 운이 좋은 덕택이었다. 아무 능력도 없고 훈련을 조금 받았을 뿐이며 감각은 더 떨어지는 그가 우리 속도를 늦추는 것 말고 달리 어떤 일을 할 수 있을까?

나는 킬런을 징병에서부터 구했지만, 이번에는 못할 것이다. 또 다른 전쟁에서는 안 된다. 마음 한구석에서 그를 집으로, 스틸츠로, 우리의 강과 우리가 예전에 알았던 삶으로 되돌려 보낼 수도 있다고 속삭인다. 그는 가난하고, 과로하며, 반갑지 않은 대접을 받겠지만 그는 살 것이다. 그 미래, 숲과 강둑 사이에 낀 그 미래는 더 이상 내게는 가능하지 않다. 하지만 킬런에게는 그 삶이 가능할 수도 있다. 나는 그가 그런 삶을 살았으면 한다.

킬런을 여기 머무르도록 버려두고 가는 건 미친 짓일까?

하지만 내가 어떻게 그를 보낼 수 있을까?

두 질문 중 어떤 것에도 답변을 갖고 있지 않다. 그래서 킬런에 대한 그 모든 생각들을 치워 버린다. 그 생각은 나중에 해도 된다. 돌아보고 쉐이드 오빠와 팔리에게 잘 다녀오라는 인사를 할 참이었는데, 두 사람이 이미 사라졌음을 깨닫는다. 저기 코런트 아래에 매복이 숨어 있을 수도 있다는 상상을 하자 공포로 인한 떨림이 척추를 타고 흐른다. 여전히 기억을 맴돌고 있는 총성이 머릿속에서 메아리친다. *아니야.* 쉐이드 오빠의 능력과 팔리의 존재감이면, 두 사람을 오늘 밤은 아무도 못 멈출 거야. 그리고 내가 없으면, 몸을 숨겨야 하는 내가 없으면 아무도 죽지 않아도 될 것이다.

키가 큰 풀 사이로 가능한 손으로 녹색 대들을 헤치고 지나가는 킬런은 그림자 같다. 그는 이건 아무 문제도 아니라는 듯이 거의 흔적을 남기지 않는다. 킬런의 뒤를 요란하게 따라가는 칼의 경우는, 넓은 체구로 자기가 가는 길에 있는 모든 것을 짓밟고 있어서 우리의 존재를 덮을 어떤 것도 남지 않는다. 우리는 아침이 오기 오래 전에 사라질 거고, 바라건대 닉스가 그 맨 뒤를 따르게 된다면 좋겠다. 운이 좋다면, 아무도 사라진 적혈 하나 정도는 알아차리지 못할 거고, 메이븐이 우리가 무슨 일을 하고 있는지 알아내기도 전에 그를 앞지를 시간을 벌 수도 있다.

그게 도대체 뭔데, 정확히? 머릿속의 목소리가 이상하게 바뀐다. 줄리언, 킬런, 칼의 목소리가 뒤섞인 그 목소리에 지사의 것도 조금 섞인다. 내가 인정하기 두려워하는 부분을 그 목소리는 곧장 바늘처럼, 포크처럼 찌른다. *목록은 고작 첫 번째 단계일 뿐이라고. 신혈들을 추적한 다음에, 그러고 나면 그들을 데리고 뭘 할 건데? 나는 뭘 하지?*

절망적인 기분으로 나는 속도를 내서 킬런을 앞지를 때까지 걷는다. 내가 혼자 앞서 걷고 싶어하는 걸 알아차린 킬런이 내가 지나가도록 자신의 속도를 늦추는 것을 희미하게 알아차린다. 어둠 속에 뒤덮인 수풀이 점점 더 가까워지고, 나는 내가 혼자였으면 하고 바란다. 멀시브에서 혼자 깨어난 이래로 잠깐의 평화도 갖지 못했다. 심지어 그때 혼자였던 순간도 아주 짧았고, 내 침묵은 곧 등장한 킬런에 의해 깨졌다. 그때는 그를 봐서 정말 기뻤지만 지금은, 지금은 그 시간을 다시 갖고 싶다. 생각하고 계획을 짜고 슬퍼할 시간. 내 인생이 되어온 것으로 나 자신을 감쌀 수 있도록.

"닉스에게 기회를 줄 거야."

칼과 킬런 모두 목소리가 들리지 않을 정도로 멀리 가진 않은 상태인 줄 알면서도 나는 큰 소리로 말한다.

"그는 우리와 함께 갈 수도 있고 여기에 남을 수도 있어."

칼이 근처의 나무에 기대어 선다. 몸은 편안해 보이지만, 시선은 여전히 수평선을 향해 고정된 상태다. 어떤 것도 그의 시선을 벗어날 수 없다.

"이 *선택*의 결과가 어떤 것이 될지 그에게 말해 주는 건가?"

"만약 그 사람을 죽이고 싶다면, 나부터 거쳐야만 할 거예요. 함께하기를 거절했다고 해서 신혈을 죽음으로 내몰 수는 없어요. 게다가, 만약 그 사람이 내가 여기에 왔다는 것을 보안 요원에게 말하고 싶다고 한들, 그는 내가 온 이유를 설명해야만 할 텐데요. 그랬다가는 그 역시 마스튼 씨에게는 사형 선고나 마찬가지이겠지요."

왕자의 입술이 말린다. 그는 으르렁거리고픈 충동에 맞서 싸운다. 하지만 나와의 언쟁이 지금 그에게는 하등 아무것도 도움이 되지 않는다, 적어도 지금은. 그는 분명히 자신이 내린 것이 아닌 명령을 받는 것에는 익숙하지 않으리라.

"그에게 메이븐에 대해서 말해 주는 건가? 여기 머물렀다가는 죽을 거라는 것도? 메이븐이 그대를 추적한다면 *다른 사람*들도 죽게 될 거라는 사실도?"

나는 고개를 숙인 채 끄덕거린다.

"우리, 그에게 할 수 있는 모든 것을 알려 줘요, 그러고 나서 그 사람이 자신이 누구이고 어떤 존재가 되기를 원하는지 선택할 수 있도록 해요. 메이븐에 대해서라면, 뭐……."

적절한 말을 찾으려고 애를 써 보지만, 시간이 지날수록 할 말은 점점 더 줄어든다.

"우린 그에게 앞서 있어요. 내 생각엔 그게 우리가 할 수 있는 일의 전부일 것 같네요."

"왜?"

킬런이 우리 대화에 끼어든다.

"왜 그 사람에게 선택권을 주는 건데? 우리에겐 할 수 있는 한 모든 사람이 필요하다고 너 스스로가 말했었잖아. 이 닉스라는 사람이 네가 할 수 있는 일의 반만이라도 할 수 있다면, 우리 입장에선 그 사람을 보내 줄 형편이 못 돼."

대답은 지극히 간단하지만, 그 말이 뼛속 깊이 파고든다.

"아무도 내게는 선택할 기회를 주지 않았기 때문이야."

그동안 스스로에게 이미 발생한 일들의 결과를 미리 알고 있었다 한들 그래도 나는 여전히 이 길을 걷고 있으리라고 말해 왔다. 킬런을 징병에서 구하고, 내 능력을 깨닫게 되고, 진홍의 군대에 들어가고, 완벽하게 찢어지고, 싸우고, 죽이고. 번개 소녀가 되고. 하지만 그것이 진실인지는 모르겠다. 솔직히 정말로 모르겠다.

* * *

아마도 무겁고 긴장된 침묵 속에서 한 시간쯤이 흐른 듯하다. 내게는 생각할 만한 틈을 가질 수 있는 참말 딱 좋은 시간이었다. 칼은 조용히 늘어지게 쉬고 있다. 지난 며칠을 보내는 동안, 그 역시 나만큼이나 휴식에 목이 말라 있었을 것이다. 심지어 킬런조차 감히 농담 한번 던지지 않는다. 대신에 그는 구불구불 비틀린 나무뿌리 위에 만족스럽게 앉은 채로 키 큰 풀들 한 무리를 엮어서 엉성하고 쓸모없는 그물을 만드는 중이다. 예전부터 친숙한 매듭을 즐기며 희미한 미소까지 짓고 있다.

아래쪽 마을에 있는 닉스에 대해 생각해 본다. 아마도 침대에서 끌려 나왔겠지, 어쩌면 재갈이 물린 상태일 것이다. 분명히 내가 만든 그물에 딱 걸려 있을 테다. 그가 우리를 따르게 하기 위해서 팔리가 그의 아내나 자식들을 위협했을까? 아니면 쉐이드 오빠가 그저 그의 손목을 붙들고 *점프*를 해서는, 그들 모두가 수풀 위에 착륙할 때까지 토할 것 같은 순간 이동의 세계로 단숨에 초대했을까? *271년 12월 20일생.* 닉스는 거의 49살이고, 그건 우리 아버지의 나이대다. 닉스가 아버지처럼 부상 입고 어딘가 망가진 상태일까? 아니면 우리가 자신을 깨부수길 기다리며 온전한 상태로 있을까?

어둡고 비판적인 질문의 소용돌이 속으로 빠져들기 직전에 키 큰 풀들이 흔들린다. *누군가가 다가오고 있다.*

갑자기 칼의 스위치가 탁 하고 켜지는 듯하다. 그는 나무를 박차고 서더니 전신의 근육을 긴장한 채로 풀을 헤치고 나올 것이 무엇인지 대비한다. 그의 손가락 위로 불꽃이 피어오르지 않을까 반쯤 생각하지만, 군대에서 그토록 긴 시간을 보낸 덕분에 칼은 나보다는 더 잘 알고 있다. 이런 어둠 속에서 그의 불꽃은 망루의 불빛이나 마찬가지일 테고, 모든 보안 요원들에게 우리 존재에 대한 경고를 날리게 될 것이다. 놀랍게도 킬런도 왕자만큼이나 바짝 경계하는 기색이다. 그는 풀로 만든 그물을 떨어뜨리더니 일어서면서 발로 짓밟는다. 심지어 요리하다가 생선의 내장을 꺼낼 때 쓰곤 했던 작고 두껍지만 날카로운 칼을 부츠에서 꺼내기까지 한다. 그 모습을 보고 있자니 불쾌한 기분이 든다. 나는 그 칼이 언제부터 무기가 된 것인지, 킬런이 그걸 언제부터 자기 신발에 보관하기 시작했는지도 알지 못한다. *아마도 사람들이 그 애를 향해 총을 쏘기 시작한 때쯤부터겠지.*

나도 스스로의 무기로 무장한다. 피를 타고 낮게 울리는 튕기는 소리가 전부이지만, 그것은 어떤 칼보다도 날카롭고 어떤 총알보다도 잔혹한 무기다. 스파크가 피부 아래로 혈관을 따라 흐르고, 필요하다면 언제든 나올 준비를 한다. 내 능력은 칼의 부족한 부분을 교묘하게 메울 것이다.

새소리가 밤을 가르며 풀 너머로 울린다. 킬런이 똑같이 낮은 톤으로 휘파람을 불어 응답한다. 그는 꼭 고향 스틸츠의 집들에 둥지를 틀던 개똥지빠귀 같은 소리를 낸다.

"팔리야."

킬런이 나지막하게 키 큰 풀 너머를 가리키며 중얼거린다.

그림자 사이로 불쑥 제일 먼저 튀어나온 것은 그녀지만, 그녀가 끝은 아니다. 두 형체가 그녀의 뒤를 따른다. 하나는 목발을 짚고 있는 우리 오빠고, 나머지 한 사람은 땅딸막하고 근육질 팔다리에 나이와 함께 둥근 배를 갖게 된 남자다. 닉스.

칼의 손이 슬그머니 내 팔 위쪽으로 오더니, 가벼운 압력을 가한다. 그는 나를 부드럽게 밀어서 수풀이 드리운 더 깊은 그림자 속으로 물러선다. 아무리 조심해도 부족함을 알기에, 나는 저항 없이 따른다. 진홍색 천 조각이라도 있었으면, 내얼시에서 그랬던 것처럼 얼굴을 가릴 것이 있었으면 싶다.

"문제없었어?"

킬런이 팔리와 쉐이드 쪽으로 발걸음을 내딛으며 말한다. 어쨌든 더 나이 든 사람처럼 들리고, 내가 그러곤 했던 것보다도 더 상황을 잘 통제하고 있다. 그는 닉스에게 시선을 떼지 않은 채로, 신혈의 손가락이 조금이라도 움찔대면 그 움직임을 좇는다.

팔리가 짜증스럽다는 듯이 손을 휘휘 저으며 그 질문에 답한다.

"간단했어. 이 절름발이를 하나 달고 갔음에도 말이야."

그녀는 쉐이드 오빠를 엄지로 쿡 찌르면서 덧붙인다. 그러고 나서 닉스에게 몸을 돌린다.

"이 사람은 싸울 의지도 없었어."

어둠에도 불구하고, 닉스의 얼굴에 진한 홍조가 지는 것을 볼 수 있다.

"뭐, 나는 어리석지 않으니까, 안 그렇소?"

그가 거칠게 직설적으로 말한다. 비밀이라고는 필요하지 않는 남자. *그럼에도 이 사람의 피야말로 가장 거대한 비밀을 품고 있지.*

"당신들은 바로 그 진홍의 군대로군. 보안 요원들이 당신들을 내

집에 들였다는 걸 알았다가는 내 목을 매달 거요. 내가 초대를 안 했다고 해도 말이오."

"잘 아시는군."

쉐이드 오빠가 조용하게 툴툴거린다. 오빠의 밝은 눈동자가 내 쪽으로 의미심장한 시선을 던지며 조금 빛난다. *우리의 바로 그 존재 자체가 이 남자를 파멸로 밀어 넣을지도 모른다.*

"자, 마스튼 씨……."

"닉스."

그가 투덜거린다. 뭔가가 그의 눈에서 번쩍 하더니 그의 시선이 쉐이드 오빠의 것을 따라 이동한다. 그는 그늘 속에 숨은 날 발견하고는 내 얼굴을 보려고 눈을 가늘게 뜬다.

"어쨌든 당신들은 이미 내 이름을 알고 있는 것 같지만 말이오."

킬런이 가볍게 걸음을 옮겨 나를 시야에서 가린다. 그 움직임은 자연스럽게 보이지만 닉스는 그 속뜻을 알아차린 듯 눈썹을 찌푸린다. 그는 발끈해서는 킬런의 정면에 선다. 더 어린 쪽의 소년이 그를 내려다보지만, 닉스는 공포심이라고는 눈곱만큼도 내보이지 않는다. 그는 불그레한 손가락을 들어서 킬런의 가슴을 가리킨다.

"당신들은 통금 시간 이후에 나를 여기로 끌어냈소. 그건 교수형에 처해질 수 있는 행위요. 이제 당신들은 무엇 때문에 그리했는지 내게 말해 줘야지, 아니라면 나는 돌아가는 길에 죽지 않기 위해 애를 쓰면서 집까지 어슬렁어슬렁 돌아갈 거요."

"당신은 달라요, 닉스."

내 목소리는 너무 높고, 너무 어리게만 들린다. *어떻게 설명할 수*

있을까? 어떻게 누군가가 내게 말해 줬으면 하고 바랐던 것들을 말할 수 있을까? 심지어 내가 정말로 이해하고 있지도 못한 것들을?

"당신에게 뭔가 있다는 것을, 뭔가 당신이 설명할 수 없는 것이 있다는 것을 당신도 알 겁니다. 어쩌면 당신은 심지어 스스로에게 뭔가…… 잘못된 부분이 있다고 생각했을지도 모르겠네요."

내 마지막 말은 화살처럼 정확하게 꿰뚫는다. 그 무뚝뚝한 작은 남자는 그 말과 동시에 움찔하고, 그의 분노가 얼마간 녹아 없어진다. 그는 내가 말하고 있는 것이 무엇인지 정확하게 알고 있다.

"그렇소."

그가 대꾸한다.

나는 수풀 깊은 곳의 내 자리에서 움직이지 않지만, 대신 킬런에게 옆으로 비키라는 몸짓을 한다. 그는 내 요청에 따르고, 닉스가 그를 지나치도록 내버려 둔다. 닉스가 그늘 속의 내게로 가까이 다가오는 동안, 심장 박동이 점점 빨라진다. 심장은 귓가를 초조하고 간절한 북처럼 두드려 댄다. 이 남자는 나처럼, 쉐이드 오빠처럼 신혈이다. 이해할 수 있는 또 다른 사람이다.

닉스 마스튼은 전혀 우리 아버지처럼 보이지 않지만, 한편 두 사람의 눈은 똑같다. 색이나 모양은 전혀 다르지만 그럼에도 불구하고 두 사람의 눈은 똑같다. 허무함이 엿보이는, 잃어버린 시간이 치유할 수 없는 공허한 느낌을 공유하고 있다. 닉스의 상처는 심지어 아빠보다, 숨도 제대로 쉬지 못하고 스스로의 힘으로 걸을 수도 없는 남자보다 더 깊어 보여서 나는 공포에 질린다. 그의 처진 어깨, 아무렇게나 방치한 회색 머리카락과 옷차림에서 그것들을 볼 수 있다.

내가 여전히 도둑이자 쥐새끼였다면, 이 남자에게서는 아무것도 훔치려 들지도 않았을 것이다. 그는 줄 것도 전혀 없어 보인다.

그는 내 시선을 되받으며, 눈으로 내 얼굴과 몸을 훑어본다. 내가 누구인지 깨달은 그의 눈이 커다래진다.

"번개 소녀."

하지만 내 옆에 서 있는 사람이 칼임을 깨닫자, 그의 충격은 빠르게 분노로 바뀐다.

거의 50살이 다 되어 가는 남자치고는, 닉스는 놀랍도록 재빠르다. 그늘 속에서는 그가 어깨를 낮추고 돌격해서는 칼의 허리께를 붙드는 순간이 거의 제대로 보이지도 않는다. 왕자의 반밖에 안 되는 체구에도 불구하고 그는 황소처럼 칼을 쓰러트리고, 두 사람은 함께 딱딱한 나무 몸통에 세게 부딪힌다. 그 충격에 나무는 커다랗게 *쩍 하*는 소리를 내며 뿌리부터 가지까지 온통 흔들린다. 짧은 순간 뒤에 나는 내가 개입해야 하는 상황임을 깨닫는다. 칼은 칼이지만 우리는 닉스가 어떤 사람인지, 그가 무엇을 할 수 있는지 전혀 모르고 있으니.

내가 가까스로 닉스의 목에 팔을 두르기 전에, 닉스가 타박상을 입힐 만큼 강력한 펀치를 칼의 턱에 너무 세게 날려서 나는 그의 턱이 부러진 건 아닌지 두려움에 사로잡힌다.

"내가 이러게 만들지 마요, 닉스."

나는 그의 귓가에 대고 으르렁거린다.

"그러지 마요."

"멋대로 하시지."

닉스가 나를 팔꿈치로 찍으려고 하면서 내뱉는다. 하지만 나는 단단히 들러붙은 채로 그의 목을 조른다. 손길 아래에 느껴지는 살은 돌처럼 단단하다. *아주 좋아.*

나는 닉스에게서 항복을 받아낼 정도로만 감전시킬 정도의 힘을 내보낸다. 그 충격이면 아마 머리카락이 설 정도일 것이리라. 내 보라색 스파크가 그의 피부를 때리고, 나는 그가 뒤로 물러나기를, 아니면 조금이라도 흔들리기를 그래서 정신을 좀 차리기를 기대한다. 하지만 그는 내 번개를 조금도 느끼지 못하는 것처럼 보인다. 그건 말에게 날아드는 파리처럼 그를 짜증나게 만들 뿐이다. 그에게 다시 충격을 가한다. 이번엔 강도를 좀 더 높여서 다시 시도하지만 아무 반응이 없다. 놀랍게도 그는 나를 간신히 떨쳐내기까지 하고, 나는 나무에 등을 부딪치며 세게 떨어진다.

칼은 나보다 좀 더 나은데, 그는 몸을 휙휙 피하면서 할 수 있는 한 모든 주먹들을 받아낸다. 하지만 서로 몸이 붙어 있는 상태라 그는 고통으로 신음 소리를 내고, 심지어 몇몇 주먹질들이 그의 팔을 스치기까지 한다. 마침내 칼의 손목에서 플레임메이커 팔찌가 불을 뿜고, 그는 손에 불로 된 공을 하나 만든다. 그것이 돌 위에 물방울처럼 닉스의 어깨를 때리지만, 그의 옷은 타들어가도 그 밑의 피부는 손상 하나 없이 남는다.

*스톤스킨*이라는 말이 머릿속에 울리지만, 이 남자는 그런 종류와는 차원이 다르다. 그의 피부는 여전히 불그스레하고 매끄러우며, 전혀 회색이나 돌처럼 보이지 않는다. 저건 말 그대로 *뚫기 불가능해* 보인다.

"멈춰요!"

나는 목소리를 낮게 유지하려 애쓰며 으르렁댄다. 하지만 실랑이는, 아니면 너무 일방적이라서 숫제 이걸 도살이라고 불러야 할 것 같은 드잡이 질은 아무튼 계속된다. 은색 피가 칼의 입에서 터져 나오자 닉스의 주먹은 그늘 속에서 검게 얼룩진다.

킬런과 팔리가 나를 지나서 달려들고, 두 사람의 빠른 발자국소리가 쿵쾅쿵쾅 울린다. 도대체 두 사람이 이 인간 형태를 한 쇳덩어리 공을 상대로 뭘 할 수 있을지 모르겠기에, 나는 그들을 멈추려고 손을 든다. 하지만 뭘 어쩌기도 전에 쉐이드 오빠가 닉스에게 도착해서, 펄쩍 뛰어서 그의 뒤에 자리한다. 오빠는 내가 했던 것처럼 닉스의 목 둘레를 붙들고, 다음 순간 두 사람은 동시에 사라진다. 그들은 잠깐 후에 3미터 떨어진 곳에 나타나고, 닉스는 희미한 초록색 얼굴이 되어 땅 위에 떨어진다. 그는 일어나려고 하지만 쉐이드 오빠가 목발을 그의 목에 조준하고는 쿡 찌른다.

"움직이면 다시 하겠습니다."

오빠의 눈은 생생하고 위험스럽게 빛난다.

닉스는 은색으로 얼룩진 손 하나를 들어서 항복을 표시한다. 다른 손은 배 쪽을 꾹 누르고 있는데, 아마 얇은 공기 사이로 쥐어 짜인 이상한 감각에 놀라서 속이 여전히 뒤집힌 느낌일 것이다. 나 또한 그 감각을 너무나 잘 알고 있다.

"충분하오."

그가 헐떡거린다. 땀으로 인해 그의 앞이마가 번들거리며 탈진이 찾아오고 있음을 알린다. *뚫기는 불가능하지만 멈출 수 없는 건 아*

니군.

킬런이 나무 뿌리 위에 다시 털썩 주저앉으면서 자신이 만들었던 그물의 나머지 부분을 잡아챈다. 그는 미소를 짓고, 칼이 두들겨 맞고 피 흘리는 모습에 거의 웃음을 터뜨릴 기세다.

"이 사람 마음에 드는데, 정말로 마음에 들어."

나는 뼛속까지 울리는 오래된 고통을 무시한 채, 억지로 내 발로 선다.

"왕자는 *우리와 함께* 하고 있어요, 닉스. 그는 여기에 도우러 온 거예요, 나처럼요."

그 말은 전혀 그를 달래 주지 못한다. 닉스는 자기 발치에 주저앉으며 누런 이를 드러낸다. 그의 숨은 거칠고 본능적이다. 그는 코웃음을 친다.

"도와? 저 은혈 새끼가 우리 딸들이 빨리 무덤으로 들어가도록 돕긴 도왔지."

뺨 아래로 피가 뚝뚝 떨어지고 있음에도 불구하고 칼은 예의바르게 굴기 위해 최선을 다한다.

"선생……."

"다라 마스튼. 제니 마스튼."

닉스가 쉿쉿 대며 대꾸한다. 그의 시선은 어둠 속의 칼날처럼 나를 곧장 관통한다.

"망치 부대. 가을의 전투. 우리 애들은 19살이었소."

전쟁에서 죽었다니. 범죄까지는 아니라 해도, 비극은 틀림없지만 그것이 어째서 칼의 잘못이 되는 걸까?

순수한 수치심이 얼굴 위에 지나가는 것으로 볼 때, 칼은 분명 닉스의 의견에 동의하고 있다. 말을 시작하는 그의 목소리는 감정으로 인해 탁하다.

"우리가 이겼습니다."

그가 닉스를 똑바로 바라보지도 못한 채로 중얼거린다.

"우리가 이겼죠."

닉스는 한쪽 주먹을 꽉 쥐지만 다시 돌격하고픈 열망을 누른다.

"네놈들이 이긴 거겠지. *우리 애*들은 강에서 익사했고, 시체가 메이든 폴 폭포까지 떠내려갔어. 무덤 파는 이들은 우리 애들의 신발조차 찾지 못했지. 편지에서는 뭐라고 말했는지 아나?"

그가 추궁하자, 칼은 움찔한다.

"아 그래, 우리 딸들이 '승리를 위해 죽었다'고 하더군. '왕국을 방어했다'고도 했지. 그리고 맨 마지막에는 아주 멋진 서명들도 들어있었어. 죽은 왕과, 망치 부대의 장군이랑, 그리고 전 부대가 강을 건너 진군하도록 결정을 내린 전술 천재의 서명이었지."

모두의 눈동자가 칼을 향하자 그는 우리의 시선에 타 버릴 것 같다. 하얗게 질린 그의 얼굴은 피와 수치심으로 번쩍인다. 태양의 홀에 있던 그의 방이 메모와 전술이 가득하던 책과 설명서들로 꽉 차 있던 것이 기억난다. 그때도 그 광경에 토할 거 같았지만 지금도 염증이 나는데, 이번에는 칼과 나 자신 모두에게 그렇다. 그가 진실로 누구인지를 내가 내내 잊고 있었기에. 그는 그저 왕자일 뿐만 아니라, 그저 군인일 뿐만 아니라, 살인자이기도 하다는 것을. 또 다른 삶이었다면 그가 죽음으로 곧장 몰아넣은 이가 나일 수도, 내 오빠들일 수도, 킬런일 수도 있었으리라.

"미안합니다."

칼이 나직하게 말한다. 그는 억지로 고개를 들어 화나고 비탄에 젖은 아버지의 시선을 마주본다. 이런 부분마저도 훈련 받았으리라는 생각이 든다.

"내 말이 아무 의미도 없다는 거 압니다. 따님들은, *모두* 군인이었으며 삶을 누릴 자격이 충분했습니다. 그리고 그 점은 선생도 마찬가지입니다."

닉스가 일어나자 무릎에서 쩌적 소리가 나지만 그는 알아차린 것 같지도 않다.

"지금 위협하는 거냐, 꼬맹아?"

"경고입니다."

칼은 머리를 저으며 대꾸한다.

"당신은 메어나 쉐이드와 같은 존재입니다."

그가 몸을 돌려 우리를 손짓해 보인다.

"다르지요. 우리가 신혈이라고 부르는 존재입니다. 적혈인 *동시에* 은혈인."

"절대 나를 은혈이라고 부르지 마."

닉스가 악문 이 사이로 말한다.

그 말에도 칼은 일어나서 계속 말을 잇는다.

"내 동생은 당신 같은 사람들을 사냥할 겁니다. 그 애는 당신들을 전부 죽이려고 계획 중이며 당신들이 결코 존재하지 않는 것처럼 굴고 있습니다. 그 애는 당신들을 역사에서 지워 버리려고 하죠."

뭔가가 닉스의 목구멍을 막고 혼란이 그의 눈을 흐린다. 그가 도와 달라는 듯이 내게로 시선을 흘깃 던진다.

"또 다른 사람들이…… 있소?"

"아주 많은 이들이 있어요, 닉스."

이번에 그의 피부를 만질 때, 내게는 그를 감전시킬 의사가 전혀 없다.

"여자애들, 남자애들, 나이 많거나 어린 이들이요. 전국에서 발견해 주기를 기다리고 있어요."

"그래서 당신들이 그들을…… 우리를 찾게 되면? 그 다음에 뭘 하려는 거요?"

그 말에 대답하려고 입을 열지만 아무 말도 나오지 않는다. *그렇게 멀리까지는 생각해 보지 않았다.*

내가 대답하지 못하자 팔리가 손을 내밀며 앞으로 나선다. 그녀는 넝마가 다 되었지만 깨끗한 붉은색 스카프를 들고 있다.

"진홍의 군대는 그들을 보호하고 숨겨 줄 겁니다. 그리고 그들이 훈련받기를 원한다면 훈련도 할 거고요."

그녀의 말에 대령에게로 생각이 미친 나는 멈칫거릴 뻔 한다. 신혈이 얼쩡거리는 것은 대령의 소원 목록의 맨 마지막에나 있을 것처럼 보이는데도 팔리의 목소리는 너무나 단호하고 너무나 확신에 차 있다. 늘 그랬듯 팔리가 아마도 자신의 소매 속에 뭔가 다른 계획을, 뭔가 나는 질문해서는 안 되는 것을 숨겨 놓은 모양이라는 확신이 든다. 아직까지는 물어서는 안 되는 것을.

느리게 닉스는 그녀에게서 스카프를 받아들고는 자신의 얼룩진 손 안에서 뒤집는다.

"만약 내가 거절한다면?"

그가 가볍게 묻지만, 그 아래로 단호함이 느껴진다.

내가 그에게 대답한다.

"그러면 쉐이드 오빠가 당신을 즉시 침대로 데려다 줄 겁니다, 그리고 당신은 앞으로 다시는 우리 이야기를 듣지 않게 될 거예요. 하지만 메이븐이 올 *겁니다.* 만약 당신이 우리랑 같이 다니고 싶지 않다면, 숲속으로 들어가는 편이 나을 거예요."

그가 진홍색 천을 쥔 손에 단단히 힘을 준다.

"선택의 폭이 넓진 않군."

"하지만 그래도 당신에게는 선택권이 *있긴* 하잖아요."

나는 그가 내 말의 의미를 알아차리기를 바란다. 나는 자신을 위해서, 내 영혼을 위해서도 깊이 소원한다.

"당신은 머무를지 아니면 떠날지 선택할 수 있어요. 당신은 얼마나 많이 잃어야 했는지 누구보다도 더 잘 알겠지만…… 또한 우리가 뭔가를 다시 얻어내도록 우리를 도와줄 수도 있지요."

닉스는 그 말 후에 한참 동안을 침묵한다. 그는 손에 진홍색 스카프를 든 채로 서성이며 때때로 가지 사이로 망루의 빛을 바라보기도 한다. 그 빛은 그가 다시 입을 열기까지 세 번 더 회전한다.

"우리 딸들은 죽었고, 아내도 죽었소. 난 이제 습지의 악취라면 신물이 난다오."

그가 내 앞에서 멈춰 선다.

"당신들과 함께하리다."

다음 순간 그가 내 어깨 너머로 시선을 던진다. 돌아볼 필요도 없이 그가 칼을 쳐다보는 걸 바로 알겠다.

"그저 저놈만 나한테서 멀리 좀 치워 주시오."

제12장

바닷바람과 구름을 제외하면 어떤 것도 우리를 쫓아오지 않아서, 우리는 아무 탈 없이 터덜터덜 걸어서 돌아온다. 하지만 심장 안으로 밀려들어 오는 끔찍한 기분을 떨쳐 버릴 수가 없다.

닉스가 칼의 두개골을 거의 쪼개 버릴 뻔 하긴 했음에도, 그의 합류는 쉬워 보였다. 너무 쉬웠다. 만약 지난 17년간의 삶 동안에, 아니면 지난 달 동안에라도 내가 뭐라도 배운 것이 있다면, 그건 어떤 것도 쉬운 것은 없다는 사실이다. 모든 것에는 대가가 따른다. 만약 닉스가 함정이 아니라면, 그는 분명히 위험이리라. *누구든 누구라도 배신할 수 있다.*

그러니 그가 우리 아빠를 연상시킨다고 할지라도, 그가 슬픔에 잠긴 회색 수염 아저씨 이상은 아니라고 할지라도, 그가 나와 같은 종류라고 할지라도, 나는 코런트 출신의 이 남자에게 마음의 문을 닫는다. 나는 그를 메이븐에게서 구했고, 그가 어떤 존재인지 알려 주었으며 그에게 선택의 기회를 주었다. 이제 나는 계속해서 같은 일을 또 다른 이에게, 또 다른 이에게, 또 다른 이에게 해야만 한다. 그 모든 일 뒤에는 그저 다음 이름이 있을 뿐.

별빛이 나무 사이로 환히 비추어 재빨리 훑어보기 충분할 정도라, 나는 이제는 친숙해진 줄리언의 목록을 슥슥 넘겨 본다. 이 지역에는 몇 명이 하버베이의 도시들 주변에 모여 있다. 두 명은 말 그대로 도시에 살고, 하나는 뉴 타운의 빈민가에 산다. 어떻게 그들 중 하나에게라도 접근할 수 있을지, 잘 모르겠다. 도시는 분명히 아케온이나 서머튼처럼 벽으로 방비되어 있을 테고, 기술자들의 빈민가는 조치로 인한 것보다도 더 심한 규제를 당하고 있을 것이다. 다음 순간 생각이 미친다. 벽이나 규제들은 쉐이드 오빠에게는 어떤 영향도 미칠 수 없다는 것을. 운 좋게도, 오빠는 시간이 흐를수록 점점 더 잘 걷고 있고, 며칠만 더 지나면 목발도 필요 없을 것이다. 그러고 나면 아무도 우리를 멈출 수 없을 것이다. 그렇게 되면 어쩌면 *이길* 수 있을지도 모른다.

그 생각에 설레는 동시에 똑같이 혼란스럽다. 그렇게 되면 세상은 도대체 어떤 모습이 될 것인가? 내가 있게 될 곳을 그저 상상만 해 볼 따름이다. 아마도 고향으로 돌아가서, 분명히 가족들과 함께, 강물 소리가 들리는 숲 근처 어딘가에 살겠지. 당연히 킬런도 근처에 살게 될 것이다. 하지만 칼은? 종국에는 그가 무얼 선택할 것인지 정말 모르겠다.

밤의 어둠 속에서는 마음이 흘러가는 대로 두는 것은 쉽다. 숲에는 워낙 익숙하기에 나무뿌리나 이파리들에 걸리지 않도록 주의를 기울일 필요조차 없다. 그래서 나는 걷는 내내 어떤 일이 일어날지에 대한 몽상에 잠긴다. 신혈로 이뤄진 군대. 팔리가 이끄는 진홍의 군대. 초크의 참호에서부터 그레이 타운의 골목에까지, 정당한 적혈들이 들고일어난 모습을. 칼은 항상 전면전은 치를 만한 가치가 없다고, 그것의 대가로 지불해야 하는 적혈과 은혈의 목숨 손실들이 지나치게 크다고 말했다. 그의 생각이 옳았으면 좋겠다. 메이븐이 우리가 어떤 존재인지, 우리가 무엇을 할 수 있는지 보고 자신이 이길 수 없다는 것을 알게 되었으면 한다. 심지어 그가 바보가 아니라 해도. 심지어 그가 언제 자신이 두들겨 맞게 될지 안다고 해도. *적어도, 나는 그가 그렇게 되기를 바란다.* 왜냐하면 내가 말할 수 있는 범위 안에서는, 지금껏 메이븐은 결코 패배를 겪어 본 적이 없기 때문이다. 정말로 언제라고 셀 수는 없지만. 칼은 그들 형제의 아버지와 군인들을 쟁취했지만 메이븐은 왕관을 차지했다. 메이븐은 정말로 중요한 전투는 모두 이겨냈다.

그리고 때가 주어지면…… 그는 나도 이길 것이다.

보울 오브 본즈의 폭풍우 사이로 유령처럼 서 있던 그의 모습이 모든 나무의 그림자마다 보인다. 물이 그의 강철 왕관의 꼭대기 사이로 줄줄 흘러 내려서 그의 눈과 입으로, 그의 옷깃으로, 그의 망가진 심장의 얼음장 같은 심연 속으로 스며든다. 그 물줄기는 곧 붉은 색을 띠고, 물에서 내 피로 변한다. 메이븐이 그것을 맛보려고 입을 벌리자 그 안으로 하얀 뼈로 된 면도날처럼 빛나는 날카로운 이가 보인다.

나는 배신자 왕자에 대한 기억을 덮어 버리려고 눈을 깜빡여 그를 쫓아낸다.

팔리가 어둠 속에서 중얼중얼 진홍의 군대의 진정한 목적에 대해서 설명하고 있다. 닉스는 영리한 사람이지만 불타는 왕관의 지배 아래에서 살아온 다른 사람들과 마찬가지로 그 또한 거짓말을 들으며 지내 왔다. *테러 행위, 무정부주의, 피에 대한 굶주림.* 그것들은 방송에서 진홍의 군대를 묘사할 때 언제나 사용되곤 하는 단어들이다. 방송에서 '태양 저격 사건'에서 죽은 아이들의 모습과 아케온 '브리지'의 잔해들을 보여 주니, 모든 것이 우리를 온 나라에 이른바 악으로 확신시킬 만 하다. 그동안 내내 진정한 적은 자신의 왕좌에 앉아서 미소 짓고 있을 테지.

"그녀는 어떻소?"

닉스가 내 방향으로 번쩍하는 시선을 던지며 속삭인다.

"왕자가 왕을 죽이도록 그녀가 유혹했다는 게 정말이오?"

닉스의 질문은 칼날처럼 파고드는데, 너무 아파서 꼭 내 가슴을 쑤시는 진짜 칼을 볼 수 있을 것도 같다. 하지만 나 자신의 고통은 나중의 문제다. 내 앞쪽의 칼은 고요하다. 그의 넓은 어깨가 오르락내리락 하는 것만이 그가 깊고 꾸준한 숨을 쉬고 있다는 것을 알려 준다.

그가 나를 진정시켜 준 것처럼 나도 그를 진정시킬 수 있길 바라며 내 손을 그의 팔에 올린다. 손가락 아래로 닿는 그의 피부는 불꽃처럼 뜨거워서 만지기 어려울 정도다.

"아니, 사실이 아니에요."

나는 할 수 있는 한 모든 단호함을 목소리에 실으면서 닉스에게 말한다.

"그건 전혀 일어난 일과 달라요."

"그럼 왕의 목이 자기 몸통에서 굴러 떨어졌다는 건, 그 얘긴 진짜요?"

그가 한바탕 웃음이 일길 기대하며 낄낄 웃는다. 하지만 심지어 킬런조차 침묵을 지킬 정도의 눈치는 있다. 킬런은 심지어 미소도 짓지 않는다. 그는 아버지의 죽음으로 인한 고통을 이해하고 있다.

"메이븐이었어요."

킬런이 나직하게 그 말을 뱉어 우리 모두를 놀라게 한다. 그의 눈에 떠오른 표정은 순수한 불길이다.

"메이븐과 그 어머니, 왕비가 그랬죠. 그녀는 당신의 정신을 지배할 수 있어요. 그리고……."

계속하고 싶지 않은 마음에 그의 목소리가 흔들린다. 우리가 미워했던 존재였음에도 불구하고, 왕의 죽음은 그토록 끔찍했던 것이다.

"그리고?"

닉스가 칼을 향해서 우연히 몇 걸음 다가서며 재촉한다. 내가 찌르는 듯한 시선을 던지자 그는 멈추더니 고맙게도 몇 걸음 물러난다. 하지만 그의 얼굴은 왕자가 고통받는 모습을 보고 싶은 열망과 경멸로 뒤틀려 있다. 그에게 칼을 고통으로 밀어넣고 싶은 자신만의 이유가 있다는 것은 알고 있지만, 그 말이 그가 그러도록 내가 내버려 두겠다는 의미는 전혀 아니다.

"계속 걸어요."

나는 칼만이 들을 수 있을 정도로 낮게 속삭인다.

대신 칼은 몸을 돌린다. 손 아래 닿은 그의 근육은 온통 팽팽하다. 단단한 바다 위로 출렁거리는 뜨거운 파도 같은 느낌이다.

"엘라라가 내가 그 일을 하도록 만들었습니다, 마스튼."

그의 구릿빛 눈이 닉스의 눈과 마주치고, 닉스는 감히 그의 쪽으로 한 걸음을 딛는다.

"그녀가 내 머릿속으로 비집고 들어와서, 내 몸을 제어했습니다. 하지만 그녀는 내 정신은 그대로 뒀지요. 그녀는 내 팔이 아버지의 검을 드는 동안, 내가 아버지의 머리를 그분의 어깨에서 분리시키는 동안 그 모습을 지켜보게 만들었습니다. 그러고 나서 그녀는 그 일이 내가 언제나 원했던 일이라고 세상에 알렸죠."

다음 순간 더 부드럽게, 마치 스스로에게 상기시키듯 말한다.

"그녀가 내게 내 아버지를 죽이게 했습니다."

닉스가 가진 적의가 어느 정도 사라져 그 아래에 숨어 있던 본성이 드러날 정도가 된다.

"그 사진들을 봤소."

그가 마치 사죄라도 하는 양 웅얼거린다.

"그 사진들은 모든 곳에, 시내의 모든 스크린에 나왔소. 내 생각에…… 그건 꼭……."

칼이 눈을 깜빡거리더니 나무 너머로 시선을 돌린다. 하지만 그는 나뭇잎들을 보고 있지 않다. 그의 시선은 과거를, 더 고통스러운 무언가를 보고 있다.

"그녀는 내 친어머니 역시 살해했습니다. 그리고 우리가 내버려 둔다면 우리 모두를 죽일 겁니다."

"내가 그녀를 먼저 죽이지 않는다면요."

그 말은 무겁고 날카롭게, 마치 살을 썰려는 녹슨 칼날처럼 내 입에서 튀어나온다. 입 안에서 그 말을 굴려 보자 너무나 기분 좋은 느낌이 든다.

그의 모든 재능에도 불구하고, 칼은 폭력적인 사람은 아니다. 군대를 이끌든, 마을을 불태우든, 칼은 수천 가지 다른 방법으로 사람을 죽일 수 있겠지만 결코 그 사실을 즐기지 않을 것이다. 그래서 다음 순간 나를 똑바로 바라보며 그가 뱉은 말은 정말 놀랍다.

"그때가 오면 우리는 동전을 던져야겠군."(동전을 던져 앞뒤에 따라 순서를 정하자는 뜻—옮긴이)

그의 밝은 불꽃은 정말로 점점 어둡게 자라나고 있다.

* * *

숲에서 벗어나자, 공포로 인한 짧은 전율이 인다. 만약에 블랙런이 사라졌다면 어떻게 하지? 만약에 우리가 추적당했다면? *만약에, 만약에, 만약에.* 하지만 비행기는 정확히 우리가 남겨 놓고 떠난 곳에 그대로 있다. 어둠 속에서 거의 보이지도 않고, 회검정색의 활주로 위에서 거의 구별이 가지 않을 정도로 뒤섞여 있다. 비행기의 안전함을 확인하기 위해서 마구 뛰어가고 싶은 충동을 억누르며 칼의 옆에서 속도를 맞춘다. 그럼에도 지나치게 가까이 서진 않는다. *주의를 돌리기 없기.*

"눈을 열어 두고 있어."

비행기에 가까이 다가가는 동안 칼이 작지만 분명한 경고를 담아 낮게 속삭인다. 그는 시선을 비행기에서 떼지 않은 채 어떤 함정의 기미가 있는지 살핀다.

나도 똑같이 한다. 리어 램프가 여전히 활주로 위로 내려온 채로 밤공기 속으로 입을 벌리고 있는 모습을 살펴본다. 내 눈에는 문제없어 보이지만, 블랙런의 둥그런 부분에 그림자가 모여 있다. 칠흑처럼 까매서 이 거리에서는 똑바로 볼 수가 없다.

전체 비행기에 동력을 켜는 것은 어마어마한 양의 집중력과 에너지를 필요로 했지만, 그 안의 전구들은 또 다른 문제다. 심지어 10미터 떨어진 곳에서라면 전선에 힘을 뻗어서 그것들을 충전시키고 밝고 갑작스러운 빛으로 비행기 안을 환하게 만드는 것은 너무나 쉬운 일이다. 안에서는 아무 움직임도 없지만 다른 이들은 갑작스러운 빛에 놀라서 반응을 보인다. 팔리는 심지어 다리에 차고 있던 권총집에서 재빨리 권총을 꺼내기까지 한다.

"내가 한 일이야."

그녀를 향해 손을 흔들어 보이며 말한다.

"비행기는 비어 있어."

나는 속도를 빨리 한다. 안으로 들어가고 싶고 매 발걸음마다 내게 힘을 실어주는 전기가 점점 자라는 속으로 고치처럼 들어가고픈 열망에 시달린다. 램프에 발을 올리고 비행기 안으로 오르자, 따뜻하게 포옹해 주는 속으로 들어가는 기분이 든다. 나는 지나가면서 한 손을 벽을 따라 움직여 금속 패널들의 윤곽을 더듬는다. 내 힘이 더 많이 흐르자, 전구들이 빛을 뿜어내고 발 아래와 양 날개마다 고정되어 있는 거대한 배터리들 속으로 전기가 내달린다. 완벽한 합창으로 배터리가 노래를 하며 자신들의 에너지를 내보내고, 스위치가 켜진다. 블랙런이 생명을 얻는다.

거대한 금속 비행기에 경외심을 느끼며 닉스가 내 뒤에서 숨을 헉 들이쉰다. 그는 아마도 결코 이런 것을 가까이서 본 적이 없을 것이며, 하물며 이런 것 안으로 발을 들여 본 적도 없을 것이다. 나는 몸을 돌리며 그가 좌석이나 조종석을 보고 있으리라 생각하지만, 그의 시선은 내게 붙박여 있다. 그가 얼굴을 확 붉히더니 떨리는 인사라고 할 수도 있을 법한 자세로 머리를 기울인다. 그것이 얼마나 짜증나는지 제대로 말해 주기도 전에, 그가 발을 질질 끌며 한 좌석으로 가더니 안전벨트를 보며 생각에 잠긴다.

"헬멧을 받을 수 있소?"

그가 조용하게 묻는다.

"만약 우리가 하늘 위에서 추락하게 된다면, 헬멧이 필요할 거 같소만."

웃음을 터뜨리며 킬런이 닉스의 옆에 앉아서 재빨리 날렵한 손길로 두 사람 모두의 안전벨트를 채운다.

"닉스, 내 생각엔 당신이 여기서 헬멧이 필요하지 *않은* 유일한 사람일 것 같은데요."

그들은 함께 낄낄거리면서 삐뚤어진 미소를 공유한다. 내가 아니었다면, 진홍의 군대가 아니었다면, 킬런은 아마도 꼭 닉스처럼 되었을 것이다. 두들겨 맞은 늙은 남자, 자신의 뼈를 제외하고는 줄 것이 아무것도 남지 않은 사람으로. 이제 나는 그가 나이 먹고 아픈 무릎에 회색 수염을 가질 기회를 얻게 되기를 바란다. 킬런이 내가 자신을 지키도록 허락해 주기만 한다면. 그가 자신의 길을 막는 모든 총알 앞에 스스로를 내던지겠다고 주장하지 않기만 한다면.

"그래, 그녀가 정말로 번개 소녀였군. 그리고 이쪽은……."

그가 비행기 너머로 쉐이드 오빠 쪽으로 오빠의 능력을 설명할 적절한 단어를 찾으며 손짓을 해 보인다.

"점퍼(jumper)."

쉐이드 오빠가 정중하게 고개를 끄덕이며 대답한다. 오빠는 자신의 안전벨트를 할 수 있는 한 세게 조인다. 다시 날아야 한다는 생각만으로도 오빠는 이미 창백하게 질린 상태다. 팔리는 그다지 영향을 받지 않아 보이는데, 자신의 자리에서 결연하게 조종석 창문 밖을 바라보고 있다.

"점퍼라. 알겠소. 자네는, 친구?"

그가 킬런을 팔꿈치로 쿡 찌른다. 친구의 얼굴에서 미소가 사라지는 것은 보지도 못하는 모양이다.

"당신은 뭘 할 수 있소?"

킬런의 얼굴에 떠오르는 고통을 보고 싶지 않은 마음에 나는 조종석의 의자로 털썩 내려앉는다. 하지만 충분히 빠르지 못했다. 그의 얼굴 위로 당혹감으로 인한 홍조가 스치고, 어깨가 굳고, 가늘게 뜬 눈이 찌를 듯 쏘아보는 모습을 흘깃 보고 만다. 이유는 충격적일 정도로 분명하다. *질투*가 그의 몸 곳곳을 뒤틀며 감염만큼이나 빠르게 번진다. 그 강렬함이 놀랍다. 단 한 번도 킬런이 나처럼, 은혈처럼 되고 싶어 하리라고는 생각해 본 적이 없었다. 그는 자신의 피를 자랑스러워 하지 않았나. 그 애는 언제나 그랬는데. 킬런은 심지어 내가 어떤 존재가 되었는지 처음 보았을 때 내게 화를 내기까지 했다. *너 그들 중 하나야?* 으르렁대던 그의 목소리는 날카롭고 낯설었다. 그는 그렇게까지 화를 냈었다. 하지만 그렇다면, 지금 킬런은 왜 화가 난 것일까?

"물고기를 잡아요."

억지로 공허한 미소를 지으며 킬런이 대답한다. 그의 목소리에 배어 나오는 씁쓸함이 우리의 침묵 속에서 곪아간다.

닉스가 킬런의 어깨를 붙들며 처음 입을 연다.

"게."

그가 자신의 손가락을 꼼지락꼼지락거리며 말한다.

"생애 내내 게잡이 어부였소."

킬런의 불편함이 조금 사라지고, 삐딱한 미소 뒤로 물러난다. 그는 몸을 돌려서 칼이 계기판 너머로 스위치를 움직이며 블랙런의 또 다른 비행을 준비하는 모습을 바라본다. 비행기가 자신의 방식으로 응답하는 것을, 날개에 고정되어 있는 엔진을 향하는 에너지 흐름으로 느낄 수 있다. 엔진이 돌기 시작하며 매 순간 점점 힘을 얻는다.

"좋아."

칼이 마침내 불편할 정도의 침묵에 구멍을 내며 말한다.

"다음은 어디지?"

그가 내게 질문했다는 것을 깨닫는데 시간이 걸린다.

"아."

나는 더듬거리면서 대꾸한다.

"가장 가까운 이들이 있는 곳은 하버베이예요. 둘은 도시에, 하나는 빈민가에 있어요."

벽으로 둘러싸인 은혈의 도시로 침입해야 한다는 국면에 대해서 좀 더 불평을 늘어놓을 거라고 생각하지만, 칼은 그저 고개만 끄덕인다.

"쉽지는 않겠네."

그렇게 경고하는 그의 구릿빛 눈이 깜빡이는 계기판 불빛으로 번뜩인다.

"우리가 아직 모르는 것들을 당신이 이렇게 알려 줘서 난 정말 너무 행복하다니까요."

나는 건조하게 대꾸한다.

"팔리, 넌 우리가 할 수 있을 것 같아?"

그녀는 고개를 끄덕인다. 그녀가 평소에 쓰고 있는 딱딱한 가면에 살짝 금이 가며 그 아래의 감정이 드러난다. *흥분.* 그녀의 손가락이 허벅지를 두드린다. 나는 그녀가 이 일을 일부 게임처럼 받아들이고 있다는 사실에 토할 것 같은 기분을 느낀다.

"하버베이 안에도 우리 친구들이 충분히 많이 있거든. 벽은 문제도 안 돼."

"그럼 하버베이로 향해 볼까."

칼이 말한다. 그의 음울한 어조는 전혀 편안하지 않다.

비행기가 앞으로 출발하면서 숨겨진 활주로를 따라 1.5킬로미터쯤 비명을 지르자 위장이 아래로 뚝 떨어진다. 이번에는 비행기가 하늘 쪽을 향할 때에 나는 눈을 꼭 감는다. 엔진의 소리가 주는 편안함과 이 순간에 내가 필요 없다는 생각 사이에서, 놀랍게도 나는 쉽게 곯아떨어지고 만다.

자다가 깨기를 여러 번 반복하지만, 내 마음이 그렇게나 간절히 원하는 조용한 어둠으로는 끝내 굴복하지 못한다. 비행기의 어딘가가 나를 계속 붙들고 있기에, 눈은 결코 뜨지 않은 채 뇌는 결코 완전히 잠들지 못한 상태다. 쉐이드 오빠처럼 자고 있는 척을 하면서 속삭이는 비밀들을 수집하는 느낌이 든다. 하지만 다른 사람들은 고요하고, 닉스가 드르렁 대며 코고는 소리로 보건대 저쪽도 꺼진 양초 같은 상태인가 보다. 팔리만이 깨어 있다. 나는 그녀가 자신의 안전벨트를 풀고 칼의 옆으로 움직이는 것을, 비행기 엔진 소리에 발자국 소리를 거의 알아들을 수는 없지만 듣기는 듣는다. 그때에 나는 살짝 졸고 있던 참인데, 짤막한 몇 분이나마 내게 필요한 얕은 휴식을 취하는 중이다. 팔리의 낮은 목소리에 나는 현실로 돌아온다.

"우리 바다 위로 날고 있잖아."

그녀가 혼란스러운 목소리로 말한다.

칼이 고개를 돌리자 목뼈가 삐그덕 거리는 소리를 낸다. 그는 비행기에 너무 집중하느라 그녀가 오는 소리를 듣지 못한 모양이다.

"통찰력이 있네."

그가 정신을 차리고 대꾸한다.

"왜 바다 위를 날고 있어? 하버베이는 남쪽이잖아, 동쪽이 아니라……."

"그거야 우리가 해변을 빙 돌아 날 수 있을 정도로 충분한 연료를 가졌고, 저 사람들은 잠을 좀 잘 필요가 있기 때문이지."

공포 비슷한 무언가가 칼의 목소리를 오염시킨다. *칼은 물을 싫어하잖아. 이건 분명히 그에게는 끔찍할 텐데.*

팔리의 코웃음 소리가 목구멍 깊숙이 낮게 울린다.

"사람들은 착륙한 곳에서 자면 돼. 다음 활주로는 지난번 것처럼 숨겨져 있다고."

"그녀는 안 잘걸. 신혈들이 줄줄이 대기하고 있는 한은. 자신이 쓰러질 때까지 앞으로만 전진할 텐데, 그렇게 내버려 둘 수는 없어."

긴 침묵. 분명히 그는 말이 아닌 눈으로 그녀를 설득시키려고 하면서 바라보는 중일 것이다. 그의 시선이 얼마나 설득력 있는지 누구보다 잘 알고 있다.

"그럼 당신은 언제 자는데, 칼?"

그의 목소리가 낮아지는데, 소리 크기가 아니라 분위기가 그렇다.

"안 자. 더 이상은."

눈을 뜨고 싶다. 칼을 향해 비행기를 돌리라고, 할 수 있는 한 최대한 서두르라고 말하기 위해서. 우리는 바다 위에서 시간을 낭비하면서 노르타의 신혈들의 삶과 죽음을 결정지을 수도 있는 귀중한 시간들을 불태우고 있다. 하지만 기진맥진한 상태라 분노가 누그러진다. 그리고 춥다. 걸어 다니는 불꽃인 칼의 옆에서조차, 나는 살 속으로 얼음이 기어 다니는 듯한 익숙한 감각을 느낀다. 어디서 오는지는 몰라도, 오직 조용한 순간, 내가 침착한 때에, 내가 생각에 잠길 때에 나타나는 그 감각. 내가 저지른 짓들을 기억할 때에, 그리고 내게 어떤 일들이 일어난 건지 기억할 때에. 심장이 자리해야 할 위치에 얼음이 자리한 채, 나를 찢어 버리겠다고 위협한다. 팔로 가슴을 감싸 안으며 고통을 멈춰 보려고 해 본다. 조금 먹히는지 따뜻함이 다시 돌아온다. 하지만 얼음이 녹고 난 자리에는 온통 공허함뿐이다. 심연. 어떻게 그곳을 다시 채울 수 있을지 모르겠다.

하지만 나을 것이다. 그래야만 한다.

"미안하다."

칼의 중얼거림은 알아듣기 힘들 정도로 낮다. 그럼에도 불구하고 그 목소리에 나는 완전히 잠에 떠내려가지 않고 남는다. 하지만 그의 말들은 나를 향한 것이 아니다.

뭔가가 내 팔을 떠민다. 그의 말을 듣기 위해 더 가까이 움직이려는 팔리다.

"내가 그대에게 저지른 일들 말이야. 전에. 태양의 홀에서."

그의 목소리는 거의 갈라진다. 칼도 자신만의 얼음을 지니고 있다. 궁전의 감옥에서 팔리가 당했던 고문, 그 피를 얼리던 기억. 팔리가 자신의 사람들을 배반하기를 거절했기에 칼은 그녀가 그 대가로 비명을 지르게 만들었다.

"그대가 어떤 종류의 사죄도 받아들이리라 기대치는 않는다, 또한 그대가 그래야 할……."

"받아들일게."

팔리가 말한다. 퉁명스럽지만 진실하다.

"그날 밤에는 나도 실수들을 저질렀지. 우리 모두가 그랬어."

눈을 감고 있음에도 불구하고, 팔리가 내 쪽을 바라보고 있다는 것을 알겠다. 후회와 결의로 얼룩진 그녀의 시선을 느낄 수 있다.

* * *

콘크리트 위로 바퀴가 부딪히는 소리에 벌떡 깨어나 보니, 의자 속에서 몸이 튀어 오르고 있다. 눈을 뜨는데 조종석의 창문으로 찌르는 듯한 밝은 태양빛이 쏟아져 들어오는 바람에 고개를 돌리며 바로 꾹 감고 만다. 다른 사람들은 이미 완전히 깬듯 서로 조용히 얘기 중이라, 어깨 너머로 그들을 건너다 본다. 우리가 활주로를 뜯어낼 듯한 기세로 움직이는 중임에도 불구하고(계속 느려지고는 있지만 여전히 움직이는 중이다.) 킬런이 내 쪽으로 휘청대며 다가온다. 비행기의 움직임이 그에게는 전혀 영향을 주지 않는 듯 보이는 것으로 봐선 그의 어부 다리에도 확실히 장점은 있는 것 같다.

"메어 배로우, 한 번만 더 졸다가 걸리면 감시 초소에 널 신고하겠어."

킬런이 일곱 살이 되어서 어부의 견습생이 되어 학교를 떠나기 전까지 우리가 함께 배웠던 옛 선생님의 말투를 흉내 낸다.

나는 그 기억에 크게 미소 지으며 그를 올려다본다.

"그럼 전 동물들 사이에서 잘 거예요, *밴더크 선생님*."

내 대꾸에 킬런도 한 차례 킥킥거리며 웃는다.

좀 더 잠에서 깨어나면서 보니 내가 뭔가를 덮고 있다. 부드럽고 따뜻한 천은 어두운 색이다. *킬런의 재킷*. 그는 내가 항의하기도 전에 재킷을 가져가 버리고, 옷이 주는 따뜻함이 가시자 곧장 추워진다.

"고마워."

그가 다시 옷을 입는 모습을 보며 나는 툴툴거린다.

킬런은 그저 어깨만 으쓱한다.

"네가 떨고 있더라고."

"하버베이로 가는 길이야."

비행의 여진으로 여전히 덜덜거리며 시끄럽게 소리를 지르는 엔진 너머로 칼은 크게 목소리를 돋워 외친다. 그는 결코 시선을 활주로에서 떼지 않고 비행기를 천천히 세운다. 9-5 필드 때와 마찬가지로, 이 이른바 폐허는 숲으로 둘러싸여 있고 사람의 흔적도 없다.

"숲과 교외를 통과하며 15킬로미터 이상을 가야 해."

칼이 그 말을 덧붙이며 팔리를 향해 머리를 돌린다.

"그대가 소매 속에 숨겨 놓은 다른 무언가가 없다면 말이지만."

팔리가 혼자 웃음을 터뜨리더니 자신의 안전 벨트를 푼다.

"배우는 중이네, 안 그래?"

탁 소리를 내며 그녀가 대령의 지도를 무릎 위에 편다.

"옛 터널들을 이용할 경우 그 거리를 9킬로미터 정도까지 줄일 수 있지. 동시에 교외를 피할 수도 있고."

"또 언더트레인이야? 그거 안전한 거지?"

그 생각에 희망과 공포심이 복합적으로 떠오른다.

"언더트레인이 뭐요?"

닉스가 툴툴거리는 목소리가 멀리서 들린다. 우리가 내얼시에 남기고 온 그 덜컹거리는 금속 관에 대해서 설명하느라 시간을 낭비할 생각은 없다.

팔리 또한 그의 질문을 무시한다.

"하버베이에는 특별히 정류장은 없지만, 아직은 말이야, 하지만 터널 자체는 포트 로드 길의 정확히 아래를 따라 이어져 있어. 말하자면, 아직까지 폐쇄되지 않았다면 말이지."

그녀가 칼을 향해서 시선을 보내자, 그는 머리를 젓는다.

"그럴 충분한 시간이 없었어. 4일 전까지 우리는 그 터널들이 무너져서 버려진 채일 거라고 여겼으니까. 심지어 지도도 남아 있질 않아. 자기 마음대로 부릴 수 있는 모든 스트롱암을 이용한다 하더라도, 메이븐도 아마 지금까지는 모든 길들을 막진 못했을 거다."

그의 목소리가 그 생각에 무겁게 흔들린다. 그가 지금 무슨 기억을 떠올리는 중인지 알 것 같다.

고작 4일 전이었다니. 칼과 프톨레무스가 아케온 아래의 언더트레인 터널들에서 월시를 발견한 이래로 고작 4일이 지났다니. 그녀가 진홍의 군대의 비밀들을 지키기 위해서 자살하는 모습을 지켜봐야 만 했던 것이 4일 전이라니.

월시의 유리알 같던 죽은 눈동자에 대한 기억에서부터 정신을 돌리기 위해, 나는 좌석에서 스트레칭을 하며 내 근육들을 구부리고 편다.

"슬슬 움직이죠."

그렇게 말하는 내 목소리는 내가 생각했던 것보다 훨씬 더 명령조로 들린다.

다음 이름 목록들은 외워두었다. *에이다 월러스. 290년 6월 1일 노르타, 리젠트 스테이트 비콘, 하버베이 출생. 현재 거주지: 탄생지와 같음.* 그리고 또 다른 하버베이 거주민으로 기록되어 있는 *울리버 걸트. 302년 1월 20일생.* 울리버는 킬런과 생일이 같고, 정확히

한 살이 어리다. 하지만 그는 킬런이 아니다. 그는 신혈이며, 킬런이 부러워 할 또 다른 적혈과 은혈의 돌연변이다.

문득 킬런이 닉스를 향해서는 적대심을 보이지 않는다는 것이 낯설다. 사실 그는 평소보다도 더 호감을 드러내며 발 밑의 강아지처럼 그 연상의 남자 주변을 빙빙 돌고 있다. 두 사람은 조용히 대화를 나누고 있다. 주로 희망 따윈 없는 가난한 적혈로 자라 온 경험을 공유하면서 친해지는 중이다. 닉스가 킬런이 사랑해 마지않는 그물과 매듭에 관한 그 멍청한 주제를 꺼내기에, 나는 우리가 처한 모든 다른 상황에 좀 더 집중하기로 한다. 침투 전략보다는 그들 사이에 끼어서 잘 묶은 이중 빼 매듭의 가치에 대해 토론하고 싶은 마음도 조금 든다. 그러면 좀 더 정상이 된 기분이 들 텐데. 쉐이드 오빠가 무슨 말을 한다손 치더라도 우리는 결코 그렇게 될 수 없기에.

팔리는 이미 어깨 위로 어두운 갈색 재킷을 걸치며 움직이고 있다. 그녀는 자신의 붉은 스카프들을 안에 쑤셔 넣어 색을 감추고, 저장고에서 보급품들을 챙기기 시작한다. 아직 보급품들은 바닥이 드러나지는 않았지만 일정을 소화하는 사이에 기회만 닿는다면 뭐라도 좀 챙겨야겠다는 점을 기억해 둔다. 총은 또 다른 문제다. 우리는 현재 전부 다 해서 고작 6정을 갖고 있을 뿐이고, 좀 더 훔치는 것은 결코 쉽지 않을 것이다. 3정의 라이플과 3정의 권총. 이미 총신이 긴 라이플은 어깨를 가로질러서 매고 권총은 엉덩이 위에 차고 있는 팔리가 각각 한 정씩을 갖고 있다. 그녀는 마치 그것들이 갈비뼈라도 되는 양 몸에 딱 붙이고 잠까지 잤다. 그래서 그녀가 총을 둘 다 풀어서 벽 위의 보관함에 돌려 놓는 모습에 나는 깜짝 놀란다.

"비무장으로 가려는 건가?"

손에 이미 자신의 라이플을 챙긴 칼이 멈칫한다.

대답으로 팔리는 자신의 바지를 걷어 올려서 부츠 속에 쑤셔 넣은 긴 칼을 보여 준다.

"하버베이는 큰 도시야. 메어의 사람들을 찾으려면 낮 시간이 내내 들 테고, 아마도 그들을 빼내려면 밤 전부를 써야겠지. 난 등록되지 않은 화기를 소유하는 위험을 감수할 수는 없어. 요원들이 나를 즉결 처형할 수도 있다고. 마을에서는 기회를 잡을 수도 있지, 법률 집행이 조금이라도 느슨한 곳들이니까, 하지만 하버베이는 아니야."

그녀는 칼을 다시 바지 아래로 감추며 덧붙인다.

"당신이 자기네 법을 모른다니 놀라운데, 칼."

그가 은색으로 물들고, 귀 끝은 당황으로 골백색으로 변한다. 아무리 애를 썼어도, 칼은 결코 법률과 정치학에 능해 본 적이 없었던 것이다. 그건 메이븐의 영역이었다, 언제나 그랬다.

"그리고 어쨌든."

팔리가 눈으로 우리 두 사람 모두를 날카롭게 훑으며 계속 말한다.

"어차피 당신과 번개 소녀가 총보다는 훨씬 더 나은 무기라는 생각이 드는데."

분노와 좌절로 인해 칼의 이가 드드득 갈리는 소리를 거의 들을 수 있다.

"말했지 않나, 우리는……."

칼의 논거를 알기 위해 그의 불평하는 말들을 들을 필요도 없다.

우리는 왕국에서 가장 잡고 싶어 하는 사람들이고, 우리는 모두에

게 위험하며, 모든 것을 위태롭게 할 수도 있다. 그리고 내 첫 번째 본능이 칼의 말에 귀를 기울이라고 하는 반면, 내 두 번째이자 지속적인 본능은 그를 믿지 말라고 속삭인다. 살금살금 다니는 것은 그의 전문 분야가 아니기에. 그것은 *내 영역*이다. 그가 팔리와 논쟁을 벌이는 동안, 나는 조용하게 터널과 하버베이에 대한 마음의 준비를 한다. 줄리언의 책에서 본 기억을 되새기며, 나는 지도를 팔리에게서 슬그머니 챙긴다. 그녀는 칼을 괴롭히느라 바빠서 그 매끄러운 동작을 알아차리지도 못한다. 쉐이드 오빠가 대화에 끼어들더니 팔리의 편을 들고, 세 사람이 정신없이 지껄이는 사이 나는 조용히 앉아서 계획을 세운다.

하버베이에 대한 대령의 지도는 줄리언이 내게 보여 주었던 것보다는 더 새것으로 좀 더 상세하다. 아케온이 진홍의 군대가 파괴한 거대한 다리들로 둘러싸여 있던 것처럼, 하버베이는 그 유명한 그릇 모양의 항구의 한가운데에 자연스럽게 자리하고 있다. 대부분은 기술적으로 지어진 것으로, 바다가 땅을 상대로 낸 것이라기엔 너무나 완벽한 곡선을 형성하고 있다. 그린워든(greenwarden)과 님프들이 양쪽이 번갈아 그 이전에 그곳에 세워져 있던 폐허들을 땅에 묻거나 물로 쓸어 버리는 방식으로 도시와 항구를 짓는 작업을 도왔다. 그리고 대양의 순환을 가르면서 물 가운데로 곧장 돌출되어 있는 것은 문들과 순찰 도는 군대, 그리고 관문(關門)으로 가득 찬 쭉 뻗은 길이다. 그 길이 민간인 구역인 아쿠아리언 포트 항구를 그 이름도 적절한 워 포트 항구와 분리한다. 길은 패트리어트 요새까지 이어지며, 요새는 항구의 중심에 벽으로 둘러싸인 납작한 네모난 땅 위에 걸

터앉아 있다. 이 요새는 나라에서 가장 중요한 곳으로 육해공 3군이 모두 주둔하고 있는 유일한 기지이다. 패트리어트 요새는 비콘 부대의 군인들에게는 고향이나 마찬가지이고, 에어 플릿 공군 비행대에도 마찬가지다. 워 포트의 물은 그 자체로 아무리 큰 배라도 충분할 정도로 깊어서 노르타의 해군에게 필수적인 부두를 형성하고 있다. 지도 위에서조차, 요새는 위협적으로 보인다. 그저 에이다와 울리버를 벽 바깥에서 찾을 수 있기만을 바랄 뿐이다.

도시는 항구 주변으로 퍼져 있고, 부두를 사이에 두고 밀집되어 있다. 하버베이는 아케온보다 더 오래된 도시로, 한때 이곳에 세워져 있던 이제는 폐허가 된 도시들을 포함하고 있다. 길들은 예측할 수 없이 얽히고 나눠진다. 깨끗한 격자 무늬를 하고 있는 수도와 비교해 보니, 하버베이는 온통 꼬인 전선들의 한 무더기처럼 보인다. 우리 같은 악당들에게는 완벽하다. 길의 일부는 심지어 땅 아래로 깊이 내려가서, 팔리가 잘 알고 있는 것처럼 보이는 터널 조직과 연결된다. 하버베이에서 두 명의 신혈들을 빼내오는 것은 쉬워 보이지 않는 반면, 영 불가능해 보이지도 않는다. 딱 정확한 순간에 특별히 조금 힘을 보여 줄 수만 있다면.

"당신은 여기 머무른대도 괜찮아요, 칼."

나는 지도에서 머리를 들면서 말한다.

"하지만 난 얌전히 숨어 일이 끝나기만을 기다리고 있진 않을 거예요."

그가 말하던 중에 멈추더니 나를 향해 고개를 돌린다. 잠시 동안, 나는 꼭 곧 불타오르게 될 불쏘시개 더미가 된 것처럼 느껴진다.

"그럼 난 그대가 자신이 반드시 해야 할 일에 준비가 되었기만을 바라야겠군."

우리를 알아볼 모든 사람을 죽일 준비. 나를 알아볼 사람은 누구라도.

"난 준비되었어요."

나는 거짓말은 정말 잘한다.

제13장

닉스에게 뒤에 남으라고 설득하는 건 너무나 쉽다. 그의 불사신 같은 능력에도 불구하고, 그는 여전히 자신의 고향에 있는 해수 소택지 이상으로 멀리 가 본 적이 없는 게잡이 어부다. 벽으로 둘러싼 도시로 침투하는 구출 임무는 그에게 전혀 적절치 않고, 닉스 역시 그 사실을 잘 알고 있다. 킬런은 그렇게 쉽게 좌우되지 않는다. 그는 누군가 남아서 닉스를 감시할 필요가 있다는 것을 내가 상기시킨 후에야 간신히 자신도 비행기에 남는 것에 동의한다.

킬런이 나를 꽉 끌어안으면서 잘 다녀오라는 인사를 하는 순간, 분명 경고의 속삭임이나 어쩌면 충고의 말을 뱉을 거라는 생각이 든다. 대신에 킬런은 격려의 말을 해 주고, 그 말에 본래 그래야 할 정도보다도 더 안심이 된다.

"넌 그 사람들을 구할 거야. 네가 할 수 있다는 걸 난 알아."

그 사람들을 구할 거야. 그 말은 내 머릿속에서 메아리치며 비행기 램프를 따라 내려서서 햇빛이 비치는 숲 속으로 들어서는 나를 따라온다. *그럴게.* 킬런이 나를 믿어 주는 만큼 내가 자신을 믿을 수 있게 될 때까지 스스로에게 그 말을 반복해 본다. *그럴게, 그럴게, 그럴게.*

이곳의 숲은 덜 빽빽한 편이라서, 우리는 어쩔 수 없이 계속적으로 경계를 해야만 한다. 낮의 햇빛 아래라 칼은 불꽃에 대해 걱정할 필요가 없어서 모든 손가락이 양초의 심지라도 되는 것처럼 불타오르는 불꽃 대기 상태를 유지한다. 쉐이드 오빠는 아예 땅을 밟지도 않고, 이 나무에서 저 나무로 점프하고 있다. 오빠는 군인다운 신중함으로 숲 속을 살피며, 모든 방향을 자신이 만족할 때까지 매 같은 시선으로 샅샅이 훑는다. 나 또한 내 자신의 감각을 활짝 연 채로 운송 수단이나 하늘을 낮게 나는 비행선에서 흘러나올 수도 있는 어떤 전기의 흐름이 있는지 느껴 본다. 남동쪽으로 하버베이 방향에서 흐릿한 웅웅거리는 소리가 느껴지지만 그건 예상했던 것으로, 포트 로드를 따라서 밀려 왔다 밀려가는 교통의 흐름이랑 딱 맞다. 우리는 샛길에서 소리를 들을 수 있는 거리만큼 딱 벗어나서 이동하고 있지만, 내 안의 나침반이 우리가 점점 더 하버베이에 가까워지고 있음을 알려 준다.

그건 보기도 전에 느껴진다. 작고, 아주 가느다란 압력이 활짝 열어 둔 감각에 닿는다. 작은 배터리가 전력을 흘리는데, 아마도 시계나 라디오에서 나오는 전력일 것이다.

"동쪽 방향."

나는 다가오는 에너지원을 가리키며 작게 웅얼거린다.

팔리가 그 방향을 향해서 쭈그려 앉을 생각도 않고 재빨리 움직인다. 반면 나는 무릎을 나뭇잎 위로 떨어뜨리며 가을의 첫 번째 색으로 내 어두운 붉은 셔츠와 갈색 머리카락을 위장한다. 칼은 내 바로 옆으로 움직이고, 자신의 불꽃이 숲에 불을 놓지는 않도록 조절하면서 불꽃을 피부 가까이로 낮춘다. 눈으로는 나무 사이를 훑는 동안에도 그의 숨결은 침착하고 안정적이며 숙련된 느낌이다.

나는 손가락을 뻗어서 배터리 방향을 가리킨다. 스파크 하나가 내 손을 따라 내달린 후 사라지면서 접근하는 전기를 소리쳐 부른다.

"팔리, 몸을 낮춰."

낮게 뱉는 칼의 음성은 바스락거리는 나뭇잎들 사이에서 거의 들리지도 않는다.

그 말을 순순히 따르는 대신 그녀는 나무에 기대며 나무 몸통의 그늘 속으로 녹아든다. 위쪽의 나뭇잎들을 뚫고 비추는 태양빛이 그녀의 피부 위로 얼룩덜룩 비치고, 그렇게 가만히 있으니 팔리는 꼭 숲의 일부처럼 보인다. 하지만 조용히 있는 건 아니다. 그녀의 입술이 벌어지더니 낮은 새소리가 가지들 사이로 메아리친다. 코런트 마을 밖에서 킬런과 소통하기 위해서 사용했던 것 같은 똑같은 소리다. *신호구나.*

진홍의 군대인가.

"팔리, 무슨 일이야?"

하지만 그녀는 내게 어떤 주의도 기울이지 않고 대신 나무들 쪽을 바라본다. 기다리고 있다. 조용히 귀 기울이면서. 한순간이 지나자, 누군가가 새소리 같은 응답을 보내는데, 유사하지만 완전히 똑같지는 않다. 쉐이드 오빠가 우리 위의 나무에서 답하며 그 이상한 노래에 자신만의 소리를 더하니, 내 공포가 조금은 가신다. 팔리는 나를 덫으로 이끌지도 모르지만, 쉐이드 오빠는 그러지 않을 것이다. *그러지 않기만을 바란다.*

"대장, 당신은 저 빌어먹을 섬에 찰싹 붙어 있는 줄로만 생각했는데."

굵은 목소리가 빽빽한 느릅나무 숲 사이에서 불쑥 튀어나온다. 딱딱한 모음과 알(r)발음을 생략하는 억양은 굵고 구별이 쉽다. 하버베이 식이다.

팔리는 그 소리에 미소를 지으며 나무 몸통에서 매끄럽게 몸을 뗀다. 그녀가 덤불 사이로 콕 집어서 손짓을 하며 미소 짓는다.

"크랜스. 멜로디는 어딨어? 언제나 그녀가 나오고는 했었잖아, 당신이 이건의 심부름꾼이었던 이래로?"

나뭇잎들을 헤치고 그가 한 발짝 나섰을 때, 나는 오래 전에 스스로 학습해 온 세부적인 사항들을 적용해서 그를 평가해 보려고 최선을 다한다. 그는 등에 매고 있던 무언가 무거운 것 때문인지 몸을 기울인다. 아마도 라이플일 테고, 아니면 몽둥이일 것이다. *정말로 심부름꾼이려나.* 해어진 두툼한 면과 누빔 조끼 아래에 숨은 거대한 팔과 떡벌어진 가슴은 항만 노동자나 길거리 싸움꾼 같은 외모다. 버리는 조각 천들을 모아 잡다하게 격자무늬를 이루고 있는 그의 옷은 심하게 얼룩덜룩하지만 전체 빛깔은 붉은색이다. 조끼는 그렇게 낡았는데, 가죽 부츠만은 심하게 광택이 날 정도로 새것처럼 보이는 건 좀 이상하다. 아마도 훔친 거겠지. *나 같은 부류의 사람이다.*

크랜스는 자신의 어두운 얼굴을 잔뜩 찡그려 가며 팔리를 향해 어깨를 으쓱해 보인다.

"멜로디는 부두에 할 일이 좀 있어서. 그리고 난 대장이 거슬리지만 않다면 *오른팔* 역할을 하는 게 좋거든."

그의 찡그림이 커다란 미소로 바뀌더니, 다음 순간 매끄럽고 과장된 몸짓으로 절을 한다.

"물론, 이건 두목님은 당신을 환영하라고 명하셨지, 대위님."

"더 이상 대위가 아니야."

아마도 악수의 일종인 듯 그의 팔뚝을 꽉 움켜쥐면서 얼굴을 찌푸린 팔리가 대꾸한다.

"분명히 당신도 들었을 텐데."

그는 그저 머리만 흔든다.

"그 말에 따를 사람이 여기에 거의 없다는 걸 알잖아. '뱃사람들'은 이건의 부름에만 응한다고, 당신네 대령이 아니라."

뱃사람들? 진홍의 군대 안에도 또 다른 분파가 있는 건가 보다.

"당신 친구들은 계속 덤불 속에 숨어 있을 건가?"

그가 내 쪽을 향해 시선을 던지며 덧붙인다. 그의 푸른 눈은 전기가 흐르는 듯, 암갈색 피부 위로 더 날카로워 보인다. 하지만 나는 좀 더 긴급한 과제에서 정신을 팔지 않는다. 여전히 맥동하는 시계 배터리가 느껴지는데, 크랜스는 지금 시계를 차고 있지 않다.

"*당신* 친구들은 어떻고요?"

숲 바닥에서 몸을 일으키면서 그에게 묻는다.

칼이 나와 함께 제때에 움직인다. 칼도 크랜스를 면밀히 살피면서 재보고 있다. 상대편도 마찬가지로 똑같은 태도를 취한다. 또 다른 군인을 살펴보는 군인들의 태도다. 다음 순간 그가 이를 번쩍이며 미소를 보인다.

"그러니까 이게 대령이 그렇게 호들갑을 떤 이유로구먼."

그가 낄낄거리면서 감히 앞으로 발을 딛는다.

그의 체격에도 불구하고 우리 두 사람 모두 움찔하지도 않는다. 우리는 그보다 훨씬 더 위험한 사람들이다.

그는 낮게 휘파람을 불면서 시선을 내게로 돌린다.

"추방당한 왕자와 번개 소녀라. 그리고 '토끼'는 어딨지? 그 친구 소리를 들었다고 생각했는데."

토끼?

쉐이드 오빠의 형체가 크랜스의 뒤에서 나타난다. 한 팔은 목발 위에 두고 다른 팔로는 크랜스의 목을 감고 있다. 하지만 오빠는 미소를 짓고 있다. *소리 내어 웃는다.*

"날 그렇게 부르지 말라고 했지."

오빠는 크랜스의 어깨를 흔들면서 책망한다.

"그 말이 맞아야 따르든 말든 하지."

크랜스가 대꾸하며 쉐이드 오빠의 손아귀에서 빠져나온다. 그는 손까지 써 가면서 깡충깡충 뛰는 동작을 해 보이고, 그러는 내내 웃음을 터뜨린다. 하지만 목발과 붕대를 보는 순간 미소가 조금 지워진다.

"비행기 계단 같은 데서 떨어진 거야?"

크랜스가 최대한 밝게 목소리를 꾸미지만 어두운 그늘이 그의 밝은 눈에 드리운다.

쉐이드 오빠는 그의 걱정을 손을 휘휘 저어 날려 버리며 크랜스의 넓은 어깨 한 쪽을 쥔다.

“다시 보니 너무 좋다, 크랜스. 당신한테 내 여동생을 소개시켜야 할 것 같……”

“자기 소개 같은 건 필요 없어.”

크랜스가 아무렇게나 손을 활짝 벌려 내 쪽으로 내민다. 나는 기꺼이 그의 손을 잡고 그는 내 손의 거의 두 배는 되는 크기의 손으로 내 팔뚝을 꽉 쥔다.

“만나서 반가워, 메어 배로우. 어쨌든 이 말은 꼭 해야겠는걸, 수배 포스터가 실물보다 훨씬 괜찮네. 그런 게 가능하리라고는 생각하지 못했는데.”

다른 사람들은 얼굴을 찡그리고 내 얼굴이 모든 문과 창문마다 쾅쾅 박혀 있을 거라는 생각으로 꼭 나만큼이나 놀란다. *이 일을 예상했어야 했는데.*

“실망시켜서 미안하네요.”

손을 그의 손에서 빼내면서 억지로 말한다. 탈진과 걱정이 내게 친절하지는 못했으리라. 내 피부는 온통 먼지투성이고, 머리가 엉망진창인 것은 말할 것도 없다.

“거울을 들여다보기에는 솔직히 조금 많이 바빴거든요.”

크랜스는 내 무례한 대꾸를 당연한듯 받아들이며 더 크게 미소 짓는다.

"너 정말 불꽃이 튀기는구나."

그렇게 중얼거리는 그의 시선이 내 손가락으로 향하는 것을 놓치지 않는다. 그가 정확히 얼마나 많은 스파크를 다룰 수 있을지 직접 보여 주고 싶은 충동에 맞서느라 손톱을 손바닥 살 깊숙이 박아야 한다.

배터리의 감각은 계속되고, 더 확고하게 느껴진다.

"그래서 계속 우리를 포위하고 있지 않은 척 할 건가요?"

나는 모든 각도에서 지켜보고 있는 나무들을 가리키며 반복한다.

"아니면 우리한테 무슨 문제라도 있어요?"

"문제라니 전혀 없어."

그가 말하며 놀리듯 항복의 표시로 손을 들어 보인다. 다음 순간 그가 다시 휘파람을 불고, 이번 소리는 사냥에 나선 매처럼 높고 날카롭다. 크랜스가 미소를 짓기 위해, 편안한 것처럼 보이기 위해 애를 쓰고 있음에도, 그의 눈에 떠오른 의심의 기색을 놓칠 수는 없다. 그가 칼을 더 가까이에서 지켜보려고 하겠지만, 그가 믿지 못하는 것은 나다. *아니면 이해하지 못하는 쪽이 나인 거든가.*

나뭇잎이 으드득 으스러지는 소리가 크랜스의 친구들의 출현을 알린다. 그들 역시 넝마와 훔친 장신구들을 조합해서 차려입고 있다. 그것도 어떤 종류의 제복이라고 할 수 있을 것인지, 그렇게 일치하지 않음에도 불구하고 닮아 보이기 시작한다. 두 명의 여자들과 한 명의 남자다. 그중 한 명은 낡았지만 잘 가고 있는 시계를 차고 있고, 모두 비무장으로 보인다. 그들은 팔리에게는 경례를 하고 쉐이드 오빠에게는 미소를 짓지만 칼과 나를 어떻게 봐야 할지는 모르는 듯하다. 내 생각에도 그러는 편이 훨씬 나을 것 같다. 더 이상 잃게 될 친구 수를 늘릴 필요야 없으니.

"뭐, 토끼, 네가 계속 갈 수 있을지 없을지 어디 볼까."

크랜스가 걸음을 딛으며 신경을 긁는다.

그 말에 대꾸하듯 쉐이드 오빠가 근처의 나무 위로 점프를 한다. 다친 다리는 흔들거리고 입가에는 미소를 짓고 있다. 하지만 오빠의 눈이 내 눈과 마주친 순간, 무언가가 흔들린다. 그러고 나서 오빠는 아주 짧은 순간 내 뒤로 이동하는데 어찌나 빠른지 오빠의 모습을 거의 볼 수도 없을 정도다.

늘 그랬듯 오빠의 속삭임만이 들린다.

"아무도 믿지 마."

* * *

터널들은 축축하고 구부러진 벽들은 이끼와 깊이 내려온 뿌리들이 얽혀 있지만 바닥만큼은 돌과 쓰레기 하나 없이 깨끗하다. 누구든 하버베이로 스르륵 들어올 필요가 있는 사람이 있어서 언더트레인이 지나갈 때를 대비한 것이 아닌지 의심이 든다. 하지만 금속이 금속 위로 지나가며 나는 끼기긱 하는 소리도 없고, 기차의 배터리가 우리를 향해 괴성을 지르며 쿵쿵 달려드는 소리도 없다. 그저 내 감각에 걸리는 것은 크랜스가 손에 들고 있는 손전등과 또 다른 남자의 손목시계, 그리고 우리 머리보다 10미터 위의 포트 로드를 달리는 교통의 일정한 흐름뿐이다. 더 무거운 운송수단들은 그다지 좋지 않은 것이, 전선과 계기판들이 두개골 뒤쪽을 휘젓는다. 나는 그런 차들이 머리 위로 지날 때마다 움츠리고, 내얼시를 향해서 얼마나 많은 급수송들이 이뤄지고 있는지 재빨리 세던 것을 잊어버린다. 만약 그것들이 모두 합쳐졌다면 왕실 보급대가 메이븐과 함께 이동 중인 건 아닌지 의심했겠지만, 기계들은 그저 무작위로 오가는 것처럼 보인다. *이곳은 정상적이야.* 손전등 수명을 단축시켜 우리 모두를 어둠 속에 몰아넣지 않도록 스스로의 신경을 진정시키기 위해 계속 되뇌인다.

크랜스를 따라온 사람들은 일행의 맨 뒤에 서는데, 그 점이 불쾌할 수도 있겠지만 신경이 쓰이진 않는다. 심장이 쿵 뛸 사이면 불꽃을 불러낼 수 있고, 누군가 못된 마음을 먹을 경우에 대비해 칼도 바로 옆에 있다. 한 손에 붉게 춤추는 불꽃을 활활 피우고 있는 칼은 나보다도 더 위협적이다. 불꽃은 계속 형태를 바꾸고 흔들리며 깜빡거리는 그림자를 형성하고, 터널에 붉은색과 검정색의 소용돌이를 그린다. 한때는 그의 것이었던 색들. 하지만 그는 이제 그 색들을 잃어버렸다, 다른 나머지 모든 것들처럼.

나를 제외한 모든 것들.

이곳에서는 속삭임은 아무 의미가 없다. 모든 소리가 울려서 전달되기에, 칼은 자신의 입을 확고하게 꾹 다물고 있다. 그는 불편해 보이고, 군인으로서, 왕자로서, 그리고 은혈로서의 본능에 맞서 싸우는 중이다. 여기 그가 있다, 자신의 적을 따라서 미지의 세계로 발을 들이고 있다…… 무엇을 위해서? 나를 도우려고? 메이븐을 상처 입히려고? 어떤 이유든 간에, 언젠가 그 이유들만으로는 계속 나가기 충분치 않게 될 것이다. 언젠가, 그는 나와 더 이상 함께하지 않을 것이고, 나는 그때를 위해 스스로 대비해야 할 것이다. 내 심장이 무엇을 허락할 것인지 결정해야만 할 것이다. 그리고 얼마 만큼의 외로움을 내가 견딜 수 있을지도. 하지만 아직은 아니다. 그의 온기가 아직은 나와 함께하고, 나는 그 온기에서 떨어질 수 없다.

터널들은 우리의 지도 위에도 나오지 않지만(아니 내가 그동안 본 어떤 지도 위에도 나오지 않지만) 포트 로드는 지도에 나와 있다. 그리고 우리는 그 도로 바로 아래에 있는 것 같다. 길은 곧장 하버베이의 심장부로 이어지고, 파이크 게이트를 지나서, 해수 소택지인 코런트와 저 멀리 떨어진 얼어붙은 국경 지대로 가는 북쪽으로 향하기 전에 항구 주변을 끼고 구부러진다. 포트 로드보다 더 중요한 것은 전 도시를 관리하는 중추인 보안 센터로 그곳에서 우리는 기록을 찾을 수 있을 것이고 가장 중요하게도 에이다와 울리버의 주소를 찾을 수 있을 것이다. 세 번째 이름인 뉴 타운의 빈민가에 사는 여자애 역시 거기서 찾을 수 있으리라.

카메론 콜. 순간 그 애의 다른 정보들은 머릿속에서 다 달아났음에도 그 이름은 또렷이 기억난다. 그토록 많은 낯선 얼굴들이 주변에 있는 동안에는 굳이 이중 확인을 하기 위해서 줄리언의 목록을 꺼내들지는 않는다. 신혈에 대해서는 가능한 적은 수의 사람들만이 알고 있는 것이 더 나으리라. 그들의 이름은 사형 선고이며, 나는 또한 쉐이드 오빠의 경고를 잊지 않고 있다.

운이 따른다면 해질녘까지는 필요한 모든 것을 얻고 아침까지는 줄 뒤에 신혈 세 명을 추가한 채로 블랙런으로 돌아갈 수 있을 것이다. 킬런이 그렇게 오래 자리를 비운 것에 화가 나서 툴툴거릴 테지만 그거야 손톱만큼도 걱정되지 않는다. 사실 그의 붉어진 얼굴과 심통난 넋두리가 기대되기까지 한다. 킬런이 최근 새롭게 깨달은 듯한 분노와 이 모든 진홍의 군대 일들에도 불구하고 내가 함께 자라온 소년이 여전히 그 아래에서 희미하게 빛을 발하고 있으며 그 아이는 내게는 칼의 불이나 오빠의 포옹만큼이나 안식을 주는 존재다.

쉐이드 오빠가 침묵을 매우며 크랜스와 그의 일행들에게 농담을 던지고 있다.

"이 남자가 내가 초크에서 산 채로 빠져나올 수 있던 이유랄까."

오빠가 설명하며 목발로 크랜스를 가리켜 보인다.

"처형인들은 나를 잡을 수 없었지만, 대신에 거의 굶어죽을 뻔 했거든."

"넌 양배추 한 포기를 훔쳤지. 난 네가 그걸 먹게 놔뒀을 뿐이고."

크랜스가 머리를 흔들며 대꾸하지만 그의 붉어진 얼굴이 자부심을 은연중에 드러낸다.

쉐이드 오빠는 그렇게 쉽게 그를 봐주지 않는다. 오빠는 터널 전체를 밝힐 수도 있을 것 같은 미소를 짓지만, 오빠의 눈동자에는 전혀 빛이라곤 없다.

"마음씨가 아름다운 밀수범이야."

나는 눈을 가늘게 뜨고 귀를 열어둔 채로 두 사람이 주거니 받거니 하는 대화를 지켜보며 게임처럼 진행되는 내용을 따라간다. 서로가 서로를 칭찬하고, 초크에서 돌아오던 여정을 회상하고, 보안과 군부대를 피하고. 그들이 그 당시에 어떤 우정을 쌓았던 것인지는 모르겠으나, 그 우정은 더 이상은 존재하지 않는 것처럼 보인다. 지금, 그들은 같은 기억과 억지 미소를 공유한 채 서로가 상대방이 정확히 원하는 바가 무엇인지 알아내기 위해 애를 쓰고 있다. 나도 스스로의 결론을 내리며 똑같이 한다.

크랜스는 미화하자면 도둑인데, 그거라면 내가 충분히 잘 알고 있는 직업이다. 도둑들에 대해서 좋은 점이 있다면 그건 단 한 가지 부분에 있어서는 그들을 믿어도 된다는 사실이다. 바로 그들이 할 수 있는 최악의 짓을 벌일 거라는 점에 대해서. 만약 우리의 위치가 뒤바뀌었다면, 내가 예전의 자신이고 도망자를 스틸츠로 호위하는 중이었다면, 테트라크 금화 몇 개에 그들을 팔아넘기지 않을 수 있었을까? 몇 주의 식량 배급이나 전기 배급 딱지를 두고? 혹독했던 겨울들, 결코 끝나지 않을 것처럼 보였던 그 춥고 배고팠던 나날들을 여전히 잘 기억하고 있다. 손쉽게 나을 수 있는 병들도 약을 살 수 있는 돈이 없었다. 심지어 간단한 필요에도 씁쓸한 고통이 따랐다, 무언가 아름다운 거나 유용한 것을 갖기 원한다는 바로 그 *이유* 때문에. 그런 순간들이면 나는 나만큼이나 절망적인 사람들에게서 무언가를 훔치는 끔찍한 짓들을 저질렀다. *살아남기 위해서. 우리 모두가 계속 살기 위해서.* 그것이 스틸츠에서 내가 굶주린 아이들이 있는 집들로부터 동전들을 훔칠 때마다 변명하곤 했던 타당한 이유였다.

크랜스가 할 수만 있다면 나를 이건 두목에게 넘길 거라는 사실은 의심하지도 않는다. 나라면 딱 그랬을 것이기 때문이다. 엄청난 대가를 받고 메이븐에게 팔아 넘기거나. 하지만 운 좋게도, 크랜스쪽의 화력이 더 우세해질 가망은 없다. 그도 그 사실을 알기에, 자신의 미소를 유지할 수 있는 것이다. *지금까지로서는.*

터널이 아래로 구부러지며 언더트레인 철길들은 갑자기 끝나고, 거기서부터 공간은 기차가 지나가기에는 너무 좁아진다. 더 깊이 들어갈수록 공기는 더욱 차가워지고 묵직해진다. 우리 위쪽으로 대지의 무게가 누르고 있다는 생각을 하지 않으려고 애를 쓴다. 결국 벽들은 금이 가고 노쇠해질 테고 새로운 보강 자재들을 덧대지 않는다면 아마도 무너질 것이다. 나무 기둥들이 겉으로 드러난 채로 어둠 속에서 쭉 이어지고, 각각은 터널의 천장을 받친 채로 우리가 산 채로 묻히는 것을 막아 준다.

"어디로 올라가게 되지?"

칼이 대답할 사람을 특정하지 않은 채로 큰 소리로 질문을 던진다. 혐오가 매 단어마다 물들어 있다. 깊은 터널들은 마치 내가 그렇듯 그에게도 불쾌함을 주는 것이다.

"'오션힐'의 서쪽 편으로."

팔리가 하버베이의 왕실 거주 구역을 언급한다. 하지만 크랜스가 머리를 흔들면서 그녀의 말을 자른다.

"터널은 폐쇄되었어."

그가 퉅퉅거린다.

"새 공사가 있어, 왕의 명령이지. 왕위에 오른 지 3일 되었을 뿐인데 벌써 죽도록 짜증난다니까."

이토록 가까운 거리에서는 칼이 이를 가는 소리가 들린다. 분노가 폭발하며 그의 불꽃이 밝아지고, 열기의 태풍이 터널을 확 통과하지만 다른 이들은 무시하는 척 한다. *왕의 명령.* 자신이 그러려고 하지 않는 때조차, 메이븐은 우리의 길을 좌절시킨다.

칼이 딱딱한 태도로 발치를 바라본다.

"메이븐은 항상 오션힐을 싫어했지."

그의 말이 벽 위로 낯설게 메아리치며 우리를 그의 기억 속에 가둔다.

"자기에게는 너무 작다며. 너무 낡고."

그림자가 벽 위로 움직이며 우리의 형체를 일그러뜨린다. 모든 비틀린 모양마다, 모든 어두운 연못마다 메이븐이 보인다. 그는 한때 자신이 불꽃의 그림자라고 했었다. 이제 나는 그가 내 마음속의 그림자가 되는 것이, 사냥꾼보다도 더 나쁘고 유령보다도 더 나쁜 존재가 되는 것이 두렵다. 적어도 그의 문제로 마음이 괴로운 것이 나 혼자만은 아니긴 하다. 적어도 칼은 똑같이 느낄 것이다.

"그럼 '피시 마켓'인가."

팔리의 쉰 부르짖음에 나는 다시 당면한 과제로 돌아온다.

"일단 좀 돌아봐야 할 거야, 그리고 가능하다면 당신들이 밖에서 보안 센터의 주의를 좀 끌어 줄 필요가 있고."

다시 지도로 흘긋 시선을 내리는데, 머릿속이 복잡하다. 지도를 보니, 보안 센터는 칼의 오래된 궁전에 곧장 연결되어 있고 아니면 적어도 같은 건물의 일부분이다. 그리고 피시 마켓은 상당한 거리가 떨어져 있는 듯하다. 안으로 스며드는 것은 고사하고 그저 필요로 하는 곳까지 도착하기 위해서만도 재빨리 움직여야만 하다. 칼의 얼굴 위로 떠오른 찌푸린 표정으로 판단해 보건대, 그는 기대도 안 하는 모양이다.

“이건 두목이 도울 거야.”

크랜스가 팔리의 요청에 고개를 끄덕이며 말한다.

“두목이 할 수 있는 어떤 방법으로든 도울 거야. 옆에 토끼가 같이 있으면 그다지 많은 도움이 필요하지도 않겠지만.”

쉐이드 오빠는 여전히 그 별명이 짜증난다는 듯 친절하게 얼굴을 찡그린다.

“하버베이에 사는 적혈들이랑 얼마나 친해? 들어 보면 낯이 익은 이름들 몇 개가 생각날까?”

오빠를 향해서 조용히 하라고 쉿 소리를 내지 않기 위해서는 입술을 깨물어야 한다. 크랜스에게 우리가 누구를 찾고 있는지 알리는 것은 내가 가장 하고 싶지 않은 일이다. 특별히 그가 그 이유를 궁금해 할 것이기 때문에 더더욱. 하지만 쉐이드 오빠는 나에게 시선을 보내며 눈썹을 추켜세우고는 그 이름들을 크게 말하라고 압박한다. 오빠의 옆에 선 크랜스는 자신의 표정을 자연스럽게 보이기 위해 최선을 다하지만, 그의 눈은 번뜩이고 있다. 내가 뱉을 말을 듣고픈 생각이 정말로 간절한 모양이다.

“에이다 월러스.”

그 말은 터널의 벽들이 내 비밀을 훔칠까 두려운 것처럼 속삭임에 가깝게 흘러나온다.

“울리버 걸트.”

걸트. 그 단어에 크랜스의 얼굴에 알아차린 빛이 슥 지나간다. 너무 티가 나서 그는 고개를 끄덕이는 것 외에는 달리 수가 없다.

"걸트는 내가 알아. 차사이드 로드에 살고 있는 오래된 가문이야. 무역을 통한 맥주 양조업을 하고 있지."

그가 더 기억해 내려고 애를 쓰며 정보를 쥐어짠다.

"하버베이에서 제일 질 좋은 맥주를 만들어. 친구로 두면 좋은 사람들이지."

그 행운의 가능성에 기뻐서 가슴 속에서 심장 박동이 빨라진다. 하지만 이제 크랜스가 (더불어 미스터리한 이건까지) 우리가 누구를 찾고 있는지 알게 되었다는 생각에 그 기분은 곧 누그러진다.

"월러스는 딱히 아는 사람이 없는걸. 충분히 흔한 이름이긴 한데, 딱히 떠오르는 사람이 없군."

분하게도 그가 거짓말을 하고 있는지 아닌지 모르겠다. 그러니 계속 말하게 하려면 압박을 가해야만 한다. 아마 크랜스는 뭔가를 드러내거나 자신이 그렇게 해야 한다는 *확신*이 들도록 그에게 타당성을 제시할 기회를 줄지도 모른다.

"당신들은 스스로를 뱃사람들이라고 부르나요?"

나는 자연스러운 어조를 유지하려고 조심하며 묻는다.

그는 어깨 너머로 미소를 번뜩이더니 소매를 걷어 팔뚝 위의 문신을 드러낸다.

검푸른 닻이 붉은색 밧줄에 휘감긴 채 둘러싸여 있다.

"비콘 최고의 밀수꾼들이지. 당신이 원하면, 우리가 제공한다."

그가 자랑스럽게 말한다.

"그리고 당신들은 진홍의 군대를 위해 일하고요?"

그 질문에 그의 미소가 싹 사라지더니 소매를 다시 풀어 내린다.

고개를 끄덕거리는 그 모습에는 그늘이 있지만 그것보다 더 확실한 대답도 없으리라.

"그럼 이건이란 사람은 또 다른 대위겠네요."

거의 크랜스의 발등을 밟을 정도까지 나는 속도를 낸다. 내 접근에 그의 어깨가 굳고, 그의 목덜미의 털들이 일어나는 것이 똑바로 보인다.

"그럼 당신은 어떻게 되나요? 그 사람 부관?"

"우린 직함에는 신경 안 써."

내 공격을 획 피하며 그가 응수한다. 하지만 난 이제 막 시작했을 뿐이다. 다른 사람들이 내 행동에 혼란스러운 표정이 되어 바라본다. *킬런이라면 이해했을 거야. 심지어 더 나아가서 같이 연기해 줬을 텐데.*

"용서해 줘요, 크랜스."

그 말은 역겨울 정도로 달콤하게 흘러나온다. 나는 좀도둑이 아니라 궁중의 귀족처럼 말하고, 그것이 그의 마음을 괴롭힌다.

"그저 하버베이에 있는 우리 형제자매들이 궁금해서 그래요. 말해 봐요, 당신이 대의에 합류하도록 확신을 갖게 만든 건 뭐예요?"

딱딱한 침묵. 돌아보자, 크랜스의 친구들은 똑같이 조용하고, 터널의 희미한 불빛 아래에서 그들의 눈은 거의 검정으로 보인다.

"팔리였어요? 설득당한 건가요?"

부서지는 순간의 어떤 신호를 기다리면서 계속 밀어붙인다. 그럼에도 불구하고 그는 아무 응답이 없다. 공포의 떨림이 나를 통과한다. 우리에게 말하지 않으려는 게 대체 뭐길래?

"아니면 내가 그랬듯이 스스로 진홍의 군대를 열심히 찾아낸 건가요? 당연했지만, 나한테는 썩 괜찮은 이유가 있었거든요. 쉐이드 오빠가 죽었다고 생각했었기에, 알죠, 그래서 난 복수를 하고 싶었어요. 내가 합류한 건 우리 오빠를 죽인 사람들을 죽이고 싶었기 때문이에요."

여전히 아무 말도 없지만 크랜스의 속도가 빨라진다. 내가 *뭔가*를 건드린 것이다.

"은혈들이 당신에게서 누구를 빼앗았어요?"

쉐이드 오빠가 그 질문 때문에 나를 훈계할 거라고 예상하지만, 오빠는 조용하다. 오빠는 크랜스의 얼굴에 집중한 채로 그 밀수꾼이 숨기고 있는 것을 찾아내려고 한다. 그가 분명히 우리에게서 무언가를 감추고 있기 때문에. 그리고 우리 모두 그 점을 느끼기 시작한 참이다. 심지어 조금 전까지 그토록 친밀한 모습을 보였음에도 불구하고 팔리조차 긴장한다. 그녀는 뭔가를, 자신이 이전까지는 보지 못했던 무언가를 깨달은 모양이다. 그녀의 손이 재킷으로 향하고 아마도 또 다른 숨겨 놓은 칼이 틀림없을 물건 주변을 맴돈다. 그리고 칼의 경우, 결코 처음부터 경계를 누그러뜨린 적이 없다. 그의 불길이 어둠을 찢으며 적나라한 위협이 되어 타오른다. 다시 한 번 나는 터널에 대해 생각한다. 이곳이 무덤처럼 느껴지기 시작한다.

"멜로디는 어디 있어?"

팔리가 한 손을 부드럽게 내밀어 크랜스의 진로를 가로막으며 묻는다. 우리도 함께 서는데, 심장이 뛰는 소리가 터널의 벽 위로 메아리치는 것이 들리는 것만 같다.

"이건은 결코 당신 혼자만은 보내지 않았을 거야."

느리게 나는 몸을 돌려 등을 벽 쪽에 대고, 크랜스와 그의 일당들을 모두 볼 수 있게 자세를 바꾼다. 칼도 내 동작을 그대로 따라하면서 똑같이 한다. 그의 빈 손에서 불길이 조금 솟아오르고, 손바닥에서 준비를 마치고 대기한다. 내 스파크는 피부 안팎을 드나들며 춤추고 작은 자백색 전기가 흐른다. 순수한 힘의 작은 가닥은 몹시 좋은 느낌이다. 우리 위로 교통량이 점차 계속 늘어나고 있는 것이, 정확히 도시의 문 아래에 있는 것이 아니라면 적어도 그 가까이에는 온 모양이다. *전투를 벌이기에 좋은 장소라고 할 순 없겠는데.*

이 일은 이제 곧 그렇게 되려는 참이기 때문이다.

"멜로디는 *어디* 있어?"

팔리가 다시 묻고, 그녀의 칼날이 공기 중으로 소리 내어 운다. 칼날 위로 칼의 불꽃이 반사되며 날카롭게 번뜩이고, 크랜스의 눈 위로 불꽃이 타오른다.

"크랜스?"

눈을 뜰 수 없을 정도의 환한 빛에도 불구하고 그의 눈은 온통 진실된 후회의 빛으로 커다랗다. 그 장면은 내 등골을 따라 공포의 떨림을 선사하기 충분하다.

"당신은 우리가 누군지 알고, 이건이 누군지도 알잖아. 우리는 *범죄자*들이야, 팔리. 우리는 돈과…… 생존만을 믿는다."

나는 저 삶을 너무나 잘 알고 있다. 하지만 나는 저 길에서 벗어났다. 나는 더 이상 쥐새끼가 아니다. 나는 번개 소녀이며 이제 내게는 셀 수 없을 정도로 많은 이상이 있다. 자유, 복수, 내 안의 불꽃에 연료를 공급해 주는 모든 것, 그리고 나를 계속 가게 해 주는 결의.

크랜스의 무리들은 나처럼 느리게 움직이며 숨겨 놓은 권총집에서 총들을 푼다. 세 구의 장전된 총들이 경련하는 손에 쥐어져 있다. 크랜스 역시 한 정 갖고 있으리라 생각이 들지만, 그는 아직 자신의 무기를 드러내지 않았다. 그는 설명해 보려고, 앞으로 정확히 일어날 일을 이해시켜 보려고 애를 쓰고 있다. 그리고 분명히 나는 잘 이해하고 있다. 배신이란 내게는 너무나 친숙하지만 그럼에도 위장은 출렁이고 온몸은 공포로 얼어붙는다. 그 기분을 무시하고 집중하기 위해 할 수 있는 모든 것을 다한다.

"그들이 그녀를 데려갔어."

그가 웅얼거린다.

"오늘 아침에 두목에게 그녀의 집게손가락을 보냈어. 하버베이 전체에 같은 일이 벌어졌어, 모든 조직들이 누군가를 잃거나 소중한 무언가를 잃었지. 뱃사람들, '바다해골'들, 심지어 '리켓'네 꼬맹이도 데려갔어, 리켓은 몇 년간 현역에서 빠져 있었는데도. 그리고 지불금이 말이야."

그가 어둡게 휘파람을 불면서 잠시 멈춘다.

"전혀 웃을 수 없는 금액이었지."

"뭘 대가로요?"

나는 내게서 가장 가까운 뱃사람에게서 눈을 떼지 않은 채로 조용히 묻는다. 그녀는 내 시선을 되받아친다.

크랜스의 목소리는 깊고 슬프게 꺼걱거린다.

"당신, 번개 소녀가 대가야. 당신을 찾는 게 요원들이나 군대들만은 아니라고. 우리도야. 여기서부터 델피까지 모든 밀수꾼 집단이, 모든 도둑 연합들이 말이야. 당신은 지금, 배로우 양, 햇빛 아래에서도 그늘 아래에서도, 은혈에게도 당신 사람들에게도 모두 쫓기고 있어. 미안하군, 하지만 일이란 게 다 그래."

그의 사과는 나를 향한 것이 아니라 팔리와 우리 오빠를 향한 것이다. 그의 친구였지만, 이제는 배신한 대상. 내 친구지만 나 때문에 심각한 위험에 처하게 된 이들.

"네가 놓은 덫이 뭐야?"

쉐이드 오빠가 한 팔 아래에 목발을 끼고 있음에도 위협적으로 보이기 위해 최선을 다하면서 으르렁거린다.

"우리가 어디로 걸어 들어가고 있는 거지?"

"네가 좋아할 만한 건 아니지, 토끼."

칼의 불과 내 스파크, 그리고 크랜스의 손전등이라는 낯선 빛 속에서, 나는 그의 눈의 번뜩임을 놓칠 뻔 한다. 그의 눈이 왼쪽으로 꽂히더니 내 바로 옆에 있는 지지 기둥을 향한다. 그 바로 위의 천장은 금이 가고 갈라진 상태로, 콘크리트 조각들을 뚫고 먼지 구멍을 만들고 있다.

"이 망할 개자식."

쉐이드 오빠가 지나치게 큰 목소리로 과장스럽게 외친다. 오빠는 즉시 언제라도 주먹을 날릴 수 있을 것처럼 보인다. 완벽한 주의 끌기. *시작이다.*

3명의 뱃사람들이 총을 들어올리고 내 오빠를 겨눈다. 현존하는 가장 빠른 존재를 향해. 오빠가 주먹을 들자 그들은 방아쇠를 당기지만 그들의 총알은 열린 공기만을 스친다. 머리 바로 옆에서 울린 총성에 귀가 먹먹한 채로 몸을 쭈그리고 앉지만 나는 지지대 기둥에 계속 집중한다. 번개 폭풍이 폭파하듯이 나무를 가르고, 나무는 곧장 숯처럼 타 버린다. 지지대가 쪼개지며 무너지는 사이에 나는 두 번째 번개를 금이 간 천장에 던진다. 칼이 옆에서 크랜스와 팔리를 향해서 달려들며, 떨어지는 콘크리트 판들을 재빨리 피한다. 시간이 좀 더 있었다면 뱃사람들과 함께 묻히게 될까 두려웠겠지만 그 전에 쉐이드 오빠의 익숙한 손이 내 손목을 잡는다. 몇 미터 떨어진 터널 아래의 땅에 부딪히기 전에, 나는 쥐어짜는 듯한 감각을 이기려 눈을 감는다. 이제 우리는 크랜스와 팔리 앞에 있다. 두 사람은 지금은 칼이 서도록 도와주고 있다. 터널이 그들 양 옆에서부터 무너지면서 먼지와 콘크리트가 세 명의 쓰러진 시체 위를 덮는다.

크랜스는 쓰러진 뱃사람들에게 마지막 시선을 보내고는 숨겨 둔 권총을 꺼낸다. 짧고 몰아치는 한순간, 그가 나를 쏠지 모르겠다는 생각이 든다. 하지만 대신에 그는 이글거리는 전기 같은 시선을 들어 우리 주변에서 마구 흔들리고 있는 터널을 바라본다. 그의 입술이 움직이더니 한 단어를 뱉는다.

"도망쳐."

제14장

왼쪽, 오른쪽, 다시 왼쪽, 위로.

크랜스는 우리가 터널을 통과하도록 명령을 외치며 쿵쿵거리는 발걸음들을 인도한다. 가끔씩 또 다른 곳이 쿵 하며 무너지는 소리가 메아리쳐서 우리는 계속 할 수 있는 한 빠르게 이동한다. 우리가 연쇄 반응의 시발점이었고, 터널은 안에서부터 혼자 붕괴되고 있다. 한 번인가 두 번, 터널이 우리 가까운 곳에서 무너져서 지지대 기둥이 쪼개지면서 날카로운 탁 소리를 내는 것도 듣는다. 쥐들이 우리와 함께 어둠 속에서 비틀리듯 달아난다. 녀석들이 내 발 위로 달려들며 맨 꼬리들이 작은 밧줄처럼 휘감기자 으스스하다. 고향에서는 강물이 범람하며 쥐들이 빠져 죽곤 했기에 그다지 많은 쥐들이 없었고, 그래서 기름진 검정색 털들이 이루는 물결을 보니 소름이 쫙 끼친다. 하지만 혐오감을 누르기 위해 최선을 다해야 한다. 칼도 그들을 전혀 좋아하지 않는 듯, 불타는 주먹을 땅 위로 후려쳐서 그 해충들이 접근할 때마다 뒤로 물리고 있다.

먼지가 우리 발치에 소용돌이치고 공기는 숨이 막힐 듯하며, 크랜스의 손전등은 어둠 속에서 완전히 무용지물이다. 다른 이들은 감각에만 의지한 채로 터널의 벽을 더듬어 나아가지만, 나는 신경을 계속 위쪽의 세계에 고정한 채로 전기선들과 굴러다니는 교통이 엮는 거미줄에 집중한다. 전기의 흐름을 머릿속에서 지도처럼 그려본 다음, 거의 외웠던 종이 위로 그 지도를 덧대어 본다. 그렇게 하니, 감각이 자라며 거의 모든 것을 느낄 수가 있다. 그 감각은 너무나 압도적이지만 나는 끝까지 밀어붙이며 스스로 받아들일 수 있는 모든 것을 억지로 받아들인다. 머리 위에서는 자동차들이 비명을 지르고 붕괴 현장을 향해 굴러간다. 몇 대는 위태롭게 달려 골목들을 통과하는데, 아마도 침몰한 도로와 뒤틀린 잔해들을 피하려는 의도일 것이다. *시선 끌기. 좋은데.*

터널들은 팔리와 크랜스의 영역이자 먼지로 이룩된 왕국이다. 하지만 어둠 속에서 빠져나가도록 이끄는 역할은 칼에게 떨어지는데 역설적인 것은 우리 두 사람 모두에게 그럴 필요가 없다는 것이다. 우리가 용접되어 닫혀 있는 서비스 도어로 막혀 있는 길에 들어섰을 때, 칼에게 무엇을 해야 하는지 말해 줄 필요도 없다. 그는 앞으로 나서서 손을 쭉 뻗고, 팔찌가 번쩍이더니 다음 순간 백열빛의 불꽃이 생명을 얻으며 솟아난다. 칼의 손바닥 안에서 불꽃이 춤을 추고, 그는 문의 경첩 부분을 꽉 쥐고 철로 된 붉은 방울들이 되어 녹아내릴 때까지 열을 가한다. 다음 장애물은 심지어 더 쉽다. 녹이 잔뜩 엉겨 있는 금속 창살을 칼은 몇 초만에 포장지 벗기듯 벗겨 버린다.

천둥소리처럼 다시 터널이 무너지는 소리가 진동하지만, 좀 더 먼 곳에서 들린다. 좀 더 확신을 주는 것은 쥐들이다. 녀석들은 이제는 진정한 듯 처음 나타났던 어둠 속으로 사라져 버린다. 쥐들의 작은 그림자들은 이상하고 역겨운 위안을 준다. 우리는 그것들과 함께 죽음보다 더 빨리 달려 왔다.

크랜스는 우리보고 따라오라는 의미로 부서진 쇠창살을 통과하라고 가리켜 보인다. 하지만 칼은 벌게진 손을 여전히 금속 위에 얹은 채로 망설인다. 그가 손아귀 힘을 풀자, 벌겋게 달아오른 금속 위에는 그의 손자국이 움푹 패여 있다.

"'팰트리'인가?"

그가 터널을 흘깃 바라보며 묻는다. 칼은 하버베이를 나보다 더 많이 알고 있다. 결국 그는 전부터 여기 살아 왔고, 왕실 가족들이 이 구역에 올 때마다 오션힐에서 묵었을 것이다. 그가 나를 처음 만났을 때 그랬던 것처럼, 이곳의 부두와 골목들 사이로도 몰래몰래 돌아다녔으리라는 점은 의심의 여지가 없다.

"그래."

크랜스가 짧은 고갯짓과 함께 대답한다.

"당신들을 들여보내 줄 정도로 센터에 가깝지. 두목은 내게 당신들을 피시 마켓으로 데려오라고 지시했고, 그리고 거기엔 뱃사람들이 당신들을 잡을 준비를 하고 있어. 보안 요원 한 부대는 말할 것도 없고. 두목은 당신들이 '팰트리 플레이스'를 통해서 가리라고는 생각 못할 거야, 망볼 사람도 없을 거고."

그가 말하는 태도가 내 마음을 불편하게 한다.

"왜요?"

"팰트리는 바다해골의 영역이거든."

*바다해골*들. 또 다른 조직. 크랜스의 닻보다 더 많은 문신을 낙인처럼 새기고 있으리라는 예감이 든다. 메이븐의 책략만 아니었다면 그들은 적혈 자매 하나쯤 도와줄 수 있었을지도 모르지만, 대신에 어떤 은혈 군인들만큼이나 위험한 적들로 바뀌어 있다.

"내 말의 의미는 그게 아니에요."

나는 메리어나의 목소리를 내어 공포는 뒤로 감추며 계속 말한다.

"당신은 왜 우리를 도우려는 거죠?"

몇 달 전에는, 자갈에 뭉개진 세 구의 시체에 대해 생각만 해도 소름끼치게 놀랐을 것이다. 이제는 그보다 더한 것들을 훨씬 많이 보아 왔기에, 크랜스 패거리와 그들의 비틀어진 뼈에 대해서는 거의 생각도 하지 않는다. 크랜스는 자신의 범죄자 본성에도 불구하고 그리 편안해 보이지 않는다. 그의 눈이 자신이 죽음으로 이끈 뱃사람들의 뒤를 좇아 어둠 속을 노려본다. 그들은 아마도 그의 친구들이었으리라.

하지만 *나 역시* 자신의 승리를 위해서 맞바꿀 수 있는 친구들이 있고 *나 역시* 저버릴 수 있는 목숨들이 있다. 이미 이전에 경험해 본 일이다. 그들의 목숨이 다른 무언가에 생명을 불어넣을 수 있을 때에 사람들이 죽게 내버려 두는 일은 어렵지 않다.

"난 맹세를 한 사람도 아니고, 적혈의 새벽이나 당신들 전부가 떠들어 대는 허튼소리에 귀기울이는 사람은 아니야."

그가 연거푸 주먹을 꽉 쥐었다 펴며 웅얼거린다.

"말로는 나를 감동시킬 수 없어. 하지만 당신들은 말보다 더 엄청난 것들을 하고 있지. 내 생각에는 말이야, 나는 두목을 배신하거나…… 아니면 내 피를 배신할 수밖에 없겠지."

피라니. 나를 말하는 거다.

그의 이가 희미한 빛에 어슴푸레 빛나고, 그가 뱉는 가시 돋힌 말마다 번뜩인다.

"심지어 쥐들조차 시궁창을 벗어나고 싶어 한다고, 배로우 양."

다음 순간 그가 쇠창살 사이로 발을 딛고, 우리 모두를 죽일 수도 있을 지상으로 향한다.

그리고 나는 그 뒤를 따른다.

어깨를 단단히 쭉 펴고, 몸을 돌려서 메아리와 터널이 주던 안전함의 종말을 마주본다. 전에 결코 하버베이에 와 본 적은 없지만, 지도와 전기적 감각이면 충분하다. 둘을 동시에 활용해서, 길과 전선으로 된 그림을 그려 본다. 항구를 향해서 굴러 가는 군사적 운송 수단들과 팰트리의 불빛들을 느낄 수 있다. 더 나아가 도시란 내가 이해할 수 있는 무언가이다. 군중들, 골목들, 주의를 끄는 모든 일상적인 것들…… 이것들은 내게 익숙한 위장이다.

팰트리 플레이스는 또 하나의 시장으로, 서머튼의 '그랜드 가든'이나 스틸츠 마을의 광장처럼 생동감이 넘친다. 하지만 좀 더 더럽고, 좀 더 당혹스러울 정도로 정신이 없고, 은혈 지배자들은 없지만 바글거리는 적혈들의 몸뚱어리와 흥정을 벌이는 외침들로 숨이 막힐 지경이다. *숨기에는 완벽한 장소다.* 우리는 가장 낮은 층에 모습을 드러낸다. 좌판들과 캔버스 천으로 된 기름진 차양막들이 교차하면서 지하에 어지러이 얽혀 있다. 하지만 연기나 악취는 전혀 없다. 적혈들은 가난할진 모르겠지만 어리석지는 않다. 흘깃 위를 올려다보니 쇠창살을 친 거대한 구멍이 천장에 보이고, 위층은 악취를 풍기는 생선들이나 훈제 고기들을 팔지만 냄새들은 하늘로 빠져나가는 모양이다. 우리를 둘러싼 잡상인들, 발명가들, 방직공들 모두가 서로 문지를 두 개의 테트라크 동전도 없는 고객들을 하나라도 속여서 자신의 물건들을 팔아 보려고 애를 쓰고 있다. 돈은 모든 것을 절망적으로 만든다. 상인들은 얻어내려고 하고, 고객들은 지키려고 하는 사이에 돈은 그들 모두의 눈을 가린다. 잘 훈련받은 사람들이 슬그머니 벽 속의 숨겨진 구멍에서 빠져나오는 것을 알아차리는 이는 아무도 없다. 두려워야 마땅할 텐데, 나와 같은 부류의 사람들에게 둘러싸여 있으려니 이상할 정도로 편안하다.

크랜스가 앞장선다. 으스대며 걷던 근육질의 남자는 쉐이드 오빠와 유사할 정도로 절뚝대는 모습으로 변신한다. 그는 조끼에서 후드를 꺼내 머리에 쓰고 얼굴을 그늘 속으로 감춘다. 대충만 보면 등이 굽은 늙은 남자처럼 보인다. 물론 전혀 그렇지 않지만 말이다. 그는 심지어 한 팔로 쉐이드 오빠의 어깨를 받치고 오빠가 걷도록 조금 도와주기까지 한다. 쉐이드 오빠는 얼굴을 가리는 것은 걱정도 할 필요가 없어서 팰트리 저층의 울퉁불퉁한 바닥 위로 미끄러지지 않는 일에만 신경을 쏟는다. 팔리는 맨 뒤를 맡는데 그녀가 내 등 뒤에 있으니 든든하다. 그녀의 그 모든 비밀들에도 불구하고, 나는 그녀를 믿을 수가 있다. 그녀가 덫을 볼 수 있기 때문이 아니라, 그것을 교묘하게 빠져나올 줄 알기에. 배신으로 가득한 이 세계에서, 그것이 내가 바랄 수 있는 최선이다.

내가 마지막으로 무언가를 훔친 이래로 몇 달이 지났다. 좌판에서 진회색 숄들 한 쌍을 지나칠 때에 내 동작은 재빠르고 완벽하지만, 후회로 인한 낯선 찌르르한 감각이 느껴진다. 누군가가 이 물건들을 만들었다. 누군가가 방직기에 양털을 돌려서 이 거친 천들을 자아냈다. 누군가가 이것들을 필요로 한다. *하지만 나 또한 마찬가지다.* 하나는 나를 위해서, 하나는 칼을 위해서. 그는 숄을 재빨리 받아들고는 해어진 모직을 머리와 어깨 둘레에 둘러 알아보기 쉬운 자신의 모습을 가린다. 나도 똑같이 하는데, 더 늦었으면 큰일날 뻔 했다.

처음 몇 걸음 만에 우리는 붐비고 어둑어둑한 시장 안에서 나서고, 게시판 바로 옆을 지난다. 대개 파는 물건들에 대한 공지나 뉴스 스크랩, 추모의 글 등으로 가득 차 있기 마련인데, 적혈들의 시끄러운 이야기는 바둑판처럼 다닥다닥 붙어 있는 인쇄물로 뒤덮여 있다. 아이들 몇 명이 게시판 주변을 빙빙 돌면서 손닿는 범위 내에 있는 종이들 일부를 찢어낸다. 아이들은 그 종이를 눈덩이처럼 서로에게 던지며 논다. 아이들 중 단 한 명, 단정하지 못한 검정 머리카락에 갈색 맨발을 한 소녀만이 자신들이 갖고 노는 것이 무엇인지 신경을 쓴다. 아이가 들여다보는 것은 두 개의 익숙한 얼굴이고, 그 얼굴들이 한 다스는 됨직한 거대한 포스터들에서도 아래를 노려보고 있다. **"테러, 반역, 그리고 살인죄로 정부에서 지명 수배 중"**이라는 내용이 커다란 검정색 글씨로 표제처럼 달려 있는 아래로 보이는 얼굴은 엄숙하고 단호하다. 팰트리 안을 떼 지어 다니는 사람들 중 많은 수가 글자를 읽을 줄 아는지는 의심스럽지만, 그 메시지만큼은 충분히 분명하다.

칼의 사진은 그를 강하고, 왕처럼 근사하게 보이게 표현했던 왕족 초상화가 아니다. 그렇다, 그의 이미지는 입자가 거칠지만 분명히 구별 가능한 것으로, 보울 오브 본즈에서 그의 처형이 실패하기 전에 많은 카메라 중 하나가 순간 포착했던 그의 모습을 담은 정지 스틸 장면이다. 초췌하고 상실과 배신으로 인해 쇠약해진 그의 얼굴에서는 눈만이 억누르지 않은 분노로 인해 빛을 뿜고 있다. 목에는 혹사당한 근육이 두드러져 있다. 칼라에는 심지어 말라붙은 핏자국까지 보인다. 그 모습은 칼의 모든 부분 중에서 메이븐이 그렇게 보이도록 의도하고 있는 살인자의 형상에 가장 가깝게 보인다. 그의 포스터 중 아래에 붙은 것들은 찢어져 있거나 알아보기엔 너무 폭력적으로 아로새긴 듯한 뾰족하고 긁힌 듯한 손 글씨로 낙서가 남겨져 있다. *왕 살해자, 추방.* 그 칭호들은 마치 단어가 사진 속의 피부에 피를 흘리게 할 수 있기라도 한 것처럼 종이에 잡아 찢을 듯 덤벼든다. 그리고 그 칭호 사이에도 다음과 같은 말들이 쓰여 있다. *그를 찾아라, 그를 찾아라, 그를 찾아라.*

칼처럼, 내 사진도 보울 오브 본즈에서 가져온 것이다. 어떤 순간이었는지 정확하게 생각난다. 그것은 내가 경기장의 문을 통해 걸어 나가기 전이었고, 그때 나는 선 채로 루카스가 머리에 총알을 맞는 소리에 귀를 기울이고 있었다. 그 순간, 나는 내가 죽을 거라는 걸 알고 있었고, 더 나쁘게도, 나는 내가 아무 도움도 안 된다는 사실도 알고 있었다. 이제는 죽은 사람이 된 아벤이 나와 함께 있었고,

내 능력들을 꺼 버리고 나를 아무것도 아닌 존재로 격하시켰다. 인쇄된 그림 속 내 눈은 크고 공포에 질려 있고, 나는 작아 보인다. 이 사진 속의 나는 번개 소녀가 아니다. 그저 겁에 질린 십 대처럼 보인다. 지켜주는 건 고사하고 뒤에 서 있는 사람조차 아무도 없는 누군가. 어떤 종류의 이미지를 이 사진에 투영해야 할지 정확하게 알고 있을 메이븐이 직접 이 사진을 골랐으리라는 것은 자명하다. 하지만 모든 사람이 속은 것은 아니다. 누군가가 아주 짧은 순간이지만 내 힘을, 내 번개를, 처형 방송이 편집되기 전에 목격했다. 누군가가 내가 어떤 존재인지 알고, 그 사실을 모두가 볼 수 있도록 포스터 위에 써 두었다.

적혈의 여왕. 번개 소녀. 그녀는 살아 있다. 새벽은 적혈처럼 붉게 타오르니, 일어나라. 일어나라. 일어나라. 일어나라.

모든 단어들이 뜨겁고 깊게 후끈거리는 낙인처럼 느껴진다. 하지만 수배 포스터의 벽 따위에 지체할 틈이 없다. 우리 두 사람의 잔혹한 모습에서 시선을 돌리라는 뜻에서 나는 칼을 꾹 찌른다. 그는 기꺼이 발을 떼어 정신없는 군중 틈으로 쉐이드 오빠와 크랜스의 뒤를 따라 움직인다. 나는 그에게 매달려 그 어깨 위의 짐을 조금이라도 덜어주고 싶은 열망에 애써 저항한다. 얼마나 많이 그를 느끼고 싶은지와는 상관없이, 나는 그럴 수가 없다. 나는 시선을 앞으로 고정하고, 추락한 왕자의 불꽃에서 눈을 돌려야만 한다. 계속해서 내 심장에 불길을 놓는 그 한 사람에게서 내 심장을 계속 얼린 채 지켜야만 한다.

팰트리에서의 일은 그래야하는 것보다 훨씬 더 쉽다. 적혈들의 시장은 어떤 중요한 분들에게도 관심거리가 아니기에, 카메라나 보안 요원들을 저층부에서 만나기란 드문 일이다. 하지만 나는 내 감각을 열어 놓고 되는 대로 놓인 좌판들과 가게 앞 공간을 가까스로 관통하려는 가는 전기 선들 몇 가닥을 신중히 염탐한다. 그것들을 어색하게 피해다니는 대신에 그냥 딱 다 꺼 버리고 싶지만, 그런 행동은 너무 위험하다. 이유를 알 수 없는 정전은 분명히 관심을 끌 것이다. 보안 요원들은 심지어 더 골칫거리로, 보안의 검정색 제복을 입은 도드라진 모습으로 불쑥 서 있다. 도시의 표면으로 나가기 위해서 팰트리의 층들을 오르는 동안, 그들의 수는 점점 더 늘어난다. 대부분은 적혈들의 삶이 흘러가는 것을 지루한 표정으로 바라보지만, 몇 명은 침착하게 대응 태세를 갖추고 있다. 그런 이들의 눈동자는 군중들을 똑바로 *살피면서* 바라본다.

"구부려요."

나는 칼의 손목을 날카롭게 붙들면서 속삭인다. 그 행동에 신경에서 전기가 일어 손을 통해 팔까지 올라서, 그만 너무 빠르게 그 손을 놓아 버리고 만다.

그럼에도 불구하고, 그는 내가 말한 대로 몸을 구부려서 키를 숨긴다. 그럼에도 그것만으로는 충분하지 않을지도 모른다. *이 모든 일이 충분하지 않을지도 몰라.*

"*저 친구*를 조심해, 만약 저자가 갑자기 달아나면 준비해야만 할 테니."

입술이 내 귀를 스칠 정도로 가까이에서 칼이 속삭인다. 그는 숄의 주름 사이로 한 손가락을 들더니 크랜스를 가리켜 보인다. 하지만 우리 오빠가 그 뱃사람을 잘 붙들고 있다. 오빠는 크랜스의 조끼를 단단하게 계속 쥐고 있다. 우리처럼, 오빠는 그 밀수꾼을 전혀 신용하지 않고 있다.

"쉐이드 오빠가 그를 잡고 있어요. 당신은 머리 숙이는 거에나 집중해요."

칼의 이 사이로 숨이 새어 나온다. 또 한 번의 몹시 화가 난 듯한 한숨 소리.

"그냥 지켜 봐. 만약 그가 달릴 거라면, 그 일은 대략 30초면 벌어질 테니까."

칼이 이걸 어떻게 알고 있는지 물어볼 필요는 없다. 군중들의 움직임으로 판단해 보건대, 30초면 우리는 비틀리고 곧 무너질 듯한 계단 꼭대기에 이를 테고 팰트리의 1층 바닥 위로 단단하게 발을 디디게 될 것이다. 이제 우리 바로 위로, 지하에서 올라오는 바람에 상대적으로 거의 눈이 멀 것 같은 한낮의 빛이 흐르고 있는 시장의 중심부가 보인다. 좌판들은 좀 더 영구적이고, 좀 더 전문적이며 좀 더 이득이 되는 것처럼 보인다. 열린 부엌에서 흘러나온 고기를 요리하는 냄새가 공기 중을 채운다. 보급 식량에 소금 뿌린 물고기만 먹은 후라서, 입 안에 침이 가득 고인다. 나무로 된 닳은 아치형 구조물이 머리 위로 굽은 채 조각을 이어 붙인 구멍 난 캔버스 천 지붕을 지지하고 있다. 아치형 구조물들 중 몇 개는 계절이 지나며 내린 눈과 비로 인해서 뒤틀리고 손상된 상태다.

"크랜스는 도망가지 않을 거야."

팔리가 우리의 대화에 불쑥 끼어들며 속삭인다.

"적어도 이건한테로는 안 돌아가. 뱃사람들을 배신한 대가로 목이 잘릴 테니까. 만약 크랜스가 어딘가로 가야 한다면, 그건 도시 밖이 될걸."

"그렇다면 가라고 해."

나도 마주 속삭인다. 또 다른 돌봐야 할 적혈이라니, 전혀 바라지 않는 일이다.

"이만하면 우리를 위해 필요한 건 다 도와준 셈이잖아, 안 그래?"

"그래서 만약 저자가 감옥으로 끌려 들어가서 심문이라도 당하게 되면, 그럼 어떻게 되지?"

칼의 목소리는 부드럽지만 충분히 위협적이다. 우리 자신을 보호하기 위해서 반드시 어떻게 해야 할지, 차갑게 상기시킨다.

"그는 나를 위해서, 나를 안전하게 하기 위해서 자신의 사람들을 셋이나 죽게 내버려 뒀어요."

나는 그들의 얼굴조차 기억하지 않으려고 한다. 내가 그렇게 하도록 내버려 둘 수 없다.

"고문을 그가 신경쓸 거 같지는 않아요."

"엘라라 메란더스는 모든 마음을 함락할 수 있어. 그대와 내가 그 사실을 다른 어떤 누구보다도 더 잘 알지 않나. 만약에 엘라라가 그를 붙들게 되면 즉시 우리를 찾게 될 거야. 하버베이의 신혈들도 찾게 될 테고."

만약에.

칼은 그 끔찍한 단어를 이유로 한 사람을 죽이고 싶어 한다. 그는 내 침묵을 동의로 받아들이고, 부끄럽게도 나는 그가 완전히 틀린 것은 아니라는 사실을 깨닫는다. 적어도 그는 그 일을 내게 시키지는 않으리라. 내 번개가 어떤 불꽃보다도 더 빨리 사람을 죽일 수 있겠지만 말이다. 대신에, 그의 손은 숄 안쪽에 계속 숨겨두고 있던 칼로 향한다. 소매 주름 안쪽에서 내 손이 떨리기 시작한다. 크랜스가 끝까지 버티기를, 그의 발걸음이 결코 흔들리지 않기만을 기도한다. 감히 날 도와줬기 때문에 그의 등에 칼이 꽂히는 일만은 없기를.

팰트리의 1층은 아래보다 더 시끄럽고, 눈과 귀에는 과부하가 걸린다. 나는 감각 범위를 조금 줄이고 침착하게 대응 태세를 갖춰야만 할 정도까지 꺼트린다. 불빛들은 머리 위에서 징징거리고 고르지 못한 흐름의 파동은 거칠기만 하다. 곳곳에서 불완전한 전선들이 깜빡거린다. 그 바람에 눈 한쪽에 경련이 인다. 카메라들은 더 강렬해지고, 시장의 중심부에 있는 보안 초소에 초점이 맞춰져 있다. 보안 초소는 창문 다섯 개에 문이 하나 달렸고 널빤지 지붕을 이고 있는 육면체 건물로, 그냥 좌판이나 마찬가지다. 어울리지 않는 물품들 대신에 요원들이 가득 차 있는 상자라는 것만 제외하면 말이다. *너무 요원들이 많은데.* 꾸준히 커져 가는 공포심과 함께 그 사실을 깨닫는다.

"더 빨리. 우린 더 빨리 가야 해요."

나는 속삭인다.

칼과 팔리를 앞질러서 크랜스의 발뒤꿈치를 거의 밟을 때까지 나는 속도를 올린다. 쉐이드 오빠가 어깨 너머로 눈썹을 찌푸린 채 시선을 던진다. 하지만 오빠의 시선은 나를 스쳐 지나고, 우리 모두를 지나쳐서, 군중들 사이의 무언가에 고정된다. 아니다, *누군가에게다.*

"누가 우릴 찾아낸 모양이네."

오빠가 크랜스의 팔을 세게 쥐면서 중얼거린다.

"바다해골들이야."

직감 따위 저주나 받아라, 나는 후드를 젖히고 그들을 향해서 시선을 돌린다. 누가 그들인지 골라내기는 어렵지 않다. 빡빡 깎은 머리 위에 하얀색 잉크로 자기들 두피 위에 삐죽삐죽한 뼈로 된 두개골 모양을 문신하고 있다. 적어도 네 명은 되는 바다해골들이 큰 쥐가 작은 생쥐를 몰듯이 우리를 따라오며 다가온다. 두 명은 왼쪽에서, 두 명은 오른쪽에서, 각각 우리의 측면에서 걸어온다. 상황이 그토록 심각하지만 않았더라면, 나는 그들의 문신이 서로 짝을 맞추고 있는 모습에 소리 내어 웃었을 것이다. 군중은 보는 즉시 그들을 알아차리고, 그들이 지나갈 수 있도록, 그들이 *사냥*을 할 수 있도록 길을 벌려 준다.

다른 적혈들이야 분명히 이 범죄자들을 두려워하겠지만, 나는 아니다. 폭력배 몇 명은 초소 주변을 돌고 있는 한 다스는 되는 보안요원들의 권능에는 비교가 되지도 않는다. 그들은 스위프트, 스트롱암, 오블리비언 들일 것이고 우리가 피와 고통으로 대가를 치르게 만들 수 있는 은혈들이다. 적어도 나는 그들이 궁중의 은혈들, 위스퍼와 실크와 사일런스 만큼이나 위험하지 않다는 것은 안다. 엘라라 왕비처럼 강력한 위스퍼들은 하찮은 검정 제복은 입지도 않는다. 그들은 고작 몇 미터에 불과한 시장통이 아니라 군대와 왕국을 지배한다. 그리고 그들은 이곳에서 멀리 떨어져 있다. *지금으로서는.*

놀랍게도, 첫 번째 공격은 뒤에서부터가 아니라 바로 코앞에서 일어난다. 지팡이를 들고 있는 등이 굽은 늙은 노파는 전혀 보이는 모습과는 다르다. 그녀는 크랜스의 목에 자신의 구부러진 나무 지팡이를 감아 건다. 그녀는 그를 바닥에 패대기치고는 자신의 망토를 단숨에 벗더니, 대머리와 해골 문신을 드러낸다.

"피시 마켓이 네놈들한테는 충분치 않던가, 뱃사람?"

크랜스가 등부터 바닥에 떨어지는 모습을 지켜보며 그녀가 으르렁거린다. 쉐이드 오빠가 크랜스와 함께 넘어지면서, 오빠는 크랜스의 팔다리와 자신의 목발에 심하게 얽힌다.

도와주기 위해서 앞으로 달려가려고 하는데, 팔 하나가 내 허리 부근을 붙들고는 뒤로 끌어당겨 군중 속으로 밀어 넣는다. 다른 사람들은 볼거리를 조금이라도 즐기려는 마음으로 그 장면을 바라보고 있다. 아무도 우리가 얼굴로 된 벽 속으로 녹아드는 것을 알아차리지 못한다. 심지어 우리를 따라왔던 네 명의 바다해골들조차 모른다. *아직까지는.*

"계속 걸어."

칼의 목소리가 내 귀에 울린다.

하지만 나는 발을 멈춘다. 나는 누가 시키는 대로 움직이지 않을 것이다. 심지어 그것이 칼이라고 해도.

"쉐이드 오빠를 두고는 안 돼요."

바다해골 여인이 일어나려고 애쓰는 크랜스를 철썩 철썩 치고, 지팡이가 뼈와 부딪히는 타격음이 울려 퍼진다. 그녀는 재빠르게 자신의 무기를 쉐이드 오빠에게 돌리는데, 오빠는 계속 바닥에 누워 있을 정도로 영리하다. 오빠는 가짜 항복 표시를 하며 손을 들어 올리는 시늉을 한다. 오빠는 자신의 안전을 위해서라면 얼마든지 즉시 점프해서 사라질 수도 있지만, 그래서는 안 되는 것을 잘 알고 있다. 이렇게 모든 눈들이 지켜보고 있을 때는 안 된다. 보안 초소가 이토록 가깝게 있을 때는 더더욱 안 된다.

"바보에 도둑들이지, 저들 대부분이 그래."

가까운 곳에서 여자 하나가 툴툴거린다. 그녀는 이 광경에 짜증이 난 유일한 사람처럼 보인다. 상인들, 고객들, 그리고 거리의 부랑아들이 기대감 속에서 비슷한 얼굴로 바라보고 있고, 보안 요원들은 은근한 즐거움 속에서 아무 것도 하지 않고 지켜보고만 있다. 심지어 그들 중 몇 명이 서로 동전을 주고받으며 싸움 결과에 내기를 거는 모습마저 보인다.

또 다른 한 방이, 이번에는 쉐이드 오빠의 다친 어깨에 꽂힌다. 오빠는 이를 악물고 고통의 신음을 참으려고 애를 쓰지만 그 소리는 팰트리 위로 커다랗게 메아리친다. 그것이 마치 내 일처럼 느껴져서 오빠가 인상을 쓸 때 나도 얼굴을 찡그린다.

"네 얼굴은 모르겠구나, 뱃사람."

그 바다해골이 까르르 웃는다. 그녀는 메시지를 담기 충분할 정도로 세게 다시 오빠를 때린다.

"하지만 이건이라면 분명히 알겠지. 그는 네가 안전하게 되돌아갈 비용을 지불할 거야, 멍이 좀 든다면."

번개를 불러오려는 마음으로 주먹을 꼭 쥐는데, 대신에 불꽃이 느껴진다. 뜨거운 피부가 내 피부 위에 닿고, 손가락들이 내 꼭 쥔 손 안으로 꿈틀거리며 파고든다. *칼.* 그를 다치게 하지 않고는 스파크를 일으킬 수 없을 것이다. 그러고 싶은 마음도 일부 든다. 그를 밀치고 손을 한번 휘둘러서 오빠를 구하고 싶다. 하지만 그건 우리에게 아무런 도움도 되지 않는다.

날카롭게 숨을 들이쉬며, 주의를 돌리기에 이보다 더 나은 방법을 찾을 수도 없을 거라는 사실을 깨닫는다. 훌쩍 사라지기에 더 나은 순간도 없으리라. *쉐이드 오빠는 주의 끌기용이 아니야.* 머릿속에서는 비명을 지른다. 나는 피부가 다칠 정도로 입술을 깨문다. 오빠를 두고 떠날 수는 없다, 그럴 수는 없다. 다시 한 번 오빠를 잃을 수는 없다. *하지만 여기 머물러서도 안 돼. 너무 위험하고 많은 것들의 성패가 달려 있어.*

"보안 센터로."

나는 목소리를 떨지 않기 위해 애를 쓰며 속삭인다.

"에이다 월러스를 반드시 찾아야 해요, 그리고 센터만이 유일한 방법이고요."

다음 말은 피 같은 맛이 난다.

"우린 계속 가야 해요."

다음 한 방에 오빠는 옆으로 쓰러지고, 더 잘 보이게 된다. 오빠의 눈이 내 눈과 마주친다. 오빠가 이해하기만을 바란다. 나는 소리 내지 않고 입술만 움직인다. *보안 센터로.* 나는 입으로 오빠에게, 오빠가 달아나게 되면 어디로 우리를 만나러 올지 말해 준다. *오빠는 반드시 달아날 거니까. 오빠는 나처럼 신혈이야. 이 사람들은 오빠에게는 전혀 상대도 안 돼.*

그 말은 거의 그럴듯하게 들린다.

오빠는 내가 자신을 구하지 않을 거라는 깨달음으로 고통스러운 얼굴을 떨군다. 하지만 늘 그랬듯 고개를 끄덕인다. 다음 순간 이리저리 미는 몸들이 오빠의 모습을 삼키고, 내 시야에서 가린다. 나는 지팡이가 뼈를 때리기 전에 등을 돌리지만, 그 딱딱하고 메아리치는 소리를 들을 수 있다. 다시 한 번 나는 얼굴을 찡그리고, 눈물이 흐르며 눈을 찌른다. 돌아보고 싶지만 계속 걸어 나가야만 한다. 반드시 해야 할 일을 하기 위해서, 반드시 잊어야 할 일은 잊기 위해서.

군중들은 환호하며 잘 보기 위해서 서로 앞으로 밀고, 그 바람에 거리 사이로, 하버베이 도시의 깊숙이 스며드는 것은 훨씬 더 쉽다.

✶ ✶ ✶

팰트리를 둘러싸고 있는 거리들은 시장이나 마찬가지로 붐비고 시끄럽고 코를 찌르는 생선 냄새에 언짢은 기질의 사람들이 가득하다. 도시의 적혈들 구역보다 덜하지는 않을 거라고 예상해 본다. 집들은 비좁고 골목 위로 기울어진 채로, 그늘진 아치형 길에는 채소들과 거지들로 반쯤 차 있는 모습을 말이다. 팰트리에서의 조직간 싸움이나 우리 한참 뒤에서 무너진 터널이나 어느 쪽이든 이끌려 나올 법도 한데, 전혀 어떤 요원들도 보이지 않는다. 이제는 칼이 앞장을 서고, 우리는 지속적으로 남쪽으로 움직이며 적혈 센터에서 멀어진다.

"익숙한 구역인가?"

칼이 꼬리를 물고 꼬여 있는 골목으로 우리를 몰고 가자 팔리가 칼을 향해서 의심스러운 눈초리로 묻는다.

"아니면 당신도 그냥 나처럼 방향을 바꾸는 중인 거야?"

그는 대답할 생각도 없이 그저 손만 재빨리 흔들어서 대응한다. 우리는 선술집 옆으로 빠르게 움직이고, 선술집의 창문들은 이미 전문적인 술꾼들의 그림자가 무리 짓고 있다. 칼의 눈이 비위에 거슬릴 정도로 밝은 빨강으로 칠해져 있는 문에 붙박인다. 그가 예전에 자주 가던 곳 중 하나구나. 그가 은혈들로 된 상류 사회의 광택을 벗고 자신의 왕국을 둘러보기 위해서 몰래 오션힐을 빠져나올 수 있던 시절의 이야기. *그것이 진실로 좋은 왕이 해야 할 일일 것이다.* 그가 한때 그렇게 말했다. 하지만 내가 발견한 바에 따르면, 좋은 왕에 대한 칼의 정의에는 매우, 매우 결함이 많았다. 수년 동안 자신이 마주쳤던 거지들과 도둑들은 왕자를 확신시키에는 충분하지 못했다. 그는 굶주림과 불평등을 보았지만, 그것은 그가 볼 때 변화의 근거가 되기에는 부족했다. 그의 근심의 대상이 될 만한 가치가 없었다. 그의 세계가 그를 씹어 삼켰다가 도로 뱉기 전까지는 그랬다. 그를 고아로, 추방당한 반역자로 만들기 전까지는.

우리는 그래야만 하기 때문에 그의 뒤를 따른다. 군인이자 조종사이며 목표를 성취하도록 도와줄 둔기가 필요하기 때문에. 적어도, 그것이 칼의 발 뒤를 조용히 따르는 동안 내가 스스로에게 속삭인 말이다. 나는 고귀한 이유들 때문에 칼이 필요하다. 목숨들을 구해내기 위해서. *이기기* 위해서.

하지만 쉐이드 오빠처럼, 나 역시 목발을 짚어야 한다. 내 것은 금속이 아니다. 그 목발은 살과 불과 구릿빛 눈동자를 가졌다. 내가 그를 쫓아내 버릴 수만 있다면 좋을 텐데. 왕자가 가 버리게 내버려 둘 수 있을 정도로, 자신의 복수를 위해서 무엇이든 마음대로 하도록 놓아줄 수 있을 정도로 내가 충분히 강하다면 좋을 텐데. 자신이 결정하는 대로 죽거나 살거나 하도록. *하지만 나는 그가 필요하다. 그리고 그를 놓아줄 정도의 힘을 찾지 못했다.*

피시 마켓에서 멀리 떨어져 있음에도 불구하고 끔찍한 냄새는 거리 사이로 사라지지 않고 몰려온다. 나는 코에 솔을 대고 그 냄새가 대체 무엇이든 간에 막아보려고 애를 쓴다. *생선 냄새가 아니야.* 나는 느릿느릿 깨닫고, 다른 사람들도 그 사실을 안 모양이다.

"이 길로 가면 안 되겠어."

칼이 손을 내밀어 나를 멈추려고 하며 속삭이지만, 나는 그의 팔 아래로 고개를 불쑥 내민다. 팔리는 내 발치 오른쪽에 있다.

우리는 한때는 평범한 풀밭 덮인 광장이었을 곳으로 향하는 샛길에서 막 튀어나온 참이다. 이제 그곳은 무덤 속처럼 조용하고, 집과 가게마다 창들이 꽉 닫혀 있다. 꽃들은 불타고, 흙은 재로 변했다. 가지만 남은 나무에 수십의 몸뚱어리들이 흔들거리고 있다. 목에는 밧줄이 올가미처럼 감기고, 보라색 얼굴이 부푼 채로. 맞춘 듯한 붉은색 메달들을 제외하면 모두 벌거벗은 몸이다. 전혀 멋이라고는 없는, 그저 네모난 나무판에 모양을 새긴 메달이 거친 줄에서 흔들거리고 있다. 결코 그런 모양의 목걸이들을 본 적이 없는데, 그토록 많은 죽은 이들의 얼굴에서 눈을 떼기 위해서 나는 그 메달에 시선을 집중한다.

냄새와 웅웅거리는 파리 떼로 보건대 이들은 한동안 이곳에 매달려 있었다.

딱히 죽음이 낯설진 않지만, 이런 시체들은 내가 그간 봐온…… 아니면 초래한 어떤 죽음보다도 더 나쁘다.

"조치?"

나는 큰 소리로 묻는다. 이 남녀들은 통금 시간을 어긴 걸까? 경솔한 이야기들을 뱉었을까? 이들은 내가 내린 명령들 때문에 처형된 것일까? *네 명령은 아니었잖아.* 나는 반사적으로 스스로에게 대꾸한다. 하지만 그것이 죄책감을 사해 주지는 않는다. 어떤 것도 그럴 수 없다.

팔리가 고개를 젓는다.

"이 사람들은 '적혈 경비대'야."

그녀가 웅얼거린다. 그녀는 앞으로 걸음을 딛으려고 하다가 생각을 바꾼다.

"더 큰 도시들에서는, 더 큰 적혈 집단들에선, 자신들만의 경비와 요원들을 갖고 있지. 평화를 유지하기 위해서, 우리의 법을 지키기 위해서, 왜냐하면 보안들은 그렇게 해 주지 않기 때문에."

바다해골들이 크랜스와 쉐이드 오빠를 그토록 공개적으로 공격한 것이 이제 놀랍지 않다. 그들은 아무도 자신들을 벌주지 않으리라는 것을 알고 있었다. 그들은 적혈 경비대가 죽었다는 것을 알고 있었다.

"줄을 잘라서 저 사람들을 내려 줘야만 해."

나는 그것이 불가능하다는 것을 알고 있음에도 말한다. 그들을 묻어 줄 시간도 없고 문제를 원하지도 않는다.

나는 억지로 내 몸을 돌려세운다. 그 광경은 혐오스럽고 결코 잊을 수 없을 장면이지만, 나는 울지 않는다. 칼이 거기 적당히 떨어진 거리에서 기다리고 있다. 마치 자신에게는 그 교수형 광장에 들어설 권리가 없다는 것처럼. 나는 조용하게 동의한다. 그의 사람들이 이 짓을 했다. *그의 사람들이.*

팔리는 나만큼 침착하지 않다. 그녀는 눈에 고인 눈물을 숨기려고 애를 쓰고, 나는 우리가 걸어가는 동안 그것을 못 본 척 해 준다.

"심판이 있을 거야. 이 일에 대한 대가를 치러야 할 거라고."

그렇게 속삭이는 그녀의 말들은 어떤 올가미보다도 단단하다.

* * *

팰트리에서 더 멀어지자, 더 정돈된 도시가 모습을 드러낸다. 골목들은 거리로 넓어지고, 급커브를 이루는 대신 부드럽게 꺾여 있다. 이곳의 건물들은 돌이나 매끄러운 콘크리트로 되어 있고, 강한 바람에도 흔들리지 않을 것처럼 보인다. 몇몇 작지만 꼼꼼하게 유지되고 있는 집들은 붉은색 문과 덧문들로 볼 때에 도시의 성공한 적혈들의 소유 같다. 그 집들은 색으로, 낙인으로 구별되고 있어서 모두가 누가 그리고 어떤 존재가 그 안에 살고 있는지 알 수 있다. 거리를 다니는 적혈들은 주로 끈 달린 붉은색 팔찌들을 차고 있는 깨끗한 차림새의 하인들 같다. 몇몇이 옷 위로 줄무늬 배지들을 핀에 꽂고 있는데 각각은 가족의 색을 상징하고 있는 것이 그들이 어떤 가문에서 시중을 들고 있는지 알려 준다.

가장 가까이 있는 사람은 붉은색과 갈색으로 된 배지를 차고 있다. *램보스 하우스다.*

레이디 블로노스의 수업의 기억이 홍수처럼 밀려온다. 반쯤 기억하고 있던 사실들의 흐릿한 조합. 램보스, 하이 하우스들 중 하나. 이비콘 지역의 총독. 스트롱암. 그들은 나를 반으로 쪼개 버릴 수 있었을 로어라는 이름의 가냘픈 존재 하나를 퀸스트라이얼에 내보냈다. 내가 만난 또 다른 램보스는 보울 오브 본즈에서였다. 그는 내 처형인들 중 하나였고, 나는 그를 죽였다. 그의 뼈가 비명을 질러댈 때까지 그를 전기로 지졌다.

여전히 그가 비명을 지르는 소리가 들린다. 교수형 광장을 지난 다음이라서, 나는 그 생각에 거의 미소를 지을 뻔 한다.

램보스 하인들은 서쪽으로 돌아서 항구를 굽어보고 있는 언덕으로 향하는 살짝 경사진 길을 오른다. 그들의 주인의 저택을 향하는 중이라는 점은 의심의 여지가 없다. 그 집은 점처럼 솟아 있는 수많은 으리으리한 집들 중 하나로, 각 벽은 자랑스러울 정도로 새것 같은 흰색이며 하늘색 지붕에 뾰족한 끝을 한 별들이 덮고 있는 키 큰 은색 첨탑들을 갖고 있다. 우리는 그 뒤를 따라서 길을 오르고, 그중 제일 커다란 건물로 점점 가까워진다. 그 건물은 별자리에 왕관을 씌운 것처럼 깨끗하고 빛나는 벽들로 둘러싸여 있다. 다이아몬드유리다.

"오션힐이야."

칼이 내 시선을 따라가며 말한다.

그 건물은 오르막의 산마루를 다 차지하고 있는데, 수정 벽 뒤에서 평화롭게 게으름 떨고 있는 뚱뚱한 하얀 고양이 같다. '화이트파이어 팰리스'처럼 지붕의 끝은 금속 불꽃 모양으로 도금되어 있는데 어찌나 훌륭하게 주조되어 있는지 햇살 아래에서는 춤추는 것처럼 보인다. 창문들은 보석처럼 깜빡대고 있다. 그 결과를 위해서 얼마나 많은 적혈 하인들이 수고를 아끼지 않았을지 누가 알랴. 긁어내고 떨리는 소음이 궁전 쪽에서 메아리 치고, 오직 메이븐만이 알고 있을 공사가 왕실 거주지에 진행 중이다. 그걸 보고 싶은 마음이 일부 들지만, 내 자신의 그런 바보 같은 면에 소리내어 웃어야겠지. 만약 궁전에 다시 한 발짝이라도 들여놓는다면, 즉시 족쇄에 매이게 될 것이다.

칼은 오션힐을 오래 바라보지 않는다. 그곳은 이제 먼 기억이자 그가 더 이상은 갈 수 없는 곳, 돌아갈 수 없을 고향이다.

그 점 또한 우리의 공통점이라는 생각이 든다.

제15장

갈매기들이 지붕을 장식하고 있는 별들 위에 앉아서 시원한 한낮의 그늘 아래를 지나는 우리 모습을 지켜본다. 그들의 시선 아래에 노출되니 꼭 녀석들이 저녁 식사로 낚아채려는 물고기가 된 듯하다. 칼은 계속 빠른 속도로 움직이는데, 그 역시 위험을 느끼고 있다는 걸 알겠다. 심지어 뒷골목에서도 서비스 도어의 창을 통해서나 하인들의 숙소에서 내다보는 것만으로도 후드를 눌러쓰고 해어진 옷을 입은 우리가 전혀 이 장소에 어울리지 않는다는 것이 보인다. 도시의 이 구역은 평화롭고, 조용하며, 새것 같고…… 또한 위험하다. 더 많이 갈수록 긴장이 강해진다. 전기의 낮은 맥동이 점점 깊어지고, 꾸준한 웅웅거리는 소리가 우리가 옆을 지나가는 모든 집에서 들린다. 심지어 꼬인 넝쿨이나 푸른 줄무늬 차양을 위장하고 있는 전선을 따라서 머리 위로도 전기가 호를 그리며 지나간다. 하지만 카메라나 주 거리를 계속 지나가는 운송 수단은 느껴지지 않는다. 지금까지는 피 흘리며 시선을 끌어 준 두 사람 덕분에 발견되지 않고 보호 받으며 이동해 왔다.

칼은 우리를 빠르게 자신이 '스타 섹터'라고 부르는 구역으로 이끈다. 천 개의 별들이 백 개쯤 되는 돔 모양 지붕에 자리하고 있는 모습으로 볼 때, 꽤나 적절한 이름인 것 같다. 그는 골목 아래로 가장 자리를 둘러서 지나가며 우리가 교통 흐름이 번잡한 주요 도로로 빙글 돌아올 때까지 오션힐에 가까이 가지 않는다. 포트 로드의 가지 하나가, 내가 지도를 정확하게 기억하고 있다면, 오션힐과 외부 건물들을 부산한 항구와 그 아래쪽으로 물을 향해서 뻗어 있는 패트리어트 요새로 이어 주고 있다. 이 각도에서는 도시가 우리 주변의 모든 방향으로 뻗어 있는 흰색과 파란색의 그림 같다.

우리는 보도에 꽉 차 있는 적혈들과 어우러진다. 저기, 하얀 판석들이 군 수송차량들로 붐비고 있다. 차량들의 크기는 다양하고 2인승 차량에서부터 바퀴만 달렸지 무장한 상자에 가까운 것까지 범위도 다양하고, 대부분에 군대의 상징인 검이 새겨져 있다. 차량이 지나가는 것을 지켜보는 칼의 눈이 후드 아래에서 반짝인다. 수적으로는 적지만 군용 차들은 번쩍거리며 교통 사이로 빠르게 이동한다. 더 인상적인 것들은 색색의 깃발을 날리며 자신들이 어느 하우스에 소속인지를 알려주거나 어떤 승객들이 타고 있는지 알려주는 녀석들이다. 메이븐의 가문인 캘로어 하우스의 붉은색과 검정색이나 엘라라 왕비의 가문인 메란더스 하우스의 하얀색과 군청색이 보이지 않아서 안심이 된다. 적어도 오늘만큼은 그런 가장 최악의 순간을 기대할 수는 없다.

서로 밀치는 군중 사이에 낀 탓에 우리는 강제적으로 한데 모여서 함께 걷게 된다. 칼은 내 오른쪽에, 팔리는 내 왼쪽에서 이동한다.

"얼마나 더 가야 하죠?"

나는 내 얼굴을 다시 후드 안으로 숨기면서 속삭인다. 최선의 노력을 다했음에도 지도는 머릿속에서 흐릿하게 사라져 버렸다. 똑바로 나가기에는 급커브와 방향 전환이 너무 많았다.

칼은 대답으로 고개를 끄덕이며 번잡한 인파들과 그 앞쪽의 차량들을 가리켜 보인다. 의심할 것도 없이 하버베이가 분명한 곳의 전경이 심장을 두드리고, 나는 꿀꺽 침을 삼킨다. 도시의 언덕 꼭대기를 하얀 돌과 다이아몬드유리로 된 벽이 둘러싸고 있다. 궁전 문들은 밝은 파란색에 은색으로 미늘이 덮여 있고 별처럼 총총한 작은 탑들이 밖을 엿보고 있다. 아름다운 곳이지만 동시에 차갑고, 잔인하며 면도날처럼 날카롭다. 또한 위험하다.

지도에서 이곳은 오션힐의 문들 앞에 있는 광장 그 이상은 아무것도 아니게 보였다. 항구와 부드러운 경사면을 따라 이어지는 패트리어트 요새의 문들을 연결하는 곳. 실체는 훨씬 더 복잡하다. 왕국의 두 세계가 이곳에서는 어우러지는 것처럼 보이고 적혈과 은혈이 짧은 한순간 함께 이끌려 온다. 부두 노동자들, 군인들, 하인들, 그리고 하이 하우스의 귀족들은 수정으로 된 돔이 거대한 마당 위로 호를 그리는 아래로 지나간다. 분수는 가운데에서 쏟아지고, 그 주위를 아직 가을의 손길이 닿지 않은 하얗고 파란 꽃들이 둘러싸고 있다. 돔을 통과한 햇살이 반짝거리고, 밝은 색을 띤 혼돈의 왕국 위로 빛이 춤을 추며 굴절된다. 요새의 문들은 우리 쪽의 거리에서부터 똑바로 이어지고, 문 위로 돔의 움직이는 빛들이 얼룩을 만든다. 궁전의 다른 곳들처럼, 문들은 기교 넘치게 세공되어 있다. 12미터 높이에 윤기 나는 청동과 은이 서로 꼬이면서 거대하고 소용돌이치는 물고기 모양을 만들고 있다. 그렇게 많은 군인들과 순전한 공포심만 아니었다면, 문들이 장엄하다는 것을 알아차렸으리라. 문들 뒤로는 다리가 이어지고 패트리어트 요새는 바다 쪽으로 멀리 뻗어 있다. 경적 소리와 고함 소리와 웃음소리가 안 그래도 과한데 점점 더해지고, 급기야 고개를 숙여 내 발만 바라보며 호흡을 가다듬어야 할 지경이다. 내 안의 도둑은 이토록 혼란스러운 환경에 기뻐하는 한편 동시에 놀랍고 신경이 날카로워진 채로 스파크를 그대로 품고 있는 살아 있는 전선인 내가 있다.

"오늘이 '단 하나의 별의 밤'이 아니라서 그대는 운이 좋은 거야."

그렇게 중얼거리는 칼의 눈이 먼 곳을 더듬는다.

"도시 전체가 축제로 과열되거든."

그럴 힘도 없고 대꾸할 필요도 못 느끼겠다. 별의 밤은 은혈의 명절로, 수십 년 전에 벌어진 어떤 해군 전투를 추모하는 날이다. 그 말인즉 내게는 아무 의미도 없는 날이라는 거지만, 칼의 헤매는 시선을 흘깃 보니 칼은 그 점에 동의하지 않을 것 같다. 그는 별의 밤을 바로 이 도시에서 보냈고, 그날에 애정 어린 기억을 갖고 있다. 음악과 웃음소리와 비단. 아마도 불꽃놀이가 바다 위에서 벌어졌을 거고, 파티의 끝에는 왕실 축제가 열렸을 것이다. 그의 아버지는 만족스러운 미소를 짓고 메이븐과 농담을 주고받았겠지. 그가 잃어버린 모든 것들.

이제 눈으로 먼 곳을 더듬는 이는 내 쪽이다. *그 삶은 사라졌어요, 칼. 그 추억은 더 이상 당신을 행복하게 만들어 줄 수 없어요.*

"걱정 마."

그가 분명히 표현하며 덧붙인다. 슬픈 미소를 감추려고 애쓰며 머리를 흔든다.

"우린 해낼 거야. 저기 보안 센터가 있네."

그가 가리킨 건물은 번잡한 광장의 끝에 서 있다. 하얀 벽들은 아래쪽으로 얽혀 있는 교통의 흐름과 대조적으로 지나치게 삭막해 보인다. 창문은 두꺼운 유리로 되어 있고, 계단이 연결되어 있는 테라스는 비늘이 덮인 꼬리를 가진 거대한 물고기 모양으로 조각된 기둥들에 둘러싸여 있다. 아름다운 요새처럼 보인다. 순찰로가 다이아몬드유리로 된 오션힐의 벽들 위로 호를 그리고 있어서 으리으리한 복합 건물의 일부처럼 보이기도 한다. 지붕은 마찬가지로 푸른색이지만 장식은 별이 아니라 *뾰족한* 못으로 되어 있다. 잔혹한 철제로 만든 거의 2미터가 좀 안 되는 길이의 못은 끝이 날카롭다. 마그네트론들이 어떤 종류의 공격에 대항할 때라도 손쉽게 사용할 수 있을 것이다. 건물의 나머지 부분도 마찬가지로 은혈들의 공격 무기로 덮여 있다. 덩굴 식물과 가시 달린 식물들이 그린워든들을 위한 기둥을 따라 오르고, 넓고 잔잔한 연못 한 쌍이 님프를 위한 어두운 물을 잔뜩 품고 있다. 그리고 당연하게도, 모든 문마다 긴 라이플을 당당하게 손에 들고 있는 무장한 경비들이 지키고 있다.

어떤 경비들보다도 나쁜 것은 깃발과 휘장들이다. 벽마다, 작은 탑마다, 그리고 물고기 꼬리를 한 기둥마다 줄을 서 있는 깃발들이 해풍에 펄럭인다. 깃발에 그려진 것은 보안을 상징하는 은색 창이 아니라 불타는 왕관이다. 검정, 흰색, 그리고 하얀색에 끝 부분이 구부러진 불꽃을 휘감고 있는 모습. 노르타를, 왕국을, *메이븐*을 대표하는 상징. 우리가 파괴하려고 하고 있는 모든 것들. 그리고 그 사이로, 자신의 펄럭이는 깃발들 위로 보이는 것은 메이븐이다. 아니 적어도, 그의 이미지다. 그는 머리 위에 자신의 아버지의 왕관을 얹고, 자신의 어머니와 똑같은 노려보는 시선으로 내려다보고 있다. 그는 어리지만 강한 소년처럼, 최악의 상황에서 일어선 왕자처럼 보인다.

"전하 만세!"

메이븐의 날카롭고 창백한 얼굴 사진 아래마다 그 외침이 울려 퍼진다.

인상적인 방어 시설들에도 불구하고, 메이븐의 유령 같은 시선에도 불구하고, 미소 짓지 않을 수가 없다. 센터는 내 자신의 무기가 될 전기적 힘으로 맥동하고 있다. 이 힘은 어떤 마그네트론보다도, 어떤 그린워든보다도, 어떤 총보다도 더 강력하다. 전기는 어디에나 있다. 그리고 그것은 내 것이다. 만약 내가 제대로 사용할 수만 있다면 얼마나 좋을까. 만약 우리가 숨을 필요만 없다면 얼마나 좋을까.

만약에. 나는 그 멍청한 단어를 경멸한다.

공기 중에 매달려 있는 그 말은 너무 가까워서 만질 수도 있을 것 같다. 만약 *우리가 들어가지 못한다면 어떡하지?* 만약 *우리가 에이다나 울리버를 찾지 못한다면?* 만약 *쉐이드 오빠가 돌아오지 않으면?* 마지막 생각은 나머지 걱정들보다도 더 깊게 불타오른다. 내 눈은 날카롭고 붐비는 거리에 적응되어 있지만 그럼에도 오빠의 모습은 어디서도 보이지 않는다. 한 발은 목발을 짚고 절뚝대고 있으니 분명 오빠의 모습을 찾기 쉬워야 할 텐데도, 어디서도 보이지 않는다.

공포가 감각 깊숙이 파고들면서 그토록 힘겹게 기르려고 애를 써 왔던 자제력 조금까지 사라진다. 큰 소리로 숨을 들이쉬지 않으려면 입술을 깨물어야 한다. *오빠는 어디에 있는 걸까?*

"그럼 이제 우리 기다리나?"

팔리의 목소리는 자신만의 공포로 인해 떨린다. 그녀의 눈이 이리저리로 움직이는데, 나처럼 우리 오빠를 찾는 중이다.

"아무리 너희 둘이라고 해도 쉐이드 없이는 저기 들어갈 수 있을 것 같지 않아."

센터의 방어를 살피느라 바빠서 팔리에게 시선을 줄 틈도 없는 칼이 코웃음 친다.

"우리만으로도 잠입은 충분히 가능해. 저기 전체를 다 불태워 버릴 수도 있지. 그다지 섬세한 접근이라고 말할 순 없겠지만."

"그러게, 전혀 아니네요."

나는 스스로의 신경을 돌리려는 의도로 웅얼거린다. 하지만 내 발이나 칼의 유능한 손으로 집중하려고 애를 쓰면 쓸수록, 쉐이드 오빠에 대한 걱정을 멈출 수가 없다. 이 순간이 올 때까지, 나는 결코 오빠가 우리를 만나러 올 거라는 사실을 진실로는 의심해 본 적이 없다. 오빠는 *순간 이동 능력자*이며 살아 있는 생명체 중에서 가장 빠른 존재다. 부두의 폭력배 몇 명이 위협을 좀 가하는 정도로는 오빠를 멈출 수 있을 리가 없다. 그것이 팰트리에서 내가 오빠를 떠날 때에 스스로에게 했던 말이었다. *내가 오빠를 버렸을 때에.* 오빠는 며칠 전에 나를 위해 총알을 맞았는데 나는 바다해골들의 손에 오빠를 늑대 속의 양처럼 던져 버렸다.

내얼시에서는 쉐이드 오빠에게 오빠의 말을 믿을 수 없다고까지 했다. 오빠 역시 내 말을 믿을 수 없었으리라는 생각이 든다.

목 근육들에서 느껴지는 통증에 손가락을 후드 안으로 넣어 마사지를 한다. 하지만 통증은 전혀 멎지 않는다. 왜냐하면 지금 이 순간 우리는 진짜 사격대를 앞두고도 빈둥대고 있는 중이며, 정육점 주인의 손에 든 칼날을 바라보고 있는 멍청한 닭들처럼 그저 기다리고 있기 때문이다. 그리고 쉐이드 오빠를 염려하는 동시에, 나 자신도 염려가 된다. 나는 잡힐 수는 없다. 그러지 않을 것이다.

"뒷문요."

내 말은 질문이 아니다. 모든 집들에는 문이 있는 법이지만, 창문, 지붕의 구멍, 아니면 부서진 자물쇠 또한 있기 마련이다. 항상 들어갈 길은 있다.

칼은 이번만큼은 할 말을 몰라 눈썹을 찌푸린다. 군인은 결코 도둑의 일을 하도록 파견되는 법이 없으니.

"그대의 오빠가 오면 함께 출발하는 것이 좋겠다. 아무도 그가 들어가는지조차 모를 거야. 몇 분만 있으면……."

"우리가 낭비하는 모든 시간이 신혈들을 점점 더 큰 위험으로 몰아넣는다고요. 게다가, 쉐이드 오빠는 나중에 우리를 찾느라 애먹지 않아도 돼요."

나는 포트 로드를 벗어나 한 발을 내딛으며 골목을 향한다. 칼은 식식대지만 함께 따라온다.

"오빠는 그저 연기만 따라오면 돼요."

"연기?"

칼이 창백해진다.

"세심하게 불을 놓는 거죠."

너무나 빠르게 구상된 계획은 심지어 입술을 스칠 시간조차 없다.

"잘 제어된 걸로요. 우리가 필요한 이름들을 얻을 때까지만 사람들을 저지할 수 있을 정도로 딱 충분히 큰 불로 된 벽이면 돼요. 님프 몇 명이 꿀꿀대는 걸로는 당신에게 그다지 대단한 위협도 아닐 테고, 만약 위협이 된다고 해도 (나는 손을 공처럼 말고, 손바닥 안으로 작은 불꽃이 튀는 공이 회전하게 한다.) 그게 바로 내가 여기 온 이유겠죠. 팔리, 네가 기록 시스템을 알고 있을 거라 생각하는데?"

그녀는 망설임 없이 고개를 끄덕이고, 그녀의 얼굴은 이상한 종류의 자신감으로 빛난다.

"드디어."

그녀가 웅얼거린다.

"메어 네가 쓸모가 없다면 너희 둘을 끌고 다니는 게 아무 의미가 없지."

칼의 눈이 어두워지면서 그의 죽은 아버지를 연상시키듯 무시무시하게 노려본다.

"이 일이 어떻게 될지 알고 있겠지, 그렇지?"

내가 무슨 아이라도 되는 것처럼 그가 경고한다.

"메이븐은 누가 이 일을 벌였는지 알게 될 거야. 우리가 어디에 있는지도 알게 되겠지. 또한 우리가 무슨 일을 하고 있는지도 알게 될 테고."

그에게 설명을 해야만 한다는 사실에 분노가 치밀어 나는 왈칵 비난을 퍼붓는다. 어떤 종류의 결정이라도 내리는 것에 대해 그가 나를 *신뢰하지* 않는다는 것에 대한 분노가 인다.

"우리가 닉스를 데리고 온 지도 이미 12시간이 넘었어요. 만약 아직은 아니라고 하더라도 누군가가 닉스가 사라졌다는 것을 알아차릴 거라고요. 그 사실이 *보고*될 테고. 메이븐이 줄리언의 목록에 나온 모든 이름들을 지켜보고 있지 않을 거라고 생각하는 거예요?"

나는 왜 진작 깨닫지 못했는지도 알지 못한 채로 고개를 젓는다.

"메이븐은 우리가 무슨 일을 벌이고 있는지 닉스의 실종을 듣는 순간 알아챌 거예요. 우리가 여기서 벌이는 일이랑은 상관없는 문제라고요. 오늘 이후로, 비록 그것이 무엇이든, 이 일은 정말로 사람 사냥이 될 거예요. 전 도시가 우리를 찾고, 보는 즉시 사살하라는 명령이 내려질 거고. 그런데 커브에서 앞장 좀 서면 어때서?"

그는 반박하지는 않지만, 그게 꼭 동의한다는 의미는 아니다. 어느 쪽이든 신경쓰지 않으련다. 칼은 이쪽 세계를 모른다. 우리가 자신을 내동댕이쳐야만 하는 시궁창과 진흙탕을 모른다. 하지만 나는 안다.

"힘 아끼는 건 이제 그만할 때야, 칼."

팔리가 끼어든다.

다시 한 번, 대답은 없다. 그는 낙담한 것처럼, 심지어 혐오감을 느끼는 것처럼 보인다.

"저 사람들은 나의 사람들이야, 메어."

그가 마침내 속삭인다. 다른 사람이라면 소리칠 법도 하건만, 칼은 그런 타입의 사람이 아니다. 그의 속삭임은 대개 불처럼 이글대지만, 나 역시 결의만을 느낄 뿐이다.

"나는 그들을 죽이지 않을 거야."

"*은혈들을 말이죠.*"

나는 그의 말을 대신 마무리한다.

"당신은 은혈들을 죽이지 않으려는 거겠죠."

그는 느리게 고개를 젓는다.

"할 수 없는 거야."

"그럼에도 불구하고 바로 얼마 전에 당신은 기꺼이 크랜스를 죽이고 싶어 했잖아."

나는 쉿쉿 거리며 밀어붙인다.

"그 사람도 당신 사람들 중 하나야, 아니 당신이 왕이 되었다면 분명히 당신 사람이 되었겠지. 하지만 내 생각에 크랜스의 피가 잘못된 색이었던 모양이지, 그렇지?"

"그건……."

그가 더듬거린다.

"그건 같지 않아. 만약 그가 달아나면, 만약 그가 붙들리면 우리도 같은 위험에 처하게 되고……."

말이 그의 목구멍 안에 달라붙으며 꼬리가 희미하게 사라진다. 그저 그에게 더 이상 할 수 있는 말이 남아 있지 않기 때문이다. 그가 위선자인 것은 본인이 아무리 자신이 *공정하다*고 주장한다 한들 의심의 여지가 없다. 그의 피는 은색이고 그의 심장은 은혈이다. 그리고 그는 결코 다른 것들의 가치를 자신의 사람들보다 위에 놓은 적이 없다.

떠나. 그렇게 말하고 싶다. 그 말에선 쓴 맛이 난다. 억지로라도 입 밖으로 그 말을 뱉을 수가 없다. 그의 편견과 그의 충성심만큼이나 극도로 화가 나서, 해야 할 일조차 할 수가 없다. 그를 보낼 수 없다. 그는 그렇게나 *잘못된* 존재인데, 나는 그를 놓아 줄 수가 없다.

"그럼 죽이지 마요."

나는 이를 갈며 대꾸한다.

"하지만 *메이븐은* 그랬다는 점을 기억해요. 내 사람들…… 그리고 당신의 사람들도요. 그들은 지금은 그를 따르고 있고, 자신들의 새로운 왕을 위해서 우리를 죽일 거라는 것도."

나는 멍든 손가락 하나를 들어서 뒤쪽 거리를, 메이븐의 얼굴을 품고 있는 깃발들을 가리킨다. 메이븐, 진홍의 군대 때문에, 반역자들을 테러리스트로 둔갑시키고 자신의 적들을 한 번의 기습으로 쓸어버리기 위해서 은혈들을 희생시켰던 사람. 메이븐, 나에 대한 진실을 아는 궁중의 모든 이들을 살해한 사람. 루카스와 레이디 블로노스와 내 개인 하녀들은 그저 내가 다른 존재였기 때문에 모두 죽었다. 메이븐, 자신의 친아버지를 죽이는 일을 도운 사람, 자신의 형을 처형하려고 했던 사람. 메이븐, 반드시 죽여야만 할 사람.

칼이 그대로 걸어가 버릴까 봐 조금은 공포가 느껴진다. 그는 도시 속으로 사라져서는 그게 무엇이든 간에 자신의 심장에 여전히 남아 있는 평화를 찾으려고 할 수도 있다. 하지만 그는 그러지 않는다.

그동안은 깊게 묻혀 있던 분노는 그의 이성보다도 더 강력하다. 그는 복수를 할 것이다, 내가 내 자신의 복수를 할 것처럼. 우리가 소중히 여기고 있는 모든 것을 대가로 지불해야 한다고 할지라도.

"이쪽."

그의 목소리가 울린다. 더 이상은 속삭이는 시간조차 없다.

보안 센터의 뒤쪽 모퉁이를 돌자, 나는 감각을 뻗어서 벽에 점점이 박힌 보안 카메라들에 집중한다. 미소와 함께 나는 카메라들을 밀어붙여서 연결을 끊어 버린다. 하나씩 하나씩, 카메라들이 내 손짓에 함락된다.

뒷문은 비록 작기는 하지만 앞문만큼이나 인상적이다. 현관처럼 넓은 계단이 있고, 구부러진 강철로 된 쇠격자 문에 고작 4명의 무장한 경비만 있다. 그들의 라이플들은 엄청난 광택을 내며 번쩍이지만 그들의 손에는 무거워 보인다. *신병이구나.* 그들이 팔에 두르고 있는 색깔 끈을 보고 가문과 능력들을 추정해 본다. 하나는 끈조차 없는 것이 아마도 대단한 배경도 없는 낮은 계급 출신의 은혈로 다른 이들보다 더 약한 능력을 보유하고 있을 것이다. 나머지는 마리노스 하우스의 밴시가 하나, 글리아콘 쉬버가 하나, 그리고 그레코스트롱암이 있다. 기쁘게도, 이그리에 하우스의 하얀색과 검정색 상징은 보이지 않는다. 우리가 이제부터 해치우려는 일이 무엇인지 알 수 있는, 가까운 미래를 일별할 수 있는 아이즈들은 없다.

그들은 우리가 다가가는 것을 보고도 똑바로 서는 수고조차 하지 않는다. 적혈들은 은혈 요원들에게는 전혀 걱정거리도 아니다. 저들의 생각이 얼마나 틀렸는지.

우리가 뒷문의 계단 바로 앞에서 멈추고 나서야 그들은 우리를 알아차린다. 눈초리가 치켜 올라간 눈을 하고 광대뼈가 높은, 이제 고작 막 소년을 벗어난 밴시가 우리 발치에 침을 뱉는다.

"계속 움직여 보시지, 적혈 쥐새끼들."

그의 음성은 고통스러운 면도날 같다.

당연히 우리는 그의 말에 귀도 기울이지 않는다.

"저는 고소를 제출하고 싶습니다."

목소리는 높고 분명하지만 얼굴은 계속 바닥을 향하고 있다. 내 옆에서 열기가 솟기에 눈가로 훔쳐보니 칼이 주먹을 꽉 쥐고 있다.

보안 요원들은 갑작스럽게 소리내어 껄껄껄 웃음을 터뜨리며 기괴한 미소를 교환한다. 심지어 밴시는 나를 내려다볼 때까지 몇 발짝 앞으로 나오기까지 한다.

"보안은 너 같은 것들의 말에 귀 기울일 틈이 없다. 적혈 경비대에게 편지라도 써 보시지."

다시 한 번 왁자한 웃음소리가 터져 나온다. 밴시의 웃음소리가 내 연약한 귀를 아프게 한다.

"그놈들이 여전히 저기 어디에 *매달려* 있지 싶은데."

더 혐오스러운 웃음소리가 들린다.

"'스타크 가든'에 말이야."

옆에서 팔리의 손이 재킷 안으로 들어가서 내내 가까이 숨기고 있던 칼을 만지는 것이 보인다. 적당한 때가 오기도 전에 그녀가 누군가를 찌르는 일만은 없기를 바라며 그녀에게 시선을 보낸다.

강철로 된 센터의 문이 열리고, 경비 하나가 진입로 쪽으로 발을 딛는다. 그는 다른 요원들 중 한 명에게 뭔가를 중얼거리고 *고장*과 *카메라*라는 단어가 간간히 들린다. 하지만 그 요원은 그저 어깨만 으쓱하더니, 우리 위 벽에 점점이 박힌 수많은 보안 카메라들을 향해 시선을 돌린다. 그는 카메라에서 어떤 문제점도 발견하지 못한다. 그가 알 수 있는 범위가 아니니다.

"썩 꺼져라."

밴시가 우리를 개처럼 묵살하며 손을 흔들어 댄다. 우리가 움직이지 않자, 그의 눈이 가늘고 검은 구멍으로 좁아진다.

"내가 너희 놈들을 무단침입으로 체포해야 되겠냐?"

그는 우리가 허둥지둥 사라질 것을 기대한다. 체포는 요즘에는 처형이나 마찬가지다. 하지만 우리는 묵묵히 그 자리에 머문다. 밴시가 그토록 잔혹한 멍청이가 아니었다면, 그에게 좀 미안했을 것도 같다.

"해 보시지."

나는 후드로 팔을 뻗으며 말한다.

숄이 어깨 너머로 떨어지고, 발치에서 구겨지기 전에 회색 날개처럼 펄럭인다. 고개를 다시 똑바로 들고, 밴시의 얼굴 위에서 차가운 인식이 공포로 변질되는 모습을 지켜보니 기분이 좋다.

나 자신은 그다지 주목할 만한 외모는 아니다. 갈색 머리카락, 갈색 눈동자, 갈색 피부. 멍이 들고, 완전히 지친 상태에, 작고, 굶주렸다. 붉은 피에, 딱 그 같은 성질머리. 딱히 외모만으로는 누구도 놀라게 할 수 없겠지만, 그 밴시는 분명히 나를 보고 겁에 질린다. 그는 내 멍들 아래로 어떤 힘이 노래하고 있는지 알고 있다. 그는 번개 소녀를 알고 있다.

그가 계단 위로 한 발을 올리려다가 발이 걸리면서 뒤로 넘어진다. 비명을 지를 힘을 모으려고 그의 입이 열렸다가 닫힌다.

"그, 그녀다."

그의 뒤쪽의 쉬버가 더듬거리면서 떨리는 손가락으로 가리킨다. 그 손가락은 빠르게 얼어붙는다. 날카롭게 미소 짓지 않을 수가 없다. 나는 손 안에서 스파크 공들을 만들어 낸다. 그들의 충격에 젖은 쉿 소리가 유일무이한 위안이다.

칼은 극적인 느낌을 더 강화시킨다. 그는 한 번의 매끄러운 동작으로 자신의 변장을 찢어 버리고 그들이 따르도록 배우며 자라온, 그 다음엔 두려워하라고 들어 온 왕자의 모습을 드러낸다. 그의 팔찌가 타닥거리며 불꽃이 솔을 따라서 퍼지더니, 솔을 곧장 맹렬하게 타오르는 깃발로 바꿔 버린다.

"왕자님!"

스트롱암이 헉 숨을 들이쉰다. 그는 초롱초롱한 눈을 하고는, 마지못해 행동한다. 결국, 며칠 전까지만 해도 그들은 칼을 괴물이 아닌 전설로 생각하지 않았던가.

밴시가 제일 먼저 회복하고는 총을 향해 팔을 뻗는다.

"체포해라! 저들을 체포해!"

그가 비명을 지르고, 우리는 그가 날리는 음속 쇼크를 재빨리 피하기 위해 하나가 되어 고개를 수그린다. 그 충격에 우리 뒤의 창문들이 깨진다.

충격은 요원들을 느리고 멍청하게 만든다. 스트롱암은 감히 가까이 오지도 않은 채로 손을 권총집에서 더듬거리며 자신의 몸에 달리는 아드레날린에 맞서 싸우고 있다. 열린 문에 서 있던 요원 하나는 안전한 센터 안으로 달려 들어갈 정도의 눈치는 있다. 나머지 넷을 처리하는 것은 쉽다. 밴시는 또 다른 비명을 지를 기회도 얻지 못하고 대신 번개를 얻어맞는다. 쇼크가 그의 목과 가슴을 파고들고 적당한 장소를 찾아 뇌에 자리를 잡는다. 그 짧은 시간 동안에 나는 그의 살 속에 가지처럼 퍼진 혈관과 신경들을 느낄 수 있다. 그는 자신이 서 있던 곳에 쓰러지며 깊고 어두운 잠으로 빠져든다.

살을 에는 듯한 추운 숨결이 나를 덮어오고, 몸을 돌리자 내 방향으로 넘실대며 날아오는 얼음 조각들을 조종하고 있는 쉬버가 보인다. 그것들은 내게 닿기도 전에 녹아내리고 칼의 불꽃 한 방에 무너진다. 불꽃 폭풍은 재빨리 쉬버와 스트롱암을 향하고 둘 다를 모두 감싼 채로 내가 내 일을 마칠 수 있도록 그들을 가둔다. 그들이 바닥으로 쿵 하고 쓰러지도록 때려눕히는 데는 쇼크 두 방이면 충분하다. 정체를 알 수 없는 마지막 요원은 여전히 열려 있는 문으로 달아나려고 한다. 팔리가 그의 목덜미를 붙들지만, 그는 그녀를 붕 날려서 떨쳐낸다. 그는 텔키지만 약한 능력자로 우리는 그를 신속히 처리한다. 바닥 위에 누운 다른 사람들에게 합류한 그의 근육이 내 전기 화살에 맞아 약하게 경련하고 있다. 밴시의 악의에 대한 대가로 나는 그에게는 추가로 쇼크를 한 방 더 먹인다. 그의 몸이 킬런의 그물에 걸린 물고기처럼 털썩 계단에 쓰러진다.

그 모든 일이 순간에 벌어진다. 문은 여전히 열려 있고, 거대한 경첩 위로 느리게 흔들린다. 나는 걸쇠가 제대로 잠기기 전에 재빨리 문을 잡고 보안 센터의 차갑게 순환하는 공기 속으로 팔을 밀어 넣는다. 전등에서, 카메라에서, 내 손가락 끝에서 몰아치는 전기가 안쪽에서 느껴진다. 한번 단단히 호흡을 한 후, 나는 그것들 전부를 꺼버리고 그 장소를 어둠 속으로 몰아넣는다.

칼이 의식이 없는 쓰러진 요원들의 몸을 조심스럽게 넘어 오는 사이에, 팔리는 그들의 갈비뼈를 한 번이라도 더 차기 위해서 최선을 다하는 중이다.

"경비대를 위해."

그녀가 밴시의 코를 부러뜨리며 으르렁거린다. 칼은 그녀가 더 이상의 해를 가하기 전에 그녀를 멈춘 다음 한숨을 쉬며 팔리의 어깨에 부드럽게 팔을 감더니 그녀를 계단 위로 들어 올려서 열린 뒷문으로 밀어 넣는다. 마지막으로 하늘을 한 번 흘깃 올려다본 후, 나는 센터로 미끄러져 들어가고 우리 뒤로 강철 문이 단단하게 닫힌다.

* * *

어두운 복도와 죽은 카메라가, 팔리와 킬런을 다가올 죽음으로부터 구하기 위해서 태양의 홀 궁전의 지하 감옥으로 몰래 내려가던 기억을 떠올리게 한다. 하지만 그때의 난 거의 왕자비였었다. 비단으로 만든 옷을 입고 있었고, 내 뒤에서는 줄리언이 매번 경비를 만날 때마다 우리의 목적을 위해 그들의 의지를 꺾으며 길을 뚫는 노래를 불러 주었다. 나를 제외한 아무도 피를 흘리지 않았던 깨끗한 계획이었다. 보안 센터는 그때와 같지 않다. 사상자를 최소로 낼 수 있기만을 바랄 뿐이다.

어디로 가야 할지 알고 있는 칼이 우리를 이끌지만, 그는 우리를 멈추려고 하는 요원들을 재빨리 피하는 것 이상은 아무 일도 하지 않는다. 그는 짐승치고는 꽤 품위를 지키면서 스트롱암과 스위프트들의 공격을 어깨 너머로 흘린다. 그는 여전히 그들을 다치게 하지 않고, 그 짐은 내 몫이 된다. 번개는 불꽃만큼이나 쉽게 파괴하기에, 우리가 지나가는 길마다 몸뚱어리들이 켜켜이 남는다. 그 사람들이 고작 의식만 잃은 거라고 스스로에게 되뇌지만, 전투의 열기 속에서 솔직히 확신할 수가 없다. 전기가 갑자기 밀려오는 것은 내가 그것들을 만들어내는 만큼은 쉽게 조절할 수가 없어서, 하나 둘쯤은 죽였을 것도 같다. 신경 쓰이진 않는다. 기다란 칼날을 들고 어두운 그림자들을 향해서 맹렬히 안팎으로 돌진하는 모습을 보니 팔리도 마찬가지인 듯하다. 우리가 목적지인 평범한 문에 닿을 때쯤 칼날에서는 금속 같은 은색 피가 뚝뚝 떨어진다.

하지만 그 문 안에서는 뭔가 평범하지 않은 것이 느껴진다. 전기로 맥동하고 있는 어마어마한 기계가 하나 있다.

"여기가 기록실이야."

칼이 말한다. 그는 우리가 일으킨 대학살을 돌아볼 수가 없어서 눈을 문 위에 고정하고 있다. 자신이 한 약속대로, 그는 주변 복도를 불꽃으로 가득 채우고 우리가 작업하는 동안 우리를 지킬 열기의 벽을 만들어 준다.

우리는 문을 통과해서 들어간다. 줄리언이 내게 준 것 같은, 산처럼 쌓인 종이들과 인쇄 목록들을 볼 거라고 생각했는데, 대신에 번

적이는 전구들과 비디오 스크린들, 그리고 계기판이 보인다. 내가 전선에 혼선을 주자 기계의 맥동이 느려진다. 생각할 틈도 없이 나는 손을 차가운 금속에 얹어서 내 자신과 거칠어진 숨결을 진정시킨다. 기록 기계는 응답하는 것처럼 높게 윙 하는 소리를 내뿜는다. 스크린들 중 하나가 깜빡이면서 되살아나더니 어지러운 흑백 화면을 보여 준다. 글자들이 화면을 스치고 지나가는 모습에 팔리와 나는 숨이 턱 막힌다. 우리는 이런 종류의 것은 보기는커녕 상상해 본 적도 없다.

"놀라운데."

팔리가 머뭇거리는 손길을 뻗으며 조용히 말한다. 그녀는 손가락으로 화면 위의 글자들을 따라 움직이며 느리게 읽어 내린다. 대문자로 다음과 같이 쓰여 있다. *인구 조사 및 기록.* 작은 크기의 글자로 그 아래에는 *노르타, 리젠트 스테이트, 비콘*이라고 쓰여 있다.

"코런트에는 이런 게 없었어?"

나는 그녀가 어떻게 그 마을에서 닉스의 위치를 찾아낸 건지 궁금해하며 묻는다.

그녀는 머리를 둔하게 젓는다.

"코런트에는 이런 걸 고사하고 제대로 된 우체국도 없었어."

미소를 지으며 그녀가 빛나는 스크린 아래의 많은 버튼들 중 하나를 눌러 본다. 다음에 또 다른 것을, 그리고 또 다른 것을. 스크린은 매번 번뜩이며 다른 질문들을 타이핑한다. 그녀는 아이처럼 깔깔거리면서 계속 눌러 본다.

"팔리."

나는 그녀의 어깨 위에 손을 올린다.

"미안. 여기 도움 좀 줄래, 전하?"

칼은 문에서 물러서지 않은 채로 요원들을 확인하느라 목만 앞뒤로 기울인다.

"파란색 키. *검색*이라고 말해."

나는 팔리가 하기 전에 단추를 누른다. 스크린이 잠시 어두워지고 곧 파랗게 번쩍인다. 선택지가 세 개 나타나고, 각각의 선택지가 번쩍이는 하얀 상자 속에 떠올라 있다. *이름으로 검색, 장소로 검색, 혈액 타입으로 검색.* 성급하게 나는 첫 번째 상자를 골라서 *선택* 단추를 누른다.

"원하는 이름을 입력하고 *진행*을 눌러. 원하는 것을 찾은 후에 *인쇄*를 누르면 복사본을 만들어 줘."

칼이 지시한다. 하지만 욕설을 외치는 소리가 그의 시선을 끌고, 요원 하나가 그의 맹렬한 바리케이드에 접촉했다가 물집이 잡힌다. 총성이 폭발하자, 나는 불에 총알로 맞서려고 하는 그 멍청한 경비에게 동정심이 든다.

"어서 서둘러."

손가락이 버튼 위로 *에이다 월러스*의 철자를 하나씩 찾으며 절망적이게도 느린 속도로 움직인다. 기계는 다시 윙 소리를 내고, 화면이 세 번 번쩍이더니 문자로 된 벽이 나타난다. 심지어 사진 정보까지 포함되어 있는데, 그녀의 신분증에 사용되었던 사진이다. 나는 에이다의 깊은 금색 피부와 부드러운 눈동자를 눈여겨본다. 심지어 작은 이미지에서조차, 그녀는 슬퍼 보인다.

또 다른 총성이 메아리쳐서 나는 뛰어오른다. 에이다의 개인적인 정보를 대강 훑으며 다시 글에 집중한다. 그녀의 생일과 태어난 장소는 이미 알고 있고, 그녀를 나처럼 신혈로 점찍게 한 혈액 돌연변이에 대해서도 마찬가지다. 팔리도 눈으로 아무렇게나 글들을 훑어보면서 같이 찾아본다.

"저기."

나는 우리가 필요로 하는 정보로 손가락으로 가리킨다. 지난 며칠 동안 중에서 가장 행복한 기분이 든다.

직업: 하녀, 렘 램보스 총독에게 고용됨. 주소: 하버베이, 캐널 구역, 바이워터 스퀘어.

"어딘지 알아."

팔리가 *인쇄* 버튼을 쿡 찌른다. 기계는 에이다의 기록에서 정보들을 복사해서 종이를 뱉어낸다.

다음 이름은 심지어 더 빨리 나온다. *울리버 걸트. 직업: 상인, 걸트 양조장에 고용됨. 주소: 하버베이, 스리스톤 구역, 차사이드 로드 배틀 가든.* 크랜스가 적어도 이 부분에서는 거짓말을 하지 않았다. 그를 다시 보게 된다면 악수라도 꼭 해 줘야겠다.

"끝나가나?"

칼이 문에서 외치는데, 그의 목소리에서 중압감이 느껴진다. 님프들이 들이닥쳐서 그의 불의 벽이 무너져 내리는 것은 시간문제일 뿐이다.

"거의요."

나는 웅얼거리면서 다시 버튼을 누른다.

"이 기계가 그저 하버베이용인 건 아니죠, 그렇죠?"

칼은 자신의 보호막을 유지하느라 너무 바빠서 대답할 틈도 없지만, 나는 내 말이 맞다는 것을 알고 있다. 미소를 지으면서 나는 재킷에서 목록을 꺼내서, 첫 페이지를 찾는다.

"팔리, 저쪽 스크린에서 작업 시작해."

그녀는 토끼처럼 집중하고, 옆의 화면이 생명을 얻을 때까지 유쾌하게 단추들을 누른다. 우리는 서로 목록을 주고받으며 이름을 하나씩 치면서 계속해서 인쇄물을 모은다. 비콘 지역의 이름을 모두 모으니 전부 다해서 10명이다. 뉴 타운 빈민가의 소녀, 70살 먹은 캔코르다에 사는 할머니, 반 아일랜드에 사는 쌍둥이 등등. 바닥에 놓인 종이 더미가 줄리언의 목록이 말해줬던 것 이상의 이야기를 내게 전하고 있다. 이 돌파구에 흥분하고 열광해야 마땅한데, 뭔가가 내 행복의 목을 조른다. *이름들이 너무 많아. 구해야 할 사람들이 너무 많아.* 그리고 우리는 무척 느리게 이동하고 있다. 제시간 내로 그들 전부를 찾을 방법이 없다. 이런 식으로는 안 된다. 에어젯을 이용하든 팔리가 알고 있는 지하 터널의 정보를 모두 이용하든 안 된다. 누군가를 잃게 될 것이다. 그걸 피할 방법이 없다.

그 생각은 내 뒤의 벽처럼 산산조각난다. 벽이 안쪽으로 먼지 구름과 함께 폭발하고, 회색의 돌 같은 피부에 공성 망치처럼 단단해 보이는 남자의 삐죽삐죽한 형체가 검은 윤곽을 드러낸다. *스톤스킨이다.* 그가 달려들어서 팔리의 허리춤을 붙드는 순간 간신히 든 유일한 생각이다. 그녀는 기계에서부터 소중한 종이들을 찢어내서는 줄줄이 나온 인쇄물을 그대로 손에 움켜쥔 상태다. 그 종이들이 그녀의 뒤로 항복의 하얀 천처럼 흐른다.

"체포에 순응하라!"

스톤스킨이 고함을 지르며 팔리를 먼 창에 내리꽂는다. 그녀의 머리가 유리창에 부딪히며 유리에 금이 쩍 간다. 그녀가 눈을 감는다.

다음 순간 불의 벽이 방 안으로 들어온다. 벽은 성난 황소처럼 들어서는 칼의 주위를 둘러싼다. 나는 팔리의 손에서 종이들을 낚아채고, 종이에 불이 붙지 않도록 목록과 함께 잘 집어 넣는다. 칼은 재빠르게 움직이고, 해를 끼치지 않겠다는 자신의 맹세를 지키며 자신의 불꽃을 그저 스톤스킨이 팔리에게서 물러나서 벽의 구멍으로 다시 사라지도록 밀어내는 데 사용한다. 불이 일어나자, 그는 돌아올 수가 없다. 적어도 이 시간 동안에는.

"이제 다 됐어?"

칼이 살아 있는 석탄 같은 눈동자로 으르렁거린다.

나는 고개를 끄덕이고 기록 기계로 시선을 돌린다. 그것은 마치 내가 이제 하려는 일을 알고 있기라도 한다는 듯이 슬프게 윙 하는 소리를 뱉는다. 주먹을 꽉 쥐고 나는 기계의 회로에 과부하를 걸고, 기계가 떨면서 부서질 정도로 파괴적인 전력을 붓는다. 모든 화면과 깜빡이는 선들이 스파크를 뿜으면서 폭발하고, 우리가 정확히 어디에서 왔는지는 전부 지워진다.

"다 됐어요."

팔리가 창문에서 발을 헛디디며 일어나고, 한 손을 머리에 얹고 입술에서 피가 나고 있지만 그래도 여전히 계속 서 있을 수는 있다.

"이제 달아나야 할 시간이 온 것 같네."

가장 자연스러운 탈출로인 창문을 한번 흘깃 바라보는데, 우리가 뛰어내리기에는 너무 높은 곳에 있다는 생각부터 든다. 바깥 복도에서부터 고함을 지르고 뛰어오는 발자국 소리가 들리는 것이 말 그대로 망한 것 같다.

"*어디*로 달아나?"

칼은 얼굴을 찡그리더니 손을 번쩍이는 나무 바닥으로 뻗는다.

"아래로."

불꽃 공이 발치에서 폭발한다. 그것은 나무를 뚫고 들어가며 복잡한 문양과 단단한 토대를 개가 고기를 씹는 것처럼 석탄으로 만들어 버린다. 바닥은 즉시 쩍쩍 갈라지고 아래로 무너져 내린다. 우리는 아래의 방으로 떨어지고, 그러고 나서 또 그 아래로 떨어진다. 내 무릎이 몸 아래에서 풀리지만 칼은 내가 발을 헛딛지 않도록 한 손으로 내 옷깃을 붙들어 준다. 다음 순간 그는 나를 부드럽게 끌어당기고, 결코 손아귀의 힘을 풀지 않은 채 또 다른 창문을 향한다.

다음에 올 일이 무엇인지는 듣지 않아도 알 수 있다.

우리의 불꽃과 번개가 두꺼운 판유리를 깨트리고, 우리는 떨어지면서 내 생각에는 그저 허공인 곳으로 도약한다. 내 예상과는 달리 우리는 단단히 착지하며 돌로 된 보도 위를 구른다. 팔리가 뒤를 따르고, 자신의 가속도에 놀란 채로 경비를 곧장 들이받는다. 그가 반응하기도 전에, 그녀는 다리에서 그를 밀어 버린다. 토할 것 같은 쿵 소리로 볼 때 그의 추락은 유쾌하진 않았으리라.

"계속 이동해!"

칼이 몸을 일으키며 으르렁댄다.

천둥 같은 발소리 속에서, 우리는 둥그렇게 휘어진 다리를 건너 보안 센터에서 오션힐의 왕실 궁전으로 폭풍처럼 넘어간다. 화이트파이어보다는 더 작지만 무시무시하기는 똑같다. 그리고 칼에게는 마찬가지로 익숙한 곳이기도 하고.

보도의 끝에서 문이 갑자기 확 열리고, 더 많은 경비들과 더 많은 보안 요원들이 지르는 소리가 들린다. 진짜 사격대. 하지만 싸우는 대신에 칼은 문을 세게 닫더니 손에 불꽃을 피운다. 그리고 문을 용접해서 *잠근다*.

팔리가 멈칫거리면서 막힌 문과 우리 뒤쪽의 복도 사이를 흘끔거린다. 덫에 갇힌 것처럼 보인다, 아니 덫에 갇힌 것보다 더 나쁘다.

"칼……?"

그녀가 공포에 차 말을 걸지만 그는 그녀를 무시한다.

대신에 그는 한 손을 내게 뻗는다. 그의 눈은 내가 본 어떤 것과도 닮지 않았다. 순수한 불꽃, 순수한 불.

"이제 그대를 던질 거야."

사탕발림 따위는 신경 쓰지도 않고 그가 말한다. 그의 뒤에서, 뭔가가 용접된 문을 마구 흔들고 있다.

그에게 반박하거나, 심지어 물어볼 만한 시간조차 없다. 공포에 중독된 채로 마음이 빙빙 돌지만, 나는 그의 손목을 잡고 그는 내 것을 잡는다.

"부딪히는 순간 터뜨려."

그는 자신의 의미를 내가 알 거라는 사실을 의심도 하지 않는다.

끙 하는 소리와 함께 그가 힘주어 나를 들어올리고, 곧 나는 공기 중을 날아 또 다른 창문을 향해 떨어진다. 창문은 반짝거리고, 나는 그것이 다이아몬드유리만은 아니기를 바란다. 그것의 정체를 내가 알아내기도 전의 짧은 한순간, 내 스파크가 지시받은 대로 해낸다. 내가 안락한 금색 카펫 천 위로 떨어져 내리는 사이에, 번개는 유리창을 날카롭게 부서지는 유리조각들로 바꾸어 없애 버린다. 책 더미들, 오래된 가죽과 종이에서 나는 익숙한 냄새…… 퀴퀴한 냄새가 나는 왕궁 도서관이다. 팔리가 판유리 사이로 뒤를 이어 떨어진다. 칼의 조준은 너무나 완벽해서, 그녀는 내 위로 정확히 착륙한다.

"일어나, 메어!"

그녀가 나를 일으켜 세우느라 내 관절에서 팔을 비틀어낼 기세로 잡아당기며 쏘아붙인다. 그녀의 머리가 내 것보다 빨리 돌아가서, 그녀는 팔을 쭉 뻗은 채로 창문으로 먼저 다가간다. 나는 머리가 빙빙 돌아 몽롱한 상태로 그녀를 따라한다.

우리 위에서는 다리 위로, 경비와 요원들이 양쪽 끝에서 밀려들고 있다. 중앙에는, 커다란 불이 활활 타고 있다. 잠시 그것은 정지한 것처럼 보이지만, 다음 순간 나는 깨닫는다. 그것이 우리를 향해서 오고 있다. 도약하더니, 돌진하고, *떨어진다.*

칼의 불꽃은 그가 벽에 부딪히고…… 창문 선반을 놓치기 전에 사라진다.

"칼!"

나는 비명을 지르면서 거의 내 자신을 내던질 뻔 한다.

그의 손이 내 손을 스쳐 지나간다. 심장이 멈추는 한순간, 나는 내가 막 그가 죽는 모습을 지켜보게 될 거라고 생각한다. 대신에, 그는 매달린다. 그의 다른 쪽 손목을 팔리가 단단하게 쥔다. 그녀가 용트림을 하고, 소매 아래로 그녀의 근육들이 부푼다. 어쨌든 그녀가 90킬로그램은 나갈 왕자가 떨어지는 것을 막고 있다.

"너도 붙들어!"

그녀가 고함을 친다. 손가락 마디뼈가 하얗다.

나는 하늘 쪽으로, 다리를 향해 벼락을 내린다. 쉬운 목표처럼 쭉 뻗어 있는 칼의 몸을 겨냥하고 있는 모든 경비들과 총을 향해서.

그들은 겁을 먹고 몸을 수그리고, 돌 조각들에 금이 간다. 또 한 번 하면, 다리는 무너질 것이다.

나는 무너지는 꼴이 보고 싶다.

"메어!"

팔리가 비명을 지른다.

나는 팔을 뻗어야 하고, 나는 팔을 잡아당겨야 한다. 그의 손이 내 손을 찾고, 거의 내 손목이 끊어질 뻔 한다. 하지만 우리는 그를 할 수 있는 한 최대한 빨리 끌어올려서 창문 선반 너머로 당기고, 뒷걸음질 친다. 상대방을 무장해제 시키는 침묵 속으로, 무해한 책들이 가득한 방 안으로.

심지어 칼조차 이 시련에는 넋이 나간 듯하다. 그는 잠시 눈을 크게 뜨고 숨을 헉헉 대며 누워 있는다.

"고마워."

그가 마침내 이 사이로 뱉는다.

"나중에!"

팔리가 으르렁댄다. 내게 그랬던 것처럼 그녀는 그를 들어올린다.

"밖으로 나가자."

"그래."

하지만 화려하게 장식된 도서관 입구로 향하는 대신에, 그는 방을 가로질러 책장이 가득한 벽으로 뛰어간다. 그는 잠시 동안 뭔가를 찾아 살펴본다. 기억하려고 애를 쓴다. 다음 순간 끙 하는 신음 소리와 함께 그가 선반 한 부분을 양쪽으로 *미끄러질* 때까지 어깨로 들이받는다. 좁고 경사진 길이 드러난다.

"안으로!"

그가 나를 밀어 넣으며 외친다.

내 발은 백 년도 넘는 시간 동안 지나간 발들로 닳은 계단 위를 날듯이 넘어간다. 우리는 희미한 불빛과 먼지로 숨 막힐 듯한 공기를 뚫고 부드러운 나선을 그리며 아래쪽으로 움직인다. 벽은 두껍고 오래된 돌로 되어 있어서 만약 누군가가 우릴 따라온다고 해도, 나는 분명히 그 소리를 들을 수 없을 것 같다. 우리가 어디쯤 있는 것인지 측정해 보려고 하지만, 내 안의 나침반이 너무 빨리 돌고 있다. 이곳이 어디인지도 모르고, 우리가 어디로 가는 건지도 모르겠다. 그저 따라갈 따름이다.

복도는 돌로 된 벽으로 막혀 있는 것처럼 보이지만, 내가 길을 내려고 번개를 내려치려는 시도를 하기 전에 칼이 나를 뒤로 민다.

"진정해."

칼이 한 손을 다른 것들보다 좀 더 닳아 보이는 돌 위에 올리며 말한다. 느리게, 그는 벽에 귀를 붙이고 소리를 듣는다.

아무 소리도 들리진 않지만 귓가에는 피가 쿵쿵 뛰는 소리와 거친 우리 숨소리가 들린다. 칼은 더 잘 듣거나, 약간 더 잘 듣거나, 덜 듣겠지. 그가 얼굴을 떨구고, 나는 알아보기 힘든 어두운 표정을 짓는다. 그에게는 두려워 할 수백 가지 권리가 있음에도, 그 감정은 공포가 아니다. 어느 쪽인가 하면, 이상할 정도로 차분하다. 그는 몇 번 눈을 깜빡이고, 벽 너머에서 어떤 소리라도 들으려고 애를 쓴다. 그가 얼마나 여러 번 이 일을 해 봤을지, 얼마나 여러 번 바로 이 궁전을 몰래 빠져나갔을지 궁금해진다.

그때는 경비들은 지키기 위해서 존재했으리라. 그를 모시기 위해서. 이제 그들은 그를 죽이려고 한다.

"내 뒤에 딱 붙어 있어."

그가 마침내 속삭인다.

"오른쪽으로 두 번, 그 다음에 왼쪽으로 가면 문으로 나갈 수 있는 마당이 나와."

"문이랑 연결된 마당이라고? 당신 이 일을 저놈들 *쉽게* 만들어 주고 싶은 거야?"

팔리가 속이 끓는다는 듯 이를 간다.

"그 마당이 유일하게 나갈 수 있는 길이야. 오션힐의 터널들은 다 폐쇄됐어."

그의 대답에 그녀가 얼굴을 찡그리고 주먹을 꼭 쥔다. 그녀의 손은 완전 비었다. 챙겨 왔던 긴 칼은 오래 전에 잃어버렸다.

"혹시라도 여기에서 거기까지 가는 사이에 무기고가 있나?"

"그랬음 좋겠군."

칼이 낮은 신음 소리를 낸다. 다음 순간 그의 시선이 흘깃 나를,

내 손을 향한다.

"우리가 충분히 준비되어야만 할 테니."

나는 오직 고개만 끄덕인다. *우린 더 나쁜 일들도 겪어 봤잖아.* 나는 스스로에게 속삭인다.

"준비됐어?"

그가 속삭인다. 나는 어금니를 꽉 깨문다.

"준비됐어요."

벽이 중심축 위로 부드럽게 회전한다. 우리는 서로 몸을 붙이고, 복도 위로 발자국 소리가 메아리치지 않게 조심한다. 도서관처럼, 이 곳은 텅 비었고 훌륭한 가구에 비싸 보이는 노란색 장식이 줄줄 흐른다. 그 모든 것들이 사용하지 않고 방치된 냄새를 풀풀 풍기며 빛 바랜 금색 태피스트리에 덮여 있다. 칼은 그 색에 시선을 둔 채 그곳을 떠나고 싶지 않은 듯 꾸물대지만 결국 우리를 독려하며 자리를 뜬다.

오른쪽으로 두 번. 또 다른 복도를 지나자 이상하게 생긴 양쪽으로 사용할 수 있는 옷장이 나온다. 열기가 칼에게서 방사형으로 퍼져 나오며, 그는 자신이 되어야만 하는 불꽃 폭풍이 될 준비를 한다. 나도 전기로 인해 내 팔에 털들이 송송 일어나는 것을 느끼며 똑같이 한다. 전기는 거의 공기 중으로 치직 소리를 낼 정도다.

다가오는 문의 반대편에서 목소리들이 울린다. 목소리와 발자국 소리.

"즉시 왼쪽으로."

칼이 입 속으로 속삭인다. 그는 내 손으로 팔을 뻗지만 이내 생각을 바꾼다. 우리는 서로를 만지는 위험을 감수할 수는 없다, 적어도 지금은 안 된다. 우리의 손길이 서로에게 치명적인 이 순간만큼은.

"그대는 *뛰어*."

칼이 앞장서고, 저편의 세상은 불꽃의 폭발로 *맥박친다*. 불꽃은 현관 안의 거대한 홀을 가로지르며 퍼져, 대리석과 비싼 카펫들을 지나서 금가루를 입힌 벽들 위로 기어오른다. 불꽃의 혀가 날름거리며 홀을 내려다보고 있는 그림을 핥는다. 최근에 만든, 거대한 초상화다. 새로운 왕…… *메이븐*이다. 그는 불꽃이 거세지며 캔버스를 태울 때까지 가고일처럼 히죽히죽 웃는다. 열기가 더욱 세지면서 조심스럽게 그린 그의 입술이 녹기 시작하자, 그의 입은 자신의 괴물다운 영혼에 걸맞을 으르렁거리는 모양으로 뒤틀린다. 불꽃이 미치지 않은 유일한 물건은 반대편 벽에 걸려 있는 먼지 묻은 비단으로 된 두 개의 금색 휘장뿐이다. 그것이 누구의 것이었는지는 나도 모르겠다.

달아나는 우리를 기다리고 있던 경비들이 고함을 지르고, 그들의 살에서는 연기가 피어 오른다. 그들은 산 채로 불에 타진 않으려고 최선을 다한다. 칼은 불 사이로 길을 내고, 그의 발걸음은 우리가 따라갈 안전한 길을 남겨 준다. 팔리는 바싹 붙은 채로 우리 두 사람 사이에 끼어 걷는다. 그녀는 연기를 들이마시지 않으려고 입을 막고 있다.

남아 있는 요원들은 님프들이거나 스톤스킨들로 불꽃의 영향을 받지 않는 이들이지만, 그들은 나에게도 면역성이 있는 것은 아니다. 이번에는 번개가 달리며 생생한 전기로 인해 지나치게 밝은 거미줄처럼 보이는 조직이 나에게서부터 퍼져 나간다. 내 집중력은 칼과 팔리를 태풍에 끌어들이지 않을 정도로만 딱 충분할 따름이다. 나머지 사람들은 그다지 운이 좋지 못하다.

나는 타고난 도망자이지만, 숨을 쉴 때마다 폐가 뾰족한 것으로 찔리는 듯하다. 숨을 쉬면 쉴수록 더 힘들고, 더 고통스럽다. 그것이 연기 때문이라고 스스로에게 말해 본다. 하지만 오션힐의 거대한 입구를 통해 달려가는 동안, 고통은 사라지지 않는다. 그저 바뀐다.

우리는 포위당한다.

검정색 옷을 입은 보안 요원들과 회색 옷을 입은 군인들이 줄줄이 늘어 서서 마당은 숨이 막힌다. 모두 무장한 채, 대기 중이다.

"체포에 순응하라, 메어 배로우!"

보안 요원들 중 한 명이 외친다. 한 팔을 따라서 꽃이 핀 덩굴이 감고 있고, 다른 팔에는 총을 들고 있다.

"체포에 순응하라, 티베리아스 캘로어!"

여전히 왕자를 그토록 비공식적으로 호칭하는 것이 내키지 않은 탓에, 요원이 칼의 이름을 부를 때는 말을 더듬는다. 다른 상황이었더라면, 웃음이 나왔을 것만 같다.

우리 사이에서, 팔리가 결연하게 선다. 더 이상 아무 무기도 없고, 아무 보호 장비도 없지만, 그녀는 여전히 무릎을 꿇지 않는다. 그녀의 힘은 믿기 어려울 정도다.

"이제 어쩌죠?"

나는 대답이 없다는 걸 알면서도 속삭인다.

결코 찾을 수 없을 해결책을 찾아서 칼의 눈이 이리저리 방황한다. 마침내 그의 눈이 내게로 떨어진다. 그의 눈동자는 너무 공허하다. 그리고 너무나 외롭다.

그 순간 부드러운 손이 내 손목을 에워싼다.

세계가 어두워지고, 나는 숨 막히고, 좁고 사방이 막힌 공간에 긴 시간 갇힌 채로 그곳을 간신히 통과한다.

쉐이드 오빠.

순간 이동의 감각이 좋아 본 적이 없지만, 이순간만큼은 대단한 즐거움이다. 쉐이드 오빠가 괜찮다. 그리고 우리는 살아 있다. 갑자기 나는 무릎을 꿇은 채, 보안 센터, 오션힐 그리고 요원들의 살해 범위에서 멀리 떨어진 축축한 골목의 자갈을 바라보고 있다.

누군가가 근처에서 토하는 소리가 들리는데, 팔리 같다. 순간 이동에 머리를 유리창에 들이받는 일을 동시에 당하는 건 분명 좋은 조합은 아니라는 생각이 든다.

"칼?"

나는 이미 오후의 빛 속에서 차가워지기 시작한 공기 중에 대고 묻는다. 찬 물결이 첫 파동을 일으키며 낮은 공포의 떨림이 시작되는데, 몇 발자국 떨어진 곳에서 대답이 들린다.

"나 여기 있어."

그가 팔을 뻗어 내 어깨를 건드린다.

그의 손에 기대는 대신, 이제는 부드러워진 그의 온기에 사로잡히는 대신, 나는 몸을 떼어낸다. 신음 소리와 함께 내 발로 서니 쉐이드 오빠가 나를 내려다 보고 있다. 쉐이드 오빠의 얼굴은 어둡고 분노에 차 있어, 나는 혼날 준비를 한다. *오빠를 버려두고 와서*는 안

되는 거였어. 그렇게 하다니 완전히 잘못한 일이었어.

"난……."

사과의 말을 시작하려고 하는데, 마무리는 짓지도 못한다. 오빠가 팔로 내 어깨를 와락 감싸 안고는 격렬하게 끌어안는다. 나는 말 그대로 꼭 오빠에게 매달린다. 오빠는 여전히 자기 여동생을 잃을 뻔했다는 두려움에 몸을 조금 떤다.

"난 괜찮아."

나는 오직 오빠만이 그 거짓말을 들을 수 있을 정도로 작게 속삭인다.

"그럴 시간 없어."

팔리가 억지로 몸을 일으키면서 내뱉는다. 그녀는 여전히 비틀거리지만 주변을 둘러보고 우리의 현재 위치를 재 본다.

"배틀 가든이 저쪽이야, 동쪽으로 몇 구역만 가면 돼."

올리버.

"그래."

나는 그녀를 부축해 주러 팔을 뻗으며 고개를 끄덕인다. 저 치명적인 낭패를 겪은 후라고 해도 결코 이곳에서의 임무를 잊어서는 안 된다.

하지만 오빠가 내 마음속에 남은 말을 알아줬으면 하는 소망에 눈길이 계속 쉐이드 오빠를 향한다. 오빠는 그저 내 사과를 일축하며 고개만 젓는다. 그 사과를 받아들이지 않을 것이기 때문이 아니라, 오빠가 그걸 원할 정도로 충분히 친절하기 때문이다.

"앞장서."

오빠가 팔리에게 몸을 돌리며 말한다. 부상과 메스꺼움에도 불구하고 팔리의 끈덕진 결의가 계속되고 있음을 알아차린 오빠의 눈이 조금 부드러워진다.

순간 이동에 익숙해지지 못한 칼도 느리게 자기 발로 일어선다. 할 수 있는 한 재빨리 회복하더니, 우리를 따라서 스리스톤으로 알려진 도시 구역의 골목길로 들어선다. 연기 냄새가 그를 따르고, 더 깊어진 분노도 마찬가지다. 은혈들이 그곳 보안 센터에서 죽음을 맞았다. 그저 명령을 따랐을 뿐인 남녀들이. *한때는 그의 명령을 따랐던 이들이.* 그것은 쉽게 소화해 낼 만한 일은 아니겠지만, 그는 해내야만 한다. 만약 그가 우리와 함께 있고 싶다면, *나*와 함께 있고 싶다면. 그는 자신의 편을 결정해야만 할 것이다.

칼이 우리 편을 선택해 준다면 좋겠다. 그의 눈동자에서 다시는 그 텅 빈 표정을 보지 않을 수만 있다면 좋겠다.

여기는 적혈들의 구역이고, 당분간은 비교적 안전하다. 팔리는 우리를 마구 얽힌 골목들로 이끌고 심지어 탐지를 피하기 위해서 빈 가게로 한두 번 밀어 넣기도 한다. 보안 요원들은 고함을 지르고 주도로 너머로 쏜살같이 달려가며, 재편성을 하고 센터에서 일어난 일을 이해하려고 애쓰고 있다. 그들은 아직 이곳까지는 우리를 찾아볼 생각을 하지 않고 있다, 아직까지는. 그들은 여전히 쉐이드 오빠가 어떤 존재인지 깨닫지 못해서, 오빠가 얼마나 빠르게 얼마나 멀리 우리를 이동시킬 수 있는지 모르고 있다.

우리는 담벼락 아래에 붙어서, 보안 요원 하나가 우리를 지나갈 때까지 기다린다. 그는 나머지 사람들처럼 정신이 다른 곳에 팔려 있다. 팔리는 우리를 계속 그늘 속에 있게 한다.

"미안해."

그 말을 꼭 해야 함을 알기에 나는 쉐이드 오빠에게 중얼거린다.

다시 한 번, 오빠는 머리를 젓는다. 심지어 자기 목발로 나를 부드럽게 들이받기까지 한다.

"그만하면 됐어. 넌 네가 해야 할 일을 한 거야. 그리고 봐, 난 괜찮아. 아무 데도 안 다쳤어."

아무 데도 안 다쳤어. 오빠의 몸은 아무 데도 안 다쳤지만, 그럼 오빠의 마음은? 오빠의 가슴은? 나는 그를, 내 오빠를 배신했다. *내가 아는 다른 누군가처럼.* 나는 메이븐과 내가 어떤 하나라도 공통점을 가졌다는 생각을 쫓으려고 애를 쓰다가 분노 속에서 침을 뱉을 뻔 한다.

"크랜스는 어디 있어?"

다른 무엇에라도 초점을 맞추려고 내가 말한다.

"내가 바다해골들에게서 크랜스를 빼내 줬어, 그러고는 그 친구는 자기 길을 갔어. 꽁지에 불 붙은 사람처럼 달아나더라."

쉐이드 오빠의 눈이 그 기억으로 좁아진다.

"크랜스는 그 터널에 세 명의 뱃사람들을 묻었잖아. 여기에는 더 이상 있을 곳이 없을 거야."

나도 그 기분을 잘 알지.

"넌 어때?"

오빠가 머리를 홱 들고는 희미하게 오션힐 쪽을 가리켜 보인다.

"저렇게 사고를 친 후인데?"

거의 죽을 뻔한 후에. 또 다시.

"괜찮다고 말했잖아."

쉐이드 오빠는 불만족스럽게 입술을 오므린다.

"그랬지."

팔리가 다시 움직이라고 신호를 줄 때까지 기다리는 동안 우리는 딱딱한 침묵 속으로 빠져든다. 팔리는 골목 벽에 무겁게 몸을 기대고 있다가, 시끄러운 학교 꼬마들 한 무리가 지나갈 때 어렵게 다시 계속해 나간다. 우리는 또 다른 뒷골목 미로 속으로 들어갈 때까지 그들을 보호막 삼아서 더 큰 길을 건너 간다.

마침내 우리는 낮은 아치 구조 아래로 몸을 수그리고…… 라기보다는 다른 사람들이 수그린다고 하는 것이 맞겠다, 나는 그저 걸어서 통과하니까. 쉐이드 오빠가 잠깐 멈춰서 쉬고 있는 손을 뻗어 내가 앞으로 가지 못하도록 막았을 때, 나는 막 반대편으로 가려던 참이다.

"미안하다, 메어."

오빠의 사과는 나를 거의 때려눕힐 뻔 한다.

"*오빠가* 미안하다니? 뭐가 미안한데?"

그 모순에 나는 거의 웃음이 터질 뻔 한 채로 묻는다.

오빠는 수치스러운 얼굴로 대답하지 않는다. 오빠가 뒤로 물러서서 아치의 출구 너머를 보게 해 준 순간, 기온과는 아무 상관도 없는 한기가 내 몸을 타고 흐른다.

그 너머에는 분명히 적혈들이 쓰도록 지어진 듯한 네모난 광장이 있다. *배틀 가든.* 평범하지만 잘 관리되어 있고 상쾌한 식물들과 전사들의 모습을 한 회색 돌 조각상들이 여기 저기 있다. 중앙에 있는 석상은 가장 크고, 등에는 라이플을 가로질러 매고, 어두운 한 팔은 공기 중으로 뻗고 있다.

조각상의 손은 동쪽을 가리키고 있다.

밧줄이 조각상의 손에 매달려 있다.

시체가 그 밧줄 끝에서 흔들린다.

그 시체는 알몸도 아니고, 적혈 경비대의 메달도 걸고 있지 않다. 그는 어리고 키가 작고, 피부는 여전히 부드럽다. 오래 전에 처형된 것도 아닌 듯하다. 아마도 한 시간 그 정도쯤. 하지만 광장은 애도하는 이도 지키는 이도 없이 깨끗하다. 아무도 그가 흔들리고 있는 것을 보러 와 있는 이가 없다.

모래빛 머리카락이 눈을 가리고 있어서 그의 얼굴을 알아보기 어렵게 만들고 있음에도 불구하고, 나는 이 남자애가 누구인지 정확하게 알고 있다. 기록에서 그의 얼굴을, 신분증 사진에서 미소 짓고 있는 모습을 보았다. 이제 그는 결코 다시는 그렇게 미소 지을 수 없을 것이다. 이 일이 일어날 수도 있을 거라는 건 알고 있었다. *나는 알고 있었다.* 하지만 그 사실이 고통이나 아니면 실패를 어떻게든 더 쉽게 만들어 주진 않는다.

그는 울리버 걸트이다. 신혈이고, 이제는 생명력 없는 시체로 전락했다.

나는 내가 결코 알지 못했던 그 소년을 위해서, 내가 그를 구할 정도로 충분히 빠르지 못했던 그 소년을 위해서 눈물을 흘린다.

제16장

나는 죽은 이들의 얼굴들을 기억하지 않으려고 애를 쓴다. 내 인생을 위해서 달리는 것은 효과적으로 주의를 돌릴 수 있게 해 주지만, 전멸에 대한 끊임없는 위협조차 모든 것을 완전히 막을 수는 없다. 잃어버린 몇몇 것들은 잊기 불가능하기도 하다. 월시, 트리스탄, 그리고 이제는 울리버가 내 마음 속 한구석을 차지하고 깊은 회색 거미줄처럼 붙는다. 내 존재가 그들의 사형 선고가 되었다.

그리고 당연하게도, 명백히 내가 죽인 이들이 있다. 자진해서, 나 자신의 손으로. 하지만 나는 그들을 위해서 슬퍼하지는 않는다. 내가 저지른 일들에 대해서는 생각할 수가 없다. 지금만큼은. 우리가 여전히 이토록 수많은 위험에 처해 있는 한은.

울리버의 흔들리는 몸에서 제일 먼저 등을 돌린 이는 칼이다. 그에게는 자신만의 죽은 얼굴들의 행렬이 있기에 더 이상 또 다른 유령을 그 행진에 끼우길 원치 않는 것이다.

"계속 이동해야 해."

"안 돼……."

팔리가 벽에 무겁게 기댄다. 그녀는 한 손으로 입을 누르고 혐오를 꿀꺽 삼키며 다시 토하지 않으려고 애를 쓴다.

"진정해."

쉐이드 오빠가 침착한 손길로 그녀의 어깨를 토닥이며 말한다. 그녀는 오빠를 떨치려고 하지만 오빠는 단단히 서서 그녀가 정원의 꽃들 사이로 게워내도록 도와준다.

"우리는 이걸 봐야만 해."

오빠가 칼과 나를 향해서 올곧은 시선을 쏘아 보내며 덧붙인다.

"이것이 우리가 실패하면 벌어질 일이야."

오빠의 분노는 정당하다. 결국 우리는 하버베이의 심장부에서 불꽃놀이에 불을 붙이느라 울리버의 삶의 마지막 시간들을 낭비했다. 하지만 오빠가 나를 질책하게 두기에는 나는 너무나 피곤하다.

"여긴 교훈을 나누기에 적당한 곳이 아니야."

나는 대꾸한다. 이곳은 무덤이며, 심지어 이곳에서 말을 하는 것조차 잘못된 기분이 든다.

"우리는 그를 내려 줘야 해."

울리버의 시체를 향해서 내가 발을 딛기도 전에, 칼이 한 팔을 내 팔에 세게 걸어 나를 반대 방향으로 돌려 세운다.

"아무도 시체에 손 대진 않는다."

그가 으르렁거린다. 그가 그토록 자신의 아버지처럼 들리게 말했다는 사실이 충격적이다.

"그 시체도 이름이 있지."

나는 자신을 수습하며 이를 드러내며 되받아친다.

"저 애의 피 색이 당신 색이 아니었다고 해서 우리가 저 애를 저런 모습으로 두고 가야 한다는 의미는 아니라고!"

"내가 저 애를 내릴게."

팔리가 무릎을 펴고 일어나면서 투덜거린다.

쉐이드 오빠가 그녀와 함께 움직인다.

"내가 도울게."

"잠깐! 울리버 걸트는 가족이 있었을 텐데, 아닌가?"

칼이 계속 말한다.

"그들은 어디에 있지?"

그가 자신의 자유로운 손으로 정원을 찾듯이 훑으며, 텅 빈 나무들과 우리를 내려다보고 있는 닫힌 창들을 가리킨다. 해질녘을 향해서 행군하고 있는 도시의 소음들이 먼 거리에서 들림에도 불구하고, 광장은 고요하고 조용하다.

"분명히 그의 어머니가 그를 여기 홀로 두고 갈 리가 없질 않나? 어째서 애도하는 이들이 하나도 없는 건가? 그의 시체에 침을 뱉는 보안 요원들도 없고? 심지어 그의 뼈를 쪼아댈 까마귀 한 마리 없다고? *왜?*"

나는 그 대답을 알겠다.

*함정*이다.

곧장 불꽃으로 타오를 것처럼 위협하는 칼의 뜨거운 피부에 내 손톱이 파고들 때까지 나는 그의 팔을 잡은 손에 힘을 준다. 내가 아니라 그늘진 골목길 너머를 바라보는 칼의 얼굴에도 나와 마찬가지로 공포가 흘러내린다. 눈가로 왕관이…… 자신이 가는 곳 어디든지 그걸 쓰고 다니겠다고 주장하는 어리석은 소년의 모습이 스친다.

그리고 다음 순간, 째깍 하는 소리가, 금속 벌레가 국물이 줄줄 흐르는 식사를 걸신 들린 듯 먹으려고 준비 중인 채 집게발을 딱딱 부딪히는 소리가 난다.

"오빠."

내 다른 손을 나의 순간 이동 능력자 오빠에게 뻗으며 속삭인다. 오빠가 우리를 구해 줄 거야, 오빠가 우리를 이 모든 일에서부터 멀리 데려갈 거야.

오빠는 망설이지 않는다. 나를 향해 돌진한다.

하지만 오빠는 결코 내게 닿지 못한다.

나는 공포 속에서 스위프트 한 쌍이 오빠의 팔을 각각 붙들고 바닥에 내동댕이치는 모습을 지켜본다. 오빠의 머리가 돌 위에 세게 부딪히고 눈이 돌아간다. 스위프트들이 오빠를 빠르게 던지는 사이, 그들의 몸이 흐릿하게 보이는 동안 팔리가 비명을 지르는 것이 희미하게 느껴진다. 내가 그들의 방향으로 번개 폭풍을 던져서 강제로 돌려보내기도 전에 그들은 이미 주 아치 입구로 가 있다. 고통이 내 팔을 위 아래로 씹으며 열기의 하얀 칼날이 되어 번뜩인다. 하지만 그곳에 존재하는 것은 나 자신의 불꽃이자 나 자신의 힘뿐이다. 그건 전혀 나를 아프게 하지 않는다.

째깍 하는 소리가 계속되며 점점 더 빠르게 두개골 속에서 울린다. 나는 그 소리를 무시한 채 싸우려 애를 쓰지만 시야가 이미 어둡다. 눈앞이 깜빡이며 째깍 소리 한 번마다 불이 들어 왔다 나갔다 한다. *이 소리가 대체 뭐지?* 그것이 무엇이든 간에, 이 소리가 나를 둘로 찢어버리려고 한다.

안개 사이에서, 내 주변에서 두 개의 불이 폭발하는 것이 보인다. 하나는 밝고 타오르는 듯하고, 다른 하나는 어둡고 연기와 불꽃으로 된 뱀 같다. 어디에선가 칼이 고통스럽게 포효한다. *달려.* 그가 그렇게 말한 것 같다. 나도 분명 애는 쓴다.

코앞으로 고작 몇십 센티미터 이상도 보이질 않아서, 나는 결국 자갈 위로 기는 상황에 처하게 된다. 그조차 힘에 겹다. *이게 다 뭐지, 이게 다 뭐지, 도대체 무슨 일이 일어나고 있는 거야?*

누군가가 내 팔을 물어뜯는 것처럼 붙잡는다. 나는 보지도 않고 몸을 틀어서 목이 있을 거라고 추정되는 곳으로 팔을 뻗는다. 내 손가락이 매끄러운 판에 호화로운 무늬가 조각된 갑옷을 긁는다. "내가 그녀를 잡았다." 하는 목소리가 낯이 익다. *프톨레무스 사모스.* 그의 얼굴도 제대로 볼 수가 없다. 검은 눈, 은색 머리카락, 달 같은 색깔의 피부.

비명을 지르면서 나는 할 수 있는 한 온 힘을 동원해서 그를 번개로 내려친다. 불이 내 안을 가득 채우듯이 그가 내 팔을 꽉 움켜쥘 때, 나는 동시에 큰 소리로 비명을 지른다. 아니, 이건 불이 아니다. 나는 이 불에 데는 듯한 것이 무엇인지 알고 있다. 이건 다른 어떤 무언가이다.

배 쪽으로 발차기가 날아와서 나는 몸을 굴린다. 정원의 흙먼지에 얼굴을 아래로 처박을 때까지 데굴데굴 구르고, 얼굴은 온통 긁히고 피가 흐르고 있다. 시원한 향기는 찰나의 치유제가 되어, 다시 볼 수 있을 정도로 충분히 나를 달래 준다. 하지만 눈을 떴을 때, 나는 다시 눈이 멀어 버리고만 싶다.

메이븐에 내 앞에 쭈그리고 앉아 있다. 머리를 한쪽으로 기울인 모습이 꼭 장난감을 앞에 둔 호기심 많은 강아지처럼 보인다. 그의 뒤로는 전투가 치열하다. 한쪽이 완전히 밀리고 있다. 무능력해진 쉐이드 오빠에 먼지에 처박힌 나를 빼면 오직 칼과 팔리만이 남아 있다. 그녀는 지금 총을 하나 갖고 있는데, 쏘는 족족 프톨레무스가 방향을 바꾸고 있기에 거의 쓸모가 없다. 적어도 칼은 무엇이든 가까이 오는 것들을 녹이고 있다. 온갖 칼과 덩굴들을 할 수 있는 한 빠르게 불태워 버린다. 그럼에도 불구하고, 계속될 수는 없을 것이다. 저들은 수세에 몰려 있다.

비명을 지르고 싶다. 올가미 하나를 탈출하면 오직 다음 것을 찾을 뿐이라니.

"*나*를 봐, 제발."

메이븐이 움직이며 그 뒤의 장면을 향한 내 시야를 가린다. 하지만 그를 바라봐서 만족을 줄 수는 없다. 나는 결코 스스로는 그를 보지 않을 것이다. 대신에 나는 아무도 듣지 못하는 것처럼 보이는 째깍 하는 소리에 집중한다. 그 소리가 매 초가 흐를 때마다 나를 찌른다.

그가 내 턱을 붙들고 확 잡아당겨 강제로 얼굴을 마주보게 한다.

"정말 고집 세다니까."

그가 쯧 소리를 낸다.

"그대의 아주 흥미로운 특질들 중 하나야. 이것과 함께."

그가 손가락 하나를 내 뺨 위를 따라 흐르는 붉은 피에 대고 움직이며 덧붙인다.

째깍.

메이븐이 손가락에 단단하게 힘을 주자 턱뼈를 따라서 폭죽이 터지는 듯한 고통이 밀려온다. 째깍 하는 소리가 모든 것을 더 심하고 더 깊게 아프게 만든다. 내키지 않지만 나는 익숙한 푸른 눈동자와 날카로운 창백한 얼굴을 마주본다. 끔찍하게도 그는 내가 기억하던 모습과 정확히 같다. 조용하고, 잘난 척하지 않는, 걱정 가득하던 소년. 그는 내 악몽에 등장하던 피와 그림자로 얼룩진 유령이 아니다. 그의 눈 속에서 어떤 결심이 보인다. 그 표정을 그의 아버지의 배 위에서 본 적이 있다. 그때 우리는 강을 따라 아케온으로 향하던 중이었고 우리가 지나는 흔적마다 세계를 남기고 떠났다. 그는 그때 내 입술에 입을 맞추며 누구도 나를 아프게 하게 두지 않으리라고 약속했다.

"내가 그대를 찾을 거라고 했잖아."

째깍.

그의 손이 턱에서 목으로 움직이더니 꽉 조인다. 말을 뱉을 수는 없지만 숨이 멎을 정도로 세지는 않다. 그의 손길은 *불타*는 것 같다. 나는 비명을 지를 수 있을 정도로 충분한 공기를 마시지 못해서 헉하고 숨을 들이킨다.

메이븐. 네가 날 아프게 해. 메이븐, 멈춰.

그는 자신의 어머니가 아니다. 그는 내 생각을 읽을 수 없다. 시야가 다시 깜빡거리며 어두워진다. 아주 작은 검정색 점이 눈앞에서 떠다니며 끔직한 *째깍* 소리와 함께 점점 커진다.

"그리고 내가 그대를 구할 거라고도 했잖아."

그가 손아귀에 힘을 더 줄 거라고 생각한다. 내 예상과 달리 그의 손의 힘은 그대로다. 그의 자유로운 손이 내 쇄골로 향하더니, 불타는 손바닥이 피부에 닿는다. 그는 불로 나를 지지려고, 내게 *낙인을 새기려고* 한다. 나는 다시 비명을 지르려고 해 보지만, 흐느낌만이 간신히 새어 나온다.

"나는 약속을 지키는 사람이야."

그가 다시 머리를 기울인다.

"내가 그러고 싶을 때면."

째깍. 째깍. 째깍.

내 심장이 터질 것처럼 위협적으로 내가 도무지 살 수 없을 것 같은 광란의 속도로 두드려대고 있어서 나는 평소의 속도를 찾으려고 애를 쓴다.

"그만……."

나는 간신히 목 졸린 소리를 내며 부족한 공기 속으로 한 손을 뻗으며 오빠가 손을 잡아 주기를 바란다. 하지만 내 손을 마주 잡는 것은 메이븐이고, 그 손은 마찬가지로 불타고 있다. 내 안의 모든 부분을 불 태운다.

"그만하면 충분하다."

그가 그렇게 말하는 걸 들은 것 같지만 나를 향한 것은 아니다.

"충분하다고 했다!"

그의 눈은 피를 흘리는 것처럼 보인다. 어두워지는 세계에서 내가 마지막으로 본 밝은 부분이다. 창백한 푸른빛이 눈앞을 질주하며 고통스러운 삐쭉삐쭉한 얼음 선을 그린다. 그 선들은 나를 둘러싸고, 나를 가둔다. 불에 타는 고통만이 느껴진다.

그것이 하얀 빛과 소리의 섬광이 머리를 반으로 쪼개기 전에 마지막으로 기억나는 것이다. 그 뒤 전 세계는 고통뿐이다.

모든 것이 너무나 과도하고, 이상하게도 전혀 아무 것도 없기도 하다. 총알도, 칼도, 주먹이나 불꽃도, 옭죄어 오는 초록색 덩굴도 없다. 이것은 내가 이전에 결코 맞닥뜨려 본 적이 없는 무기이다. 왜냐하면 이것이 나의 것이기 때문이다. 번개, 전기, 스파크, 심지어 내 한계를 넘어선 과부하. 전에 보울 오브 본즈에서 나는 한 번 태풍을 불러일으킨 적이 있고, 그건 나를 완전히 고갈시켰다. 하지만 이건, 메이븐이 무슨 일을 했든지 간에 이것은 나를 *죽이고* 있다. 나를 반으로 쪼개고, 신경을 조각조각 찢고, 뼈를 쪼개고 근육을 잡아뜯는다. 나는 스스로의 피부 안에서부터 없어지려고 하는 중이다.

갑자기 나는 깨닫는다. *이게 그 사람들이 느꼈던 것일까? 내가 죽인 사람들이? 이게 그들이 번개에 감전되어 죽을 때에 느꼈던 기분일까?*

제어해요. 언제나 줄리언이 내게 했던 말이다. *제어해요.* 하지만 이건 너무 과하다. 나는 전 바다를 다 붙들어 두려고 애를 쓰는 댐이다. 설사 내가 이 일을 멈출 수 있다 할지라도, 내 폭발하는 고통을 흘러 보낼 방법을 찾지 못한다. 닫을 수조차 없다. 움직일 수도 없다.

나는 자신 안에 갇혀서, 악문 이 안쪽으로 비명을 지른다. *나는 곧 죽을 거야. 그러니 적어도 이 고통도 곧 끝나겠지.* 하지만 그러지 않는다. 고통은 모든 감각을 끊임없이 폭행하며 뻗어 온다. 맥동하지만 결코 밀려나지는 않고, 변화하지만 결코 멈추지는 않는 채로. 태양보다 더 밝은 하얀색 점들이 시야 너머로 춤추고, 붉은색이 폭발하며 흰색 점들은 쥐어짜듯 사라진다. 눈을 깜박여 그 장면을 없애보려고, 어떻게든 *뭐라*도 제어해 보려고 애를 쓰지만 어떤 것도 일어나는 것처럼 보이지 않는다. 만약 그랬다면 알 수 있었으리라.

피부는 지금쯤 사라졌어야 마땅하다. 점점 더 커지는 번개에 지져져서 없어졌어야 한다. 어쩌면 피를 흘리며 죽을 수 있는 자비를 얻을 수 있을지도 모르겠다. 그 편이 이 하얀 심연보다는 더 빠른 마무리가 되리라.

차라리 날 죽여 줘. 그 말만이 계속해서 반복된다. 그것만이 내가 할 수 있는 유일한 말이고 내가 지금 원하는 유일한 것이다. 신혈에 대한 모든 생각들과 메이븐, 우리 오빠, 칼 그리고 킬런에 대한 모든 생각들이 완전히 사라진다. 심지어 늘 나를 유령처럼 따라다니던 얼굴들, 죽은 자의 얼굴들도 사라진다. 재미있네, 내가 죽어 가는 지금에서야, 나의 유령들이 떠나기로 결심하다니.

그들이 다시 돌아와 줬으면 좋겠다.

혼자 죽을 필요가 없었으면 좋겠다.

〈2권에서 계속〉

옮긴이 | 김은숙

번역하다가 자기도 모르게 작품에 빠져 작업을 잊고 다음 페이지를 읽다가 정신 차리기를 몇 번씩 반복하는 초보 번역가. 소설 취향은 잡식성. 번역한 책으로 『미술관을 터는 단 한 가지 방법』(공역), 「웨이크 시리즈」(전3권), 『레드 퀸: 적혈의 여왕』(전2권) 등이 있다.

레드 퀸 : 유리의 검 I

1판 1쇄 펴냄 2016년 7월 15일
1판 3쇄 펴냄 2022년 6월 20일

지은이 | 빅토리아 애비야드
옮긴이 | 김은숙
발행인 | 박근섭
편집인 | 김준혁
펴낸곳 | 황금가지

출판등록 | 2009. 10. 8 (제2009-000273호)
주소 | 06027 서울 강남구 도산대로 1길 62 강남출판문화센터 5층
전화 | **영업부** 515-2000 **편집부** 3446-8774 **팩시밀리** 515-2007
홈페이지 | www.goldenbough.co.kr

도서 파본 등의 이유로 반송이 필요할 경우에는 구매처에서 교환하시고
출판사 교환이 필요할 경우에는 아래 주소로 반송 사유를 적어 도서와 함께 보내주세요.
06027 서울 강남구 도산대로 1길 62 강남출판문화센터 6층 민음인 마케팅부

ISBN 979-11-5888-104-7 04840(1권)
979-11-7052-143-3 04840(세트)

㈜민음인은 민음사 출판 그룹의 자회사입니다.
황금가지는 ㈜민음인의 픽션 전문 출간 브랜드입니다.

블랙 로맨스 클럽을 열며

로맨스 소설에도 흐름이 있다. 한참 인기를 지속하던 칙릿 이후 10대에서 출발해서 무서운 속도로 영역을 넓혔던 인터넷 소설 시장에 이어, 과히 광풍이라고 부를 수 있을 정도로 전 세계를 평정한 뱀파이어 소설이 최근의 주류를 이루고 있다. 하지만 한 작품이 인기를 끌고 나면 그 뒤로는 아류작이 쏟아져 나오는 시장의 특성상, 너무나 천편일률적인 작품들이 유행에 따라서 서점을 채우고 있다.

블랙 로맨스 클럽은 바로 이 획일화 되어 있는 로맨스 소설 시장에 대한 고민에서 출발했다. 사실 로맨스 소설은 다 비슷한 게 당연한 것 아니냐고? 천만의 말씀. 그냥저냥 잘생긴 남자랑 예쁜 여자가 만나서 악역 조연들에게 시달리며 오해를 겹겹이 쌓아가다가 어느 순간 너를 너무 사랑하니까 하고는 결혼에 골인하면 되는 거 아니냐고? 부디 블랙 로맨스 클럽을 통해 그 편견을 버려 주시길 바란다.

블랙 로맨스 클럽 편집부는 로맨스라면 흔히 떠올리는 소재나 플롯 등에서 벗어나 다양한 소재를 다룬 신선한 소설, 탄탄한 이야기 구조를 기반으로 재미와 감동을 전해 주는 소설만을 엄선하고자 한다. 시리즈의 작품들은 하나 같이 기존의 로맨스 소설의 공식을 깨는 개성 넘치는 작품들로, 시대를 초월한 재미를 추구하는 작품만을 선정했다. 추리, 호러, 스릴러, SF, 판타지, 역사, 좀비 등 소설에서 기대할 수 있는 모든 이야기에 로맨스라는 양념이 덧붙여진 종합 선물 세트와 같은 다양한 소설들로 독자들에게 색다른 재미를 드리고자 한다. 블랙 로맨스 클럽의 '블랙'은 하얀색, 분홍색, 빨강색 등의 색조로 흔히 표현되는 로맨스 소설을 뒤집어 개성 넘치는 로맨스 소설을 담고자 하는 출판사의 마음을 담고 있다.